Trouble

Jeroen Olyslaegers

Trouble

roman

Traduit du néerlandais (Belgique)
par Françoise Antoine

Stock
la cosmopolite

TITRE ORIGINAL :

Wil

FLANDERS LITERATURE

Ouvrage publié avec le concours
de Flanders Literature (flandersliterature.be).

ISBN 978-2-234-08424-7

À la nymphe et à mon fils Quinten

UNE SOUDAINE CHUTE DE NEIGE

UNE SOUDAINE CHUTE DE NEIGE. Ça me fait penser à la guerre. Pas à cause du froid ou d'autres désagréments, mais à cause du silence qui tient brièvement la ville entre ses griffes. Maintenant, elle tombe du ciel par paquets. Il fait nuit. J'entends les bruits se figer et s'éteindre dans le néant. C'est alors, mon garçon, qu'un type comme moi doit sortir, vieux ou pas. Je sais ce que tout le monde pense : il va tomber et se fracturer la hanche. Il va se retrouver les quatre fers en l'air dans un lit à Saint-Vincent. Et puis c'en sera fini de lui, terrassé qu'il sera par l'une de ces bactéries qu'ils ont le don de cultiver dans les hôpitaux. C'est curieux comme les vieilles personnes se laissent contaminer par la peur des autres. À cause de cette peur, elles se laissent enfermer dans des maisons de repos, se laissent abreuver de fadaises et de bouillies froides, avec une soirée bingo à la con et une Marocaine pendue à leur derrière avec un morceau de papier cul. Ils peuvent tous se la garder, leur peur. Moi, je n'ai jamais eu peur, jamais vraiment, et ce n'est pas à un singe usé comme moi qu'on apprendra à faire de nouvelles grimaces. Dehors, la neige craque sous mes bottines. Non, pas des chaussures décentes, mais les vieilles bottines que j'ai choyées des années durant, que j'ai fait réparer des dizaines de fois et graissées presque chaque semaine, des chaussures de marche qui me permettent aujourd'hui d'entrer à rebours dans le monde d'autrefois. Les flocons tombent en tourbillonnant. Récemment, j'en ai vu un agrandissement dans une gazette de la salle de lecture à la bibliothèque. Tous des pièces uniques, ces flocons de neige, des mondes agencés selon une mathématique sans faille, qui s'échouent bêtement sur ma veste et mon bonnet. Non, je ne vais pas écrire de poème là-dessus. Plus personne n'en lit et je suis à sec. La neige transforme la ville et la force non seulement à se taire, mais peut-être aussi à réfléchir et à se souvenir ; du moins, c'est mon cas. Quand il neige, je vois mieux. Quand il neige sur la ville, un homme sait ce qu'elle signifie vraiment, ce qu'elle a perdu, ce qu'elle veut oublier. Elle se dépouille de l'illusion du temps écoulé.

Devant moi, le Parc communal scintille de blancheur. J'attends et ferme les yeux un instant. La lumière jaune de la rue devient bleue, bleue comme le verre peint des réverbères à gaz d'antan. Imagine-toi une ville à peine éclairée. Une faible lueur bleue dans les rues, par crainte du feu qui pourrait tomber du ciel. Ceux d'entre nous qui avaient la chance de disposer d'une lampe de poche pendant leur service de nuit considéraient la lumière comme un privilège qui ne regardait pas les Allemands, guerre ou pas. Il faisait déjà assez sombre comme ça. Je me souviens que les Boches étaient furieux de ne pas avoir la main là-dessus. Ils avaient dû menacer les habitants de la ville d'amendes faramineuses, et pour finir de peine de mort, avant qu'ils ne manipulent leur lumière avec un peu moins de nonchalance. J'ai vu des Feldgendarmes piquer des colères noires parce qu'on utilisait nos lampes de poche sans filtre. Sabotage ! Et patati, et patata. Au bureau, l'adjoint nous avait regardés : « Allez, les gars… un peu de sérieux. » Pas de réprimande, nous devions rester sérieux, point. Enfin soit, le Parc communal qui baignait dans une lueur bleue, on en était là. Mais je tourne à droite. Je m'engage lentement dans la Quellinstraat. Ton arrière-grand-père ne voit plus de vitrines. Je contemple la ville telle qu'elle est vraiment, comme une bonne femme à poil aux épaules parées de fourrure blanche, le genre sur qui docteurs et chirurgiens, les uns après les autres, ne peuvent s'empêcher de poser leurs sales pattes ; pour une nouvelle poitrine, puis un nouveau visage. De magnifiques immeubles ont été rasés ici et remplacés par des bureaux. Tu savais qu'il y avait un grand hôtel au coin de la Keyserlei, tout près de l'Opéra ? Construit par un Allemand, avant la guerre de 14-18. On t'a parlé de Peter Benoit à l'école ? Sans doute pas, et c'est pas indispensable non plus, à mon avis. Avant, on te faisait apprendre par cœur des noms et des dates, maintenant on fait comme si ç'avait été une erreur. Mais personne, ni avant ni maintenant, ne te fout la claque de te montrer que l'histoire est vraie. La dégueulasserie, c'est que ça ne s'arrête jamais, jamais vraiment. Ça continue toujours. Peter Benoit est devenu un nom de rue. Quand j'étais sur les bancs de l'école, on devait quasi s'agenouiller devant lui. « Il a appris à chanter à notre peuple. » Un vrai héros donc. Juste en face de l'Opéra, il y avait une statue de ce compositeur jadis vénéré, entourée de ce que les gens de l'époque appelaient la piscine de Camille, un bourgmestre dont tu n'as certainement jamais entendu parler et dont je ne me souviens moi-même que vaguement. L'artiste auréolé de lauriers, l'homme qui avait donné des cours de chant à son peuple et s'était vu immortaliser en bronze, surplombait donc un bassin où venaient surtout pisser des poivrots. La statue a déménagé, ladite piscine a été démantelée, et ce grand hôtel où même pendant la Seconde Guerre mondiale les officiers allemands guindés prenaient l'apéritif avec leur pépée… à sa place, il y a un monstre en béton qui trône tout seul au-dessus de rien du tout. « C'était mieux avant, c'est ça, bon-papa ? » Je t'entends penser d'ici, et d'ailleurs, si on pouvait encore se voir, si la famille le permettait, celle que j'ai contribué à fonder et qui ne veut plus entendre parler de moi, je te fiche mon billet que tu m'appellerais « papy ». On ne dit plus « bon-papa » de nos jours. Non, ce n'était pas mieux avant, bien sûr. C'était juste aussi grave. La représentation est tout. Au commencement n'était pas le Verbe, et certainement pas celui de Dieu. Au commencement était la représentation des ténèbres, n'oublie pas ça. Au milieu de la route, je m'arrête un instant. Deux grandes bannières noires sont accrochées à un immeuble qui n'existe plus. Sur chacune d'elles, il y a deux signes cabalistiques en forme d'éclairs. Je suis devant le quartier général de la SS Vlaanderen, la branche flamande de l'Allgemeine SS. Ces uniformes, c'était à devenir fou pour nous autres policiers. Un camarade s'est fait passer un savon parce qu'il n'avait pas salué un de ces olibrius en noir. Ce n'était même pas un Allemand, bien qu'il eût manifestement préféré voir le jour dans n'importe quel bled perdu de Bavière. Des m'as-tu-vu. Tellement d'uniformes différents… impossible de s'en sortir. Quand fallait-il saluer ou pas ? Je te jure que j'ai souvent dû serrer les dents. Certains de ces frimeurs n'avaient aucun respect. Pour des gars pareils, j'aurais aussi bien pu être en tenue d'Adam. Au bout de la rue, je tourne à droite. Il doit être quatre heures du matin. Toujours le silence absolu, toujours la neige qui tombe et pas un chat à l'horizon. À part un camé qui me demande un euro.

« Va te faire foutre, lui dis-je.

— Eh, le vieux », bredouille-t-il.

Je le regarde droit dans ses yeux cerclés de rouge et lui dis que je suis en train de dévorer son âme comme un cerbère bourré de ténia et qu'il doit se dépêcher de disparaître avant d'être entièrement à moi. Ce genre de gugusse, ton aïeul n'en fait qu'une bouchée, tu sais ça ? Tu ne me crois pas ? Ça va venir, qui sait, hélas. Tour d'horizon. À ma droite, tout au bout de la Keyserlei, on aperçoit la cathédrale du rail baptisée la *Middenstatie* – la gare centrale – que plus personne n'appelle comme ça. À ma gauche, au croisement de la Keyserlei et de la Frankrijklei, il y a le café Atlantic et, au-dessus, l'hôtel Weber, le quartier général de la Feldkommandantur. Là-bas, ça grouillait d'hommes en feldgrau, d'abord triomphants, enchaînant les dîners chic où on les recevait certainement avec tous les égards, leur chef s'inclinant devant un carton de gravures d'époque de notre ville, offertes par notre bourgmestre avec un clin d'œil de hibou sous calmants… Bref, tout ce tralala pour ensuite, à peine trois ans plus tard, tout au plus reproduire leur triomphe d'antan, sachant pertinemment que leur soi-disant Reich millénaire en était aux arrêts de jeu. Je prends à droite vers la gare, marche une dizaine de mètres puis tourne de nouveau à droite, dans la Vestingstraat. Il fait froid, j'ai environ vingt ans. Cinquante mètres plus loin se trouve le commissariat de l'îlot numéro six, le mien. Quelqu'un crie derrière moi : « Wilfried ! » Ce n'est pas vraiment mon nom, mais ça, je te raconterai plus tard. Le dénommé Metdepenningen Lode me rattrape et me tape sur l'épaule. Ce nom te dit quelque chose ? C'est bien possible. Mais je ne vais pas abattre toutes mes cartes d'un coup. Continue de lire et tout deviendra clair. « J'ai les couilles gelées, mon pote. » Lode trébuche, manque de se tordre la cheville – je le rattrape de justesse par le coude – et il jure. Nous venons de terminer ensemble notre formation. Trois mois à écouter du blabla et nous voilà devenus auxiliaires de police.

Ce qui consistait surtout à obéir à quiconque avait un galon de plus et à garder notre uniforme bien propre. Durant cette période, je voyais Lode suçoter son crayon avec ferveur tout en fixant d'un regard intense le tableau noir. Dès qu'on posait une question, il levait le doigt. Un fayot, pour sûr, et un beau garçon aussi. Des cheveux noir de jais, un sourire malicieux, le fils du boucher derrière la place Astrid. C'est lui qui était à l'origine de notre amitié. Le genre de gars qui clame au bout d'une semaine qu'on est potes pour la vie. « Avec toi, j'apprends tous les jours... » Je l'entends encore me le dire. Pan, juste au moment où on s'apprête à franchir les quelques marches qui nous séparent du bureau, deux Feldgendarmes ouvrent la porte. Ils nous regardent et l'un hurle : « *Sofort mitkommen*[1] *!* » Certains clichés sont tout bonnement vrais. Tous ces Boches en uniforme aboyaient. Et donc on les a accompagnés, parce qu'on savait déjà qu'il n'y avait pas d'alternative. En principe, nous devions nous présenter pour recevoir nos ordres, mais quand un Feldfritz gueule, tu t'exécutes. Nous prenons la Pelikaanstraat en direction du sud. Lode et moi marchons derrière les deux Übermenschen en uniforme dans un silence parfait, comme deux enfants punis. Les Allemands ne sont ici que depuis sept mois et c'est comme si la place était à eux depuis des années. La ville s'est couchée, cuisses grandes ouvertes, devant ces surhommes. Ils réglementent

1. En allemand dans le texte : « Suivez-nous immédiatement ! » *(Toutes les notes sont de la traductrice.)*

tout. Les piétons qui vont de la *Middenstatie* à la rue commerçante du Meir doivent emprunter le trottoir de droite, les gens qui se rendent dans l'autre direction doivent emprunter celui de gauche, et gare à celui qui par mégarde marche à contresens. Si quelqu'un nous avait prédit ça avant la guerre, tout le monde se serait écroulé de rire, noyant ses hoquets dans une bière mousseuse. Désormais, au moindre piaulement de ce *Herrenvolk*, tout le monde obéit. Pire : avec plaisir ! Enfin, de l'ordre ! Nous traversons la rue et passons sous les rails de chemin de fer pour rejoindre le quartier Kievit. Deux rues plus loin, nous faisons halte devant une maison à la façade écaillée. L'un des Feldgendarmes secoue la poudreuse de son uniforme et cogne vigoureusement à la porte. Pendant ce temps, l'autre nous regarde, l'air de dire : « Vous allez voir ce que vous allez voir. » Mais rien ne se passe. La maison semble même plus silencieuse depuis les coups. Nouvelle salve de martèlements. On entend un peu de bruit. Quelqu'un descend un escalier en geignant dans une langue que je ne comprends pas. La porte s'ouvre en grinçant. Dans la fente, nous voyons apparaître un visage lugubre aux yeux écarquillés. Il prend aussitôt dans la figure la porte que les officiers ont enfoncée brutalement. « Chaim Lizke ? » hurle l'un d'eux. On entend bredouiller. Les deux Boches entrent dans la foulée, et l'un d'eux nous fait signe d'attendre dehors et referme la porte. « Encore un réfractaire, sûrement ? » chuchoté-je. Lode ne dit rien. Il tape des pieds pour vaincre le froid. Pas de chance qu'il ne puisse pas se permettre de grosses bottines comme celles que j'ai aux pieds. Il faut que tu saches : l'uniformisation, en ce temps-là, était un beau foutoir. Celui qui avait l'argent pour s'acheter assez de coupons textiles avait meilleure allure que les autres. Ça aussi, ça rendait fous les Allemands. Deux ans plus tard, nous devions tous acheter les uniformes conçus par eux. Mais cette mesure n'a fait qu'empirer les choses. À ce moment-là, seuls quelques adjoints avaient encore les moyens de s'en procurer un. Les autres tentaient de faire illusion, au moins de loin, en espérant ne pas se faire ramasser. Ça chahute ferme à présent dans la maison. Ça crie, ça pleure. Des enfants braillent. Une armoire se renverse. Quelqu'un dégringole dans l'escalier. Les hurlements redoublent. Mais les ordres vociférés en allemand dominent encore largement. La porte se rouvre à toute volée et les voilà : la famille Lizke au complet. Cinq enfants de quatre à douze ans à moitié habillés, une femme en pleurs, les cheveux drapés dans un foulard de travers, et le père de famille, le regard baissé, du sang coulant de son oreille en chou-fleur. Bel assortiment d'Israélites, ricanerait Barbiche Teigneuse. Tu entendras parler de lui dans la suite de l'histoire. Je te le dis franchement : je ne sais pas ce que ces gens faisaient mijoter dans leur marmite, mais le résultat n'était guère convaincant. Ils empestaient.

Il faut que je te dise aussi : parfois j'étais près de tomber dans les pommes quand je voyais Lode. Ce garçon pouvait puer le sang et les boyaux de manière indescriptible. Je suis sensible aux odeurs, je l'ai toujours été. Mon père a dit un jour que j'avais l'odorat d'une bonne femme en cloque. Pour rire, évidemment, mais j'avais envie de lui casser la gueule chaque fois qu'il lâchait ça, l'air de rien, de préférence à une fête, avec quelques gens saouls dans les parages.

L'un des Feldgendarmes nous fait signe et nous montre un papier. De son doigt ganté, il souligne une adresse : Van Diepenbeekstraat. C'est là qu'on doit aller et ils ne savent pas comment. Lode évite mon regard, comme s'il était absent. La rue n'est pas très loin de là où j'habite. S'il faut suivre les rails puis reprendre le pont sous la Van den Nestlei ? Je fais oui aux Allemands. L'adresse relève de l'îlot numéro sept, ce n'est pas notre secteur, mais je ne suis pas fou au point de le leur dire. En route, donc : Lode et moi devant avec l'un des deux Boches, les étrangers derrière avec l'autre Feldfritz. La femme continue de pleurer, son mari tente à voix basse de lui donner du courage, en polonais à mon avis, ou alors en hébreu, je n'en sais rien. Le Feldgendarme prononce une phrase d'une voix sifflante et nous l'entendons gifler l'homme. Hop, les enfants se remettent à pleurer. Je m'y serais pris autrement, Lode aussi je suppose, mais qui sommes-nous ? Des guides urbains, disponibles à toute heure du jour et de la nuit. C'est devenu très glissant, la neige ne craque plus sous les pieds et a transformé les rues en patinoire. Les Allemands veulent imposer une cadence impossible à soutenir pour une famille avec des marmots. L'un après l'autre, les enfants tombent sur leurs fesses. Nouvel arrêt, nouveaux cris, nouveaux coups de pied et les pleurs repartent de plus belle. Lode ne dit toujours rien. Je vois son visage se crisper. Rétrospectivement, cela me fait penser à la mer. À ce moment-là, je n'y étais encore jamais allé, mais lorsque je m'y suis rendu, plus tard, et un jour où j'étais allongé sur la plage, dégustant une gaufre au sucre et faisant comme si tout cela valait vraiment le détour, j'ai vu une famille nombreuse battre en retraite avec tout son fourbi, sacs, chaises longues, parasols, progéniture hurlante, le visage rouge comme une tomate. Le père avait explosé, il traînait d'une main et sans ménagement l'un de ses cadets sur le sable tandis qu'il portait une fillette sur l'autre bras et que sa femme, un bambin à chaque main, subissait la honte au front les regards furieux des gens autour. Je jure qu'à cet instant j'ai vu la neige tomber à une température de trente degrés. Et je te garantis aussi que j'ai entendu quelqu'un hurler en allemand. « *Wier zind bald daar*[1] », dis-je à l'un des Feldgendarmes. Je sais, je parle allemand comme une vache espagnole, mais j'en ai tellement ma claque de cette situation ridicule que je me sers pour la toute première fois de cette langue, si ça peut ne serait-ce que contribuer à calmer cette colère qui dégénère. Car ça ne les avancera à rien : faire peur à ces Israélites ne les fera pas patiner plus vite. Et puis,

1. « Nous y serons bientôt », dans un mélange d'allemand et de néerlandais.

c'est vrai. On y est presque, on vient de tourner le coin de la Van Diepenbeekstraat. « Madame et les enfants sont aussi des réfractaires, j'imagine ? murmure Lode, les cordes vocales tremblantes. Quels connards, sans blague. C'est quoi ces manières ? » Je ne réponds pas. Que dire ? Ce qu'il constate, je le vois aussi bien que lui. Mais nous participons, nous marchons avec eux, nous accompagnons bien sagement cette troupe malodorante à une adresse griffonnée sur un bout de papier. La lune apparaît et fait scintiller le verglas dans les rues comme de l'argenterie. Puis voilà que ça se produit. L'un des enfants, un gamin d'une douzaine d'années, lâche la main de son père et part comme une flèche. Il nous dépasse, j'ignore pourquoi. On entend son père hurler. Le Feldgendarme qui marche devant avec nous ne réagit pas pendant quelques secondes. Il est aussi stupéfait que nous de voir ce gamin aux jambes maigrelettes courir sur la neige comme un poulain nouveau-né tenant à peine sur ses pattes. Il ne faut pas cinq secondes pour qu'il se retrouve par terre. Avant qu'il n'arrive à se remettre sur ses pieds qui dérapent, le Feldgendarme le rattrape et lui flanque un coup de pied au cul… à n'en pas croire ses yeux. Nous le voyons littéralement glisser comme un traîneau sur la glace jusqu'au lampadaire où il se fracasse la tête et s'immobilise. Les Boches se marrent comme des bossus, et la scène en soi serait comique, n'était le cri que pousse la mère, comme si on lui enfonçait un couteau dentelé dans le ventre. Elle s'effondre. Son mari joint les mains et les lève au ciel en pleurant, comme si le Tout-Puissant, armé de son épée de feu, pouvait, à sa demande, rétablir l'ordre ou au moins sortir de sa léthargie pour voir ce qui se passe ici-bas. « *Aufstehen*[1] *!* » entend-on, adressé tant à la mère qu'au petit garçon un peu plus loin. L'Allemand à l'avant fait mine de vouloir rejoindre l'enfant, mais Lode le devance. Aussi rapide que s'il avait des patins aux pieds. Il arrive à hauteur du gamin, s'agenouille et l'enveloppe de son corps, comme un cocon, comme une coquille d'escargot faite de muscles. Il ne le lâche pas, même lorsqu'il reçoit une bourrade du toujours souriant Feldgendarme qui répète un peu plus doucement : « *Schon gut*[2] ». L'Allemand le bouscule de nouveau, puis lui donne un coup de pied presque taquin dans le derrière. Lode rugit : « Va te faire foutre, enculé ! » À sa voix, on entend que lui aussi pleure à présent. Je vois une partie de sa tête toute rouge, ses beaux cheveux noirs enduits de gomina qui retombent en pointes sur le visage du garçon, son casque blanc gisant un mètre plus loin à l'envers dans la neige, comme un pot de chambre béant. L'Allemand perd son sens de l'humour et tâte sa matraque en jurant. Avant même que je m'en rende compte, ma main s'est élancée et mon poing a bloqué comme un étau le poignet du Feldgendarme. Nous nous regardons, le Boche et moi. Ce qui m'a sauvé à ce moment-là, mon garçon, ce sont les quelques secondes de

1. « Debout ! »
2. « C'est bon. »

consternation sur le visage du Feldfritz. Il refuse de croire qu'un truc pareil arrive dans ce pays ridicule qu'ils ont occupé sans trop de mal. Pendant quelques secondes, il n'intègre pas que ça se passe dans cette ville même sur laquelle ils ont posé leur gros cul. Un morveux insignifiant tel que moi, dans cet uniforme grotesque, qui lui agrippe le poignet en toisant sa face arrogante, c'est une scène qui doit se jouer sur une autre planète. Bien, je le lâche et il ne fait rien. Il fixe le vide tandis que son copain relève brutalement la mère, tout en repoussant les enfants. Le père de famille aussi nous regarde, Lode et moi. Il me regarde ramasser son casque dans la neige, poser ma main sur son épaule et l'aider lentement à se redresser, l'enfant dans les bras. Il me regarde épousseter son costume enneigé pendant que les doigts de Lode en larmes essuient le front ensanglanté de son fils avant de lui ouvrir les lèvres en les serrant entre le pouce et l'index, comme s'il s'apprêtait à sauver un noyé en lui faisant du bouche-à-bouche. Alors, les yeux du gamin s'entrouvrent et Lode pousse un profond soupir, serrant le corps frêle encore plus fort contre lui. Il ne veut pas de son casque. Sans un mot ni un regard vers nous, il marche avec le garçon dans les bras, la tête fièrement redressée, et nous le suivons tous en silence, y compris les Allemands, comme après une dispute familiale, lorsque le père soûlard sort de son ivresse destructrice et contemple, muet de stupeur, l'étendue des ravages. À notre arrivée, nos deux collègues qui montent la garde à l'entrée de l'ancien stock de literie de l'armée, destination finale de notre périple, ne disent rien non plus. Ils n'ont rien vu, mais ont vraisemblablement entendu le concert de cris. Blêmes, raides, ils contemplent Lode qui s'avance sans casque, un enfant dans les bras, tel le nouveau héros d'Hollywood, Errol Flynn, matérialisé en chair et en os, et en oublient de saluer les Allemands. Avant d'être traîné avec sa famille à l'intérieur de l'entrepôt, le père reprend avec précaution son fils des bras de Lode, plonge ses yeux dans ceux de mon camarade et marmonne quelque chose. Puis ils disparaissent, engloutis par la profonde obscurité qui règne dans l'établissement, comme s'ils n'avaient jamais existé. Nous restons plantés à l'extérieur, Lode et moi. Le mieux serait de débarrasser le plancher, mais mon ami n'est pas prêt. Il cherche à reprendre contenance, arrange ses cheveux, prend son casque entre mes mains puis demande calmement aux gardes s'ils ont des cigarettes. Nous fumons tandis que la neige se remet tout doucement à tomber. L'un des gardes, un policier d'une trentaine d'années arborant une grosse moustache et que tout le monde connaît sous le nom de Gust le Bigle parce que ses yeux partent dans tous les sens après cinq verres de stout, dit que toute la troupe enfermée ici sera mise demain dans le train pour le Limbourg, Saint-Trond pour être précis. Personne ne demande ce qu'ils deviendront là-bas.

« Et je dois monter avec eux dans le train, ajoute Gust le Bigle, ça promet. Mais bon, on me file un peu de thune en plus pour ça, donc je la boucle. »

Lode aspire profondément la fumée dans ses poumons et demande combien.

« Quarante-cinq francs, répond Gust.

— Pas mal », lâche Lode en jetant son mégot dans la neige.

L'adjoint nous regarde en soupirant derrière son guichet. Il sort l'Annuaire de Garde, un gros cahier à lignes bleues et marge rouge, et trempe son stylo dans l'encrier. J'écoute avec lui l'histoire de Lode, dont la colère s'enflamme à mesure qu'il dicte, ce qui me rend de plus en plus nerveux. L'adjoint pose enfin son stylo, enlève ses grosses lunettes d'écaille et me regarde d'un air las.

« Tu es d'accord avec ce que ton camarade vient de raconter ? »

Je réponds qu'effectivement à aucun moment les Allemands n'ont dit de quoi était accusée la famille Lizke.

« Ce que ton copain dit, c'est qu'ils ont été accusés injustement. Ce n'est pas du tout pareil. Ces hommes ont-ils montré un document ?

— Juste un papier avec l'adresse de l'entrepôt de literie. »

Lode tape du poing sur le guichet en bois.

« Ce n'est quand même pas normal, chef ! Tous ces gosses avaient moins de quinze ans. Une mère et sa marmaille ! Puis d'ailleurs, comment sait-on que ce père est bien un réfractaire ? Tout le monde est devenu fou ou quoi ? »

La catastrophe. Mais que veux-tu ? La plupart des gens ne réfléchissent pas plus loin que le bout de leur nez. Sache que c'est moi qui avais dû convaincre Lode de faire un rapport. Cela n'avait pas été sans mal sur le chemin du retour. Il n'arrêtait pas de répéter qu'il ne fallait pas remuer la merde. C'était surtout son dégoût qui parlait. Mais il avait tort. Il fallait y aller au contraire. Pour une raison toute simple. Nous pouvions supposer que ces deux Feldfritz feraient exactement la même chose une fois de retour à la Feldkommandantur. Il y avait donc une chance raisonnable pour qu'on se fasse interpeller à ce sujet. Ces hommes étaient minutieux et avaient probablement noté nos matricules. Si nous ne donnions pas notre version des faits, nous étions encore plus mal barrés. Il n'y avait qu'une chose qui importait, une seule, et j'avais insisté là-dessus auprès de Lode, il fallait que ce soit clair entre nous. J'avais retenu le poignet de ce Feldgendarme de crainte qu'il ne s'en prenne physiquement à mon collègue. C'était tout ce qui comptait. Le reste ne nous regardait pas. Nous devions nous protéger. Lode avait fini par me donner raison. Mais je l'avais mal jugé, puis surtout : j'aurais dû prendre la parole en premier. Au lieu de se concentrer sur ce fait précis, durant la dictée, il s'est laissé emporter par la colère et n'a pu s'empêcher de formuler des accusations et d'insister dans son rapport sur la grande injustice à laquelle il était persuadé d'avoir assisté… Mais il y avait autre chose, et cela, je ne l'ai appris que plus tard. Si Lode me l'avait révélé à l'époque, je ne l'aurais pas cru, même s'il avait juré sur son âme de premier communiant. Lode connaissait cet étranger. Il connaissait le juif Chaim Lizke que nous avions aidé à transbahuter avec sa famille.

« Tu comprends quand même, Metdepenningen, que ceci va aller à la Feldkommandantur ?

— Mais chez le bourgmestre aussi, non ? »

L'adjoint se gratte derrière l'oreille et remet ses lunettes.

« Je rêve ou tu comptes m'apprendre mon job ? Depuis combien de temps tu bosses ici, morveux ? Cinq semaines, c'est ça ? Qu'est-ce que le bourgmestre vient faire là-dedans ? »

La patience de l'adjoint est à bout et Lode l'a enfin compris. Il doute, il hésite.

Plus haut, je l'ai décrit comme un héros d'Hollywood et je ne retire aucun de mes mots. Il était impressionnant, possédé et auréolé d'une force qui ne se rencontre que rarement et qu'on associe sans doute à juste titre à des héros depuis longtemps oubliés ou à un dieu dans sa terrifiante beauté. Mais les gens sont avant tout pitoyables, inconséquents et se racontent des histoires. Personne n'est un héros à vie.

« Alors ? T'as avalé ta langue ? »

Lode déglutit bruyamment.

« C'est un problème de maintien de l'ordre public, ce qui est tout de même du ressort du, euh… »

L'adjoint rapproche son pouce et son index jusqu'à ce qu'ils se touchent presque et dit :

« Tu es à *ça* de devoir faire le service de nuit tout le restant de l'hiver. C'est ce que tu cherches ? »

De nouveau, il regarde Lode, puis moi, le raisonnable.

« Le mot "injuste" n'a pas sa place ici. Et maintenant, fiche le camp. »

Une fois dehors, Lode est sûr que l'adjoint est un « vrai », une taupe autrement dit, qui s'est préparé à la guerre avec ses camarades et fait partie d'une société secrète ayant pour but de disloquer la ville et le pays, ou du moins de les plier, avec ou sans violence, aux caprices de l'occupant. Tandis qu'il me parle, en cette nuit de janvier 1941, je vois une horde d'hommes masqués, à la lueur vacillante des flambeaux, jurer une fidélité éternelle à leur confrérie ainsi qu'à leur nouvelle Patrie. À ce moment-là déjà, je sais qu'il y a de la trahison, sans les images kitsch qui me viennent spontanément à l'esprit. Mais je ne peux pas m'empêcher d'avoir ce genre de visions, depuis tout petit.

Je devais avoir sept ans. Mon père m'avait raconté que ma famille, du côté maternel, avait jadis habité un petit château. La nuit d'après, j'avais fait un rêve : j'étais à l'intérieur de ce château, le sol en marbre affreusement froid sous mes pieds nus. Au sommet d'un grand escalier, ma mère me fait signe. Une énorme porte s'ouvre. J'essaie de la suivre, sans parvenir à la rattraper. L'une après l'autre, les portes en bois sculpté s'ouvrent, toutes lourdement décorées : des nuées d'angelots se volant dans les plumes, des aigles se bouffant l'abdomen à coups de bec, des serpents entortillés. La dernière porte grince. Ma traîtresse de mère a disparu, je vois une comtesse qui se gratte la nuque, cherchant à tâtons un abcès purulent. Apparaît ensuite une servante coiffée d'un bonnet blanc, qui vomit du sang au petit coin. Je vois un comte en tenue de chevalier, brandissant son épée dans la salle du trône, la bouche écumante de folie. Un vieillard en haillons lève un doigt en signe d'avertissement, tandis qu'un chien lèche ses orteils déchaussés. Un étendard puant le moisi traîne par terre au pied de l'escalier. Dehors, des poissons suffoquent dans un étang asséché, brûlant au soleil. Sur les berges de ce cloaque gisent un tas d'hommes, de femmes, d'enfants taillés en pièces, des millions de grosses mouches vertes bourdonnant tout autour, qui rampent à l'intérieur des membres puis en ressortent, y pondant leurs œufs. Et oui : des hommes portant des flambeaux aussi. Le lendemain matin, je m'étais réveillé grippé.

« Nous ne pouvons faire confiance à personne, Wilfried.

— Et qui dit que tu peux me faire confiance, alors ? »

Lode sursaute, me dévisage, cherche l'ironie, le sarcasme, décide tout de même d'éclater de rire.

« Tu me charries ! Comédien !

— Non, je suis sérieux. Qui dit que ce “nous” existe ? Qui dit que tu peux faire confiance, comme ça, à quelqu’un ?

— Mais à toi, oui ! crie Lode en me flanquant une bourrade. À toi, oui. »

À moi oui ? Permets-moi d’en douter, mon garçon, je te le dis comme je le pense. Non pas qu’un type comme moi aurait été capable de trahir Lode pour quelque raison que ce soit, et de le livrer ainsi aux poursuites et, qui sait, à la déportation, puis à la mort. Ça semble tiré par les cheveux, mais ça ne l’est pas du tout. Deux ans après la bourrade que Lode me flanque, les Boches commencent réellement à chier dans leur froc et envoient les gens en camp de concentration pour beaucoup moins que ça. Pour autant, un homme est-il digne de confiance, quand bien même il ne ferait rien pour compromettre ou trahir son ami ? Dans un vieux film policier français des années soixante-dix, le personnage joué par Alain Delon dit qu’il n’y a qu’une bonne attitude à avoir vis-à-vis d’un flic : un mélange d’ambiguïté et de dérision. Ce qui m’avait fait rire à l’époque, quand je l’avais entendu balancer ça froidement, c’est qu’Alain Delon joue justement le rôle d’un flic. Y a pas à dire, c’est un drôle de métier. Je te raconterai plus tard comment ton arrière-grand-père a atterri là-dedans. Et puis non, pourquoi pas tout de suite ? Comme ça, c’est fait. J’ai accepté un piston afin d’échapper au service du travail obligatoire imposé par les Allemands. Tu la sens venir, l’« ambiguïté » ?

Un jeune gars devient flic pour ne pas être transféré comme travailleur vers l'Allemagne; et une fois flic, il aide à coffrer ceux qui tentent d'échapper à ce même service du travail obligatoire. Mais bien entendu, dans le cas de la famille Lizke et de leurs congénères, il ne s'agissait pas de travail. D'ailleurs, durant l'hiver 1940-1941, les Boches eux-mêmes ne savaient pas quoi en faire. Ils devaient partir, c'était tout. Et le plus fort, c'est que pas mal de gens s'irritaient de voir des juifs continuer de circuler en ville. L'évacuation était beaucoup trop lente à leur goût. On ne pouvait pas ménager la chèvre et le chou, entendait-on, il fallait se décider. En effet, si ce peuple était aussi répugnant et dangereux qu'on le disait, pourquoi ces parasites étaient-ils encore là ? Comment se faisait-il que le *Herrenvolk* tolérait encore dans les rues un ennemi public pareil ? Allait-il attendre que cette racaille, par peur de la mort, s'adapte à nos us et coutumes ? Si oui, il pouvait toujours attendre. Ça n'arriverait jamais ! Une sangsue ne sait faire qu'une chose, elle ne s'adapte pas. Les Allemands étaient là depuis mai. Ils avaient pris tout un pays comme un rien, en une semaine ou deux. N'avaient-ils pas honte de ne pas réussir à nettoyer ce qui restait ? Puis bien sûr, la rumeur disait que c'était à cause de la « petite pierre », encore une fois; que les juifs pouvaient rester parce qu'on avait besoin d'eux pour assurer la fierté et la prospérité de cette ville, c'est-à-dire le commerce du diamant. Blanc bonnet et bonnet blanc, comme on disait : même les Allemands ont succombé à l'ignoble profit. Un mois plus tôt, un copain de mon père qui travaillait à la maison communale me racontait que les juifs avaient dû s'enregistrer en tant que juifs dans la Gildekamerstraat, derrière la maison communale. Quel afflux ! D'après le copain en question, tout le monde au bureau avait dû faire des heures sup. La queue s'étirait jusqu'à dehors, sous la pluie, protégée par de grands parapluies noirs. Les juifs étaient « invités » à se présenter avec leur carte d'identité, ce qui, en langage bureaucratique, voulait dire « sommés ».

« Mon gars, je te raconte pas le bordel ! Les gens arrivaient avec une montagne de documents. J'aurais voulu t'y voir. Des Polonais, des Allemands... De la famille ici, de la famille là-bas, puis des noms à coucher dehors. Y en avait qui habitaient ici depuis des années, mais qui ne parlaient pas un mot de néerlandais ni même de français. Mais attention : y avait pas que des barbus en habits noirs. Y avait parfois des dames... de vraies bombes sexuelles ! À tomber à la renverse... Jamais je n'aurais cru que la tribu d'Abraham comptait d'aussi beaux spécimens. »

Le copain de mon père a de nouveau fait remplir son verre. À peine deux semaines avant cette inscription massive, certains cafés et restaurants avaient déjà dû indiquer sur leur porte que l'établissement était tenu par des juifs. Mais pour les vieilles rombières, les emmerdeurs, les rouspéteurs et chicaneurs de service, ces mesures étaient insuffisantes. Et tout à coup, leurs prières ont été exaucées. Un paquet de juifs a été embarqué dans un train pour la ville fruitière de Saint-Trond, mettant la localité sens dessus dessous. On eut droit là-bas à un concert de lamentations. « Pourquoi est-ce à nous de prendre ces étrangers en charge ? Vous savez ce que ça coûte ? Qu'est-ce qu'ils vont foutre ici ? Aider à la cueillette des pommes ? C'est la saison, nom de Dieu ! » Au bout de trois mois environ, les Allemands ont discrètement rapatrié tout ce petit monde en ville. Deux ans après cette débâcle, c'était complètement oublié, vu que désormais ils savaient quoi en faire : ils les transféraient bien plus à l'est que le Limbourg, dans des endroits où l'on jetait leurs cadavres au feu et où les cheminées fumaient jour et nuit. Non, on ne connaissait pas ces détails à ce moment-là. Mais aucun d'entre nous ne croyait au fait que les Israélites et autres indésirables étaient déportés vers des lieux où ils se voyaient donner une chance de gagner leur place dans le Reich à la sueur de leur front. Ce sont les trouillards, après guerre, qui ont prétendu le contraire, continuant d'affirmer leur lâche morale d'esclave à grand renfort d'arguments, évoquant ce qu'ils avaient vu, insistant plus encore sur ce qu'ils n'avaient pas vu, et dont la subite myopie était jugée crédible par d'autres, au simple motif que tout le monde, du haut jusqu'en bas de l'échelle, du secrétaire général au gouverneur, du bourgmestre au blanc-bec en uniforme comme moi, avait quelque chose à se reprocher. « Des temps difficiles », comme tu entendras encore dire des gens aujourd'hui, soulignant qu'« il faut remettre les choses dans leur contexte »... Je suis d'accord avec Alain Delon et je dis que sa vision des flics valait pour tout le monde : c'était une époque pleine d'ambiguïté et de dérision qui, en cela, ne diffère pas des autres. À moins qu'elle ne soit jamais passée et rôde encore parmi nous.

Deux ou trois ans avant ta naissance, j'avais déjà envisagé de coucher par écrit mes souvenirs. Je vais te raconter comment ça s'est passé. Nous sommes en 1993. Je suis assis à mon bureau donnant sur le Parc communal, occupé à classer ma paperasse. Non, je fais semblant de trier. Dans la pièce d'à côté, ton arrière-grand-mère pleure, couchée sur notre lit. Ça me tape prodigieusement sur le système. L'impuissance épuise. Elle t'isole un homme comme moi de tout. Bien sûr, je sais pourquoi elle pleure. Je ne veux simplement pas l'entendre. Je ne veux pas y réfléchir. Et ses larmes me donnent surtout envie d'être ailleurs. Bref, il est presque midi. Il n'y a rien à manger à la maison, j'ai faim et ma femme n'a certainement pas l'intention d'y remédier, ni moi de lui demander quoi que ce soit. J'ai envie de *potjesvlees*, de rillettes de canard pour être précis, et je connais un bon boucher dans la Carnotstraat. Le plus urgent, c'est de m'en aller, car je ne peux plus supporter ces jérémiades une seconde de plus. Il fait plutôt beau, c'est le début du printemps. La ville a été désignée capitale européenne de la culture et pullule d'affiches publicitaires ornées d'une photo. Si j'avais pu donner mon avis, j'aurais plaidé pour une image du tableau de Margot la Folle. C'est un miracle de pouvoir admirer cette peinture extraordinaire de Brueghel l'Ancien ici, dans une petite salle de musée ; rien que ça, ça donne déjà une idée de qui nous sommes dans cette ville, et la toile elle-même en révèle tout autant. La terreur règne sans fard sur ce pillage à la bouche de l'enfer. Ce n'est pas parce qu'une chose demande peu d'efforts qu'une révélation n'en est pas une. Margot la Folle se démène dans un paysage de folie, en proie à la guerre et aux souvenirs, dans des tons rouge vif, bruns et noirs. Ses yeux sont si écarquillés qu'elle voit tout et rien à la fois. Est-elle personnellement à l'origine de cette calamité ou fait-elle seulement partie de cette dégueulasserie, jouant le jeu, elle aussi ? Un samedi, il faut que tu ailles dans ce musée pour t'en imprégner. C'est vrai qu'on peut la voir sur Internet et ta génération trouve plus qu'elle ne cherche. Mais va voir cette peinture de tes propres yeux et explique-moi comment ça se fait que cette révélation est accrochée ici. Avec un peu de jugeote, tu comprendras peut-être pourquoi ça en dit autant sur la ville. Mais bon, retour à 1993 où une photo de Stan Laurel et Oliver Hardy, tous deux en tenue de prisonniers, une pelle à la main, suffit apparemment à faire l'article d'une année de la culture. Ils ont cet air déconfit qui les caractérise. On comprend qu'ils viennent de creuser un tunnel pour hélas revenir au point de départ, c'est-à-dire dans leur cellule. Je les regarde et me reconnais. Au-dessus de leurs têtes stupides trône la question : « L'art peut-il sauver le monde ? » Allez vous faire foutre, je pense. Je rêve d'un toast aux rillettes de canard. Mais au bout de la

Quellinstraat, je ne tourne pas à droite en direction de la Carnotstraat. Tout à coup, la soif a pris le pas sur la faim et je continue vers Geuzenhofkes, une place que seuls les vieux de la vieille comme moi appellent encore ainsi. Jadis, elle était formée de quatre squares avec au centre une belle statue de peintre célèbre ou de bourgmestre notoire, entourée d'arbres dans l'ombre desquels des couples d'amoureux s'asseyaient main dans la main. Aujourd'hui, il y a le crachotement permanent des autobus qui se dépêchent de ramener les gens de la campagne aux portes de la ville. Juste au coin, à côté de l'Opéra, se trouve un grand café à colonnes qui frime avec son chic un peu vétuste et où je retrouve parfois mes vieux amis. Il est environ onze heures du matin. Je pousse à peine la porte qu'une voix tonne déjà : « Hé là, qui est-ce qu'on nous envoie encore ? » Au milieu de la salle, quelques copains à moi tapent le carton. Je suis content de les voir, de ne pas devoir boire tout seul à une table comme un pauvre vieux légume et m'embêter à cent sous de l'heure à réduire des sous-bocks en monticules de carton déchiré. Mon ami Richard, une armoire à glace qui sortira un an plus tard de l'hôpital avec une poche en plastique externe à la place de l'estomac, tout ça pour descendre dans la tombe moins de six mois après à l'état de squelette ambulant, me fait signe. Un des autres joueurs s'appelle Leo. Depuis qu'il a appris que j'étais poète, ce zouave m'appelle Maître, mi-sérieux, mi-mauvais. Il ne le sait d'ailleurs que depuis un an ou deux, alors que ça fait quarante ans, nom de Dieu, que je publie, mais son attitude est typique de cette ville, plus typique que ça tu meurs. Les deux autres joueurs sont de vagues connaissances. Je m'assieds à leur table et commande un demi. Ils jouent au whist, un jeu auquel je n'ai jamais compris grand-chose. Je sirote ma bière et observe alentour. « Atout carreau ! » crie Richard et il me lance un clin d'œil, tout en essuyant la mousse de cette moustache qui l'a propulsé membre d'honneur du club local des moustachus, une source de fierté pour lui. À ce moment-là, j'ai déjà passé le cap des soixante-dix ans, mais la compagnie bienfaisante de ces joueurs de cartes me ramène en enfance. Pas pour longtemps. Entre deux plis, Richard me demande si j'ai revu Lode. Il m'aurait filé un coup de pied dans les couilles que ç'aurait eu le même effet. « Non », réponds-je en détournant le regard. Au même instant, je remarque un homme assis à une table à l'autre bout de la salle, qui soutient mon regard sans se gêner derrière ses gros verres de lunettes. Il me regarde comme si j'étais un rat exotique dans un vivarium. Il a un début de calvitie et une barbe de deux jours. Je crois le reconnaître, mais c'est impossible. La dernière fois que je l'ai vu, j'étais un flic d'environ vingt-deux ans et lui – mes poils se hérissent à cette pensée – avait exactement le même âge que maintenant, c'est-à-dire environ quarante-cinq. Assis dans un couloir du quartier général du Sicherheitsdienst[1] – encore installé à

1. Le Sicherheitsdienst, SD en abrégé, était le service de renseignement et de maintien de l'ordre de la SS.

l'époque dans une énorme villa de l'avenue Della Faille –, j'attends qu'on me remette un document à l'intention de mon adjoint. En soi, c'est bizarre parce qu'on n'a pas beaucoup de contacts avec la Gestapo. Ces hommes ont un régime à l'intérieur du régime. Néanmoins, à ce moment-là, ils se mêlent de plus en plus du travail ordinaire de la police. Les Feldfritz ne sont pas commodes, mais ces hommes en civil avec leur manteau de cuir sont d'une autre trempe encore, un cran au-dessus dans la force brutale qu'ils déploient devant nous autres qui sommes aux premières loges, mais dont nous prétendrons après coup n'avoir presque rien vu. Une porte de bureau est entrouverte. Je vois Culs-de-Bouteille en uniforme noir, son képi posé de travers sur un buste ornant son bureau en chêne. Je le vois, et je l'entends, bien que je détourne de temps en temps la tête, comme je le fais ici dans ce café. Il crie et jette des papiers à la tête d'une femme, israélite elle-même ou mariée à un Israélite. Oui, ça me revient, elle est mariée à un réfugié autrichien. Je la connais. Je la vois régulièrement chez le boulanger de la Jacob Jacobsstraat, où elle achète des gâteaux au fromage et où je fais parfois la queue pour mon père qui raffole de rugelachs. Je reconnais immédiatement son profil. Elle tente de protéger son visage des cris et des postillons de Culs-de-Bouteille en uniforme noir. Il hurle qu'elle a de nouveau bien réussi son coup, que tous les juifs connaissent quelqu'un qui peut les aider en cas de besoin, et tiens, les v'là tes papiers, toi et tes maudits aïeux assassins de Jésus-Christ, prends-les tes documents, comme ça ton mari pourra continuer à profiter, il ne se fera pas embarquer dans un train direction camp de travail, sois tranquille, s'écrie Culs-de-Bouteille, et estime-toi très heureuse... Elle se tient droite et fière, va jusqu'à le remercier, tandis qu'elle ramasse les papiers tant convoités. En passant devant moi, elle ne me regarde pas, mais Culs-de-Bouteille, oui; il me fixe de ses gros yeux. Exactement comme maintenant, en l'an 1993. Il n'a pas changé d'un poil, il est peut-être un peu moins soigné, mais ce regard derrière ces verres à double foyer est identique à celui d'autrefois. Caché derrière une déchirure dans le rideau du temps, il m'observe, plie un morceau de carton qu'il utilise pour déloger les restes de son déjeuner coincés entre ses dents, avant de les avaler. « Regarde-moi, me dit-il silencieusement, et sache que je te reconnais, et que tu fus jadis témoin d'un événement qui a failli me coûter la tête, ou plutôt qui me l'a sauvée, parce que cette bonne femme que j'avais traitée par-dessus la jambe a décidé de plaider en ma faveur lorsque je me suis retrouvé enfermé à mon tour avec mes camarades à l'Harmonie de la Mechelsesteenweg car, oui, j'avais sauvé son mari. Contre mon gré, mais je l'avais fait, et c'est ce qui m'a sauvé moi, pour finir. »

Tandis que Leo crie que Richard est un tricheur de première catégorie parce qu'il gagne à tous les coups et que les autres abondent gaiement en son sens, Culs-de-Bouteille se lève, boutonne sa veste et, nom de Dieu, me fait un signe de tête avant de quitter le café.

« Patron ! appelle Richard, qui en a marre qu'on le charrie sur sa chance de cocu. Qu'est-ce que t'as comme plat du jour ? »

D'après le garçon, qui connaît ses clients, c'est un petit plat léger et facile à digérer. Je lève la main, commande une Duvel pour accompagner le repas et commence à croiser les doigts. Depuis la retraite, je n'en peux plus des déjeuners trop riches qui me restent sur l'estomac, et je repère donc sur la carte ce qui lui facilitera le boulot, mais je me plante à chaque fois et attrape des aigreurs pour une banale salade de poulet qu'un idiot en tenue de cuistot a noyée dans le vinaigre balsamique ou un autre vinaigre étranger. Et merde, je me suis encore fait avoir. Lasagne au saumon. C'est quand même pas croyable ! Ça n'a l'air de rien, n'est-ce pas ? A priori, le degré zéro de ce qu'on peut manger entre midi et deux ? Et pourtant... je me retrouve à roter aux toilettes et à revoir Culs-de-Bouteille à chaque remontée de bière forte et de cette délicatesse nommée lasagne au saumon. Quand je reviens des W.-C., une deuxième Duvel m'attend. Je la bois, puis une troisième. La tête embrumée et la main incertaine, je prends enfin congé de mes amis car je dois encore passer chez le boucher, c'est ce que je leur dis, car madame veut des rillettes de canard.

À la maison, je retrouve ton arrière-grand-mère comme je l'ai laissée, avec son vieux corps épuisé, pleurant sur le couvre-lit. Ses sanglots se sont transformés en gémissements ténus et, dans mon esprit pas encore dessaoulé, c'en devient presque mélodieux. Avant, elle chantait sur la musique d'opérette qui retentissait dans notre modeste appartement. C'était la fille d'un boucher remarquable qui m'avait relativement vite accepté en tant que futur gendre, mais qui avait cessé de me faire confiance une fois notre mariage célébré. Ton arrière-grand-mère avait toujours rêvé d'être cantatrice et de se produire sur scène, de mettre son coffre au service de « Meine Lippen sie küssen so heiß[1] » de Franz Lehár ou d'exécuter un numéro graveleux d'Offenbach, avec beaucoup de plumes. Mais son père y avait toujours mis son veto. « Tu peux encore en faire une pute », m'avait-il dit d'un ton mordant, peu d'années après notre mariage, lorsque le sujet était revenu sur le tapis autour du repas de Noël, où il se régalait de croquettes de dinde préparées avec amour par sa fille chérie, pour la première fois, notez bien, après le rationnement des années de guerre. Mais c'était déjà trop tard. Elle avait de l'eau savonneuse jusqu'aux coudes, occupée à laver les langes de notre fils, et avait secoué la tête lorsque je lui avais encore proposé le lendemain d'aller à l'académie de musique. « Et toi, alors ? » m'avait-elle demandé, et elle avait haussé les épaules avant que je puisse répondre.

1. Air de *Giuditta*, opérette du compositeur autrichien Franz Lehàr (1870-1948).

Je frappe à sa porte. Elle a enfin fait sortir le chat de sa chambre et l'animal fait le planton. Faut dire que j'ai dans la main une petite assiette de toasts, tartinés avec soin de rillettes de canard. Poussant la bête sur le côté, je dis à la porte fermée: « Allez, tu dois manger quelque chose. » Les pleurs s'interrompent un instant.

« Laisse-moi tranquille, répond-elle. Tu ne ressens rien, toi. »

À sa voix, on dirait qu'un malfrat lui a enfoncé un morceau de tissu dans le gosier.

Je la somme d'ouvrir la porte.

Pas de réponse.

« Ça ne peut quand même pas durer comme ça cent sept ans ? »

Pas de réponse. Je l'entends prendre une grande inspiration avant de repartir pour un tour. Le chat miaule, se frotte à mes pieds, plante ses griffes dans mon pantalon, cherchant à attraper les amuse-gueules posés sur la petite assiette. Ah il est beau, le poète trop peu célébré et le flic compétent de jadis...

« J'ai fait des toasts aux rillettes de canard. Achetées chez le boucher de la Carnotstraat.

— Donne-les à cette saleté de chat ! »

Je serre les poings.

« C'est ce que je vais faire, si tu n'ouvres pas cette porte ! »

Pas de réponse.

Le mariage, mon cher garçon, est un exercice d'humiliation jusqu'à ce que la mort nous sépare.

Ce qu'on appelle « se mettre en ménage » est un monstre à cent têtes. Si je pouvais enfiler ce genre de moments, mon collier ressemblerait à un trophée de cannibale. Les hindous l'ont très bien compris. Tu n'as qu'à chercher des images de leur déesse Kali pour voir. Elle tire une langue rouge et à son cou bleu pendent des crânes aux orbites vides reflétant chacun de ces moments humiliants dont un homme et une femme savent qu'il vaut mieux les garder en famille. On tient bon en pensant que cette union a une indéniable utilité, à savoir que tous te croient des leurs. En secret, j'ai haï ton arrière-grand-mère avec une telle passion, mais maintenant je la regrette, comme un vieil ours mal léché dont la vie est réduite à peau de chagrin.

« Viens, minou, dis-je, maman ne veut pas manger. »

Le chat devient fou. Il pleure comme s'il allait mettre bas d'une minute à l'autre. Il me suit à la cuisine. Oh, à propos : est-ce que tu aimes les chats ? Si oui, il vaut peut-être mieux que tu ne lises pas ce qui va suivre. Je racle les rillettes de canard des toasts et les mets dans sa gamelle. Il dévore avec avidité. Je lui demande si ça lui plaît. Je m'assieds en soupirant. Sur la table de la cuisine, il y a des bons de réduction de supermarché découpés par ma femme. Ammoniaque : deux bouteilles pour le prix d'une. Entrecôte en promotion. Crème solaire gratuite pour l'achat d'un transat. La vaisselle d'avant-hier traîne encore. Ce n'est encore jamais arrivé. Ça sent le lard brûlé dans la cuisine qu'on n'a pas rénovée depuis les années soixante malgré les jérémiades de ton grand-père. « Ce n'est quand même plus de notre temps… Qu'est-ce que maman fiche là-dedans ? » Rien à faire : un sou est un sou, et ce qui fonctionne, fonctionne. Le chat s'est à peine régalé de ce qu'on trouve de plus succulent chez ce boucher qu'il miaule déjà contre ma jambe. Encore, encore, encore. Ce n'est jamais assez. Non, il a eu assez. Hop, il plante de nouveau ses griffes dans mon pantalon. Miaou, miaou. Puis le voilà qui s'assied sur son cul et se met à se gratter furieusement sous le menton. C'est reparti : il a des puces. Je tâte ma cheville où une morsure de puce tenace m'empêchait encore de dormir la semaine dernière. Ma femme s'est remise à pleurer. Elle n'aura bientôt plus de cordes vocales. Je ferme la porte. Le chat continue de se gratter. J'attrape un seau en dessous de l'évier et le remplis d'eau tiède. Je prends un pot de yaourt entier dans le frigo et en flanque deux bonnes cuillerées dans un bol.

« Viens là, dis-je. Maudit sac à puces. »

Le chat ne comprend pas ce qui lui arrive et se jette sur le yaourt. Le seau est plein. Je pousse le robinet sur le côté, ouvre le tiroir inférieur de l'armoire où sont rangés les outils de jardin et sors mes gants de travail. Ils sont quasi neufs. Le jardinage n'est pas ma tasse de thé et, depuis qu'elle a attrapé un tour de reins, ce n'est plus celle de ton arrière-grand-mère non plus. L'as-tu un peu connue ? Non, c'est impossible. Bref, j'enfile mes gants et me penche vers le chat qui bien sûr ne se méfie pas, occupé qu'il est à se pourlécher les babines. S'il pouvait se gratter et bouffer en même temps, il le ferait. Ma main l'ayant saisi par la peau du cou, il ne peut presque plus bouger. Il proteste, lance ses griffes dans le vide, puis se raidit brusquement, les pupilles dilatées. D'un coup, je le plonge au fond du seau d'eau tiède. Il se débat comme un diable. Usant de mes deux mains, je l'enfonce encore davantage. L'eau gicle de tous côtés. Je maintiens tant bien que mal l'animal tout au fond et attends. Des bulles d'air remontent. Je sens à l'œuvre la force d'antan, sans la gangue de colère, mais tout de même. Puis c'est comme si le chat gonflait. Aussitôt après, il jaillit de l'eau telle une fusée, soufflant et crachant comme un possédé. J'ai serré inutilement. Trempé comme une soupe, les poils hérissés, il se lance à présent contre la porte fermée de la cuisine avec un râle qui ressemble à tout sauf à un bruit de chat. Boum ! Encore. Et bang ! C'est pas fini. Je regarde mes gants mouillés.

Depuis la chambre, j'entends crier : « Qu'est-ce qui se passe là-bas ? »

Plus l'ombre d'un sanglot dans sa voix. Ma main sur la poignée. Le chat se jette sur mes chevilles. Ses griffes traversent ma chaussette. J'essaie en vain de lui donner un grand coup de pied, mais finis à la place par ouvrir la porte. Le chat file sous une armoire dans le couloir, sans cesser de grogner et de souffler. Un animal vengeur est né. « Sois tranquille, l'entends-je miauler plein de haine, et estime-toi très heureux ! »

C'est ce soir-là que j'ai commencé à écrire. Mes aigreurs d'estomac persistaient et je n'arrivais pas à me défaire du visage de Culs-de-Bouteille, qui continuait de me fixer. Je n'ai jamais terminé le manuscrit, mais tu peux voir à mes premières phrases comment je me sentais :

« Écoute-moi. Je suis une légion de voix, tu exècres la plupart d'entre elles, moi-même j'en chéris peu. Je respire encore ; par nécessité, semble-t-il. Mais ni toi ni personne, si vous connaissiez l'histoire, ne m'accorderiez plus un souffle. Et je le comprends, car connaître vraiment quelqu'un sur la durée t'est étranger, or je suis – hélas – constitué de durée. Cela fait de moi un ange exterminateur, ancré dans un temps erroné, lâche. Chez moi prévaut la vérité, chez toi, le contraire : la vie au jour le jour. »

Tu sens la colère hautaine ? Ça fait drôle de penser que l'homme que j'étais avait déjà un certain âge, et que j'ai la chance, des années plus tard, de relire ces lignes et d'en reconnaître l'inanité. Fait non dénué d'importance : je me prenais encore à ce moment-là pour un poète grandiose mais méconnu. J'avais l'impression que des démons, pour ainsi dire, m'attrapaient par les cheveux pour me ramener vers le passé ; des démons qui, pour la première fois après toutes ces années, me faisaient comprendre ce que je considère maintenant comme une vérité : ça ne s'arrête jamais. Il y a aussi que j'avais à l'époque une trop haute opinion de moi-même pour imaginer que ce livre n'aurait pas de lecteurs, et que je ne le mènerais de toute façon pas à bon port. Il m'aura fallu attendre plus de vingt ans pour comprendre que mon histoire n'intéressait qu'une seule personne, mon garçon, et c'est toi. Encore une chose, et je sais que c'est grotesque, telle une vieille pute qui déploierait ses charmes une dernière fois dans l'espoir de tromper ses rides, mais je dois être honnête et te le dire. Je n'avais pas l'intention de publier ce livre sous le nom de Wilfried Wils. Je sens monter le peu de honte qui me reste, mais je termine. Je voulais le publier sous le nom d'Angelo, mon nom secret qui aujourd'hui hélas, contrairement à avant, du temps où j'utilisais souvent ce pseudonyme en littérature, sied à ce corps décharné comme un tablier à une vache.

C'est dans un lit en fer, m'avait raconté ma mère, forgé jadis par mon grand-père, un lit d'enfant fait pour défier le temps, que je suis tombé malade. Je dépérissais, j'avais cinq ans, l'espoir s'amenuisait au fil des heures, qui se laissèrent dompter cependant pour devenir des jours, puis des semaines et enfin des mois. Mais il n'y eut pas une larme sur les joues de mon père ; il avait toujours su que son fils unique lui survivrait. Ma mère, qui était un peu moins confiante et s'est posée en victime du berceau à la tombe, se voyait déjà marchant derrière un petit cercueil, avec pour toujours un cratère fumant à la place du cœur. Le docteur – Geerschouwers, avait souligné ma mère, comme si un nom pouvait ajouter au malheur de l'histoire; d'ailleurs, il est mort depuis longtemps : figure-toi qu'il a bêtement trébuché dans la rue et que sa nuque a fait crac – eh bien, ce docteur avait dit que le mal était dans ma tête. Méningite. À quoi mon père, des années plus tard, ajoutait invariablement « ménimportequoi », comme si cette conjuration bébête détenait le pouvoir magique d'amener les gens à rigoler de cette histoire. Méningite. Et ce n'était pas de la blague. On était en 1925 et je n'étais plus de ce monde. Moi-même, je ne me souviens de rien, ni de cette maladie ni de ce qui l'a précédée. En revanche, la première chose dont je me souvienne après quatre mois de coma, c'est que je regardais un homme et une femme que je ne connaissais ni d'Ève ni d'Adam. La femme n'arrêtait pas de pleurer parce que j'avais ouvert les yeux et l'homme criait : « Wilfried, Wilfried, tu es vivant ! Tu es guéri ! », mais je n'avais aucune idée de qui était ce Wilfried. Si je n'avais pas eu si mal à la tête, j'aurais regardé derrière moi pour voir si un autre souriait à ce prénom. On a appelé le docteur Geerschouwers car mes parents pensaient que la maladie m'avait fait perdre la raison, et il a expliqué que c'était fréquent. C'est ainsi que ce docteur m'a présenté à moi-même, à mon père et à ma mère. Tu t'appelles Wilfried, Wilfried. Ils ont dû tout me réapprendre. J'ai dû les croire sur parole, tous autant qu'ils étaient. Croire sur parole que ce plaisantin était mon père et que ce mouton bêlant était ma mère. J'avais cinq ans. Je répète : c'était en 1925. Et j'en ai bien vite tiré la conclusion qu'il était mieux de faire semblant de croire à tout ce que les autres affirment. Il a fallu tout de même plus d'un an pour que je lève automatiquement les yeux à ce prénom qu'ils m'avaient donné pour la deuxième fois. Si reconnaître mes parents et les appeler maman et papa fut facile, le nom Wilfried tentait pour sa part de s'enfoncer dans ma tête à un endroit où se logeait déjà un autre prénom, que j'avais peut-être choisi moi-même ou qui m'avait été soufflé pendant ma période « ménimportequoi ». Plus tard, au catéchisme, l'idée s'est insinuée en moi que c'était un ange qui m'avait donné mon vrai prénom. Angelo. Voilà comment je m'appelle vraiment. Angelo des profondeurs. C'était peut-être un démon qui voulait me duper, mais en cela il différait peu des deux adultes qu'à partir de cinq ans j'avais été obligé de considérer comme mes parents et avec lesquels j'étais contraint de faire comme si je m'appelais Wilfried. Non. Non. Non. Wilfried n'a pas d'histoire. C'est Angelo qui en a une.

Je suis environ à la moitié de l'école dite « moyenne », qu'on appelle maintenant école secondaire, et c'est d'ailleurs ce que je suis : un élève « moyen » – lire médiocre. C'en est arrivé à un point où tout le monde y voit un énorme problème. Je serais nul en français, d'après mon professeur Cyriel Goetschalckx, qui me réprimande d'un « Willlllfrit » avant même que j'aie écorché du bout des lèvres une phrase dans la langue de Voltaire. Un homme peut effrontément jouer de sa mémoire défaillante. C'est juste du cinéma et l'on projette sa vision selon les besoins du moment. Je n'ai donc aucun mal à me convaincre que, dès le début de cette soi-disant « moyenne », je pressens la manière exacte dont le système fonctionne. Fabrique et mécanique. Des rouages qui tournent. La vis passant par le crâne des enseignants doit s'enfoncer profondément dans celui de l'élève. C'est vendu comme de la connaissance, mais toi, mon cher garçon, tu auras déjà compris qu'il s'agit surtout d'acceptation. Car tu as dix-sept ans maintenant, c'est ça ? Je crois que oui, mais je n'en suis plus sûr. Ce que tout le monde pense doit être vissé dans les âmes fraîches comme étant la vérité. Je suis donc assis sur les bancs du lycée, comme toi aujourd'hui, et c'est pourquoi je te raconte cela. Peut-être que tu te reconnaîtras. Je suis étonné que mes camarades, qui se comportent si librement dans la cour de récréation, n'aient aucune difficulté à accepter tout ce prétendu processus d'apprentissage. Chez la plupart d'entre eux, on dirait que c'est naturel, et ceux qui n'arrivent pas à suivre sont orientés vers les travaux manuels. Il y a dans ma classe un blond qui s'appelle Karel. Les profs se moquent régulièrement de lui à cause des opinions politiques de ses parents. Surtout le prof d'histoire qui ne peut s'en empêcher : « La semaine prochaine, on reparlera de l'Allemagne. *Deutschland*, Karel, tu es content ? » En général, quelques couillons rigolent, histoire de fayoter. Karel lui-même reste impassible, ce qui a le don de me fasciner. Ce n'est pas le premier de la classe, mais ses notes sont honorables. Il se montre toujours obéissant et désireux d'apprendre. À aucun moment il ne laisse transparaître qu'il se sent humilié, même pas lorsqu'on se paie sa tête parce qu'une fois encore il connaît la bonne réponse. Il reviendra d'ailleurs plus tard dans cette histoire. Quant à moi : je connais plus ou moins ma matière, mais je bloque lorsqu'il s'agit de la restituer sur commande. Je bégaye et je coince, ce qui fait qu'on me charrie bien évidemment. Avec le temps, c'est devenu une honte suprême. Ces dernières années, ça ne s'est pas amélioré et je suis finalement obligé de redoubler une classe. Je l'impute à la force déclinante d'Angelo, le maître hypnotiseur au cœur d'enfant poète et inaccessible. Les premières années, il me rendait invulnérable et ce qui m'énerve, c'est que je ne sais pas pourquoi il n'y arrive plus, pourquoi tout à coup la volonté d'Angelo ne peut plus s'imposer à chacun. Se pourrait-il que cet être qui vit en moi n'ait plus envie de jouer le jeu ? Qu'il ait compris, avant le dénommé Wilfried, que l'appréciation d'autrui n'a aucune valeur ? À la vue de ma débâcle mensuelle et des commentaires coléreux de mes professeurs, celui qui se dit mon père attrape sa ceinture. « Quatre en grammaire française ! Zéro en ethnologie régionale ! Algèbre… tu te fous de ma gueule ? » Il ignore le beau neuf que j'ai en gymnastique. Par un fait extraordinaire, je n'ai aucun mal à accepter la gym ni le prof de gym à la barbe de héros biblique qui règne sur la sueur, les limites du corps et la peur de l'échec. Mais un but supérieur opère ici, un but que je tiens caché aux yeux du monde. Mon corps, que les autres jugent maladroit, n'est pas à moi. Il y a un autre corps en dessous, un corps angélique, qui se doit d'être fortifié par l'entraînement. Pour mon père, ce neuf n'a aucune valeur. Le français, y a que ça qui compte. La maîtrise de la langue française devrait me permettre de voler toujours plus haut sur les ailes mécaniques de l'acceptation, pour enfin atterrir comme fonctionnaire de cet État maudit de tous, inclus à vie, nommé à titre définitif. La ceinture de mon père n'est par ailleurs qu'une image. Jamais il ne m'a rossé, et puis à dix-sept ans, on n'est plus un gamin. Sa colère bascule tout de suite dans la mélancolie. Les temps sont durs, d'après lui. Il ne faudra plus longtemps avant que ce soit la guerre. La compagnie de taxis pour laquelle il travaille comme comptable est au bord du gouffre. Les factures n'en finissent plus de s'entasser. La riche famille de ma mère estime ne plus pouvoir l'aider financièrement : trop, c'est trop. Et pour parachever ce tableau misérable, il doit se coltiner ce fils dont aucun parent sensé ne pourrait être fier. « Tu as besoin d'une sérieuse prise en main. » Venant de lui, la colère, je supporte ; ce que je ne supporte pas, ce sont ces soupirs et ces plaintes, cet échec qu'il accepte sans même tenter de se battre. Ça aiguise ma méfiance. Un étranger croirait ma mère indifférente aux jérémiades de mon père, mais moi je vois les taches rouges sur son visage : l'irritation. Elle est devant la porte de la cuisine, s'essuie les mains dans un torchon. Sa perruque est légèrement de travers, du moins j'en ai l'impression. Il y a un an, un dermatologue lui a conseillé une coupe à ras pour que la pommade noire à l'odeur de pétrole qu'il lui a prescrite pénètre plus facilement dans son cuir chevelu. Elle m'a confié avoir des pellicules, mais que progressivement ça irait mieux, d'après elle. Elle dit que je ne dois pas avoir peur, qu'elle est toujours la même. Mais la perruque reste sur sa tête, et rarement droite, parce que ça continue de la démanger, ce qui accroît encore le désespoir et le dégoût de son mari. La nécessité, du moins selon elle, que je boive sur-le-champ un verre de lait chaud coupe la chique à mon père et sa triste tirade. Tout est dit, semble-t-il. Pendant une semaine, rien ne se passe. Mais au moment même où j'espère que mon père putatif a enfin renoncé à son fils, qu'il m'a définitivement relégué au rang de cancre irrécupérable, je l'entends me dire qu'il m'a trouvé quelqu'un. Son nom est Felix Verschaffel et il habite au coin de la rue. Comme la vie est simple parfois !

Un dimanche matin à dix heures, j'attends devant la porte d'un magasin cadenassé de la Plantin-en-Moretuslei, mes manuels de français sous le bras et les genoux glacés. La porte s'ouvre et une femme soignée d'une soixantaine d'années arrondit sa bouche cerise pour me demander si je suis le fils Wils. À l'intérieur, ça sent le cuir délicat. Je dois enlever mes chaussures. Tout est douloureusement propre. Quelque part dans les profondeurs de la maison, j'entends crier un perroquet (dont j'apprendrai plus tard qu'il s'appelle Gaspar et qu'il vaut mieux ne pas l'approcher). « Monte, petit, mon fils t'attend. » L'escalier craque. En haut, une porte est ouverte sur un bureau et des livres rangés derrière une vitrine verte. Il y flotte une fumée de tabac épaisse comme un brouillard de marais. Je frappe brièvement. « Toc toc, entends-je aussitôt, *ça doit être le petit seigneur Wilfried, n'est-ce pas ? Mais entrez, bonhomme, entrez*[1]. » Dans le coin, allongé sur une chaise longue usée jusqu'à la corde, Felix Verschaffel mordille une petite pipe. Il me demande de lui remettre mes manuels et m'indique une chaise. Il porte un costume trois-pièces marron, ses yeux globuleux trahissent sa hargne et sa barbiche taillée avec un soin particulier donne à son visage un aspect encore plus teigneux. Il les feuillette, une page après l'autre, tantôt soupirant tantôt ricanant. « Comment s'appelle ton professeur ? finit-il par demander, sans me regarder. Quoi ? Goetschalckx ? Celui de la Paardenmarkt, sans doute ? Quand même pas Cyriel ? Il me semblait bien. Une famille de faux culs opportunistes. Son frère s'appelle Robert. Avocat… évidemment. Il n'y a que deux choses qu'il faille graisser convenablement dans la vie… Hein ? Allons, dites-moi, *maître* Wilfried ! Que faut-il graisser convenablement ? Les roues de charrette et la patte des avocats, *jeune homme*. Retiens bien ça. Soit. Nous parlerons en français autant que possible, tu comprends ? En d'autres termes : je parle et tu écoutes. Ceci… » Il jette mes livres sur une table d'appoint

1. Les passages en italique sont en français dans le texte.

recouverte de journaux. « … ce n'est pas du français. Ça ne respire pas. Pour maîtriser une langue, il faut sauter à pieds joints dans le *fleuve culturel*. Être baigné jusqu'aux oreilles d'amour pour la souplesse de cette langue de culture. Ce n'est pas parce qu'on aime sincèrement sa langue maternelle qu'on ne peut pas avoir une *maîtresse*. Tu devrais voir la tête que tu tires. Tu ne comprends pas ce que je viens de dire, n'est-ce pas ? Une *maîtresse*, oui. Et d'ailleurs, rien ne t'empêche d'apprendre sur l'oreiller… » Barbiche Teigneuse tapote en ricanant sa pipe éteinte dans le cendrier qui déborde. « Mais trêve de vulgarités, ce n'est ni le moment ni l'endroit. » À tâtons, il attrape un livre derrière lui. De l'autre main, il se sert ensuite une liqueur violette dans le plus petit verre de tous les temps. Sans trembler, il le remplit à ras bord. Tout comme moi, après quelques dimanches passés en compagnie de Barbiche Teigneuse, je serais rempli jusqu'à la calotte d'un enivrant poison. Sans me regarder, il dit : « Nous allons commencer par *Les Chants de Maldoror*, écrits par Isidore Ducasse, mieux connu sous le nom de comte de Lautréamont… »

Cherche sur l'ordinateur, mon garçon. Ou non, laisse-moi plutôt te transcrire le début de ce bouquin. En néerlandais s'entend, parce que je suppose que la pomme ne tombe jamais loin de l'arbre et que ton français est aussi effroyable que l'était le mien à l'époque.

« Plût au ciel que le lecteur, enhardi et devenu momentanément féroce comme ce qu'il lit, trouve, sans se désorienter, son chemin abrupt et sauvage, à travers les marécages désolés de ces pages sombres et pleines de poison… »

Sur le moment, c'est une claque dans la figure. Angelo l'entend retentir, abasourdi, et lui comme moi, nous savons : ce sont mes cloches qui font ding dong. Nous sommes en 1937.

Quelques semaines plus tard, je quitte pour la énième fois la Kruikstraat, où j'habite avec mes parents dans une maison un peu décatie, pour rejoindre la Plantin-en-Moretuslei et le bureau de mon faiseur de miracles.

« Comment vont tes notes, *jeune homme* ?

— Mieux. »

Les yeux globuleux de Barbiche Teigneuse forment des miroirs noirs. Tout ne disparaît pas dedans, mais presque. « Tu ne me la feras pas, à moi. Et certainement pas un *cœur encore assez simple* comme le tien. » Une lance à travers mon cœur apparemment trop simple. Pour ma part, je m'estime déjà pourri, mais je dois visiblement patienter un peu.

« J'ai apporté mon bulletin, au cas où tu voulais le voir.

— Bravo. Maintenant je te crois. »

Mon bégaiement a cessé du jour au lendemain. Envolé. Si je repense à cette période, je me revois en randonneur égaré faisant du surplace. Barbiche

Teigneuse a soulevé quelques branches basses et m'a montré un chemin. Rien de plus. La randonnée peut reprendre.

Il me dit qu'il a vu mon père samedi dernier. Ce jour-là effectivement, je l'ai vu quitter la maison, il ne voulait pas dire où il allait, juste qu'il rentrerait tard. Ma mère et moi, on s'était regardés. Aujourd'hui, il s'avère qu'il s'est rendu dans un village de Campine, avec mon prof par intérim et beaucoup d'autres gens.

« Au Café Royal exactement.

— À boire des bières… »

Il ricane.

« Pour sûr. On a bien ri aussi. C'était une soirée spéciale organisée par moi et mes amis, en plein dans l'antre du diable. Je trouvais ça dommage qu'il ne t'ait pas emmené et je le lui ai même dit.

— Moi aussi je regrette.

— Tout le village est plein de belles maisons. Style anglais comme ça. Tu sais qu'il y a une synagogue ? En pleine Campine… C'est infesté d'Israélites par là-bas. On a fait venir un comique. La terrasse était bondée. Bon Dieu, qu'est-ce que ce gars n'a pas raconté ! Il est arrivé avec un faux nez énorme, comme le leur. Rien que ça, tout le monde pissait de rire. L'humour est une arme, mon ami. Tous ces Shlomo, Isaac et compagnie ont dû entendre tonner nos rires jusque dans leurs palais. »

Barbiche Teigneuse se frappe la cuisse droite en hennissant. Il est obligé de sortir un mouchoir pour essuyer ses larmes. « À un moment, je n'en pouvais plus. Ton père non plus. Après, je lui ai dit : "Josef, ça doit venir d'en bas. C'est ça que cette soirée nous apprend. Regarde le monde qu'on peut mobiliser." Il était bien d'accord.

— Il n'a pas raconté un mot de tout ça.

— Soit, il se faisait tard et on devait prendre le dernier train. On s'est donc acheminés en peloton vers la gare. Tout à coup, je vois quelque chose par terre. Comme un billet de train. Je le ramasse et… attends, je vais te montrer. »

Barbiche Teigneuse vacille sur sa chaise longue, allonge la main vers un morceau de papier et me le tend. De loin, en effet, on dirait un ticket de train, mais imprimé sur un autre type de papier avec en caractères baveux : « Tous les serviteurs d'Hitler à Berlin en quatrième classe dans les wagons à bestiaux ! »

Il me regarde, attendant que ça fasse tilt.

Sa voix baisse d'une octave : « Le quai entier était jonché de ces machins. Tu imagines ? Dans notre propre pays ? Ces salopards ont fait imprimer ça exprès pour notre soirée, car évidemment c'est pas l'argent qui leur manque. Relis-le. "Tous les serviteurs d'Hitler à Berlin en quatrième classe dans les wagons à bestiaux…" C'est clair, non ? Voilà ce qu'ils veulent faire de nous, c'est ça qu'ils nous souhaitent, tous ces francs-maçons, ces bolcheviks et ces enfants de Judas, avec leur nez crochu. Tu as déjà entendu parler de la liberté d'expression à l'école ? Eh bien, ici, ça n'existe plus. »

De l'index, il enfonce le ticket dans ma main. « Ça ne se passera pas comme ça. Tu verras. Ça ne se passera pas comme ça. »

Qui sont les gens qui nous entourent ? Et surtout : que viennent-ils faire dans notre vie ? J'imagine que tu ne t'es pas encore posé la question. À ton âge, les amis tombent du ciel. Ils sont là. Point. Du moins, je l'espère. J'espère que tu célèbres la vie avec tes amis, sans même t'en rendre compte. Mais mon groupe d'amis s'est sérieusement clairsemé, ils sont presque tous morts et enterrés ; quant à ma famille, tu es bien placé pour le savoir, elle me considère comme une malédiction. Parfois, j'ai l'impression que le monde entier crie à Wilfried Wils qu'il n'y a plus de place pour lui, que je ferais mieux de clamser. Mais j'admets que ce genre de pensées me vient quand j'ai bu du calvados. Pas de maison de vieux pour moi, ça tu le sais aussi. Mais avant que tu ne penses que je suis complètement abandonné à mon sort, je m'empresse de te rassurer. Ton géniteur au troisième degré a une infirmière à sa disposition. Aide à domicile, on dit, et elle s'appelle Nicole, une solide bonne femme dans la cinquantaine. Non, je n'ai pas besoin d'elle pour me torcher le cul ou prendre un bain. Mais elle cuisine bien, fait régulièrement les courses et, si je ne lui aboie pas tout de suite dessus, elle se met parfois à chanter dans la cuisine. Il m'arrive alors de claquer violemment la porte de mon bureau. « Puis quoi encore ? » m'entends-je aussi crier quelquefois, parce qu'un vieux salopard de mon espèce doit apparaître aigri et ronchon, c'est ce qu'on attend de lui. Mais la semaine dernière, alors qu'il n'était pas encore question de chute de neige et qu'une pluie drue frappait contre les carreaux, je l'ai entendue chanter et pour la première fois ça ne m'a pas irrité. D'une voix caressante et loin d'être triste, elle chantait « La Bohème » de Charles Aznavour. Ce nom ne te dit rien, sans doute ? Ne cherche pas, c'est un vieux machin qui de toute façon ne te plaira pas. La chanson parle soi-disant d'Aznavour lui-même quand il n'avait pas un sou en poche à Paris, mais qu'il était oh, tellement heureux. Il chante que lui et ses copains étaient alors jeunes et fous. À la télévision, qu'Yvette et moi avions achetée peu de temps avant, on le voyait chanter sa chanson le poing serré et un mouchoir blanc dans l'autre main. Bref, en entendant cette chanson, je me suis demandé pour la première fois ce que Nicole venait faire dans ma vie, à part un peu de ménage et me fourrer tous les matins une tisane sous le nez. Cette question m'a fait jubiler, mon garçon. Car il y a de fortes chances pour qu'elle soit la dernière à venir jouer dans ma vie un rôle que je n'ai pas encore tout à fait décrypté. Tous ces autres qui ont croisé ma route, un à un, ces dernières années, j'ai su les replacer sur l'échiquier, comme un ancien mordu d'échecs remet les pièces en position pour revivre une partie qui a signifié quelque chose de particulier pour lui. Je ne joue plus aux échecs depuis longtemps, il ne reste que les souvenirs, tout ça pour dire qu'en fait ma vie n'est plus si compliquée. Mais cette chanson de Nicole sur ces artistes bohèmes m'a fait réaliser qu'une dernière partie est bel et bien en cours, même si elle est beaucoup plus simple. Une avec un dé et deux pions par exemple, comme dans un jeu de l'oie. Je m'en contente. Quand on joue, le temps a moins d'emprise sur le corps.

Ce disque d'Aznavour sort au milieu des années soixante. Je suis dans le tram 4, comme on dit ici, j'ai environ quarante-cinq ans. Ce n'est pas avec Yvette que j'entends la chanson pour la première fois, c'est en jouant aux échecs avec Lode. Nous sommes au café Terminus où nous passons beaucoup de temps ensemble, dans la Statiestraat, à côté de la place Reine Astrid. Il y a un juke-box. Chacun à son tour glisse une pièce pour entendre « La Bohème ». Tous la connaissent par cœur. À chaque fois, quelqu'un se lève et entonne à pleine voix : « *Je vous parle d'un temps que les moins de vingt ans ne peuvent pas connaître !* » Sur quoi tout le monde, déjà ivre ou entamé, reprend en chœur : « *La bohème, la bohème. Ça voulait dire on est heureux... La bohème, la bohème. Nous ne mangions qu'un jour sur deux...* » Eh oui, je te l'ai décrit comme un « vieux machin », mais cette chanson prend aux tripes des gars comme nous. Elle nous rend un peu tristes et exaltés, et on se moque les uns les autres de la passion avec laquelle on la chante à pleins poumons. À l'époque, quelque chose s'est déjà irrémédiablement cassé entre nous, quelque chose dont les hommes entre eux ne parlent pas, quelque chose qui a à voir avec le ressentiment.

Lode est toujours beau gosse, même si tu vois déjà les marques de sa tendance à abuser d'alcool fort. Ça vaut pour moi aussi, et pour la plupart de nos collègues. Nous sommes néanmoins dans la fleur de l'âge, comme on dit. Il travaille alors pour la police des étrangers et moi, pour la brigade des mœurs. Derrière son dos, ils l'appellent « le taureau » ; mon surnom à moi, c'est « l'anguille ». Mais peu importe. On joue aux échecs toutes les semaines parce qu'on est beaux-frères, et ce qui couve entre nous, on le règle sur l'échiquier. Lui et moi sommes liés l'un à l'autre et aucun de nous ne le supporte plus, comme deux chiens malinois constamment attachés par une laisse à leur niche sans que leur maître leur octroie encore une promenade. Mais on ne hurle pas à la lune, on joue aux échecs et on boit un coup. Ça suffit. Non, on fait semblant, on accepte le jeu.

Presque trente ans plus tard. Lode demande comment ça se passe à la maison et je hausse les épaules. Je suis plus intéressé par le fou qu'il vient d'avancer et qui, avec la tour qu'il a positionnée précédemment, menace ma reine sans que je puisse rien y faire. Je vais devoir la sacrifier et ça me met de très mauvaise humeur. Nous accomplissons ce rituel une fois par semaine encore et je suis chaque fois trop lâche pour inventer une excuse et me défiler.

« Comment va-t-elle maintenant ? Tu ne dis jamais rien.

— Elle pleurniche toute la sainte journée couchée sur son lit. »

Je renverse son fou avec mon cheval et il prend en soupirant ma reine avec sa tour, laquelle – ô rage – restera impunie.

« T'avais pas vu ? demande-t-il.

— Enfoiré. Bien sûr que j'avais vu, mais je pouvais rien faire. D'ailleurs, je ne sais pas si tu sais, mais c'est le roi de l'adversaire que tu dois mettre échec et mat. »

Trop d'irritation perce dans ma voix, on dirait un gosse. Non seulement il m'humilie, mais il faut que j'en rajoute.

« Wilfried, ta petite-fille a disparu. Moi aussi je suis inquiet. Je comprends que notre Yvette soit effondrée. Mais toi…

— Je m'en occupe, Lode. Sois tranquille. Je m'en occupe.

— Tu t'occupes de quoi ?

— Elle a vingt et un ans. Tu la connais. Elle enchaîne les conneries. Tout à l'heure, on recevra un coup de téléphone nous disant qu'elle est là, ou qu'elle a pris de la drogue, ou qu'elle est avec un type dans les Ardennes. Que veux-tu que je te dise, bordel ?

— Elle est un peu spéciale. Mais tu t'entends bien avec elle…

— Toi aussi, non ? »

Lode allume une cigarette et me regarde : « Qu'est-ce que tu veux dire par là ?

— Elle adore les bons-papas comme nous. J'ai entendu qu'elle était allée chez toi plusieurs fois.

— C'était pour ses études. Je l'ai aidée à avancer un peu. Dis… qu'est-ce qui te prend, tout à coup ? »

Tandis que je couche ceci par écrit, mon cher garçon, cette conversation au sujet de ta tante qui remonte à tellement d'années, je réentends cet Arménien et sa chanson mélancolique. *La bohème, la bohème*, on était jeunes, on était fous.

Et puis je vois Lode qui fredonne. De sa main flottant élégamment comme une caresse au-dessus de l'échiquier, il donne la mesure tel un chef de chœur efféminé, tout en réfléchissant à une manière de me couillonner une fois de plus avec sa tour ou son cheval. Il joue toujours en défense, attendant qu'au comble de la fureur j'attaque sa ligne de front. Ce n'est pas sérieux comme façon de jouer aux échecs, mais entre nous, il ne s'agit pas de cela, comme je l'ai écrit plus haut.

Je lève la main pour commander autre chose.

Le regard toujours rivé à l'échiquier, il dit : « C'est ma tournée. C'est mon anniversaire après tout.

– Nom de Dieu, marmonné-je, complètement oublié. »

Il me regarde. Ses yeux bleu clair sont en train de s'enfoncer dans une forêt croissante de rides. Mais à présent, je ne vois plus de vilain sarcasme dans son regard.

« Tu te souviens ? » s'écrie-t-il.

C'est un mercredi, le 19 février 1941.

Lode dit : « Ah, te voilà ! Quel temps, hein ? Rentre vite ! », tout en m'ouvrant grand la porte. Il me précède dans l'escalier qui jouxte la boucherie de ses parents sur la place De Coninck et mène à l'étage où il vit avec eux. Hier, il m'a dit qu'il y avait une fête chez lui et m'a proposé de passer. On se connaît depuis six mois maintenant, on se croise presque tous les jours au bureau, on prend de temps en temps une chope ensemble et malgré ça son invitation me surprend un peu. Nous habitons encore tous les deux chez nos parents, mais ça ne me viendrait pas à l'idée de l'inviter. Mon père est infréquentable depuis un bon bout de temps pour cause de chômage, et ma mère, avec sa perruque et sa sollicitude étouffante… Je n'infligerais pas ça à mon pire ennemi. J'ai donc très brièvement hésité à accepter, de peur de me sentir obligé de l'inviter à mon tour. Mais la viande est devenue une rareté et une sauterie chez un boucher, ça ne se refuse pas. Advienne que pourra.

Sa mère se tient en haut de l'escalier. Le genre de personne qui vous met tout de suite à l'aise, une espèce de mère originelle aux bras charnus, le rire toujours prêt à éclater, un rire qui fait trembler sa chair.

« Ouille, il s'est remis à pleuvoir ? Enlève ta veste », dit-elle.

Je lui donne mon imperméable et passe rapidement la main dans mes cheveux trempés. La salle de séjour est sombre mais agréable. Dehors, il fait encore clair, mais les lourds rideaux devant les fenêtres sont déjà tirés. Dans le coin gauche, il y a un fauteuil tourné vers les rideaux. De la fumée de cigare forme des volutes au-dessus et j'entends le froissement d'un journal. Complètement à l'autre bout, la pièce est divisée en deux par des portes en verre coulissantes fermées derrière lesquelles brûle une lumière jaune. De la cuisine contiguë s'échappent les odeurs alléchantes du festin tout proche.

« Il y a du vin, me dit Lode avec un clin d'œil, me montrant triomphalement un tire-bouchon.

— Yvette ! crie la mère depuis la cuisine. Apporte les assiettes à table ! L'ami de Lode est là. »

On entend un peu de remue-ménage et les portes coulissantes en verre bullé mat s'ouvrent.

« Je te présente ma sœur, Wilfried, voici notre Yvette. »

Elle a les mêmes cheveux noirs et les mêmes yeux bleus que son frère. Elle a mis du rouge à lèvres carmin et porte une robe qui serait plus adaptée à l'été, blanc cassé, avec des manches gigot et un motif à lignes mauves et noires. À la taille, elle porte une ceinture en cuir noir laqué. Elle est maigre, enfin non : sèche plutôt, un corps de nageuse. C'est ta future arrière-grand-mère que tu rencontres, mon garçon, dans toute sa charmante gloire d'antan…

Je tends la main.

« Bonsoir, Yvette. »

Elle me regarde d'un air joyeux et dit :

« Alors ? Où est ton cadeau ?

— Aïe… je ne suis pas au courant.

— M'enfin, Lode ! »

Elle frappe pour jouer sur le bras de son frère, qui essaie d'ouvrir la bouteille de vin.

« Tu ne le lui as pas dit alors ? »

Lode pose la bouteille de vin et lui rend sa tape.

« Mon copain vient seulement d'arriver et tu commences déjà. C'est quoi, ces manières ? »

Il essaie de l'attirer vers lui et de la chatouiller.

Elle le repousse et glapit à mon intention : « C'est son anniversaire, gros malin ! Lode a vingt et un ans. Enfin adulte ! Du moins, c'est ce qu'il croit. Arrête, lâche-moi ! »

J'en ai tout de suite une suée. Son anniversaire, et je suis là, les mains vides.

Frère et sœur continuent de se taquiner, ne me prêtant aucune attention. Je les regarde sans savoir quelle contenance adopter.

Du fauteuil tourné vers les rideaux parvient enfin un juron fracassant.

« C'est pas bientôt fini ?

— Mon père », murmure Lode hilare en mettant un doigt devant sa bouche.

Je m'avance vers le fauteuil.

« Bonsoir monsieur… »

Un homme aux oreilles en chou-fleur, une bacchante au-dessus de ses lèvres crevassées et quelques rares cheveux au-dessus des oreilles accepte ma main et la serre. « Wils, je crois ?

— Wilfried Wils. Bonsoir.

— Quand même pas celui du salon de coiffure de la Rotterdamstraat ? »

Lode crie : « Enfin p'pa, tu l'aurais déjà vu, sinon ? C'est de l'autre côté de la place !

— Non, monsieur, dis-je, pas celui du salon de coiffure.

— Dieu soit loué… » marmonne le boucher.

Il lâche ma main, l'air soulagé.

« Bon. On mange des paupiettes. Yvette, tu veux bien apporter les assiettes à table maintenant s'il te plaît ?! Lode, sers un verre de vin à ton invité. »

Tu dois savoir, mon garçon, que j'avais à l'époque peu d'intérêt pour l'amour charnel. Je le voyais comme un contrat, rien de plus. Je ne me voyais pas encore dans un lit en train de tripoter un autre corps. Je tripotais le mien sans vergogne et ça me suffisait, et, même alors, le rêve d'une bonne femme qui ferait tout ce que tu demandes ne me venait pas à l'esprit. Et non, je n'avais pas non plus besoin de penser à un mec pour éjaculer debout devant la fenêtre de ma chambre exiguë. Parce que ce n'est pas le premier truc qui te soit venu à l'idée en lisant ces phrases ? Je pensais à d'autres choses, qui ne t'intéressent pas. Et avant que tu n'ailles croire qu'on allait tous courbés sous la croix de la loi et des commandements, je me dois de mettre un frein à ton imagination. Mes parents n'ont jamais été de grands bigots, mon père surtout n'avait que mépris pour toutes ces grenouilles de bénitier qui dormaient dévotement les mains au-dessus des draps et considéraient l'homme en soutane derrière son autel comme leur guide impitoyable dans la zoologie des désirs. Papa était un libre penseur, mais il gardait ça pour lui, obstinément convaincu que ça ne regardait personne. Rétrospectivement, c'était un authentique chasseur, pur sang. Il pouvait passer des jours entiers sans émettre guère plus que quelques grognements, en revanche s'il était question de femmes, il pouvait rarement tenir sa langue. Je l'entends encore me dire un jour, entre la poire et le fromage, avec ma mère à côté : « La première chose qu'un jeune homme doit faire à un bal, c'est regarder calmement. Pas foncer au bar chercher une bière. Et encore moins entraîner la première venue sur la piste de danse, car avant que t'aies eu le temps de dire ouf, tu te retrouves coincé toute la soirée à échanger des politesses avec quelqu'un qui ne te plaît pas. Non, Wilfried, regarde d'abord, il faut toujours bien regarder. Où sont les opportunités ? Qui a une belle posture, car une femme qui ne se tient pas droite... Regarde tante Emma, elle se tient droite ? D'où crois-tu que lui viennent ses problèmes d'estomac ? Ne me fais pas dire ce que je n'ai pas dit. Mais la posture est une première chose. La deuxième, c'est... » À ce moment-là, ma mère l'a interrompu : « Josef, tu crois vraiment que c'est le moment ? » Mon père a retenu son souffle et a fini par dire : « La deuxième, c'est l'envie. Tu peux t'entraîner à la sentir. Ça se flaire... »

J'ai du plaisir à me souvenir de cet épisode; c'est d'ailleurs la seule fois où je ne l'ai pas considéré comme un sinistre conspirateur dont l'unique but était de faire de ma vie une prison. Toi aussi, tu te sens enfermé ? Si c'est le cas, sache que c'est un signe de bonne santé mentale.

Yvette m'étudie tandis que dans un plat posé au centre de la table trône une montagne de paupiettes brillant dans leur sauce. Parlant de chasse, en ce moment, je suis sa proie, ce que mon père considérerait sans aucun doute comme le monde à l'envers. Lode a capté le manège de sa sœur et ça l'amuse. La mère continue de servir à manger et le père mène la conversation. Autant il est de constitution massive, autant sa technique de conversation apparaît affûtée, tels les couteaux avec lesquels il désosse le bœuf dans son atelier. Ni sa femme ni sa fille n'ont le droit à la parole. Le boucher s'enquiert de mon père, de ce qu'il fait dans la vie. Le mot « comptable » le rend un peu soupçonneux. Une fois ce chapitre clos, il parle l'air de rien d'une procession qu'il a vue un dimanche, il y a deux ou trois semaines : uniquement des jeunes d'ici, en uniforme noir, marchant au pas derrière une bannière, et beaucoup de monde autour d'eux. Lode veut tout de suite mettre son grain de sel, mais son père lui signifie du regard que ce n'est pas nécessaire. Ensuite, il parle du Roi, demeuré au pays, et du gouvernement qui n'a pas vraiment l'air de vouloir revenir après avoir fui à Londres. Je dis que je ne m'y connais pas beaucoup en politique. Tout en mâchant lentement une paupiette, il sonde mon regard, imitant sa fille. Il est clair qu'il essaie de savoir de quel côté je me trouve, si je suis proallemand ou non. Mais il le fait avec tant de prudence qu'à mon tour j'essaie de comprendre où il se situe. Tu connais cette blague ? Comment deux hérissons font-ils l'amour ?

Doucement, en faisant très attention. C'est bête, je sais. En attendant, moi aussi je mange ma viande en faisant très attention, comme une nonne en habit blanc, car je devine que rien n'échappe à Yvette et que la moindre giclure la fera s'esclaffer. Je sens la moiteur gagner mes aisselles lorsque je vois que par mégarde j'ai éjecté un petit pois de mon assiette. Et le père qui continue. Si j'ai lu telle chose dans le journal et ce que j'en pense et si on a une radio à la maison. À ce propos, je dis que mon père apprécie Beethoven. C'est n'importe quoi bien sûr, mais Angelo au fond de moi trouve opportun de s'inventer un père en grandes bottes pêchant dans le *fleuve culturel*, comme aurait dit Barbiche Teigneuse.

« Beethoven... dit le père songeur.

— Le compositeur », complète Lode.

À nouveau, son père lui lance un regard qui le fait taire d'un coup.

« La musique adoucit les mœurs, dis-je rapidement et je vois qu'Yvette étouffe un début de fou rire dans sa serviette.

— La plupart des gens s'adaptent... » conclut le boucher avec ruse.

Lode a de nouveau oublié le silence temporaire qui lui était imposé : « *Kanonenfleisch ! Wir sind Kanonenfleisch*[1] *!* »

Je vois dans ses yeux à quoi il fait allusion, du moins je crois. Après avoir aidé les Allemands à conduire

1. « De la chair à canon ! Nous sommes de la chair à canon ! »

la famille Lizke dans la Van Diepenbeekstraat, par cette froide nuit d'hiver, Lode et moi n'avons plus pipé mot de cette histoire. C'était un hasard si nous avions vécu cela ensemble, réquisitionnés tous deux au même instant par les Feldgendarmes. Normalement, deux agents auxiliaires ne partent pas ensemble en patrouille. Je ne connais donc pas la suite de ses aventures, ni lui la suite des miennes. Il s'est encore passé deux ou trois choses depuis. En janvier, j'ai dû accompagner quelques « vagabonds de race indigène » avec un collègue plus âgé. C'est le terme officiel employé pour les Tsiganes – nous, on dit bohémiens – et ceux-ci avaient été naïfs au point de se présenter à la police des étrangers dans la Steenhouwersvest pour demander un permis de séjour provisoire. Stupeur générale. La police des étrangers nous file un coup de biniou, on file un coup de biniou aux Allemands (enfin, notre adjoint) et hop : à la Van Diepenbeekstraat. Ça s'est passé sans incident majeur. Ces bohémiens ne se sont pour ainsi dire rendu compte de rien, mon collègue a dit en rigolant que d'après lui ils étaient tout simplement saouls, ce qui est fort possible. Ce que je veux dire par là, c'est que c'est presque devenu la routine. Tout le monde se tait. En tout cas, il y a peu ou pas de plaintes, la plupart rentrent la tête dans les épaules. On ne peut jamais savoir, en effet, de quel côté est l'autre. Dans la rue, j'entends que les tâches sont réparties de manière à ce que dans certains secteurs les flics proallemands se retrouvent ensemble. J'ignore si ça se passe vraiment, mais pas chez nous en tout cas. Les quelques sympathisants allemands expriment bien évidemment leur opinion, les autres gardent le silence, comme s'il existait un consensus pour ne pas se rendre mutuellement les choses trop difficiles. Et puis, la menace règne, la menace de trahison. Tu découvres vite que même le plus sympa de tes collègues pourrait causer des problèmes à un type trop bavard, et Lode le sait aussi, car il est tout sauf con. Mais l'affaire Lizke a continué de le hanter jusqu'à cette minute, cela apparaît clairement à cette table.

Yvette demande si on ne doit pas trinquer. Déjà, elle lève son verre. Son père s'essuie la bouche en signe d'assentiment. On fait tinter nos verres et l'on boit à la santé de Lode.

« À mes amours ! crie le héros de la fête.

— Modère-toi un peu », assène le boucher.

Yvette me regarde et montre discrètement son menton. Une éclaboussure de sauce sur le mien. Je deviens pivoine.

À mon retour à la maison, pas une note de Beethoven ne retentit dans le salon. Mon père est assis, comme castré. C'est moi qui fais bouillir la marmite et mes premiers pas vers une autre vie, aussi lointaine puisse-t-elle paraître, le remplissent d'une profonde jalousie. En plus, on a de la visite. Tante Emma, celle qui ne se tient pas droite et aurait de ce fait-là, d'après mon père, des douleurs gastriques, est de passage. Elle boit un petit verre de liqueur avec ma mère, sa sœur. Ce que ma mère n'a pas, elle l'a : du charme, du soleil à la maison.

« Mon garçon, me crie-t-elle, bientôt on paiera pour te voir ! Tu ne reviens pas du travail ? J'aurais tellement voulu t'admirer en uniforme ! »

Je t'ai déjà raconté que ma mère avait du beau monde dans son arbre généalogique ; disons qu'elle et sa sœur représentent le déclin de cette lignée fortunée. Ma mère s'est mariée en dessous de son rang (et ce n'est pas un hasard si cela affecte surtout son mari), tandis que tante Emma a fricoté dans les années vingt avec un banquier divorcé, ce qui lui a coûté la bienveillance de ses parents. On ne la voit pas beaucoup, bien qu'elle vive à deux pas. Notre maison se trouve dans la Kruikstraat, qui débouche sur la Boeystraat, qui débouche à son tour sur une rue transversale qui s'appelle Van den Nestlei, où elle habite avec une riche famille. « Des juifs, m'a confié mon père. Chaque jour que le bon Dieu fait, elle exécute ce que ces gens lui demandent. » C'est donc une domestique, ce qui n'entame visiblement pas sa joie de vivre, bien au contraire. Elle porte avec beaucoup de plaisir les vêtements dont « Madame » n'a plus besoin et qui lui vont toujours à ravir.

Je lui demande comment va son estomac. Elle porte la main à son ventre et me regarde d'un air étonné. Mon père fait semblant de rien.

« Mon estomac est en béton, mon chéri ! Tu n'as pas idée de ce que je dois préparer pour mes patrons et je mange toujours bravement la même chose qu'eux.

— Il se fait tard », dit mon père.

Tante Emma se tourne vers ma mère : « Je n'ai pas encore eu le temps de dire pourquoi je suis venue ici.

— Allons, dit ma mère, raconte vite. »

Ses yeux pétillent.

Tante Emma avale une gorgée de liqueur, après quoi sa voix prend un tour solennel. « Avec tous les malheurs que j'ai connus dans ma vie, je trouve que ma famille a le droit de savoir quand les choses vont mieux pour moi.

— Tu as gagné le gros lot, plaisante mon père d'un air avide, car sa curiosité aussi a été piquée maintenant.

— Bien mieux que ça, avance ma tante prudemment. J'ai un nouvel amant.

— C'est pas vrai ! s'écrie ma mère incrédule.

— Et pas n'importe qui. Il s'appelle Gustav et il est officier dans la SS.

— *Wo sind die Kanonen*[1] ? murmuré-je, mais personne ne fait attention.

— Emma chérie... dit ma mère calmement. Tu ne devrais pas faire attention ? Tu risques de perdre ton travail. »

On dit qu'un homme pense au sexe toutes les X minutes. C'est possible. Tu seras d'accord, je suppose, tu es en pleine croissance et la moindre bonne femme qui te regarde doit suffire. Parfois, c'est comme si on essayait de se convaincre mutuellement

1. En allemand dans le texte : « Où sont les canons ? »

qu'il y a encore une bête qui sommeille en nous, la bête qui veut s'accoupler, et derrière se cache peut-être un profond désespoir. Il y a d'autres désirs en effet, au moins aussi forts ou graduellement plus forts, dont j'ignore s'ils ont été analysés. La soif de normalité par exemple. Vivre une guerre est quelque chose de particulier. Tout change, la ville se pare d'un autre masque. C'est le choc de la nouveauté. Quand, après avoir baisé un peu, tu deviens parent, tout le monde te prévient : attention, rien ne sera plus comme avant. Élever des enfants est l'affaire la plus banale du monde, jusqu'à ce que ça t'arrive et que tu regardes un être dans un berceau dont tout le monde s'attend à ce que tu t'adaptes à lui. Chacun autour de toi fait comme si c'était la chose la plus normale qui soit, mais ce n'est pas l'impression que tu as. Tout le monde autour de ce berceau bêle que tu peux être content d'avoir un enfant en bonne santé et l'affaire est close. Quand une ville est occupée par d'autres maîtres, d'autres coutumes, c'est la même chose. Le choc initial passé, la plupart des gens veulent faire le plus vite possible comme si c'était normal, comme si la vie continuait et qu'il fallait s'adapter, ainsi que me le disait le père de Lode. Continue ce que tu étais en train de faire, et le reste suivra naturellement. Les drapeaux en ville, tous ces uniformes et les cafés remplis de soldats… tout est normal. La soif de normalité, tu pouvais presque la palper en ce temps-là, et la capacité d'adaptation de l'homme est inimaginable. Dans les cinémas, tu ne vois plus de films hollywoodiens, mais ça ne fait rien, car les productions allemandes sont au moins aussi amusantes. On y rit, les hommes courent après les femmes et jouent aux romantiques, il y a un crime à élucider d'urgence, et de temps en temps la belle Zarah Leander chante une chanson à l'écran et les femmes sortent leurs mouchoirs. J'ai toujours été un fou de cinéma. Je suis au Scala dans l'Anneessensstraat. Le film est présenté par un gars de la Volksverwering, une ligue à laquelle Barbiche Teigneuse est affilié. Son discours est niais. Il nous parle comme à des mioches qui ne connaissent rien à rien. On doit voir la réalité en face. Les Israélites sont un poison. Ah, comme tout le monde, pensé-je à ce moment-là : comment ce type, avec ses grands gestes et sa voix grandiloquente, ne sait-il pas cela ? Le poison, c'est justement cette soif de normalité, l'hypocrisie qui l'accompagne, et la morale d'esclave de tout un chacun. Mais Barbiche Teigneuse m'a conseillé de le voir, donc je reste assis. Il s'agit d'un film en costumes aux décors magnifiques qui ont dû coûter bonbon. Une grosse perruque à petite moustache et bide à bière se voit couronner duc. Mais il a besoin d'argent, de beaucoup d'argent, pour montrer que son style de vie lui permet d'être duc et d'avoir une grosse perruque. Cet argent lui est prêté par un Israélite, dont les armoires débordent d'or et de bijoux. L'Israélite se rase la barbe et les papillotes, puis se coiffe lui-même d'une perruque afin de pénétrer sans risque dans la petite ville où l'on n'aime guère ses congénères. Je m'amuse de la charmante cruauté de l'acteur jouant l'Israélite. Il devient conseiller de Grosse Perruque, reprend ensuite tout le bazar à son actif et vide la ville de sa substance par des suppléments de taxes et d'impôts. Les opposants sont pendus et torturés, il fait du chantage aux femmes et viole celles qui ne se plient pas à ses désirs, mais le peuple se révolte. Le juif finit par mordre la poussière, Grosse Perruque fait une crise cardiaque et le peuple libéré conclut que ça a valeur d'avertissement général. Rideau. Applaudissements et quelques cris. Les juifs dehors ! Tout le monde rentre chez soi. Se comporter normalement.

« Alors, ce film ? C'était comment ? »

Barbiche Teigneuse reprend les poèmes de Rimbaud que je lui avais empruntés et m'ordonne de m'asseoir. Gaspar le perroquet n'est pas de bonne humeur. Je l'entends crier depuis le rez-de-chaussée.

« Il a des coliques, dit Barbiche Teigneuse.

— J'ai bien aimé le film, dis-je.

— Il y avait du monde dans la salle ? Quelles étaient les réactions ?

— Il y a eu quelques cris.

— Je sais qu'il y a en toi un homme qui aime joindre le geste à la parole. Crier ne suffit pas, on est d'accord. Mais il s'agit de planter des graines qui pousseront vite. Tu me suis ? »

J'acquiesce par habitude.

« Qu'as-tu pensé de notre ami Rimbaud ?

— Magistral. »

Sur ce coup-là, je ne mens pas. C'est un truc que tu dois lire absolument, mon garçon, ne fût-ce qu'en traduction. Ces poèmes te feront tourner la tête. Quelle force ! Quelle force implacable !

Mon enthousiasme procure un plaisir manifeste à Barbiche Teigneuse.

« Je suis content, très content. C'est gratifiant de faire découvrir d'autres univers à quelqu'un comme toi, même si ta scolarité est provisoirement – je l'espère du moins – terminée. Sais-tu, à propos, que j'ai aussi connu le père de ton père ? Je te l'ai déjà dit ? Je le vois encore au café Old Dutch, lissant sa moustache, l'œil rivé au billard. Pas vraiment cultivé, *si tu me permets*. Mais pense aux sauts que ta lignée paternelle a opérés. N'oublie jamais d'où tu viens. Ton grand-père fermier, ton père comptable, et toi, maintenant, un véritable intellectuel pour qui le français n'a presque plus de secrets. Sache que tu représentes la modernité. C'est ce qu'il y a d'étrange dans le progrès, il est intériorisé par la lignée. Nous ne sommes plus des esclaves, tu comprends ? Il se cache une certaine... » Barbiche Teigneuse frotte son pouce sur son index, cherchant la bonne flèche à planter dans le mille de mon cœur.

« ... poésie dans l'élévation. Pense à Rimbaud, que tu admires autant que moi. Son père ? Un capitaine qui se fichait éperdument de sa progéniture. Sa mère ? Une fille de fermier. Il l'appelait "La Mother". Amusant, n'est-ce pas ? Puis c'est un petit jeune comme ça qui grimpe au firmament, par sa seule volonté. Son talent taille comme un rasoir dans le fardeau héréditaire. "*Arrière ces superstitions, ces anciens corps, ces ménages et ces âges. C'est cette époque-ci qui a sombré !*" Que dit Rimbaud dans ces vers ? Que c'en est fini des sornettes de jadis, que l'époque à laquelle il vit a englouti tout ça. Nous vivons une telle époque, Wilfried. C'est une période d'accélération, de choix radicaux. Tu le sens quand même, non ? Ce ne sont pas des fumisteries ésotériques, c'est dans l'air, un jeune homme sensible comme toi le hume à chaque bouffée qu'il inspire. »

Gaspar pousse de nouveau un cri à vous vriller le tympan. « C'est fini maintenant ! » entends-je crier la mère de Barbiche Teigneuse de manière pas très raffinée. Silence. Un drap recouvre sans doute la cage de la bête.

« Tu as quelque chose à faire le lundi de Pâques ?

— Non, dis-je, c'est congé.

— Viens au Rex dans la Keyserlei. À dix heures. Je m'occupe des tickets. »

Nous sommes le 14 avril 1941. Pour l'instant, le printemps reste aux abonnés absents, ce qui suscite la grogne de certains. Quand il fait chaud, une ville a l'air moins occupée. C'est le matin du lundi de Pâques et dans la rue c'est le calme plat. Sauf devant le cinéma : un tas de gens s'y pressent déjà, parmi lesquels Barbiche Teigneuse, qui s'est mis sur son trente et un et n'a pas l'air de souffrir du froid. Ses yeux globuleux grossissent encore de contentement quand il me voit arriver.

« Wilfried ! C'est bien que tu sois là. Je vais te présenter à quelqu'un. Maître Verschueren ? Voici Wilfried Wils, le garçon dont je t'ai déjà parlé.

— Enchanté, dit l'avocat. Appelle-moi Omer. »

Il a les bras courts et un ventre proéminent. De sa tête chauve sort une voix de basse qui semble prendre sa source tout au fond de ce corps compact et résonne comme dans un caveau. Ses ongles brillent et il répand une vague odeur de jasmin. Les gens autour de lui le regardent avec admiration. L'attroupement se mue en foule. Il n'y a presque pas de femmes, mais une majorité d'hommes au regard déterminé, même si certains ont manifestement fêté Pâques comme il se doit. Beaucoup sont tirés à quatre épingles, type cadres moyens de la fonction publique ou commerçants bien mis en habit du dimanche. Mais j'en reconnais aussi un ou deux que j'ai déjà arrêtés. L'un d'eux a par exemple saccagé un café tout près de la Carnotstraat à cause d'une pute qui s'était prétendument moquée de lui. On a dû s'y mettre à trois pour qu'il la lâche. Le voilà maintenant qui lance des regards peureux dans ma direction. Quelle différence par rapport à la grande gueule que j'avais en face de moi il y a un mois ! À ce moment-là, il prétendait avoir des relations, qu'il n'en resterait pas là. Mes collègues m'ont laissé faire lorsque je lui ai collé plusieurs fois mon poing dans la figure afin de lui faire lâcher prise, avant de le tabasser jusqu'à lui tirer des gémissements. Après ça, on a transporté la fille à la clinique, malgré ses vives protestations, et on a attendu là avec le gars. Je vois qu'on lui a déjà retiré ses fils à l'arcade. J'aurais dû frapper plus fort. Je risquais le rappel à l'ordre, voire pire, mais mes collègues m'ont défendu au bureau et l'affaire s'est terminée là. « T'es un peu trop nerveux, m'a dit Jean, mon collègue plus âgé. Tu dois économiser tes forces face à des crapules pareilles. Il était déjà par terre, cul offert. Un coup de pied dans les couilles suffisait amplement. » De sa part, j'accepte. Ce gars est un violent, doté d'une vision tactique. Je reviendrai sur lui plus tard.

« Mon camarade me dit que tu es un homme de lettres… »

Omer m'observe derrière ses cernes et frotte rapidement son pouce sur le bout de ses doigts, comme pour signifier que l'amour des livres et l'appât du gain vont de pair. Mais il entend autre chose. Il veut parler de sensibilité, de sens de la nuance, d'élégance.

« Moi-même, je suis un grand lecteur. Je lis les tragédies grecques dans le texte.

— Félicitations, maître. C'est viser trop haut pour moi.

— Cela peut encore venir, jeune homme. Et appelle-moi Omer, je ne le dirai pas une troisième fois. »

Plus tard, tout le monde dira que la salle de cinéma était comble. Ce n'est pas tout à fait vrai. Deux tiers des sièges sont occupés. Il flotte une étrange indécision dans la salle. Des années après, j'ai été invité à la première d'un film local, et il régnait une atmosphère similaire, une attente qui n'était pas tant liée au film qu'à ce qui allait suivre : une réception de toute beauté avec boissons à volonté. Et ici aussi, comme lors de cet autre film dont je te parlais, il va y avoir une introduction prononcée par un avocat qui, selon ce que me murmure Barbiche Teigneuse à l'oreille, « a gagné beaucoup jadis grâce aux Israélites, jusqu'à ce que les écailles lui tombent enfin des yeux, à lui aussi ». Comme tu le sais, il n'a pas une très haute opinion des avocats (dont il faut surtout graisser la patte, à l'instar des roues de charrette) et je suis donc étonné de voir qu'il en compte tout de même plusieurs parmi ses amis.

Sur le tract distribué au préalable, la Volksverwering, la Défense du peuple, se présente comme une « ligue pour la sauvegarde de la race et du sol », comme s'il s'agissait d'une firme spécialisée en assainissement de caves et étayage de mauvais plafonds. Le discours est calamiteux. L'homme se croit dans une salle d'audience pleine de juges achetés. Ce sont des flatteries serviles à la « Nous savons tous que… » et « Nous nous sentons tous souillés… » On entend quelques grognements d'approbation, ainsi qu'un « Bien parlé, maître », légèrement impatient.

Le film est lamentable. À côté, le film en costumes était un chef-d'œuvre. Le soi-disant documentaire montre que derrière tout Israélite, même vêtu à l'occidentale, se cache un rat vivant aux crochets de la beauté et de la pureté, ce qui désigne bien entendu tout un chacun dans la salle. « À vomir ! » crie quelqu'un et il ne parle pas de la qualité du film, mais bien de ce qui lui est vendu comme la vérité et qui lui occasionne une indigestion d'horreur.

Dans la pénombre, Barbiche Teigneuse a lu l'expression sur mon visage et murmure, en guise de réponse non sollicitée, que c'est assez choquant en effet, mais que c'est basé sur des faits, puisqu'il s'agit d'images prises par des caméras de surveillance dans le ghetto de Varsovie ; je ne dois pas penser que c'est truqué.

« Là-bas, c'en est vraiment là », conclut-il, et quelqu'un derrière nous exige le silence.

Avant même la fin du générique, une voix crie qu'elle en a « assez ».

Une autre se joint à elle et s'égosille : « Les juifs dehors ! »

« Nom de Dieu, quelle bande de salauds ! »

« Ça suffit comme ça ! »

Je veux me lever, mais Barbiche Teigneuse me serre le poignet et me dit avec un clin d'œil que je n'ai peut-être pas besoin de participer au reste, vu ma position. Il a déjà bondi de son fauteuil et rejoint l'allée centrale. Toute la salle se lève avec lui, dans le chaos. Les gens se bousculent en direction de la sortie, comme s'ils étaient attaqués depuis trop longtemps par les poux et la vermine, et préféraient rentrer chez eux le plus vite possible, avec en perspective un bain bienfaisant.

Dehors, nous sommes attendus par une meute qui ne se cache pas d'avoir à disposition des barres à mine et des bâtons. Pendant quelques secondes, je crois qu'ils en ont après nous, que je vais me retrouver au cœur d'une bagarre sanglante dans la Keyserlei sans un seul de mes collègues à l'horizon. Le lundi de

Pâques, en effet, presque tous les policiers sont en congé ; un jour comme ça, il n'y a pas plus de deux ou trois patrouilles qui font leur ronde dans le secteur. À la sortie, le groupe armé nous salue d'un puissant : « Les juifs dehors ! » Ces types nous ont attendus, c'est clair. Je vois çà et là quelques uniformes de la SS flamande et j'angoisse tout à coup, me sentant tout nu en civil, flic anonyme un jour de congé bienvenu. La meute forme un cortège bruyant et s'engage dans la Pelikaanstraat. Quelques-uns s'enfuient, mais la majorité s'en va manifester avec eux. Avant d'avoir tourné le coin, j'entends déjà éclater le verre d'une vitrine. Barbiche Teigneuse a disparu, peut-être marche-t-il tout devant, entouré de ses amis avocats. Dans la Pelikaanstraat, je vois voler des briques. L'un après l'autre, les magasins écopent. Aux étages, les gens assistent au spectacle, cachés derrière leurs rideaux. Un commerçant sort, furibond, échappant de justesse aux coups de bâton qui menacent de pleuvoir sur sa tête. Haletant, il retourne se mettre à l'abri et claque la porte derrière lui. Je m'éloigne un peu, puis cours sans me faire remarquer dans la Vestingstraat. Au bureau règne un silence de sieste digne d'un café mexicain par grosse chaleur. Il n'y a pas un chat. J'appelle et frappe sur le guichet en bois.

« Alerte, les gars, alerte ! »

L'adjoint montre enfin le bout de son nez : « Wils, t'es pas en congé ? »

Mon histoire lui fait saisir son téléphone. Avant de dire quoi que ce soit dans le combiné, il me regarde d'un air interrogateur :

« Ils vont dans quelle direction ?
— À ton avis ? » crié-je.

Je cours dehors, à la poursuite du bruit dans le lointain, direction le quartier juif.

Tu peux légitimement te demander, mon cher garçon, pourquoi je suivais le mouvement. Je ne pouvais pas les retenir – sans uniforme, de toute façon, je n'avais pas l'ombre d'une chance – et ma présence en tant que citoyen ordinaire aurait pu a posteriori se retourner contre moi. Pour être honnête, je dois admettre que je me laissais guider par l'attrait du sensationnel, c'est tout. Cela fait-il de moi un mouton, et donc un salaud ? Tu peux répondre toi-même à cette question et si je devais effectivement être un salaud à tes yeux, alors il vaut peut-être mieux que tu sautes ce passage. Car oui, bien sûr, c'est vrai : en tout suiveur se cache un salaud. Mais je pense que tu continueras de lire, quoi que tu penses de moi, car personne, pas même toi, n'est cohérent ; il n'y a que les fous à l'asile qui le soient, enfermés dans leur tête, agrippés comme des forcenés à leur vision du monde, que personne à part eux ne comprend. Mais ne parlons pas de ça, pas maintenant du moins. Nous nous dirigeons donc vers la synagogue, qui se trouve au coin de la Van den Nestlei et de l'Oostenstraat, et s'avère être la destination de cette meute.

Je rattrape le bruit à hauteur de la Baron Joostensstraat, l'avant du cortège ayant ralenti pour un motif que j'ignore encore à ce moment-là. Le sol est jonché de débris de verre. Un Israélite est couché dans la rue, en sang et gémissant, à moitié englouti par la foule en colère. Quelqu'un le tire par le col de sa veste à l'intérieur d'une maison. Le tumulte de la rue sonne creux, ricoche contre les murs, fait penser à une fête foraine qui dégénère. Tout devant, j'aperçois des bâtons brandis, puis deux agents de police qui décampent sous les huées. Ils ont probablement essayé de contenir la foule mais, en si petit nombre, c'était peine perdue. L'un d'eux donne un coup de sifflet en s'enfuyant vers le pont de chemin de fer de la Plantin-en-Moretuslei. Le bruit strident fait jubiler les manifestants, comme une bande de sales gamins qui voient leurs pères humiliés. Dans la foulée, les vitraux colorés de la grande synagogue volent en éclats. Je vois Omer, l'avocat à la voix de basse, démolir une grille avant de se joindre à d'autres casseurs pour donner de violents coups de pied dans le portail de l'édifice religieux. La foule les encourage à grand bruit. Le bois cède et les voilà à l'intérieur. Applaudissements. Des pleurs angoissés sortent de la synagogue, puis c'est comme si le bâtiment lui-même vomissait une famille qui loge apparemment dans la conciergerie. Une femme, deux enfants et un homme, poussés sans ménagement au bas de l'escalier, courent pour sauver leur peau, sans réussir à échapper complètement aux coups de bâton qui s'abattent sur leurs dos. Ils ont de la chance qu'à part quelques excités, personne ne mette trop d'obstination à les poursuivre. Je les vois suivre la voie ferrée en direction de la Grote

Hondstraat, où se trouve le poste de mes collègues de l'îlot numéro sept. Le bâtiment se remet ensuite à vomir : des chaises, des livres, des rouleaux de papier. Les manifestants qui voulaient pénétrer dans la synagogue reculent de quelques pas, attendant que les objets cessent de voler. Omer ressort armé d'une longue barre de fer, avec laquelle il brise les dernières vitres encore intactes. D'autres se jettent sur les livres de prières et les rouleaux de la Torah. Ils les déchirent en mille morceaux. D'épaisses colonnes de fumée s'échappent de la synagogue. Une nouvelle salve d'applaudissements et de sifflets. Tout est filmé. Je vois une équipe de cameramen sur le côté. Des Boches, je suppose. Tout a été préparé. Tout fait partie d'un jeu sérieux, comme lors d'une procession pascale, mais avec des cris et du verre brisé à la place des cierges et des chants. Regarde, dit Angelo, c'est ton époque. Regarde où tu t'es toi-même laissé entraîner et vois ce dont tu peux devenir davantage qu'un témoin. Tu n'es qu'à deux doigts de participer. J'aperçois une dondon grotesque envoyer un livre valser d'un coup de pied, le rattraper, puis lui redonner un coup de pied, tout en criant qu'elle ne veut pas se salir les pattes avec ça. Elle récolte quelques rires approbateurs. Les grilles autour de la synagogue sont démolies, pliées comme du roseau, par la force du peuple, comme on dit. Par les fenêtres brisées s'échappe de plus en plus de fumée noire. Je suis sous le porche d'une maison de la Van den Nestlei, tant soit peu à l'abri. Un homme soigné en costume rayé trois-pièces me demande du feu, tranquille, comme si de rien n'était, et je lui tends mon briquet, comme si nous étions en été à une fête proposant d'innocents divertissements populaires. De ses deux mains, il forme une coquille protectrice autour de la flamme, allume sa cigarette, hoche le menton pour dire merci et chuchote : « Oui, ça a assez duré. Ils étaient prévenus. Ils n'ont que ce qu'ils méritent. » Sans attendre ma réaction, il se dirige vers le tas de décombres qui s'est formé autour du bâtiment, empoigne d'une main une chaise qui n'était pas encore tout à fait détruite, et la frappe plusieurs fois contre le bitume jusqu'à la disloquer. Puis il s'éloigne à grands pas du chaos. Pendant ce temps-là, Omer a pulvérisé toutes les fenêtres. Il tient la barre de fer en équilibre sur son épaule, scrutant les alentours à la recherche de travail supplémentaire. Il m'aperçoit sous le porche et me lance un clin d'œil, comme s'il voulait se détacher un instant de la violence qu'il a contribué à provoquer. Je détourne les yeux, fais semblant de ne pas l'avoir vu. La sirène des pompiers se rapproche. Pas de quoi impressionner l'assistance. Par ailleurs, il n'y a toujours aucun policier à l'horizon. Je vois Omer balancer un coup de pied dans le ventre d'une femme juive. Elle est couchée par terre et s'accroche aux barreaux des grilles pliées ; aucun bruit ne sort de son corps, inanimé comme celui d'une poupée. Il lui décoche un second coup de pied, puis regarde autour de lui, comme s'il venait de rompre un anathème et attendait des applaudissements. Mais je suis le seul à l'avoir vu et lui ne me voit pas.

Moi seul m'imagine la tête d'Omer baignant dans une mare de sang. Les pompiers arrivent, sautent à bas de leurs véhicules et accrochent dare-dare le serpent de caoutchouc au camion-citerne. Ils se font traiter d'ordures. Quelqu'un leur jette une pierre. Le caillou ricoche contre le casque d'un pompier qui, ni une ni deux, se jette sur le coupable et lui flanque une gifle. Le lanceur de pierre s'effondre. Des sifflets de la police retentissent. De tous côtés, les voilà qui accourent et forment un cordon autour des pompiers. La fête est finie. Je m'éclipse. Cent mètres plus loin se trouve ma maison, dans la Kruikstraat. Dans ma rue aussi, des fenêtres ont été cassées, on entend résonner des pleurs et quelques petits merdeux traînent encore avec des bâtons. L'un d'eux se trouve devant chez moi, plissant les yeux, espérant sans doute distinguer au-dessus de la sonnette un nom aux consonances juives. Je l'attrape par la peau du cou et lui cogne la face contre la porte. « Pas ici... » dis-je. Le garçon s'écroule sur le seuil, les mains devant le visage, en pleurs. Je le serre à la gorge et le hisse sur ses pieds. Son nez est cassé. Il pisse le sang. Je serre plus fort. Je jure que je sens ralentir mon propre pouls, je jure aussi que j'ai envie de continuer et je sais que j'en suis capable, sans aucun problème. Ses copains se tiennent un peu plus loin, ils n'osent pas intervenir, leur bouche est grande ouverte.

« S'il vous plaît, bredouille le garçon, s'il vous plaît. »

Ses lèvres soufflent des bulles de sang.

« S'il vous plaît qui ?
— S'il vous plaît, monsieur… »
Je le lâche.
À l'étage, ceux qui se disent mes parents me regardent avec des yeux effarés.
« Je les croyais déjà entrés », fait ma mère tremblante.
Mon père se gratte l'oreille et dit : « Tu as du sang sur ton costume. »

À la suite de cet épisode, le rabbin porte plainte. Cette destruction de propriété ne peut demeurer impunie. Selon lui, la ville doit payer l'addition. Le tribunal suit le même raisonnement et met l'administration communale en demeure. Les Allemands refusent de céder. Il ne peut être question de dédommagement. Ce que la ville accepte d'organiser, en revanche, et c'est sur nous que ça retombe, c'est une surveillance quasi permanente de toutes les synagogues, et ce pendant toute la durée de la guerre. Tout ce qui fait l'objet de menaces et occasionnerait des dépenses publiques en cas de destruction doit être protégé. Tout le monde estime ça normal, car c'est la loi.

Mon infirmière trouve que je tire la tête et qu'il n'y a pas de raison. Elle me donne une tisane et un biscuit. Puis je la vois qui farfouille dans ma bibliothèque. Elle finit par en retirer un épais volume qu'elle me tend.
« Voilà, dit-elle, ça vous remonte toujours le moral. »

Je reconnais l'ouvrage et ne peux faire autrement que sourire.

« Vous voyez ? J'en étais sûre. »

Elle me presse doucement l'épaule et disparaît à nouveau dans la cuisine. Je l'entends chanter, mais pas « La bohème », Dieu soit loué. Sur mes genoux repose la volumineuse édition intitulée *Paysage des lettres néerlandaises*. Je sors le livre de son fourreau et cherche mon nom. Wilfried Wils, me voilà, pseudonyme : Angelo. Il est aussi écrit ceci : « On lit l'œuvre de Wilfried Wils, mieux connu sous le nom d'Angelo, avec quelque étonnement mais non sans plaisir. » Ça donne vraiment l'impression que ma poésie doit s'apprécier comme un plat exotique, pas vrai ? *Avec quelque étonnement mais non sans plaisir.* D'où sortent-ils un truc pareil ? Ou plutôt : d'où sort-« on » un truc pareil, car ce « on » confère tout de même un cachet d'autorité à l'article, comme si personne ne pouvait lire ma poésie autrement qu'« avec quelque étonnement mais non sans plaisir ». C'est un dieu anonyme qui s'exprime et qui ne supporte pas la contradiction. « On » fait également l'éloge de ma fougue : « Wilfried Wils a cet entêtement, cette indocilité capable de lier l'existentialisme d'après-guerre à un romantisme noir au sens originel du terme, dont on devine qu'il constitue une source profonde pour la poésie lyrique de Wils, ainsi que pour sa vie personnelle. »

Comme ça, tu l'entends de la bouche de quelqu'un d'autre. Nicole est une diablesse, qui sait parfaitement comment je fonctionne. Ou plutôt qui utilise à la perfection ce qu'elle sait de moi. Oui, je suis fier, je l'ai toujours été. Mais il n'y a pas que ça et moyennant quelques explications tu comprendras peut-être ce que ce minuscule paragraphe représente pour moi. C'est un monde fermé que celui de la littérature et de la poésie. Ce n'est pas si simple d'y pénétrer, surtout quand tu es flic et que tu ne connais personne qui soit poète. Les éloges, c'est du donnant-donnant, louer pour être loué, et ces gens de lettres ont autant de préjugés qu'une bande de dockers… ou de flics, d'ailleurs. Je n'ai jamais fait lire ce paragraphe à Lode, bien que j'en aie souvent eu envie. Quand sa sœur lui a dit que j'écrivais des poèmes, son regard a changé. Pour lui, la poésie allait visiblement de pair avec une certaine faiblesse. M'avait-il mal jugé ? Pouvait-il vraiment me faire confiance ? Je n'offrais pas le même visage aux uns et aux autres.

Après la guerre, j'ai tenté de vendre mes poèmes à des petits périodiques. Il y en avait beaucoup à l'époque, imprimés sur du papier bon marché, mais tous prêchaient plus ou moins la même chose. Après cinq ans de malheur, le monde devait prendre un nouveau départ, un peu comme un repêchage. Moi je pensais l'inverse. Ça ne s'arrête jamais, rien ne s'arrête jamais. Tout continue et rien ne s'efface jamais, quand bien même chacun s'échine à vouloir tirer une ligne dans le sable du genre « jusqu'ici puis c'est fini ». Si tant est qu'il existe, le temps est une spirale tournant à vive allure vers absolument nulle part, et pas une ligne menant de A à B. Ça me fait toujours penser à des toilettes défectueuses, lorsque tu tires la chasse et que tu vois l'eau qui gargouille et monte en tourbillonnant pour s'arrêter de justesse avant de déborder. Écoute-moi ça, le poète philosophe à deux balles ! Bref, ce que je viens de te dire, je ne l'avais pas encore compris à l'époque. Je voulais voir ma vérité en vers sur le papier, mais je devais d'abord faire comprendre à ces petits éditeurs qu'un flic peut aussi écrire des poèmes. Évidemment, j'aurais mieux fait de leur cacher mon métier, ça m'aurait épargné des efforts. Mais Angelo, qui était contraint de traverser la vie dans la peau de Wilfried Wils, pensait que mon uniforme me rendrait d'autant plus intéressant aux yeux de cette bande d'enseignants, de journaleux et de branleurs exaltés qui constituaient alors le gros des poètes de ce pays. Et lorsque je suis enfin parvenu à convaincre l'un d'eux de lire mes vers, il les a jugés beaucoup trop sombres, lugubres même, et donc inadaptés à la nouvelle ère, où toute dégueulasserie nihiliste était définitivement reléguée au règne du passé. L'un de ces esprits tout frais lessivés à m'avoir opposé un refus, Achiel Punt, mort depuis longtemps des suites d'une opération ratée de intestin, ne s'attendait pas à ce que je vienne le voir dans son rez-de-chaussée de la Paardenmarkt, encore moins pendant mes heures et donc en uniforme.

Complètement déconcerté, il me voit débarquer un beau jour de printemps, en l'an de paix 1946. Quand il s'adresse à ma personne sur son papier à en-tête, il se prend pour je ne sais qui, mais lorsqu'il me voit en chair et en os, il plaisante nerveusement, disant qu'il n'est pas rassuré de savoir que dans sa ville circule un flic qui couche après le service de telles pensées morbides sur le papier. J'admets : ça fait du bien. Tant même que je me contente de la promesse un peu fébrile et hypocrite d'Achiel de soumettre mes vers au jugement de la rédaction. En guise d'au revoir, je lui lance un avertissement concernant sa poubelle, qu'il a sortie beaucoup trop tôt sur le trottoir.

Écrire est curieux, mon garçon. Tandis que je te parle d'Achiel Punt, je vois devant moi le café Vondel, à quatre maisons duquel il habitait en 1946. Je me souviens que l'établissement est resté fermé quelque temps après la guerre parce que des résistants avaient brisé les fenêtres et cassé le mobilier dans leur chasse aux collabos. Et donc je revois ce café à l'époque glorieuse, au centre d'un quartier animé, et je me rends compte que j'ai oublié de te raconter quelque chose. Ce n'est peut-être pas important. Tu jugeras par toi-même.

Nous sommes fin août 1940. La ville est occupée depuis près de quatre mois. J'ai vingt ans et je viens enfin d'effectuer ma dernière année à l'école secondaire, ce qui n'égaye pas mon père pour autant. Il a perdu son travail et se répand en lamentations. Barbiche Teigneuse trouve pour sa part que mon diplôme se fête, car il faut reconnaître ce qui est : c'est aussi sa victoire à lui. La semaine précédente, il me dit que nous nous sommes un peu perdus de vue et que c'est dommage. J'ai droit à au moins un verre dans l'un de ses cafés préférés de la Paardenmarkt. Je n'écarte pas la possibilité que ce soit mon père qui l'y ait incité, car il n'en peut plus de me voir couché sur mon lit, entouré de bouquins, à regarder voler les mouches. À ce moment-là, je me sens prisonnier. La famille de ma mère a coupé le robinet d'aide financière et poursuivre des études, avec un père au chômage, semble totalement exclu. Il me suffit de le regarder pour comprendre. Ce gars-là ne retrouvera du boulot que si on le lui offre sur un plateau d'argent. Sa vulnérabilité et son manque d'initiative étaient camouflés pendant toutes ces années par l'argent qu'il ramenait à la maison. À présent, il est nu comme un ver, aussi impuissant qu'un nouveau-né. Mais moi aussi, à ce moment-là, je suis un agneau qu'on peut conduire à l'abattoir. Ce dont je n'ai pas vraiment envie, c'est d'être transféré en Allemagne : un sort qui à l'époque pend au nez de tous les jeunes chômeurs. Certains de mes camarades le voient plutôt comme l'occasion de se barrer de la maison. Cap sur l'indépendance ! Il me faut donc trouver du travail ; cette perspective, malgré l'incertitude, me remplit d'une joie naissante, comme une promesse que je me susurre à moi-même. Si je pouvais devenir le gagne-pain de cette famille... je tiendrais ma revanche. Ma revanche envers la vie que ces deux-là ont déterminée pour moi depuis des années, sans se préoccuper de ce que moi je voulais, sans même s'informer des éventuels projets que je pouvais avoir. C'est pénible d'avoir à porter l'ambition médiocre de ses géniteurs, c'est une blague aussi, tout bien considéré ; mais si tu n'as personne à qui en parler, aucun rire libérateur ne succède à la chute.

C'est ainsi que nous nous retrouvons, Barbiche Teigneuse et moi, au café Vondel.

« Alors ? demande-t-il en reposant sa chope. Tu n'es pas vraiment avec nous. Tu as à peine touché à ta bière.

— C'est vrai, désolé.

— Comment ça va à la maison ? »

Je hausse les épaules.

« Pas de travail, pas d'argent, et c'est la guerre. »

Barbiche Teigneuse rit.

« La guerre est finie. La France est tombée, les Anglais se font bombarder, l'Allemagne triomphe. Et ton père connaît suffisamment de monde. Ça ne durera pas longtemps.

— Je crois que je vais devoir trouver quelque chose moi-même.

— Toi ? Et tes études alors ? »

Tu l'entends arriver avec ses pattes de velours ? Mais je ne dis rien. Je bois.

« Toi, tu as donc envie d'autre chose...

— Je ne sais pas ce que je veux.

— Oh que si, dit doucement Barbiche Teigneuse. Tu le sais. Je me reconnais en toi. C'est pour ça qu'on s'entend si bien, toi et moi. De quoi je vis ? Les gens te diront que je suis un journaliste sportif. Que je gagne ma croûte en pondant çà et là un article pour une gazette et, soyons honnêtes, la plupart des bourgeois regardent ça de haut. Qu'est-ce que j'ai fait comme études ? Un an ou deux de droit et ça s'est avéré une erreur. Puis un peu de langues... Jamais terminé. Et pourtant, je peux te dire que je suis rarement à court d'argent. Depuis le début, j'arrive à m'assurer un revenu suffisant. Ça se fait naturellement et je ne pense pas que ça changera un jour. Même quand j'étudiais, j'avais de l'argent. Mais en fait, ça ne m'intéresse pas. Ce sont des opportunités et quelqu'un comme moi sait en profiter, sans devoir payer un prix pour ça. Tu comprends ? C'est là, dans ta tête, entre tes deux oreilles, que ça doit marcher. L'argent est un moyen, rien d'autre. Et il y a assez de gens autour de toi pour t'en proposer.

— C'est une façon de voir les choses, dis-je enfin.

— Nous vivons dans un pays où les gens trouvent moins grave que tu connaisses la couleur du slip de leur femme plutôt que tu saches combien ils gagnent. Demande-leur pour voir, et ils se mettront à se plaindre et à soupirer. Tu sais que je suis un idéaliste, je l'ai toujours été, et j'estime avoir beaucoup de chance de pouvoir constater que ma vision du monde est en train de devenir réalité. Ça ne m'a jamais vraiment surpris que ma façon de voir les choses me rapporte de l'argent, comme si j'étais payé pour le simple fait d'avoir des idéaux. C'est fort, non ? Aussi fort que ces temps forts.

— Je ne comprends pas bien ce que tu veux dire.

— Ah non ? J'en ai déjà trop dit, en fait. »

Lis-tu des bandes dessinées, mon garçon ? Je sais que c'est une question bébête à poser à un jeune homme de dix-sept ans, mais ça me saute à l'esprit tout à coup. Ton grand-père adorait les *Bob et Bobette*. Ça se lit encore ? Je me souviens d'un album intitulé *Le Trésor de Fiskary*, où les héros, à la fin, sont de nouveau catapultés à leur époque par le Temps. Ce dernier porte une longue barbe blanche et une faux entre les mains. Il les dépose entre les pages d'un énorme livre, à la page précise de leur époque. Chaque fois que j'en arrivais à ce stade de la lecture, ton grand-père criait : « Badaboum ! » Même si ce n'était pas dessiné, mon fils était persuadé que le Temps refermait le livre d'un coup sec. Il devait avoir cinq ans, je n'en suis pas certain. Et j'ai la tête qui tourne tout à coup de te dépeindre ton grand-père en enfant à peine sorti des couches. Puis parler d'un mort ne fait pas du bien. Dans cet album, paru quelques années après la guerre, figure un énorme dragon appelé Guerékler. Et cette guerre éclair dévore des pièces d'or, c'est-à-dire l'argent des contributions que les habitants du Moyen Âge (c'est l'époque à laquelle se déroule l'histoire) doivent sortir avec les poubelles.

J'ignore complètement si Willy Vandersteen, le dessinateur, voulait faire passer un message contre la guerre. Selon moi non, ce qui l'intéressait, c'était surtout les impôts et l'argent, un sujet qui obsède littéralement les gens de ce pays. Nous nous sentons toujours occupés, comme un pays de serviteurs qui revendique rarement la chevalerie pour lui-même. Parle de ton porte-monnaie et tout le monde tend l'oreille. Barbiche Teigneuse avait raison à ce propos. Chez nous, l'attitude de martyr à l'égard de l'État est omniprésente : l'impression constante de se faire plumer.

« Si les gens qui sont dans ce café savaient tout ce qui s'est déroulé ici sous leur nez... Parce que tu crois qu'on s'est tourné les pouces, ces dernières années ? Qu'on ne savait pas ce qui allait arriver ? Les gens comme moi savent quand le moment est venu de se mettre au service de l'idéal auquel ils croient. Pour ça, j'ai reçu deux mille francs par mois pendant presque quatre ans. C'était simple. Je laissais traîner mes oreilles par-ci par-là, glanais quelques informations sur le port. Et c'est ici que j'avais rendez-vous avec lui.

— Avec qui ?

— Avec *mein Freund* Gregor... un type roux comme un renard. Un Allemand bien entendu. Quelque chose me dit que tu vas le rencontrer.

— Tu peux aller en taule pour ça.

— Plus maintenant, évidemment. Encore une bière ? »

Avant qu'il ne se lève, une bonne femme vient s'asseoir à notre table.

« Alors, singe à barbe ? On ne me reconnaît plus ? »

Plongée aux enfers : tu traverses la large avenue Paardenmarkt, tu prends une ruelle qui t'amène dans la Falconrui, tu continues vers la Falconplein, tu suis la Verversrui et la Schipperstraat, toujours en direction du nord après la Brouwersvliet, et tu arrives à la Spanjaardstraat et aux quais du dock Bonaparte. Le lieu n'a rien d'engageant, c'est sûr. On passe d'un bar à bouchon à un autre endroit louche, Barbiche Teigneuse, ton arrière-grand-père et une bonne femme du nom de Jenny, qui a parfois besoin d'aide pour marcher sur les pavés, à cause de ses talons aiguilles et de la quantité d'alcool dans son corps destiné à de beaux vestiges. Son parfum est tenace. Barbiche Teigneuse est salué dans chaque café avec beaucoup d'enthousiasme. À ce moment-là, c'est un coin de la ville que je ne connais pas, encore moins à la tombée de la nuit. Mais ici, Angelo prend le relais, lui qui creuse dans mes tréfonds. Ici, on zigzague d'un cul à l'autre et sonde la profondeur de l'ineptie de chacun. Tout le monde prend et se fait prendre dans ce cratère sans fond. C'est la première fois que je vois autant de soldats réunis. Les hommes de la Kriegsmarine sont les plus bruyants. De loin et à la lumière du jour, on dirait des gamins en habit du dimanche, avec leur col blanc à rayures bleues et leur comique couvre-chef sur la tête. De loin, tu t'attendrais à des acrobaties, tu les vois déjà jouer aux funambules dans les cordages d'un navire, se pendre aux bouches des canons, lancer leurs bérets. Mais vus de plus près, encaqués dans un café bondé, ils tiennent encore à peine sur leurs jambes tandis qu'ils palpent un sein ou la fesse d'une femme. Ici, le blanc de leur uniforme se colore d'un bord rance et leur transpiration te prend au nez. Ils boivent comme des trous, renversent leurs chopes avant de les avoir vidées et cherchent des crosses. La ville est à eux.

« Notre Jenny est de mauvaise humeur », dit Barbiche Teigneuse.

Nous sommes tous les trois serrés comme des sardines à une table minuscule. De temps en temps, l'un de nous reçoit des éclaboussures de bière ou doit éviter un coude.

« Laisse-moi faire... » marmonne Jenny tout en essayant d'allumer une cigarette. Qui sait si elle a passé le cap de la quarantaine, ou si elle est plus jeune que moi. Son rouge à lèvres est bleu foncé sous la lumière verte du bistrot. Ses cheveux blonds ont l'air jaunes. Elle a des petites boulettes collées dans les cils. « Laisse-moi faire...

— Raconte plutôt à mon jeune ami pourquoi tu es de si mauvais poil. »

Elle agite son index.

« Non, mon chéri. C'est un gamin, ça ne le regarde pas. »

Sa voix se fait presque suppliante.

« À partir de maintenant, elle doit passer un contrôle médical deux fois par semaine. »

La bière lui donne un ton d'une nonchalante cruauté. Jenny frappe du plat de la main sur la table, faisant bondir les verres. Mais sa force faiblit tout de suite. Elle joue avec la bague couleur rubis qu'elle porte à l'un de ses doigts.

« Aïe, dis-je. Ce n'est pas un cancer, j'espère ? »

Bref silence. Jenny et Barbiche Teigneuse me regardent et éclatent de rire. Elle se plie en deux, tandis qu'il se frappe le genou.

« Trop drôle ! »

Puis les doigts de Barbiche Teigneuse s'avancent vers le sac à main de son amie.

« Attends, je vais te montrer ! »

Jenny contre-attaque aussitôt telle une lionne.

« Lâche ça tout de suite ! »

Barbiche Teigneuse la repousse sans difficulté et fouille dans le sac en riant.

« Salaud ! » rugit Jenny.

Elle parvient à attraper l'une des anses de son sac, tire et tout le contenu se renverse par terre. Flacons, poudriers, mouchoirs froissés, cartes et porte-monnaie. Tandis qu'elle tâtonne à l'aveugle sous la table, il la prend de nouveau de vitesse. Triomphalement, il brandit un livret.

« Il faut que tu voies ça », me dit-il avec un clin d'œil.

Sous la table, Jenny rassemble ses affaires. Sa main s'agrippe à mon genou en guise d'appui. Elle n'a pas vu que Barbiche Teigneuse avait trouvé ce qu'il cherchait. Les yeux voilés par l'alcool et le désir, quelques marins matent ses fesses moulées dans sa jupe verte étroite, ses bas résille et ses escarpins vernis à deux sous, sa vulnérabilité.

Sur le livret, il est inscrit en deux langues « Carnet médical/Medisch schrift », suivi de « Service des mœurs ». À l'intérieur, il y a des tampons, avec à chaque fois « Hôpital Sainte-Élisabeth » ajouté au stylo. Jenny ressort de sous la table, arrache le livret des mains de Barbiche Teigneuse, et disparaît aussi dignement que possible en direction des toilettes.

« Rien n'est assez propre pour l'Allemand. Toutes les prostituées doivent se présenter pour une visite médicale. Comme ça, tu le sais, mon cher ami, si jamais tu as le sang qui bout, demande toujours le livret d'abord. Tu n'as pas envie d'attraper une saloperie. Imprime bien ça dans ta cervelle.

— Oui, oui », fais-je en détournant les yeux.

Jenny revient. Son maquillage a un peu bavé, mais elle semble vraiment requinquée. Elle remballe un matelot aux mains baladeuses sans même lui accorder un regard. Elle se dresse à côté de notre table.

« Dis donc, salaud… »

Il lève les yeux, sourit.

« C'était juste pour rigoler…

— Ah bon ?

— Je faisais l'imbécile. »

Barbiche Teigneuse semble légèrement dégrisé tout à coup. On dirait que le vacarme s'apaise, les verres ne tintent plus, plus personne ne passe de commande en braillant. Il essaie de lui prendre la main.

« Tu le sais, quand même ? »

Elle repousse sa main.

« Bas les pattes. Ça suffit comme ça. »

Elle se fraie résolument un passage entre les corps des marins.

« Jenny ? »

Elle ne se retourne pas. Il se lève à moitié, tend le bras vers elle.

« Jenny ! »

La porte du bistrot se referme sur elle. L'air un peu désespéré, il se rassied.

« Elle va revenir », dit-il en toussotant.

Soudain, je vois de l'humidité briller dans ses grands yeux globuleux.

Barbiche Teigneuse se met à commander des « coups de tête », c'est-à-dire des demis de bière accompagnés d'un verre de genièvre. Je refuse poliment. J'ai pu constater les effets du genièvre sur mon père, qui a l'alcool mauvais, comme on dit ici. En plus, je sais que je dois rentrer à la maison. Il est bientôt dix heures et le couvre-feu va tomber pour ceux qui n'ont pas d'autorisation spéciale.

J'ai un peu de mal à convaincre Barbiche Teigneuse de rentrer avec moi.

« *Ich habe eine spezielle* audorizazion ! rétorque-t-il, visiblement satisfait de son allemand.

— *Ich nicht* », réponds-je.

Il rit, puis sombre sans transition dans la mélancolie. Ça aussi, je reconnais : c'est le genièvre.

« Je ne laisserai personne fourrer son nez dans mon livret, Wilfried !

— Non.

— Je ne suis pas une pute à tampons.

— C'est sûr.

— Notre Jenny, se lamente-t-il. Où est-elle ? Où est passée cette pute à tampons ?

— Allez, on rentre.

— Va te faire foutre ! On me tamponne pas, moi ! »

Quelques marins, tout aussi saouls que lui, m'aident à remettre Barbiche Teigneuse debout. Ensemble, nous tanguons sur les boulevards. Il a appuyé sa tête contre le revers de ma veste et laisse couler librement ses larmes et sa morve. De temps en temps, il brame quelque chose d'incompréhensible, le doigt en l'air. À mi-chemin environ de la Keyserlei, où d'autres hommes saouls titubent vers leur maison, il se ressaisit un peu. Il passe la main dans ses cheveux peignés en arrière, remet sa cravate droite et marche de nouveau sans mon aide.

« T'es une crème de gars, toi… T'es un mec bien, tu comprends ? T'es un mec bien. »

Enfin, nous quittons les chemins de fer, traversons le quartier Kievit et retrouvons la Plantin-en-Moretuslei. Arrivé devant chez lui, il pose les deux mains sur mes épaules.

« Je vais t'arranger quelque chose, dit-il tout à coup d'un ton ferme. Je vais te trouver du boulot. La police. Tu piges ? Je t'y fais entrer. J'ai des contacts, moi ! »

Il cherche ses clés. Je l'aide à ouvrir la porte. Il s'étale dans le couloir et, avant même que je puisse entrer, claque violemment la porte du pied.

Je me retourne et entends sa mère crier : « Ivrogne ! »
Vient mon tour de sentir le démon de la boisson s'abattre sur moi.
Tout se met à tourner.
Je vomis sur mes chaussures.

Viens te promener avec nous, mon garçon. C'est dimanche après-midi, le 22 juin 1941, comme indiqué à l'encre au dos de la photo que je tiens dans la main. Ta future arrière-grand-mère marche entre son frère Lode et moi. Elle a accroché ses bras aux nôtres. Nous formons une troïka sur la Keyserlei. Il fait beau, pas un nuage ne trouble le ciel. Donne-moi le bras, qu'on forme un joyeux quadrige. Tu vois comme tous les habitants rient et se disent bonjour ? Le beau temps fait tout oublier. On s'accommoderait même du prix de la nourriture, devenu complètement fou. Au marché noir, tu paies maintenant six fois plus cher pour des articles que tu trouvais bêtement au magasin il y a deux ans : du beurre, du lait, des œufs, de la viande. La semaine dernière, avec les collègues, j'ai de nouveau mis la main sur un trafiquant. Sans gaspiller de salive, on a expédié l'affaire comme on le fait chaque fois depuis cet hiver : on se partage le butin et on laisse courir le contrevenant. Souvent, on retombe sur les mêmes trafiquants et on se fait un signe de tête. Ce qu'on considérait jadis comme la loi est à présent remplacé par des accords tacites, des magouilles et, çà et là, un risque calculé des deux côtés. Chacun évalue son avantage, pèse le pour et le contre. Celui qui trouve ça déshonorant perd. Celui qui hausse les épaules apprendra. Tu comprends que tout ceci n'est pas sans danger. Les Boches exigent des punitions sévères et n'auront aucune pitié pour nous non plus. Les journées se succèdent et, au terme de chacune, ton futur arrière-grand-père se contente de faire signe à son reflet dans le miroir. Chacun pour soi. Nous pillons à la bouche de l'enfer, nous vivons des temps tragiques et faisons comme si tout était normal. Et dans l'attente de jours meilleurs, tout le monde veut danser, danser, danser. Sous la Boerentoren, au bout du Meir, il y a un club de jazz où il est presque impossible d'entrer le samedi soir. Avant la guerre, on y jouait du swing et c'est toujours le cas, même si les textes sont parfois en allemand ou qu'une chanson comme « Mood Indigo » de Duke Ellington est annoncée par le chef d'orchestre Stan Brenders comme « Humeur pourpre », histoire de duper les censeurs de la Kulturkammer, qui étaient en ce temps-là encore relativement peu méfiants. Tout le monde s'en fiche, tant qu'on peut danser. Aujourd'hui, il flotte dans l'air une atmosphère particulièrement festive, c'est le règne du « carpe diem » et du « remplis nos verres ». Sur Zender Brussel, au « journal parlé », comme on appelle les actualités à la radio, on a annoncé ce matin en grande pompe que les Boches avaient envahi la Russie. « Enfin ! a dit mon père. Tu pensais peut-être que les Allemands allaient rester amis avec ces barbares de l'Est ? Tu vois bien, qu'est-ce que je t'avais dit ?

Ces gens sont tout sauf des fainéants. Une fois de plus, Hitler montre de quel bois il se chauffe ! Et ça ne va pas durer longtemps. Les Russes ont déjà pris leurs jambes à leur cou. Ils vont détaler comme des lièvres jusqu'à Vladivostok ! » Oui, il est de bonne humeur, car il a enfin retrouvé du travail comme gratte-papier à la maison communale. Le copain qu'il a là-bas a accompli des miracles. La seule chose que mon père ait dû faire, c'était de prouver son patriotisme, c'est-à-dire qu'il a dû devenir membre de la ligue. D'après lui, il était moins une. On était à deux doigts du précipice. « Car si on avait dû continuer à vivre de ton petit salaire de policier… » Tout le monde est content, selon lui : il a de nouveau de l'argent, il a retrouvé l'estime de lui-même, un beau vernis de patriote pour draguer les secrétaires, et maman est soulagée de ne plus avoir à supporter ses jérémiades. À propos d'Hitler : d'après lui, il n'existe pas d'homme plus fort, on est bercé dans ses bras comme dans ceux d'un géant. Mon père n'est sûrement pas le seul à se réjouir de l'assaut spectaculaire donné à ces mécréants de bolcheviks. Tu entends comme ça bourdonne dans la Keyserlei ? Tout le monde ne parle que de ça. Mais tu sais comment je me sens ? Classe. Parce que j'ai trois billets pour une matinée au café Atlantic, où se produit une chanteuse que les gens ont déjà baptisée « notre Zarah Leander ». Le bras d'Yvette dans le mien me fait réaliser que les choses progressent. Je ne vais pas te faire croire que j'ai découvert l'amour. Je commence plutôt à le comprendre un peu mieux. Ta future arrière-grand-mère est une belle femme, les hommes se retournent sur son passage et les femmes détaillent son goût vestimentaire : simple et élégant. Je crois qu'elle trouve très amusant de jeter le trouble en se promenant au bras de deux hommes. Lequel est son amoureux ? Celui qui de loin ressemble à Errol Flynn, qui a de nouveau abusé de la pommade et qu'Yvette traite d'« engominé » pour le taquiner ? Ou l'autre, moi donc, avec ses yeux sombres et brillants comme des escarboucles, qui parade dans un uniforme de seconde main blanc crème, dont mon père dit qu'il me fait ressembler à un vendeur de gaufres sur une plage de la Côte d'Azur ? En d'autres mots, mon garçon, le jeu a commencé et je participe, mine de rien, comme si je faisais partie d'un quelconque groupe.

Écoute, on est à l'intérieur. Il y a du monde. Assieds-toi près de nous, il reste une chaise libre à notre table. Je t'ai déjà dit ce qu'Yvette porte comme vêtements ? Un chemisier avec des fleurs orange cousues et une jupe noire juste au-dessus du genou. Elle a de nouveau relevé ses cheveux avec de petites pinces marron. Sa bouche ? Peinte en brun-rouge, comme d'habitude. Bien sûr, elle est très contente. Je t'ai déjà dit combien elle aime chanter. Les serveurs courent de tous côtés, le nez en l'air, une serviette blanche sur le bras droit. On nous sert en derniers. Derrière et devant notre table, il n'y a que des officiers allemands. Leurs fiancées rient à gorge déployée. Elles boivent du vin ou de la crème de menthe. Elles parlent un peu allemand et gloussent entre elles. L'accordéoniste rejoint sa place. Après un bref salut au public, le pianiste fait craquer ses doigts. Voilà le ténor José Corazon. En réalité, il s'appelle Jos Malfait, c'est le fils d'un célèbre chanteur d'opéra originaire de cette ville et qui a triomphé à Milan, New York et Paris. Après la mort de son père, « José » a tenté de reprendre le flambeau. Avant la guerre, il a acquis un peu de notoriété grâce à une chanson sur les réfugiés de la guerre civile espagnole. À l'époque, tout le monde l'entonnait en chœur, en imitant sa voix qui tout à coup partait dans les aigus, comme si quelqu'un lui pinçait les couilles : « J'erre à l'abandon dans ces rues/ Comme je déteste la vie quand je chante tristement/ Rien ne m'a été épargné, c'est l'enfer sur terre/ Regarde-moi donc, pauvre réfugié espagnol. » Non, il ne la chante plus, vu qu'aujourd'hui les salles sont remplies d'officiers qui n'ont fait qu'aggraver la situation et ont testé leurs avions en Espagne avant de les envoyer quelques années plus tard au-dessus de notre pays, le ventre rempli de bombes et de grenades. Mais le style espagnol demeure sa marque de fabrique. Avec ses cheveux noirs teints et lissés en arrière, ses yeux cerclés de khôl et son sourire plein de dents blanches, il chante les toréadors, les señoritas et les guitares flamencas qui résonnent dans les rues désertes de Séville. Même si maintenant il le fait en allemand.

« J'aurais dû prendre mon éventail, chuchote Yvette avec gaieté.

— C'est un torero comme ça qu'il te faut, dit son frère en riant.

— Il est maquillé, c'est pas mon genre. »

Sur ces mots, elle me lance un regard.

« Tous les artistes font ça... » dis-je.

En attendant, il faut voir comment presque tout le monde dodeline de la tête et du corps au rythme de la musique. José chante le baiser d'une Tsigane qu'il désire ardemment. Juste devant lui, il y a une piste de danse sur laquelle les femmes sont entraînées les unes après les autres.

« Je commence sérieusement à en avoir plein le cul », grogne Lode.

En vain, il claque des doigts pour arrêter les serveurs qui passent en trombe.

« Un demi, c'est tout ce que je veux. »

Un uniforme de la Waffen-SS se dresse tout à coup à côté de notre table.

« Puis-je inviter la demoiselle à m'accompagner sur la piste de danse ? »

On lève les yeux. Ce n'est pas un Allemand. C'est un gars de chez nous, mais avec ses cheveux rasés sur les côtés et les talons qu'il fait claquer l'un contre l'autre, on dirait presque un vrai, comme si cette ville n'était plus bonne que pour y déféquer, et que son corps et son esprit avaient été coulés en Prusse. Je le reconnais. C'est Karel, nom de Dieu, le blondinet qui était dans ma classe autrefois. Je t'ai déjà raconté que c'était un élève modèle, mais que les profs ne le supportaient pas à cause des sympathies allemandes de ses parents. J'ignore s'il me reconnaît. En tout cas, il n'en laisse rien paraître.

« La demoiselle est prise, barre-toi, le rabroue Lode.

— Je préfère l'entendre de la bouche de la demoiselle elle-même, répond calmement Karel, l'ersatz de Prussien.

— T'as de la merde dans les oreilles ?

— C'est bon, Lode.

— Tu vois, y a du bruit qui sort de la ravissante jeune dame.

— Si tu fais pas gaffe, un seul mot sortira encore de ton gosier. »

Lode se lève. Il est nez à nez avec Karel.

Yvette lui tire le poignet.

« Arrête.

— Tu as tes papiers sur toi ? »

Lode secoue la tête, incrédule, me regarde et dit :

« Tu entends ce que j'entends ? Ce type me demande mes papiers… »

Lode sort sa carte d'agent de police et la brandit sous le nez du SS.

« Qu'est-ce que tu dis de ça ? »

Derrière notre table, les fiancées des officiers se plaignent de ne plus rien voir.

« Asseyez-vous ! » siffle l'une d'elles.

Imagine que tu sois vraiment avec nous à cette petite table, telle que je te l'ai décrite. Tu es comme nous dans la fosse aux lions, entouré d'Allemands ou de gens qui auraient aimé l'être, hier plutôt que demain. Empêcherais-tu Yvette de danser avec un SS ? Je te vois déjà faire non de la tête. Qu'est-ce que ça peut bien faire ? penses-tu. Tout le monde n'était-il pas convaincu à l'époque que les Allemands avaient quand même gagné, et que le mieux était de s'en accommoder ? C'est sûr, mais il y en avait aussi qui se méfiaient, qui trouvaient idiot de tenir les faits pour acquis, sans envisager un retournement rapide et total, où le noir redeviendrait blanc, et inversement. Je ne suis pas en train de dire que tout le monde pensait ainsi, loin de là. Il y en avait qui continuaient d'attendre, de peser et soupeser, sans jamais se décider pour l'une ou l'autre attitude. Ces derniers étaient qualifiés d'attentistes, comme s'ils étaient restés bloqués dans la période d'avant la guerre. Ceux qui continuaient de réfléchir avaient l'impression d'avoir atterri corps et biens dans une loterie, où chaque coup du sort pouvait avoir de fâcheuses conséquences, peut-être pas tout de suite, mais certainement plus tard. Fais-toi remarquer et qui sait si tu n'en paieras pas le prix après la guerre. Dans ce monde, une fois que la fortune des armes aura définitivement tourné, un salaud pourrait tout à coup se souvenir que cette beauté prénommée Yvette s'est risquée à une petite danse avec un ersatz de Prussien. C'est peut-être la raison pour laquelle Lode a rembarré Karel aussi brutalement, ce qui sur le moment était fort imprudent (d'où ma tentative de mise en garde). C'était par ailleurs peine perdue, puisque c'est ta future arrière-grand-mère, bien sûr, qui a pris la décision, ignorant son frère et l'ami de ce dernier sur qui elle avait des vues, ne fût-ce que pour mettre fin à tout ce grabuge.

Yvette saisit la main de Karel et murmure : « Viens. » Avant que Lode ait pu dire quoi que ce soit, ils se dirigent vers la piste, main dans la main.

« Imbécile, dis-je.

— Moi, un imbécile ? C'est fort de café. Et toi alors, Wilfried ? Tu laisses faire sans réagir. Quand ce type ira pisser tout à l'heure, il aura affaire à moi. Il va pleurer sa mère.

— Ça sert à quoi ?

— C'est gerbant. Je ne t'ai pas raconté vendredi ? Incroyable. Je suis avec André en patrouille. On se fait accoster par une bonne femme, morte de peur. Il y a deux types à la *Middenstatie*. Sans le moindre uniforme. Et ces types exigent les papiers de tous ceux qui sortent de la gare pour voir s'ils sont juifs. T'imagines ? On court jusque là. On demande leurs papiers aux deux gars. Non, ils ne les ont pas. Et ils nous regardent comme si c'était tout à fait normal et que c'était nous, les dingos. On bosse pour le Sicherheitsdienst, que l'un dit, mandat officiel, ne vous mêlez pas de ça. Et attention : c'étaient même pas des Boches !

— Ne parle pas si fort. »

Lode regarde autour de lui et poursuit à voix basse : « André qui dit à ces hommes que c'est pas comme ça que ça se passe. Tu sais ce qu'un de ces types répond ?

— Tu te prends trop la tête, Lode, tu dois faire attention…

— Va te faire foutre. »

Mais il regarde quand même furtivement autour de lui et reprend avec fureur : « L'un de ces salauds nous regarde puis il nous sort calmement : qu'est-ce qui nous dit que vous êtes vraiment de la police ? Parti comme ça, on est tous à l'asile, mon vieux, c'est tous les jours bal costumé, et nous sommes les pigeons de service. T'entends ça ? Si notre uniforme est vrai... Bref, on a ramené les deux gus. Gros bordel au bureau, bien sûr.

— *Meine Damen und Herren*, mesdames et messieurs, *es freut mich sehr, lieber Publikum*[1], de vous présenter une demoiselle qui pour votre plus grand plaisir va interpréter ici sur la scène du café Atlantic les magnifiques chansons de Zarah Leander. Applaudissez-la chaleureusement... La... Esterella ! »

Les gens battent des mains. On entend même siffler.

Une jeune femme, assez grande et un peu timide, apparaît. Ses lèvres généreuses balbutient des remerciements. Elle fait signe au pianiste et entonne une chanson tsigane mélancolique sous un nouveau tonnerre d'applaudissements. Yvette et Karel repartent pour une danse, tandis qu'elle garde les yeux fixés sur la chanteuse. « *Sie hat die Stimme einer Kanone*[2] », entends-je dire goguenard un officier derrière nous.

1. Je suis très heureux, cher public,...
2. Elle a la voix d'un canon.

Quand la Esterella entame sa troisième chanson, Yvette et Karel reviennent. Ce dernier nous salue comme s'il n'y avait pas eu échange d'aménités et accepte sans façon la chaise que lui offre Yvette. Lode serre les poings mais sa sœur lui lance un regard si pénétrant qu'il ne peut faire autrement que serrer les dents.

« Et toi, Wilfried, tu es aussi de la police ?

— Agent auxiliaire », fais-je en acquiesçant.

Ce Karel me reconnaît donc, et mieux même : il fait comme si nous étions de vieux amis. Il explique à Yvette que nous étions ensemble au lycée.

« T'étais pas facile, hein Wilfried ? Toujours à n'en faire qu'à ta tête, je m'en souviens encore. »

Il claque des doigts et aussitôt un garçon se présente.

« Bière ? »

Lode ne dit rien, je hoche la tête.

« Un vin doux pour moi, dit Yvette en riant.

— Si tu danses encore avec moi tout à l'heure… susurre Karel.

— On verra.

— C'est aujourd'hui ou jamais. La semaine prochaine, je serai peut-être déjà parti. »

Puis il se tourne vers nous pour nous informer de son prochain « rendez-vous avec l'Histoire », comme si on devait aussitôt tomber en pâmoison.

« Ça m'a l'air bandant, dis donc, rétorque Lode.

— Se battre contre les Russes : plus bandant que ça, tu meurs, rit Karel.

— Ça vient juste de commencer là-bas… »

Yvette prend une gorgée de vin.

« Je suis allé me présenter aujourd'hui, même si j'ai entendu que c'était trop tôt. Je veux vraiment y aller. J'espère qu'ils vont vite me dire oui, sinon ce sera fini avant que j'aie pu avoir un Russe dans mon viseur. J'ai vu d'autres copains se présenter. On sera beaucoup à y aller. Je suis content. L'Allemagne doit savoir qu'elle n'est pas seule dans ce combat titanesque. Ça fait partie de notre réveil populaire. »

Karel boit un peu de bière puis se lève.

« Veuillez m'excuser, je dois m'éclipser un instant. »

Il hoche la tête, regarde rapidement autour de lui et s'en va vers les toilettes.

Lode se gratte les cheveux et dit : « Bon. » Il veut se lever, mais je le retiens.

« Qu'est-ce qui te prend ?

— Ne fais pas ça, dis-je.

— Ne fais pas quoi ? demande Yvette d'un ton vif.

— Ton frère veut casser la gueule à ton tout nouveau partenaire de danse dans les toilettes.

— Tu n'as pas honte, Lode !

— Lâche ma manche, Wilfried.

— Ne fais pas ça, Lode. »

Lode nous regarde, Yvette et moi, il boit sa bière cul sec et dit :

« Débrouillez-vous, si c'est comme ça. Moi je me casse. Si ça vous plaît de rire lâchement aux blagues de cette baudruche, grand bien vous fasse. Moi ça me retourne l'estomac. »

Et le voilà parti.

« Il a trop bu, s'excuse Yvette.

— Mais non.

— Non, tu as raison. C'est son caractère, c'est tout. Toi, tu es différent, non ? Tu es… comment dire… plus réaliste. »

Elle me regarde et sourit.

« Je ne sais pas ce que ça veut dire.

— Allume ma cigarette. »

J'ouvre mon zippo et approche la flamme. Elle frôle ma main, et ce n'est pas un hasard, car ce contact furtif s'accompagne d'un regard profond.

Plus réaliste… Le mot me fait l'effet d'une gentille gifle. En moi, Angelo jure avec mépris.

Elle demande si elle a dit quelque chose de mal.

« Ce que je veux dire par là, c'est que tu m'as l'air d'un survivant.

— Ça, Lode aussi. On l'est tous. Jusqu'à nouvel ordre, en tout cas ! »

Je ris nerveusement.

« Non, tu es différent. Je le sais. Tu es différent de chacun de nous. Tu regardes à travers les gens. Et il y a quelque chose de dur en toi.

— Ben, ça.

— C'est fort, hein, que je voie ça ?

— Oui, très fort.

— Tu te moques de moi ? Je me trompe peut-être ? »

Je la regarde droit dans les yeux et pour la première fois de ma vie je laisse voir Angelo à quelqu'un d'autre.

Maintenant, je me demande si c'est bien à ce moment-là que ça s'est passé. Mais ce n'est pas si important. Est-ce venu spontanément, étais-je sous son charme, ou l'ai-je fait pour la charmer ? Est-ce que tu te montres vulnérable devant les filles ? Tu penses peut-être que oui, mais je ne te croirais pas. Tu es trop jeune pour ça, je pense. Ce n'est pas une obligation non plus, ce n'est pas une condition pour bien traverser la vie. Ce n'est pas non plus nécessairement bon pour l'âme, quoi qu'on puisse dire. C'est certainement passionnant, mais alors tu dois accepter les circonstances qui pourraient être décrites comme « romantiques ». C'est pour cela que je me souviens de lui avoir montré Angelo là-bas, dans ce café Atlantic. Ça ne pouvait pas mieux tomber. Elle qui va d'abord danser avec cet ersatz de Prussien, la pause pipi du susdit, la colère de Lode, et ces mots qu'elle m'adresse. Sans oublier la chanteuse avec son obsession des gitans, le son du piano et de l'accordéon, et la fierté d'avoir obtenu des entrées pour cette matinée. A posteriori, on peut dire que ça s'est passé comme ci et comme ça, et s'attribuer les honneurs en disant que c'est nous qui l'avons voulu ainsi. Mais je ferais mieux de reconnaître humblement qu'il y a tout autant de chances pour que ce soit Angelo lui-même qui ait voulu se montrer, lui qui plie toujours les circonstances à sa main.

Mon regard la fait cligner des yeux, elle semble un peu troublée et je dis :

« T'inquiète pas. »
Karel revient à la table en se frottant les mains.
« Encore une petite danse ?
— Après peut-être, répond Yvette. Wilfried vient de m'inviter. »

Et voilà comment l'affaire Karel prend fin. Jamais de la vie je n'aurais pu prévoir la transformation de ce brave écolier en dominateur arrogant. Si les Boches n'avaient pas mis le pied ici, ce garçon aurait depuis longtemps glissé ses pas dans ceux de son père notaire, penché sur les actes de propriété et autres paperasseries. Au lieu de cela, il part pour le front de l'Est et revient un an plus tard avec un éclat de shrapnel dans le crâne. Le temps de se faire raccommoder, il repart pour l'enfer blanc. Tout de suite après la guerre, j'apprends qu'il est condamné à mort par contumace pour haute trahison. Mais il réapparaît six mois plus tard, au moment même où les premiers squelettes ambulants reviennent des camps en chancelant et où tout le monde retrouve sa colère ou fait semblant. Il est arrêté à la gare de Liège, un peu amaigri, mais surtout halluciné, j'imagine, à cause de cette steppe russe et de cette horde d'Untermenschen à ses basques, qui l'ont chassé d'Ukraine, lui et ses camarades, jusque dans le trou du cul de son Allemagne adorée. Son père fait intervenir des avocats. La peine de mort est commuée en perpétuité, ramenée pour finir à une trentaine de mois, grâce à quelques remises de peine ponctuelles. Blanc comme neige, Karel mène ensuite une vie de comptable. Sa clientèle se compose essentiellement d'anciens coreligionnaires qu'il se fait un plaisir d'aider, au nom du réveil populaire toujours à l'ordre du jour, à détrousser cet État qui a cru pouvoir éteindre la flamme éternelle de leur héroïsme. Il meurt trois décennies plus tard, laissant derrière lui une ribambelle de fils, tous comptables. Des hommes tels que Karel ne cessaient de répéter que c'étaient eux, les vrais idéalistes. Mort aux bolcheviks ! Allons bon, toi, un idéaliste... Il faudrait pour y croire oublier le simple fait qu'avant la guerre, leur vie était écrite du berceau jusqu'à la tombe. Échapper à son sort relevait alors du rêve impossible, une mission digne d'un demi-dieu tel qu'Hercule et non d'une brebis tondue nommée Karel. Et voilà que soudain la guerre éclatait et la vie redevenait un terrain de jeux au lieu d'un traquenard. Sous le blanc camouflage de l'idéalisme se cachait l'ennui, une peine à perpétuité qui ne requérait pas de juge après la guerre.

Après le spectacle, ta future arrière-grand-mère propose d'aller se promener encore un peu au Parc communal.

Le soleil brille toujours de son mieux. Nous flânons. Des pigeons s'envolent, des merles chantent. Beaucoup de gens profitent du beau temps. Tout le monde est bien sûr en habit du dimanche. Le parc est à eux, ou plutôt au citoyen qui a droit à son jour de congé et montre, femme et enfants à l'appui, que la vie lui sourit, qu'il est maître de son destin. Elle m'a pris la main. Le contact est prudent et je laisse faire. Mon pouls s'accélère un peu quand même.

« Ça ne t'ennuie pas qu'on ait presque la même taille ?

— Non, dis-je, légèrement déconcerté.

— La plupart des hommes préfèrent être un peu plus grands. »

Elle me rend nerveux. Encore un peu et elle me parle de l'endroit où on habitera et me demande combien d'enfants je veux. On grimpe lentement une colline car elle veut aller sur le pont qui surplombe l'étang du parc.

« Pour quoi faire ?

— Comme ça, parce que c'est beau. »

Elle s'enlace elle-même en se penchant en avant. « Regarde, on est là. » Elle indique notre reflet dans l'eau calme.

« On va bien ensemble », m'entends-je dire et je sursaute. Oui, tu peux rire de ma niaiserie. S'il faut peser chaque mot, un homme est condamné à employer des phrases dont il n'a aucune notion, qui ont déjà été beaucoup trop souvent utilisées.

Elle sourit et dit : « Qu'est-ce que tu en sais ? »

Un feu inconfortable me remonte du ventre. Je ne suis pas bon à ce jeu, je suis un empoté. J'entends Angelo soupirer au fond de moi. Faut-il vraiment verser dans le sentimentalisme ? Pourquoi ne pas lui envoyer un poème, la semaine prochaine ? Un poème aux mots choisis peut bercer, est souple et maîtrisé, mais laisse également un peu de place aux ténèbres cachées, aux références sensuelles que seules des âmes sœurs peuvent comprendre, une langue secrète évoquant un abîme. Nous quittons le pont en fer suspendu et nous dirigeons vers la droite, toujours flânant, prolongeant le temps.

« Tu es heureux, Wilfried ? »

Elle ne me regarde même pas. Comme si c'était une question anodine. Mais je n'y ai encore jamais réfléchi. C'est un mot que je n'ai jamais prononcé, il ne me viendrait même pas à l'esprit de le faire. Maintenant qu'elle me pose la question, je sais tout à coup pourquoi. C'est un piège. Car ce mot en appelle d'autres : le futur, le fait de vivre comme tout le monde, un chemin unique dont on ne peut plus jamais s'écarter par la suite.

« Je n'aurais pas dû demander ça ?

— Je réfléchis.

— Vu le temps que ça prend, je connais déjà la réponse », dit-elle, très irritée.

Elle ne lâche pas ma main, mais ça ne va pas tarder. Nous arrivons au monument aux morts dominé par le Roi chevalier, le regard héroïque, tandis qu'à ses pieds gisent des héros dont un lève un drapeau. La première fois que la statue a été dévoilée, c'était à un autre endroit, comme si l'héroïsme aussi trahissait une intranquillité. J'avais dix ans quand le Roi chevalier en personne l'a inaugurée. Mon père avait dit après coup : « Nom de Dieu, quel salaud... Il nous a promis monts et merveilles, et on n'a strictement rien vu. » Lorsque je me suis récrié, indigné, que le Roi était un héros et sa femme une sainte, j'ai reçu une gifle et on m'a envoyé au lit sans manger. « Ton père n'aime pas être interrompu », m'avait informé ma mère le lendemain matin.

« Pauvre chou ! » rit Yvette. Mon histoire mensongère a marché. « Ici ou là, de haut en bas, le comédien... » chante Angelo en moi de façon exaspérante.

« Viens, dit-elle, j'ai envie de m'asseoir. De préférence au soleil. »

Nous laissons l'héroïsme à notre gauche et nous enfonçons dans le parc.

« Là-bas, indique-t-elle, près du bac à sable. J'aime bien regarder les enfants jouer. »

Les gens nous saluent en passant. On a l'air de petits fiancés.

J'enlève le sable du banc à la main. Elle attend patiemment, puis s'installe.

Quelques étrangers sont là. Leurs enfants batifolent en poussant des cris perçants.

« Y a de l'animation par ici. C'est chouette, hein ?

— Qu'est-ce que tu veux, avec un temps pareil !

— C'est quand même pas croyable », dit un vieil homme qui nous voit observer les enfants.

Il s'appuie sur sa canne, espérant qu'on acquiesce, qu'on remarque comme lui la décadence, la souillure.

Yvette ne dit rien, ce qui en soi est une réponse suffisante.

« Vieux con, murmuré-je.

— Ça, tu ne peux pas le dire, Wilfried. »
Mais elle sourit.

Ce n'est d'ailleurs qu'une question de temps, mon cher garçon, avant que ce vieux ronchon ne voie ses désirs satisfaits. À la fin de cet été, les Israélites n'auront plus accès ni à la piscine ni au parc. Avant la guerre, déjà, il y avait des prises de bec à ce propos. Les gens se plaignaient constamment de cet ami des juifs qui leur servait de bourgmestre et qui tolérait que nos parcs soient envahis. Comment a-t-il pu permettre, criaient-ils, que cette canaille étrangère trouve refuge dans cette ville ? Est-ce que ça s'appelle encore démocratie, ou solderie serait-il un terme plus juste ? Car derrière toute chose ici brille l'éclat de « la petite pierre », la petite pierre du diamant, et chaque piocheur, tailleur ou limeur est un étranger qui vient dégrader notre ville, souvent après avoir fui un pays où sa comédie ne prend plus. Plusieurs décennies plus tard, un célèbre dessinateur de bandes dessinées – non, pas celui du *Trésor de Fiskary* – a offert à la ville une statue de son personnage de BD le plus célèbre, gratuitement s'entend. Quand l'auteur a appris que le collège des échevins voulait placer la petite statue près du bac à sable dans le Parc communal, il s'est fâché tout rouge. Il y avait beaucoup trop de juifs dans ce parc, d'après lui. Les fantômes rôdent encore. Après coup, il a prétendu qu'on l'avait mal cité, je crois, il visait surtout la débauche et la drogue présentes dans ce parc, mais c'est n'importe quoi car cela vaut pour toutes les époques, surtout la débauche. Je t'en dirai plus à ce sujet, mais maintenant je dois revenir à ta future arrière-grand-mère et moi, à l'instant suprême. Entre parenthèses : j'espère que ça ne te gêne pas. J'ai tendance à penser que même un garçon d'aujourd'hui a envie de savoir comment ça se passait dans le temps. C'était plutôt chaud à vrai dire, si tu me passes l'expression et cette tentative quelque peu pathétique de complaire à ta génération précoce.

Bon, que dit-elle donc, tandis que le vieux disparaît de notre champ de vision ?

« Viens un peu ici, toi.

— Mais je suis là.

— Viens plus près. »

Je me rapproche d'elle. Boum boum, fait mon cœur.

« Je vais t'écrire un poème », m'entends-je dire.

Angelo ne dit rien. Selon moi, il se retient de rire.

« C'est très gentil de ta part. Tu sais faire ça ?

— Un jeu d'enfant », murmuré-je.

Elle caresse ma joue de son gant en dentelle. Son visage est tout près du mien à présent.

« Viens… »

Puis ses lèvres tendres se pressent contre les miennes. J'avale ma salive, me décolle rapidement.

« Encore », dit-elle.

Cette fois, je sens sa langue lécher avec hésitation. J'entends aussi un faible grognement, qui se transforme en profond soupir quand ma langue trouve la sienne, l'espace d'un instant. Rouler des patins en public est assez mal vu. Mais Yvette s'en fiche.

« Tu es bien prudent... » chuchote-t-elle.

Puis je prends son visage entre mes mains et l'embrasse à nouveau, refrénant à grand-peine les chevaux au galop qui font battre mon cœur, ma langue s'entortillant soudain profondément à la sienne. Un baiser qui entremêle mon destin au sien. Tout à coup, je vois une coccinelle trottiner sur son col. Ça porte bonheur, entends-je dire ma mère aussitôt. En moi, Angelo règne en maître et me fait voir des cadavres.

Une mère vient vers nous et dit : « Allons, allons, il y a des enfants ici. » Mais sa voix est douce. « C'est beau, l'amour, hein ? ajoute-t-elle.

— Regardez-le faire oui de la tête », rit Yvette.

Je hoche le menton comme un clandestin qui vient de se faire gauler. J'esquisse un sourire, espérant qu'il me vaille un peu d'indulgence. Je ne suis pas un homme, pas un garçon non plus. Je suis un personnage de carte postale, la chute d'une tendre plaisanterie.

« Vous formez un beau couple, fait la femme avec un clin d'œil, mais tenez-vous quand même un peu. »

Je cherche mon souffle. Angelo me montre des tétons de femmes et des bouches qui se referment dessus. Il me montre Yvette se tortillant en dessous de moi ou me chevauchant telle une déesse aux yeux mi-clos, gémissant à chaque coup de reins, à chaque frisson. J'essaie de chasser ces images par la pensée que oui, ça y est, je suis entré, accepté par quelqu'un d'autre, lié par ce qui va suivre.

Clap, il neige de nouveau. « Soyez prudente à vélo », dis-je à Nicole, mon infirmière, et je suis content qu'elle parte enfin, et de récupérer la baraque pour moi tout seul. Ce matin, elle m'a acheté un gros morceau de bodding[1]. « N'en abusez pas ou vous aurez de nouveau vos aigreurs d'estomac. » Mais l'aigre et le doux vont de pair, n'est-ce pas ? J'enfourne une bouchée tout en regardant dehors, avec envie, ce silence qui reviendra bientôt. J'ai pensé longtemps encore à ce baiser que je viens de te décrire. Je n'aurais pas dû, car ton arrière-grand-mère est à nouveau beaucoup trop jeune pour moi, et beaucoup trop vivante. Ce n'était pas le but, je veux dire : je ne m'y attendais pas. Le mur entre moi et ma femme décédée s'était dressé bien des années avant sa mort. Tu connais le poème de ce comédien qui se faisait appeler Willem Elsschot ? Non, sans doute pas. Ça s'appelle « Le mariage » et ça commence comme ça : « Lorsqu'il s'aperçut que la brume du temps avait éteint les étincelles dans les yeux de sa femme… » Les gens trouvent ça magnifique, très amer, mais c'est ce qu'on attend une fois pour toutes des cyniques : de la sentimentalité. Il n'avait aucune notion de ce qu'il écrivait, se morfondant dans un coin à propos de la

1. Le bodding ou pudding au pain est un dessert belge, également populaire dans les cuisines du nord de la France, de l'Angleterre, du sud des États-Unis et du Canada.

face ridée de sa femme. Moi aussi, tu me reprocheras mon cynisme – peut-être que tu le reconnaîtras même en toi, car toi et tes condisciples êtes cyniques sans rien avoir vécu. C'est une posture propre à toutes les époques. Tu la grattes un peu avec un couteau pas trop émoussé, comme si tu ôtais les écailles d'un poisson, et la passion est là, à nu. Sans le savoir, chacun de nous est le reflet de son environnement et pense que c'est cela qui le rend unique et différent des autres. Je vois ton arrière-grand-mère danser nue dans le salon, me criant de remettre l'aiguille au début du disque car la chanson est si belle et qu'elle aime que je la voie danser comme ça, que je la sache heureuse – après nous être envoyé toutes sortes de reproches à la tête. Quand était-ce au juste ? J'ai oublié. Et cette image de mon épouse qui danse nue me conforte dans l'idée que, quand bien même ça m'irrite moi-même, je ne dois rien passer sous silence, rien non plus de ce qui s'est passé entre l'homme et la femme que nous étions. Il arrive encore trop souvent qu'on dissimule ces histoires de l'intime, comme si elles n'avaient rien d'important, rien de sérieux. À présent, je sais avec certitude que c'est de la vaste connerie, que la chair ne peut être éludée et que je dois cesser d'être gêné à ta place ou, pire, d'utiliser ensuite ces réminiscences de son corps, que j'ai exhumées tout seul, pour m'offrir un peu de mélancolie, comme un ancien fumeur qui se languirait tout à coup du temps où il se détruisait les poumons à chaque bouffée.

Mes fidèles bottines et hop on est reparti. Je ne traverse pas simplement, je préfère m'approcher furtivement, tel un puma aux hanches usées, du triangle vert du Parc communal, à présent recouvert de blanc. Je glisse en effet avec patience et prudence jusqu'au bout de la rue, où commence la Quinten Matsijslei et où se trouve maintenant aussi un commissariat de police. À mon époque, la police n'était pas encore logée dans cet imposant bâtiment à la façade pleine de symboles francs-maçons. À l'extérieur sont garées des voitures de police et des combis ensevelis sous la neige. Je traverse et tourne au coin. À la lisière du Parc communal se dresse la statue d'un « leader socialiste » qu'on a fichée là vers la fin des années quatre-vingt. Je la vois et comme à chaque fois j'éclate de rire. La neige a coiffé le politicien pétrifié d'un comique bonnet à pointe. Le sculpteur lui-même l'a affublé d'un petit sourire en coin. Il est là, relax pour l'éternité. Sa main droite repose nonchalamment dans la poche de sa veste et il lève la main gauche (c'est quand même un socialiste), l'index pointé devant lui. D'un air un peu moqueur, il semble indiquer l'église de la Loosplaats, aujourd'hui reprise par les orthodoxes russes. Tu pourrais presque l'entendre penser : « Mais voyez-moi ça ! Tous ces croyants qui se bousculent pour prier Dieu et tout le saint bataclan. Ce n'est quand même plus de cette époque, si ? » En même temps, il a l'air de vouloir détourner l'attention de ce qui se passe dans son dos, comme si ce qui se déroulait dans le Parc communal était sans importance. Oui, c'est comme ça que je l'interprète : suis mon doigt de leader socialiste et ne regarde surtout pas le parc derrière. Je t'ai quand même raconté l'histoire du dessinateur de bande dessinée qui considérait ce parc comme Sodome et Gomorrhe ? Il semblait insinuer qu'avant c'était différent, qu'il n'y avait pas d'homos qui venaient se peloter au clair de lune ou que le parc n'avait jamais hébergé aucune autre forme de déviance charnelle. Fadaises, évidemment. Laisse-moi te dire ceci : pendant la guerre, beaucoup de policiers évitaient le parc comme la peste dès la nuit tombée. On s'y empapaoutait à qui mieux mieux, des hommes comme des femmes, ou des gars entre eux.

Cela se passait-il à l'automne 1941 ? Je ne sais plus exactement. Je suis au Parc communal avec mon collègue plus âgé, Jean. En des temps reculés, il aurait pu être normand, le genre qui saute de son drakkar à pieds joints sur le rivage et pille à toute berzingue une ville portuaire du neuvième siècle, embarque les femmes, met le feu aux baraques puis s'enfonce plus loin sur la Loire au cœur du pays des Francs. Personne ne peut grand-chose contre ça. Tu le suis à reculons, espérant que les dégâts au final restent limités. Son épouse tient au Waag un café où les gens respectables n'entrent pas, à cause justement de la réputation de Jean. Ce bistrot est rempli de loubards, de gangsters, de maquereaux et de coureurs de jupons sérieusement dérangés qui ont des connexions politiques. Jean les connaît tous par leur nom et prénom. L'affaire est à peine rentable. Le cri de guerre « Zulma, remplis nos verres ! » sort souvent de sa bouche. Par contre, malheur à quiconque abuse de l'ardoise et n'a pas réglé sa note depuis des semaines. Alors, Jean joue de la matraque et c'est un miracle s'il n'y a pas encore eu de mort. À plusieurs reprises, il a eu des possibilités de promotion qu'il a toujours refusées. Depuis, même ses supérieurs ont un peu peur de lui. Ou serait-ce parce qu'il connaît du monde en ville, beaucoup de monde, et qu'il ne recourt pas ouvertement à ces relations, qu'il ne se manifeste jamais de cette manière ? Sans détour, il m'a laissé entendre qu'il était à la loge, une organisation de libres penseurs dissoute depuis déjà quelque temps par les Boches. Si une personne mal intentionnée avait eu vent de cette appartenance, on l'aurait arrêté depuis longtemps. Mais il me fait confiance, tout le monde semble encore me faire confiance à ce moment-là.

Je dis : « Jean, vas-y tout seul. » Il est environ dix heures du soir et Jean s'ennuie. Il ne se passe pas grand-chose, les rues sont calmes et nous avons encore au moins quatre heures devant nous.

« Froussard. On traverse le parc, c'est tout. C'est nous les chefs ici ou pas ? »

Je préfère ne pas répondre à cette question.

« On va un peu voir qui se cache par ici avec son pantalon sur les chevilles. Et tu viens avec moi. »

Nous traversons le pont en fer suspendu. Rien à signaler. Mais plus loin, en effet, dans les fourrés, nous entendons des rires d'Allemands ivres, accompagnés de gloussements en flamand.

« Tu vois bien, qu'est-ce que je disais… murmure Jean.

— Allons, viens, c'est ridicule.

— Ridicule, un outrage public à la pudeur ? Je ne suis pas de cet avis. »

Jean se coule en direction du buisson d'où provient le bruit et dit de façon claire et distincte : « *Polizei! Papiere bitte*[1] *!* »

Deux officiers hébétés de la Luftwaffe écartent le feuillage. Il y a deux femmes avec eux, manifestement d'ici, complètement beurrées, les seins à l'air.

« Vous n'avez pas honte ? bafouille l'une d'elles.

— Et vous, madame ? Papiers, s'il vous plaît ! »

L'un des officiers se remet de sa surprise et nous chasse de la main avec dédain :

« *Verschwinden Sie*[2] *!* »

Il porte une bouteille à sa bouche et rote. Sa bite est encore à moitié dressée et sort de sous sa chemise. Je dois me retenir de rire.

« *Sofort verschwinden*[3] *!* »

Jean demeure impassible.

« *Papiere bitte.*

— *Arschloch*[4] *!* » nous crache l'autre officier.

Il se penche et sort d'un geste son pistolet de son étui. Les femmes rient, se soutiennent mutuellement.

1. Police ! Vos papiers, s'il vous plaît !
2. Disparaissez !
3. Disparaissez immédiatement !
4. Connard !

Elles voient que je les regarde. L'une d'elles me crie : « T'as envie aussi, maintenant ? » Elle se frotte les tétons et gémit comme une truie.

« *Ich scheiße auf den Belgischen Polizei*[1] ! »

L'officier pointe son pistolet sur nous. Aucun de nous n'a d'arme à feu, juste une matraque.

Mais Jean regarde le canon comme si on lui offrait une barbe à papa peu ragoûtante.

« *Ich frage noch einmal*[2]...

— *Bist du dumm oder was*[3] ? »

Je ne sais pas d'où ça lui sort, mais Jean se lance sur un ton très calme et menaçant dans une longue tirade en allemand, ponctuée de mots tels que « Feldkommandantur », qui revient à tout bout de champ, ainsi que deux ou trois autres termes. Je comprends à peine ce qu'il dit mais l'homme au pistolet finit par baisser le bras. L'autre gars remonte son pantalon. Les femmes n'ont probablement pas compris grand-chose non plus, mais elles se taisent et se rhabillent à leur tour. Les hommes tendent leurs papiers, les femmes aussi. Je prends note de leurs noms et de leur grade.

« *Können wir das nicht einfach vergessen*[4] ? »

Jean hausse les épaules. L'un des officiers le prend à part un instant. Je n'arrive pas à saisir un seul mot de leur conversation mais je vois Jean acquiescer patiemment. Pour finir, je vois l'officier sortir

1. Je chie sur la police belge.
2. Je le demande encore une fois.
3. Tu es stupide ou quoi ?
4. On ne peut pas simplement oublier ?

quelque chose de sa poche intérieure, que Jean empoche.

« Amis pour la vie », dit-il en riant joyeusement.

L'une des femmes nous envoie un baiser de la main.

Chante-moi, ô Muse, le ressentiment. Je souris en t'écrivant cela, mon garçon : n'est-ce pas idiot que toute notre littérature soit née de ce premier vers de *L'Iliade* d'Homère sans que nous l'ayons jamais vraiment compris, même après plus de deux mille huit cents ans ? Dans notre tête passent des héros, nous savons la bravoure démontrée sur les champs de bataille troyens et avons vaguement connaissance d'une guerre de dix ans. Avant d'estimer la valeur de la littérature, nous considérons d'abord le kitsch ; c'est un automatisme. Mais cela n'enlève pas que toutes nos belles-lettres sont nées dans une tente où un héros dénommé Achille broie du noir parce qu'une belle fille qu'il estimait lui revenir de droit vient plus que probablement de lui passer sous le nez. Il a dû céder l'honneur à son chef Agamemnon, qui s'empare de tout, indistinctement et sans tact. Ça commence par le ressentiment, le dépit conçu à la suite d'une terrible injustice qui lui est faite, et que personne d'autre que lui ne perçoit comme écrasante. Pire : personne ne devine le ressentiment d'Achille, car lui-même n'en dit rien. La mesquinerie de tout cela devrait déjà nous flanquer une gifle. Il y a quelque chose qui cloche ici. Ce n'est pas le compte rendu d'une énième bataille, on n'est pas juste en train de célébrer un héros. Ce premier vers nous tend un miroir. Plus fort encore : qui sait si Homère ne nous donne pas d'emblée un avertissement. Attention à ce ressentiment, attention à cette mesquinerie présente en chacun de vous. Non, tout le monde préfère savoir comment les Grecs ont réussi à berner les Troyens à l'aide d'un ridicule cheval de bois, une scène que d'ailleurs tu ne retrouveras nulle part dans *L'Iliade*. Tout le monde préfère oublier le ressentiment, ce sentiment banal qui vient pleurnicher et tirer sur ton pantalon comme un enfant grincheux. Et pourtant, le ressentiment intime de chacun est beaucoup plus fort, beaucoup plus puissant que la grandeur, beaucoup plus tragique aussi. C'est précisément parce que personne n'aime à le reconnaître et que tout le monde joue les hypocrites à ce propos, même lorsque les faits sont sur la table, que le ressentiment est la seule chose capable de ronger à ce point l'âme d'un homme, d'une ville ou d'un pays. L'hypocrisie est ce que je trouve de pire. Le ressentiment ? Personne n'en sera jamais quitte. On a ignoré beaucoup trop d'avertissements, permis trop de cécité, toléré trop de dégueulasserie pour le conjurer totalement. L'hypocrisie prend une couleur différente dans chaque pays, entraîne un déni de responsabilité spécifique, charrie une ambiguïté propre à la langue maternelle. Et après – si l'on part du principe qu'il existe un après – tout le monde se tait d'une façon unique et particulière, liée à sa culture et à sa région. Chante donc, ô Muse, chante-moi encore le ressentiment de cette ville, la manière dont il y a sévi et y sévit encore. Chante-moi comment il est parfois racheté, ajoute Angelo.

Dans le cahier de poésie que je tenais pendant la guerre, j'écrivais des poèmes, couchais fiévreusement quelques fantasmes de vengeance, inscrivais mon nombre de poids et haltères et autres exercices physiques, et notais des blagues que j'apprenais par cœur pour faire rire les collègues. Parfois, pas très souvent, je tombe sur une évocation de la guerre elle-même. Vers la fin du mois d'octobre 1941, il est écrit « Brigade blanche », suivi d'un point d'interrogation. Je pense me rappeler que je rencontrais alors ce terme pour la première fois. C'est le nom d'un mouvement de résistance qui aurait été actif dans notre ville aussi à ce moment-là. Collé à côté du mot dans mon cahier, il y a un extrait d'article découpé dans le *Volk en Staat*, un journal que mon père lisait de temps en temps. Je te le retranscris : « À la "Brigade blanche", nous opposons nos vaillants camarades de la Brigade noire. Chaque jour, les affiliations à notre milice pleuvent. Si le sang de l'un de nos camarades vient à rougir les pavés, malheur aux responsables, de haut en bas. » Malheur aussi au ressentiment.

Il pleut des lettres anonymes. Les mots « Brigade blanche » ont à peine été divulgués au grand public que les accusations déferlent. « Le susdit X, par ailleurs voisin de ma belle-famille, est sans aucun doute membre de la Brigade blanche. Des individus louches se présentent constamment à sa porte. En plus, il élève en secret des lapins qu'il revend clairement au marché noir. La puanteur de ces bêtes n'est pas un cadeau ! Veuillez prendre des mesures. Une copie de cette lettre est envoyée à la Feldkommandantur. Cordialement et en toute discrétion… »

Certaines accusations ne peuvent qu'être prises au sérieux ; d'autres sont laissées de côté par l'adjoint, attendant l'initiative des Allemands, et plus particulièrement de la Geheime Feldpolizei qui a pour tâche d'étouffer toute forme de résistance, sabotage ou autres. La prison de la Begijnenstraat est déjà pleine à craquer. On arrête beaucoup trop de gens pour des bêtises de plus en plus insignifiantes. Les collègues se marrent dès qu'on évoque la Begijnenstraat.

« Un bordel sans nom, mon ami, quelque chose d'incroyable. Avant, c'était déjà grave, maintenant c'est pire. » Mon service est fini ce jour-là, je veux rentrer chez moi, mais mon collègue Jean tient absolument à bavarder encore un peu. « J'ai un copain qui bosse à la prison. La corruption qui règne là-dedans, Wilfried, c'est indescriptible. Tout le monde croit que les Boches sont des gens au-dessus de tout soupçon. Mon cul ! J'entends des histoires sur des Allemands qui se font payer par les détenus, soi-disant pour un rendez-vous chez le dentiste, en vrai pour aller en vitesse voir leur femme. Sous escorte, s'entend ! Pire qu'un moulin !

Si tu as de l'argent, tu entres comme visiteur sans ticket, sans aucun problème. En attendant, les détenus sont entassés dans leurs cellules. De temps en temps, il y en a un qui se fait passer à tabac par ces mêmes matons allemands parce qu'il ne leur a pas donné assez d'argent de poche, et tout est à l'avenant. *Zu Befehl*[1] ? Je ne crois pas. *Zu Befehl* quand ça les arrange, sinon ils s'essuient les bottes dessus. »

L'argent fait tourner le monde, Jean en sait quelque chose. Il lit dans mon regard et éclate de rire, sans vergogne.

Cette même nuit, nous prenons sur le fait deux jeunes blancs-becs en train d'écrire des V et le slogan « Vive les Anglais » à la craie sur le trottoir de la Provinciestraat, derrière le zoo.

« Dégradation de l'espace public ! » s'écrie Jean en attrapant l'un des garnements par le col.

L'autre pleurniche : « C'est notre père qui nous a dit de faire ça ! »

Il joint les poings en un geste implorant. Pauvre de nous ! Pitié !

« C'est du beau de trahir son père comme ça. »

Jean lui fiche une claque.

Ils tremblent. Le peuple gronde, comme qui dirait. L'hiver s'est fait plus rigoureux, la nourriture est rare et peu de gens peuvent chauffer leur habitation convenablement. L'occupant prévient : interdiction

1. À vos ordres !

formelle d'écouter des radios étrangères. Mais derrière les rideaux, ils sont nombreux à se croire à l'abri. Hier encore, il y avait une manifestation menée par des ménagères réclamant plus de pain. Ça n'a pas duré longtemps évidemment. Mais quand même…

Jean redresse son ceinturon et me regarde : « Qu'est-ce qu'on fait de ces zigotos ?

— En principe, c'est un aller simple à la Begijnenstraat… réponds-je en jouant le rôle que Jean attend de moi.

— Je pense aussi.

— Notre père va être furieux, monsieur ! »

Le petit est en pleine crise de nerfs ; son frère, que Jean tient toujours par le col, demeure glacial.

« Vu que c'est lui qui vous a incités, on va peut-être devoir passer le voir alors. »

Le Glaçon regarde Jean et dit : « Nous sommes des patriotes. Vous pas, peut-être ? »

Jean serre le cou du garçon qui bleuit :

« Des vandales, ça ne sonne pas mieux ?

— Ne faites pas attention à mon frère ! Il lui manque une case, il est fou de naissance !

— C'est vrai ?

— Laissez-nous partir… On ne le fera plus jamais. »

Le Glaçon hausse les épaules :

« Faites comme vous voulez. On vous retrouvera après la guerre.

— Pas croyable… »

Jean le secoue comme un prunier.

L'autre, désespéré, s'agrippe les cheveux :

« Arrêtez… arrêtez ! »
Je demande où ils habitent.
« Tolstraat, bredouille-t-il.
— Putain, c'est de l'autre côté de la ville. Cassez-vous. Allez faire vos conneries dans votre quartier ! »
Jean donne aux deux garçons une solide bourrade. Le Glaçon reçoit en prime un coup de pied au cul.
« Sales collabos ! » crie ce dernier tandis que tous deux prennent leurs jambes à leur cou.
Jean les regarde partir.
« Tu arrives encore à suivre ? Moi pas. Et ça va devenir de pire en pire. Prépare-toi ! »

Cinq semaines plus tard, ça empire.
« Pardon ? demande Jean à notre adjoint. Répétez, je crois que je n'ai pas bien compris.
— Tu dois te faire déboucher les oreilles, Jean. Je te l'ai dit. Je parle de choses que vous ne devez pas faire. Les Allemands ont donné l'autorisation à certains individus – c'est écrit comme ça : certains individus – ce soir et tout le week-end d'écrire à la chaux dans différents quartiers des slogans proallemands sur les murs et les trottoirs. En aucun cas on ne peut intervenir.
— Et sinon, on peut les aider ? On ne sait jamais, si ces gars ne savent pas écrire correctement…
— Jean, tu me casses les couilles.
— Nous sommes deux, chef. »

On sort. Patrouille de nuit de nouveau.

« Où étaient-ils censés saloper nos rues déjà ?

— Sur les boulevards. Autour de l'Opéra, la Banque nationale, le Palais de Justice...

— Va pour la Banque nationale.

— Ça ne fait plus partie de notre secteur, Jean.

— Toute la ville est mon secteur, gugusse. »

Nous descendons les boulevards dans le froid glacial, en direction du sud.

« Des vraies saucisses. Ma nièce les a rapportées de Campine. Chez nous, le métier de paysan, c'est de famille.

— Ça fait longtemps... dis-je.

— Je n'en offre pas à tout le monde.

— Je sais, je sais. »

Je suis sur mes gardes. Si je les accepte, devrai-je passer à la caisse ? Mais des vraies saucisses... qu'est-ce que ça peut faire ?

« Je te les apporte demain.

— Merci beaucoup. »

Jean s'arrête et me regarde.

« C'est comme ça, hein, juste parce qu'on est collègues.

— Je n'ai rien à offrir en échange. »

Jean pose la main sur mon épaule et rit.

« Comme si je ne le savais pas... »

Un peu plus loin, dans la pénombre, on aperçoit trois hommes penchés sur le trottoir, en face du gâteau surmonté de crème au beurre qu'on appelle la Banque nationale. L'un d'eux est accroupi, un pinceau à la main. Il a un pot de peinture à côté de lui. Comme dans un film muet, Jean ouvre de grands yeux et pose un doigt sur ses lèvres.

Il murmure : « On ne va pas les rater, ceux-là… »

Nous nous approchons à pas de loup. Les hommes ne font pas attention. Ils ont griffonné en grands caractères : « L'Allemagne triom… »

Soudain, Jean tonne : « Vous trouvez que ce sont des œuvres dignes de la ville de Rubens, Jordaens et Van Dyck ?! La ville où l'imprimerie a acquis ses lettres de noblesse ? La ville où Érasme vécut jadis et écrivit probablement ses plus belles pensées ? Vous n'avez pas honte ? »

Le peintre en tombe sur les fesses. Le second sursaute aussi, renversant le pot de peinture. Le troisième porte la main à son cœur. Ils ne sont pas tout jeunes. Deux d'entre eux doivent avoir la trentaine. Le troisième a largement dépassé les cinquante.

« Bon sang, siffle le peintre, en se reprenant un peu. Mon pantalon est fichu, merci bien ! »

Jean prend le pot de peinture à moitié vidé et déverse le reste sur le chapeau et la veste de l'homme. Sérieusement barbouillé à présent, le peintre explose : « Salaud ! »

Jean laisse alors nonchalamment retomber le pot sur sa tête.

« On a une autorisation… bêle le second.

— Vous n'avez aucun droit », gémit le troisième.

Jean donne un coup de pied dans les côtes du peintre. L'homme a beau porter une grosse veste, j'entends craquer quelque chose. Le mot « Allemagne » n'est plus qu'un A suivi d'une grande trace.

« Je vais porter plainte ! » crie le peintre, qui se protège la cage thoracique tout en essayant de se relever.

« Wilfried ! Tu veux bien prendre note de la plainte de monsieur ? »

J'acquiesce et cherche mon calepin.

« Je soussigné ! » hurle Jean avant de demander d'une voix doucereuse : « Comment vous appelez-vous, monsieur ?

— Verschueren, Jozef... répond le peintre d'un ton mordant.

— Verschueren, Jozef ! Domicilié à ? »

Il donne à l'homme un deuxième coup de pied.

Les deux autres tendent une main impuissante vers leur compagnon, mais n'osent pas s'approcher de Jean et moi.

« Domicilié à ? Alors ça vient, oui ou merde ?

— 23, Maarschalk Gerardstraat.

— Profession ?

— C'est bon... Je retire ma plainte. »

D'un énième coup de pied, Jean fait voler le chapeau barbouillé de peinture et tire l'homme par les cheveux pour le remettre debout.

« Profession, j'ai demandé.

— Nom de Dieu... Fonctionnaire à la chambre de commerce. Lâchez-moi.

— Et si... intervient l'un des deux autres compères, un homme au visage rouge et aux lèvres quasiment mauves qui fait des bulles de salive en parlant. Et si on faisait comme s'il ne s'était rien passé et que chacun reprenait son chemin ?

— Et tout à coup… répond Jean, tirant toujours les cheveux du peintre. Voilà que les poules eurent des dents. Tout est bien qui finit bien ! C'est ça qu'on a en tête, monsieur ? Quel est votre nom d'ailleurs, si je puis vous demander ?

— Verstrepen, Kamiel, dit l'homme en faisant des bulles.

— Fonctionnaire aussi, comme notre ami ici présent ?

— Vice-secrétaire au service des finances de la Ville, dit-il tout à coup plein d'assurance, comme si le souffleur de bulles se figurait que son gagne-pain pouvait peser dans la balance.

— Et toi ? »

Jean s'adresse au maigrichon qui a renversé le pot de peinture. Ce dernier ressemble un peu au juif plein aux as qu'on voit sur les affiches.

« J'ai un magasin de peintures dans la Lange Lozanastraat. Enfin, j'avais. Je vis de mes rentes maintenant. »

Jean regarde le pot de peinture et dit : « Cocasse ! On peut difficilement faire mieux, hein, Wilfried ?

— Je suis mort de rire, dis-je calmement.

— Et comment va-t-on résoudre cela, messieurs ?

— Nous voulons rentrer chez nous, dit l'un d'eux, tandis que l'autre hoche la tête comme un écolier qui reconnaît la bonne réponse sans jamais y arriver lui-même.

— Rentrer gentiment à la maison, parce que bobonne a cuisiné du poisson… C'est-y pas une bonne idée, Wilfried ? »

Jean me fait un clin d'œil.
Je dis que cette idée en vaut d'autres.
Jean lâche enfin les cheveux du peintre.

Le dimanche en général, je m'enferme dans ma chambre pour lire Verlaine. « *Aujourd'hui, l'Action et le Rêve ont brisé/ Le pacte primitif par les siècles usé/ Et plusieurs ont trouvé funeste ce divorce/ De l'Harmonie immense et bleue et de la Force.* » Je ne vais pas te le traduire, mon garçon, car je ne veux pas nous embarrasser, toi et moi, par mon impuissance à saisir quelque chose qu'il faut avant tout sentir. Ces vers, écrits selon le poète sous le signe de Saturne, ce sombre dieu romain dont les fêtes se tenaient durant les mois d'hiver, je les recopie dans mon journal intime. On frappe à ma porte.

C'est ma mère.

« Je ne te dérange pas ? demande-t-elle doucement. J'ai oublié de te dire qu'une lettre est arrivée pour toi avant-hier. »

Elle pose l'enveloppe sur ma table de chevet et disparaît après avoir annoncé que le dîner était prêt. Je reconnais l'écriture.

« Mon amour adoré, comme je me languis de tes caresses ! Le Temps est devenu une torture, un maître sévère qui me gronde lorsque je pense à toi en maudissant en secret les heures et les jours qui nous séparent. C'est toi qui as mis le feu à mon corps, tu ne me reprocheras donc pas de me languir, j'espère… Si seulement je pouvais sentir à cette minute tes doigts sur mon cou et ta bouche contre la mienne ! Mon chéri, ce qu'il y a entre nous est si beau que je n'ai pas de mots pour le décrire. Tu me donnes envie de chanter, tu sais ? Je t'imagine rire en lisant ça, à moins que tu ne penses que je ne suis qu'une stupide midinette. Mais je n'y peux rien. Je suis toute à toi ! Dis-moi quand nous pouvons nous revoir et quels sont tes horaires de travail. Lode dit que lui non plus ne te voit pas beaucoup, mais il dit aussi que c'est normal. Écris-moi, s'il te plaît, même si nous n'habitons pas très loin l'un de l'autre. Je veux pouvoir chérir les mots écrits de ta main quand je suis seule dans ma chambre le soir. Plein de savoureux baisers de ton… Yvette. »

Comment dire à ta future arrière-grand-mère que des lettres pareilles me mettent mal à l'aise ? Elle qui a tant de repartie, elle, l'aventurière qui ne se laisse effrayer par rien ou presque, se change sur papier en poupée de sucre rose. C'est comme si elle pensait devoir se conformer à l'image qu'on a de la lettre d'amour et qu'elle ne savait pas qu'elle trahit tellement de choses en faisant ça. Je pose la lettre près des autres et descends pour le dîner frugal que ma mère présente à son habitude comme un festin, accompagné des éternelles paroles de mon père : « La soupe est bonne, mais elle doit rancir encore un peu. Laisses-en pour demain. »

« Ah, mon jeune ami ! Un jour, un homme sage m'a dit qu'il valait mieux penser que c'était nous qui choisissions nos parents plutôt que le contraire.

Qu'il valait mieux accepter l'idée que l'âme a elle-même décidé de se réincarner ici et maintenant, avec ces gens-là autour d'elle, et que tout le monde construit son destin et n'a de comptes à rendre qu'à soi-même.

— Tu crois vraiment à ces fariboles ? »

Barbiche Teigneuse hoche la tête d'un air triomphal.

« Ce que tu appelles fariboles nous vient de l'Orient, où notre race est née il y a des milliers d'années. Ne te laisse pas détourner par les mensonges de la doctrine chrétienne, ni par l'importance surestimée de la raison. Ton verre est vide. Tu reprends un peu de liqueur ? »

Sans attendre ma réponse, il me ressert.

« Je suis content de pouvoir souffler ici de temps en temps.

— Tu es toujours le bienvenu, tu le sais. Mais ce que tu me racontes à propos de tes parents... Ce n'est pas si grave, si ? Et ces lettres de ton amoureuse... Elle m'a l'air fort charmante au contraire. Ne te laisse pas angoisser par des choses pareilles. Derrière tout cela, c'est ton âme de poète que je vois, et c'est ça qui compte. Ne l'oublie pas. »

Il lève son verre et nous trinquons à ce qu'il appelle les « temps nouveaux » et au rôle que j'y jouerai. En dessous de nous, le perroquet fait de nouveau un potin d'enfer. Pour la première fois, j'entends sa mère pousser un énorme juron. Comme piqué par une guêpe, Barbiche Teigneuse se lève. Il ouvre la porte de son bureau à toute volée et hurle.

« Tu oses toucher à une plume de Gaspar et je cogne ! Tu m'as bien entendu ? Ou je dois descendre ?

— Non, non, c'est bon », entends-je dire rapidement la voix effrayée de sa mère.

Barbiche Teigneuse referme la porte en soupirant.

« *Elle est devenue folle et cruelle, mon ami.* La vérité, entre nous : elle a parfois besoin d'être recadrée. Que veux-tu ? *C'est la vie.* »

Je ne dis plus rien. Je laisse le fond de mon verre.

Lundi, je fais le service de l'après-midi. Je me présente au guichet de la Vestingstraat. Une drôle de tension règne au bureau. Pour commencer, l'adjoint daigne à peine me regarder. Puis il me dit que c'est Gaston, un collègue beaucoup plus âgé, qui viendra avec moi en patrouille.

« Pourquoi ? Jean est malade ? »

Quelques collègues lèvent les yeux.

Après un long silence où tout le monde me regarde, l'adjoint me lance que Jean a été arrêté hier par des hommes du Sicherheitsdienst.

« Pourquoi ?

— C'est à toi que je devrais poser la question, Wils. Il ne s'est rien passé de spécial, samedi dernier ? Aucun de vous deux n'avez mentionné quoi que ce soit de particulier.

— Je ne suis pas au courant. »

L'adjoint regarde les autres par-dessus son épaule et demande si tout le monde a bien entendu ma réponse. La température chute en dessous de zéro. Quelqu'un crache par terre.

« Tu es sûr ? Il n'y a pas eu une histoire de peinture cette nuit-là ? En face de la Banque nationale, bordel !

— Oh, ça, dis-je calmement.

— Fous-moi le camp, Wils. Je t'ai assez vu pour l'instant. »

Ils lui ont refait le portrait, au Jeannot. Du moins, c'est ce qu'on dit, et qu'ils s'y seraient mis à trois, car quelqu'un comme Jean, on ne lui refait pas le portrait si facilement. Il semblerait qu'il ne soit pas resté longtemps à la Begijnenstraat. Ensuite, on n'a plus entendu parler de lui. Il a resurgi après la guerre, personne ne s'y attendait. Il est revenu parmi les autres squelettes ambulants. Neuengamme. C'est le nom de l'endroit où il était. Un camp de concentration. J'ai entendu dire qu'il ne s'en est jamais vraiment remis. Il n'avait plus besoin d'être flic, la médaille qu'on lui a offerte, paraît qu'il l'a renvoyée. K.O. le Normand : c'est devenu un fantôme qui a passé le restant de ses jours assis à une petite table près du poêle dans le café de sa femme. Un vieillard d'à peine quarante ans dont – toujours à ce qu'il paraît – les gens se moquaient, une fois le souvenir de la guerre totalement évacué des mémoires, un refoulement qui n'avait demandé que peu de temps, beaucoup trop peu de temps bien sûr.

As-tu déjà eu l'impression d'être subitement exclu de tout ? Eh bien, c'est ce que j'ai ressenti à la déportation de Jean. Je lis mon journal intime des années de guerre et ça me saute au visage. Je constate que j'avais beau prendre des airs supérieurs, avec mes fantasmes de poète maudit, j'avais néanmoins puisé de la confiance dans le fait d'appartenir à un groupe. Après Jean, c'était fini. Sans un mot d'explication, mes collègues se sont mis à m'éviter. On m'a tout retiré et j'ai dû me débrouiller seul. En même temps, je me sentais observé, pris en faute. Les conversations cessaient quand j'entrais dans le bureau. L'adjoint me regardait avec méfiance derrière son annuaire de garde lorsque je faisais le rapport de ma journée, comme si chaque mot était piégé, comme si une force maligne s'était emparée de moi.

« Tu es sûr, Wils ? J'inscris ça comme ça, d'après toi ? »

J'ai arrêté d'aller au bistrot avec les collègues. Ça n'avait plus de sens. Me restait Lode. Mais il ne disait pas un mot de ce que les autres pensaient de moi et je n'insistais pas. Lode qui, des années plus tard, allait me trahir, lui aussi.

« Échec et mat.

— Tu rêves, je prends ton cheval avec mon fou.

— J'aurais dû dire : double échec et mat. Prends mon cheval, tu restes échec et mat par ma tour.

— Ça existe, double échec et mat ? »

Lode hausse les épaules.

« Quoi qu'il en soit, tu es coincé. »

Nous sommes au café Terminus, mon garçon, à nouveau pendant cette funeste année 1993, l'année du couvre-lit mouillé sur lequel ma femme est étendue.

Lode et moi regardons l'échiquier. Aucun de nous ne semble pressé de remettre les pièces à leur place.

« C'est invraisemblable, finit-il par dire.

— Je sais…

— Où l'ont-ils retrouvée ?

— Dans un vieux bunker du parc de l'avenue Della Faille. »

Ma petite-fille, ma rebelle, la prunelle de mes yeux, est morte. Avant-hier, on nous a dit que c'était un suicide. Je ne sais pas ce que ton père t'a raconté au sujet de cette tante que tu n'as pas connue. Qui sait s'il t'a parlé de la lettre d'adieu qu'elle a laissée. Je dois te révéler ma vérité à ce sujet, mais pas maintenant. Je n'en ai pas envie.

« Tu es tellement nerveux… »

Elle passe la main dans mes cheveux et tire sur l'un de mes lobes d'oreilles.

« C'est toi qui me rends nerveux.

— Je sais », dit-elle, la voix de nouveau un peu triste.

Je dis que je ne sais pas ce que j'ai.

C'est pourtant simple. Tout ce que je voudrais, c'est m'envelopper dans une couverture sur une chaise longue et faire comme si je souffrais d'une poétique tuberculose mettant mes poumons et mes membres à l'agonie et mon esprit en ébullition. Le problème, c'est que moi-même je n'y crois pas. Je ne suis ni phtisique ni prophète. Et c'est l'envie, le désir de l'être, justement, qui en ce moment chiffonne mon âme. Les yeux caves, je veux fixer l'horizon et voir naître une vision fantastique que moi seul sois capable de couler dans des vers devant lesquels le monde entier se prosternera. Je veux être loué et haï, avoir un parterre de gens qui se traînent à mes pieds et le reste, l'écume aux lèvres, me crachant des imprécations. On doit m'offrir des prix, non par amour ou par admiration, mais par crainte de me méconnaître. Ces prix, bien sûr, je les refuserais avec dédain, reprochant les yeux dans les yeux à chacun des membres du jury la dégueulasserie la plus trouble. Je veux surgir dans l'esprit de la multitude tel un animal fabuleux, inaccessible, aux doux yeux sombres et aux pattes de bouc, une bête à laquelle on pourrait s'accoupler au prix d'une éternelle démence. Tous, léchez-moi le cul, je veux être l'amant des Muses, un génie poétique, un monstre aux lèvres de satin ourlant une bouche d'où dévalent les vers. Je veux faire tourner la roue du destin, tirer dessus d'un grand coup sec, me changer en joueur, risquer le tout pour le tout. Banqueroute ou fortune !

Mais j'ai bientôt vingt-deux ans et je suis là, sur un sofa au-dessus d'une boucherie, avec une seule personne qui m'adore et qui semble déjà avoir totalement refoulé le côté obscur qu'elle voyait en moi au début. C'est là que je suis après mes heures au bureau où, depuis l'affaire de Jean, je suis considéré par Lode et le reste de mes collègues comme parfaitement indigne de confiance. Ça aussi : mes heures.

C'est ainsi qu'à l'instar de mes collègues j'appelle mon temps de travail. Mes heures… Elles ne sont pas à moi, bordel, et ce qui se déroule après mes heures est tout ce qui me reste. Tu vois un peu comment un boulot pareil prend possession d'un homme ? Mes heures ? Celui qui parle ainsi ignore à quel point il est devenu esclave. Je suis coincé, voilà, coulé dans le béton, des couilles jusqu'aux chevilles, pris au piège d'une vie qui doit encore se passer mais qui semble prémâchée de A à Z par des aïeux édentés. Je suis donc comme les autres, comme tout le monde. Et ça prend un peu de temps à digérer, ça vous rend un homme – Yvette, ta jolie future arrière-grand-mère, a raison – un tout petit peu nerveux.

« Ton thé va refroidir. Je l'ai préparé pour toi avec tellement d'amour.

— Ouille », dis-je, et je bois.

Nous sommes seuls, aussi seuls du moins que peuvent l'être deux jeunes gens à l'époque dans une maison parentale. En effet, ses parents sont au rez-de-chaussée en train de nettoyer la boucherie, et Lode est de service. Bien entendu, nous nous trouvons dans le salon. On pourrait m'interdire à jamais l'accès à la maison si l'on devait me surprendre dans sa chambre.

« Allez, dit-elle, c'est bon maintenant, avec ton cafard. Tu ne me regardes presque pas aujourd'hui. »

Sans rien dire, je défais un petit bouton de l'espèce de machin mauve en satin qui lui serre le haut du corps.

« Ah, tu veux la jouer comme ça ? »

Mais sa voix n'est pas accusatrice et sa main ne me repousse pas.

Je défais un deuxième bouton et la regarde dans les yeux.

Elle demande si je suis fier de moi.

Un bout de son soutien-gorge couleur chair apparaît.

« Tu n'oses pas aller plus loin ? »

La manière dont elle prononce ces mots me fouette les sangs. J'ose à peine déglutir, de peur que ça résonne à travers toute la maison, comme un héros de dessin animé qui se sait tout à coup encerclé par une horde de bandits et refuse de laisser transparaître sa peur devant eux.

Je défais encore un bouton, avec autant de doigté que possible, comme si c'était de la routine. Mes mains tremblantes s'attaquent enfin au dernier, qui ne se laisse que difficilement contraindre à travers la fente. La blouse s'ouvre et la forme de ses seins enveloppés de dentelle couleur chair apparaît. Elle me regarde toujours. Son regard trahit de la curiosité. Mon cœur bat la chamade. Le sien semble calme. Elle passe son pouce sous une bretelle qu'elle fait glisser de son épaule ronde. Elle fait de même avec l'autre. Puis sa main droite soulève son sein gauche et le sort à moitié de son truc en dentelle. Pour la première fois, je contemple l'un de ses mamelons. Elle me l'offre. Son autre main pousse ma tête lentement vers le bas.

« Viens, c'est pour toi, murmure-t-elle et je perçois alors son excitation. Viens. Occupe-toi de moi. Tout est à toi. »

Ses propres mots font gonfler son téton.

J'y dépose un baiser et respire sa peau. Je hume des choses qui n'existaient auparavant que dans mon imagination. Ce sont des odeurs d'un Sud inconnu, un Sud de soleil, le sud de son corps nu, encore inexploré mais déjà secrètement rêvé.

Mon baiser est trop chaste à son goût.

« Encore. »

Je referme ma bouche sur le mamelon et tète.

« Oui, oui, comme ça », dit-elle.

Mon pantalon se tend. J'essaie de respirer calmement. Je promène ma langue sur le téton, explore sa douceur, sa fermeté, le désir qui lui donne forme.

« N'oublie pas l'autre… »

Voilà le poète maudit forcé aux travaux de l'amour.

Elle caresse calmement mes cheveux tandis que ma langue s'occupe de l'autre téton. J'ai l'impression qu'elle est perdue dans ses pensées, comme si elle avait détourné la tête de moi et regardait par la fenêtre, infiniment loin, absorbée dans un rêve. Mais suis-je bien ce rêve ? Qui dit que ce n'est pas une star de cinéma ? Lorsque je remonte pour déposer un baiser sur ses lèvres, ses yeux accueillent mon regard. Elle me pousse doucement du sofa, m'obligeant à me mettre à genoux. Elle relève sa jupe et ouvre les cuisses. Ma bouche passe d'un téton à l'autre tandis qu'elle me presse plus fort contre elle. Tout en léchant, je jette un regard furtif vers le haut et vois qu'elle a penché la tête en arrière. Je la sens trembler. Elle lance ses jambes autour de moi.

Ses pieds toujours chaussés poussent dans mon dos tandis que je suis assailli de questions : maintenant, déjà, ici, comme ça, si naturellement ? Je lèche son cou, je veux encore la respirer à cet endroit, mais elle repousse ma tête vers ses mamelons. À nouveau, lorsque je la tète, j'ai l'impression que son attention dérive, qu'elle me laisse faire, qu'elle me concède quelque chose qui, au-dedans d'elle, appartient à un autre, un autre inaccessible. Un bref gémissement fait à nouveau refluer le doute. Avec douceur et indulgence, elle chasse néanmoins mon pouce qui s'aventure à l'intérieur de sa cuisse, sur le bout de chair à découvert. Seuls ses seins et sa bouche requièrent mon attention, le reste doit rester une promesse. Alors, malgré la contrariété que je ressens, ma tête qui tourne et l'envie douloureuse pressant dans mon pantalon, je me résigne. Mieux : c'est peut-être un soulagement de devoir me contenter encore de ces aréoles, à présent tièdes et mouillées, toujours à moitié prisonnières du soutien-gorge, et de ces tétons cramoisis tellement durs qu'ils invitent à les mordre, pas trop fort, mais assez, assez fort pour nous imaginer telles deux bêtes ignorant où finit le désir et où commence la faim.

Puis elle prend une brusque inspiration et dit : « Oups ! »

J'entends la voix de Lode derrière moi.

Il soupire : « Dites, les jeunes… »

Nous sommes le 21 mars 1942. Selon mon journal, c'est le jour où je vois mon premier cadavre. Un samedi matin de bonne heure, nous nous trouvons, Gaston et moi, au bout de l'Ommeganckstraat. On ne va pas en faire tout un fromage. C'est l'expression favorite de Gaston. Il l'utilise pour pratiquement tout ce qui peut se passer durant une journée de travail. Il l'a dite aussi quand il a appris qu'il devrait désormais patrouiller avec moi. Tôt ce matin, avant qu'on entame notre tournée, il est revenu des toilettes en m'annonçant qu'il avait pissé du sang. Mais de nouveau, il ne fallait pas en faire tout un fromage. Mon inquiétude, formulée du bout des lèvres, ne l'a pas démonté. Il s'y attendait, c'est tout, c'est ça qu'il me dit calmement. « Faut bien crever de quelque chose. Plus qu'un an de cette vie de chien et je suis à la retraite. On ne va pas en faire tout un fromage, Wilfried. Rien que d'avoir atteint les cinquante, pour moi, c'est déjà incroyable. Ma femme qui me répète tout le temps que je tire le diable par la queue. Tu sais ce que je lui réponds ? Et toi alors, que je lui dis. Si je devais commencer à en faire tout un fromage, je resterais dans mon lit. C'est les reins. Ils sont usés. Trop pissé, trop picolé. »

Ses mots restent un instant suspendus. On entend un sifflet de police. Dans la Lentestraat, quelqu'un gît à moitié sur le trottoir et ses blessures ne laissent pas de doute : c'est un assassinat. Deux collègues tentent maladroitement de cacher le mort à la vue des curieux apparus aux étages, tout en gesticulant et en leur criant de fermer portes et fenêtres. L'un d'eux, mal à l'aise, hausse les épaules, comme devant un accident qu'il aurait malencontreusement causé. L'autre regarde fixement devant lui, comme prêt à étrangler le meurtrier sur place avec un bout de ficelle. Il vient vers nous en jurant. Il marche tout raide, comme sur des échasses, et, bien qu'il soit en colère, ses yeux sont mornes.

« Les putains de salauds, nom de Dieu ! »

Il serre la main de Gaston et m'adresse un signe de tête.

« C'est quelqu'un que tu connais ? » demande prudemment Gaston au collègue fou furieux.

Le gars monté sur des échasses acquiesce et tord son nez impressionnant, comme si nous étions nous aussi des cadavres.

« Mes condoléances, Eduard », marmonne Gaston.

Eduard secoue la tête et retourne près du corps.

C'est une matinée sombre et froide, bien que les merles chantent à qui mieux mieux. Du pouce et de l'auriculaire, je me frotte les paupières et regarde à nouveau, en espérant mieux voir. Le choc de la nouveauté me brouille la vue. Le premier cadavre donne l'impression qu'un autre monde s'est manifesté, qu'un dieu ou un démon a réduit cet homme à un agglomérat d'os et de sang, qu'il a surtout tranché sans raison ni explication le fil de sa vie. Il donne l'impression que ce dieu a abandonné ses déchets en affichant sa suprême indifférence à l'égard de ce qui est permis ou pas. Il donne l'impression que cela devait arriver. Plus rien n'est normal en effet, depuis longtemps déjà. L'homme gît sur le flanc droit. Il a la bouche entrouverte. L'un de ses yeux, éteint, fixe le vide. Son chapeau a roulé un mètre plus loin sur le bitume, comme un point d'exclamation ponctuant une phrase. Regardez-moi, regardez le gisant... L'un de ses bras est tendu, paume dirigée vers le ciel, comme si le mort au dernier moment avait encore quelque chose à recevoir. Son genou droit dépasse de sous sa jambe gauche, formant, comme pour rire, le chiffre 4. Dans la région du cœur s'est dessinée une fleur rouge. L'arrière de la tête a l'air défoncé, transformé en un cratère sanglant, rempli de caillots et de la tendre chair rose de son cerveau. Ses chaussures sont usées, mais son pardessus et le pantalon qui en dépasse témoignent de son aisance financière. Son portefeuille est ouvert à côté de lui. Ses papiers d'identité révèlent qu'ici gît Clement Bruynooghe, dans la Lentestraat, à deux pas de l'un des abattoirs rituels des Israélites. Quelqu'un a tiré dans le dos du susnommé Bruynooghe Clement, avant de l'achever d'une balle dans le crâne. Les Allemands demandent des comptes aux représentants du conseil juif récemment constitué. Il semble qu'il y ait des menaces de représailles. Pour certains, l'occupation n'est plus une fâcheuse catastrophe naturelle, mais une chose à laquelle on peut s'opposer. À partir de maintenant, on rend les balles. Le dénommé Bruynooghe n'aurait pas fait mystère de sa sympathie pour l'occupant.

« Un bon camarade, ajoute Barbiche Teigneuse.

— J'ai un collègue qui écumait de rage. C'est lui qui a trouvé le Clement.

— Comment s'appelle-t-il ?
— Eduard, je crois... Je ne le connais pas.
— Ah, c'est probablement le Doigt. Eduard Vingerhoets. Avec une tête d'oiseau, juste ? Un long nez pointu, une petite tête ?
— Oui, c'est lui.
— Je connais le Doigt depuis des années. Lui aussi, c'est un vrai camarade. Avant la guerre, on a fait plein de manifs ensemble. Bien sûr, quand tu es de la police, tu dois toujours faire un peu attention avec la politique. Un grand admirateur de Mussolini ! On le charriait souvent avec ça. Parce que – faut être honnête – qu'on partage les mêmes idées ou pas, cette baudruche de Rital est avant tout comique, non ? Compare un bouffon pareil au Führer, pas seulement du point de vue du charisme, mais aussi de sa vision du monde. Tu comprends vite d'où vient le vrai radicalisme, pas vrai ? Maintenant, je dois dire que le Doigt n'a jamais supporté les juifs. Le Duce aime bien tourner autour du pot à ce propos. Le Doigt jamais. Il veut tous les voir crever, et le plus vite possible.
— Pourquoi on l'appelle le Doigt ? À cause de son nom de famille ?
— Bien sûr, mais il y a aussi une histoire de mouquère dans un bar... Oh, j'ai pas la tête à raconter des trucs scabreux. »

Barbiche Teigneuse soupire, hausse les épaules. L'homme est déprimé. Gaspar le perroquet est brusquement décédé et sa mère se remet mal d'une chute accidentelle dans les escaliers. Du jour au lendemain, Barbiche Teigneuse a dû se mettre à faire les courses et le ménage. Il dit qu'il doit aussi lui faire la lecture tous les jours, ce qui le met de très mauvaise humeur.

« Tu ne connais pas quelqu'un qui voudrait se faire un peu d'argent de poche ? Ton amoureuse, par exemple ? Comment elle s'appelle déjà ?

— Yvette…

— Faire la cuisine, ce serait bien, nettoyer aussi… Ça me soulagerait. Je lui proposerais volontiers de tenir un peu compagnie à ma mère avec un livre. Mais je sais d'avance qu'elle ne voudra personne d'autre que moi. »

Il y a de la culpabilité dans sa voix. Ou est-ce mon imagination ?

« Yvette est fine psychologue.

— C'est un bon début… Fais-moi plaisir et…

— Je te dirai ce qu'il en est ce week-end.

— Ouille, on n'est que lundi. Je ne sais pas si… Mais bon, je tâcherai d'être patient.

— Et donc, ce Clement Bruynooghe, c'était un ami à toi ?

— J'arrive pas à y croire… Ces lâches l'ont abattu comme un chien. C'est une provocation. Ils veulent nous intimider. Mais nous sommes en place, prêts à agir.

— Qui ça, “ils” ? »

Barbiche Teigneuse allume sa pipe.

« Écoutez-moi môssieur Bouton d'argent ici présent. Il me semble qu'on prend bien de l'assurance dans son rôle de policier. »

Il secoue l'allumette pour l'éteindre et se frotte les cuisses.

« Pas les juifs en tout cas. Ceux-là font dans leur froc. Ils ne sont pas fous à ce point-là, tout le monde le sait.

— Apparemment, on en a arrêté quelques-uns.

— Bien sûr. Mais ma main au feu que c'est un bolchevik qui a fait le coup. Un "blanc", évidemment, un de ces parasites de résistants. Curieux d'ailleurs qu'ils utilisent ce nom : en Europe, c'est nous la résistance, bon Dieu.

— Mais pourquoi ? »

Barbiche Teigneuse me regarde un instant, étonné, avant d'éclater de rire :

« *Jeune homme...*

— Quoi ?

— Qu'est-ce qui te semble ? Tu as vu toi-même la réaction de ton collègue, le Doigt ? Le mort était des nôtres. Clement travaillait pour le Sicherheitsdienst.

— Je veux dire : pourquoi quelqu'un risquerait-il sa vie comme ça ? Ça n'a aucun sens.

— Un camarade est abattu comme un animal dans la rue et tu me parles de sens ? Toi, tu crois que tout le monde continue d'utiliser son bon sens. Je vais te dire une chose, mon ami. On vit des temps de confrontation, des temps où chacun montre qui il est. C'est comme un strip-tease, et tu comprends que le bon sens est une pièce de vêtement comme une autre. On s'effeuille et il tombe par terre, comme le reste, faut pas chercher plus loin. Ici, chacun sait tout sur tout le monde. Les gens savent qui collabore avec les Allemands, d'accord, c'est pas très difficile à comprendre. Il n'y a que toi qui retardes un peu, on dirait que tu débarques. Mais ça fonctionne aussi dans l'autre sens, tu vois ? Je peux te citer deux ou trois noms de types qui auraient pu lui griller la cervelle, au Clement. Les juifs qui ont été arrêtés pour son meurtre, tu ne les reverras plus. Mais les vrais coupables, on saura les retrouver. Même si ces imbéciles sont convaincus du contraire.

— Si tu soupçonnes quelqu'un, tu peux toujours…

— Quoi ? Tu ne voudrais quand même pas que j'aille porter plainte dans ton bureau de clampins ? Tu es tombé sur la tête ou quoi ? C'est pas parce que t'as de temps en temps cet uniforme sur le dos que tu dois te mettre à avoir une estime démesurée de tes boss. Porter plainte est la dernière chose que ferait l'un d'entre nous. Œil pour œil, c'est très simple. Un coup de fil et c'est réglé. Mais même ça, je ne suis pas tellement chaud, pas maintenant qu'il s'agit de Clement. Tirer dans le dos d'une si belle personne, nom de Dieu ! On touche à la sphère personnelle, c'est comme avoir perdu un frère. Répondre à un acte d'une telle lâcheté reviendrait à nous salir les mains. Dis, qu'est-ce que tu as à rire comme une andouille ?

— Allons, n'exagère pas… »

Il se lève brusquement.

« Je vois que tu ne me connais pas. Ni moi ni mes camarades. Il est temps que ça change. »

Nous sommes en mai, le soleil brille, mais ça n'intéresse pas la mère de Barbiche Teigneuse. Les tentures restent fermées. Depuis son trône, elle fait signe à Yvette de poursuivre la lecture. Mon amoureuse est assise bien droite et s'éclaircit la voix. Moi, je me suis placé, comme d'habitude, derrière la vieille femme. Elle tolère ma présence, mais quand Yvette lit, il faut que je m'écarte un peu.

« Je reprends au début, madame ?

— Non, ma fille. On sait qu'il neige et que notre héros n'a pas envie de travailler. Je n'ai pas encore de trous de mémoire. »

Yvette déplie à nouveau la revue. Sur la couverture bon marché, il y a une femme dessinée, qui regarde le lecteur, les yeux écarquillés et la bouche entrouverte. L'histoire de ce numéro 5 de la neuvième année est intitulée « La malédiction du Comte ».

« Ses yeux caressaient les tableaux accrochés au mur et s'arrêtèrent sur la photo d'un château médiéval. Dans son regard flottait comme du découragement. Cela... »

Yvette a la gorge un peu sèche. Elle tousse, se reprend.

« Bois un peu d'eau. Elle est là pour ça. »

Yvette hoche la tête, avale une gorgée, me lance un bref regard par-dessus les épaules de la femme déjà presque assoupie et poursuit : « Cela arrivait souvent à Robert de Tiège. Dans ces circonstances, il en venait même à douter de son propre talent. La vie lui paraissait sinistre et inutile, malgré son travail, la gloire, l'art et l'admiration qu'il suscitait. Pour sûr, il avait du succès ! De belles jeunes femmes l'appelaient "maître" et leurs yeux riaient pour mieux le séduire. À qui étaient destinés leurs sourires : à l'artiste ou au célibataire ? Il ne le savait pas. Il se souvint tout à coup…

— Le gredin, marmonne Amandine Verschaffel, satisfaite. C'était couru d'avance. »

Yvette regarde sa victime sans défense qui n'est plus qu'à quelques secondes de ce profond sommeil de l'innocence auquel seules les très vieilles personnes peuvent s'abandonner, et me sourit avant de reprendre sa lecture.

« … qu'il était convié à déjeuner chez Madame Bressoux. Que devait-il faire ? Ignorer l'invitation ? On danserait après le repas. Les convives féminines se lanceraient dans la chasse au mari. Robert ricana. Cette chère Madame Bressoux ! »

Du fauteuil relax s'élèvent des ronflements. Chaque fois, je dois me retenir de rire. C'est bizarre que Barbiche Teigneuse n'aime pas faire la lecture. Au bout d'un ou deux paragraphes, c'est déjà fini pratiquement. La vieille femme ne bouge plus, son pouls devient imperceptible et l'emporte loin de tout, de ses infirmités surtout : une hanche qui ne veut plus fonctionner, un œil qui se fige parfois, cette tremblote qui la rend si maladroite du bras gauche, son fils à la main leste… Tout cela s'envole au rythme des phrases, lues avec lenteur, au fil des pages d'un roman médiéval imprimé sur du papier journal à bas prix.

« Oui, cette chère Madame Bressoux... » murmuré-je, une fois les ronflements changés en soupirs profonds.

Nicole s'inquiète. « Qu'est-ce que c'est que ces bêtises ? Vous voulez vraiment que je vous lise ça ? À vous, un homme de lettres ? »

J'avoue, mon garçon, que moi aussi je raffole de romans médiévaux. Je les ai collectionnés tout un temps, chinant dans les marchés aux puces : des petites revues à l'odeur de moisi datant des années de guerre et tenant encore par deux agrafes rouillées, des rebuts de cave qui chargent ma bibliothèque de leur contenu dramatique, des amoureux qui ne se retrouvent qu'à la fin, une malédiction qui pèse sur un château, un pieux notaire et un vil cocher, des servantes qui gloussent et des comtesses tuberculeuses qui se consument dans leur lit clos tandis que monsieur le curé marmotte une bénédiction. Ce genre d'histoires, tu ne dois pas les lire, mais te les faire lire, comme ton arrière-grand-mère, qui faisait jadis ce plaisir à Mme Verschaffel en échange d'une rémunération modeste.

« Je vous en prie, Nicole...

— Qu'est-ce qui vous prend ? Je ne tiens pas à précipiter votre sénilité avec ces fadaises. »

Je la regarde longuement, l'œil humide. Avec un soupir, elle sort ses lunettes de lecture et examine en tordant le nez les pauvres pages préparées à son intention sur la table du salon.

« Où est-ce que ça a traîné ?

— Allons, lisez, c'est tout... »

Oui, c'est juste une histoire, écrite pour ainsi dire par une machine à la mémoire remplie de fiches sur tout ce dont le citoyen lambda a besoin pour se détendre. Et pourtant ça me touche au cœur, je m'y abandonne et me reproche de ne jamais avoir eu le talent nécessaire pour écrire de telles histoires capables de transporter les gens, ne fût-ce qu'une heure, dans un autre monde. Tu entends Angelo rire ? Moi, oui.

Au café Le Merle Blanc dans la Belgiëlei, quelqu'un entonne une chanson. « Pourquoi ont-ils le nez crochu ? Retournez, ô nez, ô nez... Retournez d'où vous venez ! »

Rires. « D'où tu sors ça, Sylvain ?

— M'enfin, tout le monde connaît ça ! »

Le dénommé Sylvain fait un clin d'œil et boit une gorgée de sa bière.

« Nom de Dieu, crie le patron du café, une espèce de grand échalas. V'là que ça fait tilt. C'est la chanson des géants d'Alost.

— Et puis quoi encore ? De Dendermonde, si tu permets !

— Mais non, d'Alost !

— Dendermonde, patron ! »

Juste à côté de la table où je suis assis avec Barbiche Teigneuse, quelqu'un crie :

« D'ailleurs, tu ne viens pas de là-bas, Sylvain ? »

Le pilier de bar toussote discrètement.

« Du côté de ma mère.

— T'es pas vraiment d'ici, je le savais ! rit l'homme à côté de moi.

— Remets-moi une bière, patron.

— Je te l'offre, Sylvain.

— Regardez son nez qui frise ! »

Sylvain bascule de son tabouret et tape du poing sur le zinc, subitement alerte. « Pourquoi ont-ils le nez crochu ? Retournez, ô nez, ô nez… Retournez d'où vous venez ! » Il gesticule à la manière d'un chef d'orchestre. Tandis que certains le regardent, amusés, quelqu'un chante timidement avec lui.

Comme dans tous les bistrots en temps de guerre, il fait relativement sombre à l'intérieur du Merle Blanc. Il y a des tableaux bruns aux murs, manifestement l'œuvre d'un même peintre amateur. Vue sur l'Escaut. La cathédrale au crépuscule. Un douloureux hommage à Brueghel avec des paysans joviaux en train de trinquer. Quelques proverbes illustrés, à nouveau inspirés par le maître. Deux chiens après le même os sont incapables de s'entendre. L'un tond des moutons, l'autre des cochons. Qui a renversé sa bouillie ne peut toute la ramasser.

« Y a toujours autant d'ambiance ici ?

— Ça arrive, oui. »

Barbiche Teigneuse a l'air absent. Je vois quelqu'un revenir des toilettes. La lumière blafarde du comptoir tombe sur son nez. Barbiche Teigneuse lui fait signe. Eduard Vingerhoets, alias « le Doigt », sourit et se hâte de nous rejoindre. Son index tendu et son pouce forment un revolver dirigé vers moi.

« Toi, je te connais. Wilfried Wils.

— C'est un copain à moi, Eduard.

— Allons bon... lâche le Doigt avec condescendance.

— On est collègues, si je ne me trompe ? On se connaît de vue », dis-je.

Le Doigt rétorque immédiatement : « Collègues ? Tu es un faux cul. Tu n'es pas un collègue, cher ami. »

Ses yeux mi-clos sont rapprochés. Il continue de me regarder comme s'il lisait en moi, tel un chirurgien qui m'aurait ouvert pour voir quels organes sont attaqués. Je ne suis pas à ma place, nulle part peut-être, et il sait que je le sais.

« Qu'est-ce qui te prend, Eduard ? »

Barbiche Teigneuse tente de réparer ce qui ne peut l'être. Le Doigt et moi continuons de nous observer.

« Ce qui me prend ? Mais rien, absolument rien, tout va bien.

— Laisse ce garçon tranquille. »

Le Doigt me fait un clin d'œil.

« Je vais te laisser tranquille, tu crois ? Ton copain le demande si gentiment. »

Je hausse les épaules, sirote mon demi.

« Allons, Eduard, changeons de sujet.

— Très bien... Tiens, tu sais quoi ? On l'a attrapé.

— Qui ?

— Le gars qui a abattu Clement comme un porc... »

De nouveau, il me regarde et dit d'une voix sifflante : « T'étais pas là, d'ailleurs, quand on a trouvé l'ami Clement ? »

J'acquiesce. Le nez du Doigt déconcentre vraiment, c'est comme te faire examiner par un fourmilier, comme si sa trompe te fouettait constamment le visage. Je remarque seulement maintenant que l'homme porte une fine moustache, qui tient davantage du trait de crayon ou de charbon de bois, comme une traînée au-dessus de cette petite bouche qui crache du fiel. Ses lèvres forment à nouveau des mots, découvrant des incisives jaunes : « On l'a bien rossé, ce salaud d'assassin. On a tapé dessus jusqu'à ce qu'il ne puisse plus rien faire d'autre que souffler des bulles de sang. »

Puis de nouveau ce regard sur moi : « C'était après mes heures, hein ! Je ne voudrais pas que tu croies que je tabasse qui que ce soit en uniforme. »

Grand sourire, dents jaunes.

Barbiche Teigneuse sourit aussi.

« J'espère que tu l'as remis ensuite à nos amis ? »

Le Doigt secoue brièvement la tête : « Non, pas cette fois. Les Allemands ne doivent pas tout savoir. On l'a balancé dans l'eau avec ses cliques et ses claques au Bonapartedok. Blub blub. Il a coulé comme une pierre. On ne le reverra plus. D'ailleurs, en parlant d'Allemands… »

Barbiche Teigneuse regarde sa montre. « Oui, il devrait déjà être là. Mais il a une vie chargée. Nous devons être patients. Patron, la même chose ! »

Le géant dépose trois bières mousseuses sur notre table et s'essuie les paluches à son tablier.

« Lucien, je te présente mon jeune ami Wilfried.

— Bienvenue dans mon repaire de brigands. »

Le patron appuie les poings sur la table et demande où est « le roux ».

« Comme je disais à l'instant, il arrive », répond Barbiche Teigneuse.

À ce moment, la porte s'ouvre et un rouquin fait son entrée.

« Quand on parle du loup, on voit le Boche », dit Lucien en riant.

Les deux hommes se saluent. L'Allemand est aussi grand que le patron.

Barbiche Teigneuse se lève immédiatement pour lui serrer la main.

« *Mein Freund* Gregor, Wilfried. Gregor, *hier ist der junge Freund, wo ich bereits früher erzählt habe*[1]. »

Je hoche la tête et serre la main de l'homme.

Sans lâcher la mienne, « *mein Freund* Gregor » regarde Barbiche Teigneuse :

« *Ist er der Polizist*[2] ?

— Oui oui, police », rit Barbiche Teigneuse.

Gregor me tape sur l'épaule.

« *Krieg macht aus uns allen Polizisten, nicht*[3] ?

— Tu exagères, Gregor. Pas tous ! dit le Doigt en me scrutant à nouveau.

— *Ist schon gut, Eduard. Nur ein Scherz*[4]. »

Gregor fait un signe du menton à Lucien. Quatre bières fraîches arrivent.

1. Gregor, cher ami, voici le jeune ami dont je t'ai déjà parlé.
2. C'est le policier ?
3. La guerre nous transforme tous en policiers, n'est-ce pas ?
4. C'est bon, Eduard. C'est juste une blague.

C'est ton père, il y a longtemps, bien avant ta naissance, qui m'avait fait part de ses inquiétudes concernant une guerre chez les Yougoslaves. Tout ce qu'il savait à ce sujet lui avait été servi par quelqu'un à la télévision, ou par une gazette quelconque qui accommodait avec beaucoup de talent la Vérité chère à ton père, dans l'espoir que lui et la kyrielle de lecteurs indignés reprennent leur assiette d'indignation le lendemain. Ton père parlait de la ville occupée de Sarajevo, de camions blancs des *Nazi-ons Unies* que les habitants en colère avaient repeints aux couleurs de l'arc-en-ciel, considérant leur neutralité comme un mensonge suprême, un prétexte pour ne rien faire. Je le laissais s'énerver parce que ça avait l'air de lui faire du bien, puis moi, son grand-père, je semblais être la personne la mieux placée pour dénoncer une sale guerre depuis un fauteuil. Je voyais que dans sa tête mon passé jouait et qu'il espérait du coup que je tendrais une main à mon petit-fils, qui n'avait jamais vécu et ne vivrait jamais que dalle, et que je bénirais sa colère, qu'en d'autres termes c'était parfaitement normal de dénoncer la guerre, que toute guerre était une dégueulasserie et que lui et moi mangions de la même soupe. Il me parlait de tireurs d'élite dans cette guerre civile, d'un endroit qui apparemment s'appelait l'allée des Snipers, où des types avec des fusils de précision, embusqués en haut des immeubles, guettaient la bonne femme qui tentait d'aller faire ses courses ou le gosse qui avait échappé à l'attention de ses parents, que n'importe qui était devenu une cible pour ces assassins. Il me demandait si j'y comprenais quelque chose, si je savais à quel point un homme pouvait tomber bas, si je n'avais pas vécu ça « de mon temps ». Et tandis que j'écris cela pour toi maintenant, je repense aux mêmes choses que lorsque j'essayais de lui répondre. Bien sûr, j'ai vu des hommes changés en cibles, prêts à être exécutés parce que leur heure était venue, enfin non, parce qu'il y avait une demande pour cela. Puis je suppose que je dois te raconter le mois de juin 1942, où tous les juifs de cette ville, hommes, femmes et enfants, ont été obligés de coudre sur leur veste une étoile jaune avec un J majuscule. La deuxième semaine de juin, j'ai vu une longue file devant l'école de la Grote Hondstraat. Dans ce même bâtiment, j'avais rempli durant des années mon devoir démocratique, carte d'identité et bulletin de vote à la main, afin d'apporter toutes les X années mon eau à ce moulin qu'on appelle les « élections », jusqu'à ce que j'en aie plein le cul, jusqu'à ce que je n'aie plus envie de me ridiculiser aux yeux de ces soi-disant puissants dont le zèle bureaucratique faisait justement qu'on ne pouvait surtout pas leur faire confiance, qui ont toujours été une force d'occupation et se couchaient à leur tour sur le dos dès que d'autres puissants prenaient le dessus. Dans ce même bâtiment scolaire, les juifs devaient, moyennant paiement, venir retirer leur étoile de David (trois étoiles pour un franc), on mettait une batterie de tampons sur leur carte d'identité et ils devaient signer un accusé de réception. Va donc cracher sur la tombe de Napoléon qui aurait introduit dans nos contrées ce fléau nommé bureaucratie « dans l'intérêt de tous », comme on dit, mais en réalité pour les besoins d'un appareil qui, un siècle et demi plus tard et sans grandes cérémonies, s'est laissé tenter par le cannibalisme. Nos dirigeants sont des esclaves, mon garçon. Voilà la tragi-comédie : en tout maître sommeille un pauvre esclave qui tremble de peur. En attendant, les porteurs d'étoile se multipliaient dans les rues. On aurait dit que certains étaient gênés d'avoir comme attrapé une maladie honteuse en public. Il y en avait d'autres qui gardaient le nez levé, fiers, encore plus fiers qu'avant, de ce que nous appellerons leurs origines. Et nous autres, citoyens non-juifs de cette ville qui règle tout avec un verre et une bonne vanne, nous pensions au début que c'était une blague de ces Boches, ridicules de minutie. Toute la ville s'était transformée en une ignoble cour de récréation où les surveillants encourageaient les coups fourrés au lieu de les punir. C'était lamentable, jeté comme ça à la figure de chacun. Il y en avait aussi bien sûr qui laissaient échapper mine de rien que cela permettait enfin de voir toute la vermine qu'il y avait dans la rue. D'autres pensaient rester neutres en disant que ce marquage avait le mérite de clarifier les choses. Mais lorsque cette étoile fut sur toutes les vestes et très vite considérée comme tout à fait normale, autre chose vint nous hanter. Les juifs devenaient de plus en plus farouches, car ils savaient que leur étoile avait transformé plus de gens encore en potentiels tortionnaires, rien n'invitant plus à frapper que la vulnérabilité. *Krieg macht aus uns allen Polizisten, nicht*[1] ? Évidemment, le peuple soi-disant raisonnable ne soufflait mot de ce dédoublement. C'est le genre de sentiment qu'on refoule. Dans de telles circonstances, on pense indubitablement : c'est eux, ou nous. C'est soit devenir une cible, soit être le tireur embusqué. Le dernier drap dont on se pare est la haire de sa propre vulnérabilité, l'illusion d'être soi-même une victime, sans étoile sur le revers, bien sûr, mais tout autant menacé, et sous ce drap s'endormir, dans l'espoir qu'au réveil tout cela soit passé. Non, il ne faut pas regarder ça de haut. Au contraire... reconnaître un tant soit peu cette éternelle ambivalence serait plus honnête. Écoute-moi radoter, mon garçon, regarde-moi caqueter comme un poulet sans tête. Car à l'époque j'ai préféré donner tranquillement raison à ton père à propos de l'horreur de la guerre, ce qui revient au même que ne rien dire du tout. Comment expliquer l'impuissance et ce qu'un homme est capable de faire, quand ton interlocuteur n'a jamais ressenti ce que ça fait d'être soi-même un salaud potentiel, comment expliquer que c'est à la fois un bien et un mal de ne jamais l'avoir vécu, et que s'indigner dans un fauteuil n'est rien d'autre que de l'hypocrisie qui s'ignore ? Les gens disent parfois qu'il faut se mettre dans la peau de l'autre pour comprendre certaines choses. Mais ça aussi, c'est de l'hypocrisie

1. La guerre nous transforme tous en policiers, n'est-ce pas ?

parce que, par la peau de l'autre, on entend toujours celle de la victime. Pas un mot sur la peau de ceux qui se sentent peut-être incités à participer. Avant d'accuser un autre d'être assoiffé de sang, quelqu'un que tu ne connais même pas, que tu as juste vu à la télévision ou sur qui tu as lu telle ou telle chose, il faudrait t'obliger à éprouver cette secrète soif de sang, encouragée tout à coup par ceux qui ont les rênes en main, ceux dont tu joues le jeu, que tu le veuilles ou non, autrement dit la soif de sang que chacun porte en soi. Ton monde, mon garçon, est entouré d'écrans, tout ce qu'on a présenté à ta génération, à celle de ton père, et même à celle de feu ton grand-père, c'est de l'indignation sur commande, ce sont des pleurnicheries à distance sur des opprimés et des cadavres déchiquetés qu'on te montre avec une voix d'outre-tombe. Aucun de vous ne sait ce que signifie l'immédiateté. La proximité d'une violence généralisée vous est étrangère, et là-dessus, la plupart du temps, je me sens obligé d'ajouter que c'est une bénédiction de ne jamais avoir connu la guerre. Mais dès que j'entends de nouveau quelqu'un se prendre pour un expert, je doute que ce soit réellement une bénédiction, je me trouve moi-même hypocrite, un traître qui a mâché son héritage jusqu'à le rendre insipide. Comme ils ont commencé à dire chez nous, au bureau : tout le monde s'en fout, des juifs, désormais. Mais maintenant, je regrette. Je n'ai jamais pris ton père pour auditeur parce que je partais du principe idiot qu'il ne comprendrait pas. Sa sœur partageait les mêmes interrogations que lui. Néanmoins, c'est toi mon auditeur désormais, et c'est tout ce qui compte. Toi.

Dans cette ville, on célèbre la fête des Mères le 15 août, le jour de l'ascension de la Sainte Vierge. Guerre ou pas, c'est jour de fête et on concocte des miracles avec les tickets de rationnement. Est-ce que tu rends encore hommage à ta mère ce jour-là, mon garçon ? J'espère bien que oui, même si tes parents sont divorcés depuis longtemps et que tu vis, comme je l'ai appris, chez l'un puis chez l'autre. Ça ne me semble pas un mauvais arrangement. Je trouvais épuisant de devoir supporter mes deux parents dans un seul et même espace. Et le repas délibérément copieux de la fête des Mères, pris dans un silence glacial à cause de l'une des innombrables incartades de mon père, ne faisait qu'accentuer ma lassitude.

C'est l'estomac passablement plein que je me retrouve ce soir-là aux alentours de vingt et une heures avec une chiée d'autres poulets au coin de l'Oostenstraat, juste à côté de la synagogue et à deux rues à peine de là où j'habite. Nous sommes nombreux, très nombreux. Des camarades de Deurne, de Borgerhout et d'Hoboken nous ont rejoints. Quelques-uns affirment venir de Mortsel ou d'Ekeren. L'ordre nous est parvenu le jour même, ou la veille, je ne peux plus le dire avec certitude. Personne ne sait ce qu'on fait là. Les véhicules allemands arrivent avec un tas de matériel. Nos adjoints n'ont pas desserré les lèvres. Certains parmi nous sont de mauvais poil d'avoir été rappelés un jour férié. Je t'ai dit que la plupart des collègues n'échangent encore avec moi que le strict minimum à la suite de ce qui est arrivé au pauvre Jean. Lode surgit à côté de moi et me souffle que ça ne lui dit rien qui vaille.

« Ça va barder, Wilfried. » Il avait déjà été rappelé plus tôt dans la soirée. Avec quelques collègues, il avait dû distribuer dans le quartier des *Arbeitseinsatzbefehlen*, c'est-à-dire, en bon allemand, des ordonnances de travail obligatoire. Ils avaient arrêté des dizaines d'hommes et les avaient livrés aux Allemands. Après une heure ou deux, ils pensaient que leur tâche était finie. C'est alors que l'ordre était tombé de rejoindre l'Oostenstraat.

On est en train de barrer la Plantin-en-Moretuslei. Dans le prolongement de l'Oostenstraat, en direction de la gare centrale, je vois qu'un bout du quartier Kievit est également fermé. Des Allemands installent de grands projecteurs aux coins de la rue. Dans la Van den Nestlei arrivent l'un après l'autre des camions de déménagement réquisitionnés, d'où sortent des hommes de la Sicherheitspolizei et de la Feldgendarmerie. Le terme « réquisitionnés » est peut-être trompeur, car j'entends par la suite que les services de déménagement locaux ont été dédommagés pour l'usage de leurs véhicules. J'ignore si c'est la vérité. Les chauffeurs s'appuient sur le capot et allument une cigarette. Nous sommes répartis en plusieurs groupes. Nous devons « encadrer » l'action. Nous traversons la

Plantin-en-Moretuslei, prenons la Provinciestraat et tournons à droite dans la Bleekhofstraat. Des portes sont enfoncées à coups de pied. Un père et une mère de famille sont traînés au-dehors par des hommes du SD. Derrière eux apparaissent les enfants en pleurs et deux vieux décrépits pouvant à peine marcher. Le grand-père s'arrache les cheveux, son visage figé dans une crampe abominable. Sa femme ne porte qu'une chemise longue et un peignoir. Ses épais sourcils dépassent de son bonnet de nuit bariolé. Il ne faut pas longtemps avant que toute la Bleekhofstraat soit sens dessus dessous. Les gens hurlent et pleurent. Les cris des enfants transpercent le vacarme. Certains sont tirés dans la rue par les cheveux. Pendant ce temps-là, nous faisons toujours comme si nous agissions en simples flics. Nous fermons les rues et assurons la surveillance comme lors d'une compétition sportive. L'effet est grotesque. Je m'entends dire à un garçon en larmes d'environ seize ans qu'il doit se calmer et me suivre tranquillement jusqu'au camion. D'autres collègues aident des femmes à se relever, après qu'un homme du SD les a fait tomber à coups de bottes. « Si vous voulez bien me suivre… » « Tenez bien votre fils par la main, madame. » Et ainsi de suite. Certains se laissent emmener comme des zombies, jouant un rôle passif en pyjama dans leur propre cauchemar. Il faut toujours aller « *schneller*[1] » et « *schneller* ». La rue est maintenant violemment éclairée, de longues

1. Plus vite.

ombres courent sur les trottoirs. Un homme vomit sur sa chemise tandis qu'il est traîné par deux Feldgendarmes. Une femme court derrière une mère et ses deux enfants en larmes avec un manteau supplémentaire. Huée par les Boches, elle reçoit une paire de gifles lorsqu'elle s'oppose en poussant les hauts cris. Comme elle refuse de céder, elle aussi est embarquée avec les juifs dans un camion. Le regard qu'elle nous lance est lourd de signification.

« Au nom de qui sommes-nous ici, en fait ? murmuré-je à Lode.

— Tu te poses encore la question ? Après, tu entendras que rien de tout ça n'est arrivé. »

Il a raison. Le procureur général ou le bourgmestre, qui ronflent probablement à cette heure-ci, se réveilleront demain matin comme tous les matins : assoiffés de normalité. L'action du soir visait l'arrestation de réfractaires, c'est certainement ainsi que l'événement sera consigné. Mais comment l'écrire honnêtement dans un procès-verbal ? « Ce soir, nous avons collaboré à une arrestation dont nous ignorons le motif. Le nombre de personnes arrêtées, parmi lesquelles des femmes et des enfants, nous est également inconnu. » L'inconnue est comprise dans le salaire, comme le sentiment d'être très seul dans cet uniforme, abandonné à son sort, mais c'est impossible de confier ça à un procès-verbal. Certains d'entre nous ont le visage pâle ou détournent les yeux, mais la plupart restent impassibles. L'ordre est de n'en laisser échapper aucun, et cet ordre est exécuté. Non, tu ne passeras pas, pauvre désespéré, tu dois monter dans le camion comme le désire le *Herrenvolk*. Mais si chacun de nous exécute seul un job dont tout le monde ignore pourquoi nous le faisons, juste parce que demain ce sera oublié, qui ou que sommes-nous encore exactement ? Ce qui ajoute au ridicule de la chose, c'est que ce « nous » n'existe plus. Qui suis-je, parmi ces collègues qui ne veulent plus de moi ? Un moins que rien, un fantôme casqué ? Suis-je la folle Margot du tableau, qui traverse l'enfer, les yeux écarquillés et l'épée au poing ? Est-ce elle qui a provoqué le chaos ou en fait-elle seulement partie, poussée à la folie par ce qu'elle est forcée de voir ? Et nous : avons-nous contribué à rendre tout cela possible, ou sommes-nous des témoins qui jamais ne témoigneront de ce que nous sommes amenés à voir pendant nos heures ?

Une pensée me traverse l'esprit comme un refrain lancinant : « Si ceci est possible, si tout ceci est possible, si des gens en uniforme peuvent rouer de coups de pied des enfants, assener à des femmes des coups de masse dans le visage, frapper des hommes jusqu'à les estropier, pour les pousser vers un camion de déménagement arborant un nom bien de chez nous, un nom flamand… Si tout cela est possible… Nous qui sommes là en tant que… quoi ? En tant qu'assistants dans un monde à l'envers où le blanc devient noir, lors d'une nuit éclairée comme un jour infernal, en tant qu'infirmiers prêtant main-forte à des médecins qui parlent allemand et qui combattent en uniforme un virus humain à coups de poing, de pied, de menaces et de vociférations, parmi les pleurs, les plaintes, la peur, répandant sang, merde et vomi dans la rue… Si tout cela est possible, tout ne devient-il pas possible ? Tout ne devient-il pas possible ? »

Un tronçon de la Plantin-en-Moretuslei demeure bloqué par les Allemands. Lode et moi devons pointer avant de partir. Nous quittons la Provinciestraat et prenons à gauche derrière le zoo, pour rejoindre le quartier de la gare.

« Ce que je ne comprends pas, dis-je, c'est que tout le monde se…

— Quoi ?

— Tu te souviens de la fois où il neigeait ?

— Quelle fois ?

— Quand on a dû aider à conduire la famille juive dans la Van Diepenbeekstraat. On vient de passer devant leur maison. On dirait qu'elle est toujours vide. »

Lode jette un œil derrière lui, s'immobilise d'un coup.

« Pourquoi tu parles de ça maintenant ?

— Parce que c'est tellement…

— File-moi une clope. »

Je secoue mon paquet pour en sortir deux. Je les allume l'une après l'autre. On fume sans rien dire pendant un moment.

« Je ne te l'ai jamais dit, Wilfried, mais…

— Tu connaissais ce type, c'est ça ? »

Lode hoche la tête.

« Comment tu le sais ?
— Je l'ai vu à ta tête ce jour-là.
— Chaim Lizke bosse dans la petite pierre. Il est tailleur de diamants. C'est un gars à part, un vrai débrouillard. Quelques années avant la guerre, mon père a fait la connaissance de beaucoup de ces gens-là, quand ils se sont enfuis de leur pays pour s'installer ici. Pendant ses jours de congé, il lui arrivait de prendre un café dans la Pelikaanstraat, tout près de la Bourse du diamant. Tout le monde connaissait Lizke là-bas. Moi aussi. Il venait parfois chez nous, tu comprends ? Il faut que ça reste entre nous. Tu sais comment ça se passe dans une boucherie. Mon père avait un paquet d'argent noir, la guerre s'annonçait... Mon père est quelqu'un de prévoyant. Tu comprends ce que je dis ? »

Je fais non de la tête.

« On a acheté des pierres, tiens. Lizke connaissait un tas de monde. Mon père lui donnait un pourcentage.
— Et nous qui l'avons arrêté avec sa famille...
— J'ai failli faire une crise cardiaque ce jour-là, je peux te l'assurer. »

Après avoir pointé au bureau de la Vestingstraat, on se quitte sans un mot et je rentre chez moi à pied. Il commence à faire clair. Dans l'Oostenstraat, je vois les hommes de l'îlot numéro sept qui, depuis les échauffourées de l'an dernier, surveillent la synagogue en permanence contre d'éventuels actes de vandalisme. Mes deux collègues me reconnaissent certainement, mais n'en laissent rien paraître. Juste pour les emmerder, je leur fais signe. Pas de réaction. Le bâtiment demeure intact, sur ordre du bourgmestre, dormez bien.

Le lendemain, c'est dimanche. Normalement, je vois Yvette. Mais je n'ai pas envie de tomber sur Lode, qui est aussi de repos aujourd'hui, et je suppose qu'il pense pareil. Dehors, tout est calme, trop calme même pour un dimanche. Je me dirige vers la boulangerie juive de la Provinciestraat qui, telle une vexation imaginée par un dieu vengeur, est toujours ouverte et sert une longue file de clients. Juste en face, à peine une demi-rue plus loin, la Bleekhofstraat ressemble à une brocante mal débarrassée, jonchée de vêtements et de verre brisé. Certaines portes d'entrée sont encore béantes. On parle à peine en faisant la queue. Quelqu'un dit qu'il a très mal dormi à cause du vacarme, mais il regarde ensuite la pointe de ses souliers. Une femme, maigre comme un clou, estime avoir été dépassée. Elle lève le doigt : « C'est à moi ! » La femme du boulanger lève des yeux effrayés. Ce que tout le monde pense tout bas, personne ne le dit tout haut, pas même par une question chuchotée entre courageux. Combien de temps ces deux-là feront-ils encore du pain ? Pas longtemps, si je me souviens bien, une semaine ou deux, je crois, guère plus. Quelqu'un tire doucement sur ma veste. Je me retourne. C'est ma tante Emma, qui travaille comme domestique pour une famille juive dans la Van den Nestlei.

« Quelle affaire… chuchote-t-elle.

— Alors ? »

Elle secoue la tête.

« Ils ont été emmenés. Les enfants aussi. C'est triste. »

Je veux lui demander ce qu'elle va faire, mais elle me pince le bras.

« Pas ici, mon petit, pas ici. »

Gaston refuse d'en faire tout un fromage, mais il a entendu que j'ai été signalé au café Le Merle Blanc.

« Celui qui m'a vu là-bas y était aussi.

— C'est une autre manière de voir les choses.

— Pourquoi tu me dis ça ?

— On dit que t'es un faux cul. Mais moi, je...

— ... ne veux pas en faire tout un fromage.

— Tu peux être tranquille.

— Qui n'est pas un faux cul, ici ? » crié-je dans le couloir.

Quelques collègues tournent la tête.

« Calme-toi ou je ne vais plus en patrouille avec toi », souffle Gaston.

Avant que je puisse répondre, Gust le Bigle, qui pue toujours ses quelques verres de stout, surgit de nulle part et m'attrape par la nuque. D'une main, il me colle au mur. Mes pieds pendent plusieurs centimètres au-dessus du sol.

« Lâche-le, Gust... »

Je vois quelques collègues retenir Gaston. Gust durcit sa prise. En désespoir de cause, je tente de le frapper au visage. Le genou de Gust part aussitôt, droit entre mes jambes. La douleur aiguë aux testicules fait jaillir des étoiles dans ma tête. Ne pas pisser, je pense, ne pas pisser. Juste derrière Gust, plus près de la porte, je vois la trompe de fourmilier du Doigt. Je le vois qui se marre en découvrant ses dents jaunes, ce qu'il ne fait probablement pas souvent. Désemparé, furieux, je serre les poings. Angelo me le montre implorant, chiant dans son froc, la morve coulant de son énorme pif, mais l'image ne me calme pas.

« Wils, tu te crois tout permis ou quoi ? Tu crois qu'on ne sait rien ? Mais on en sait assez, cher ami. Tu m'entends ? Tout le monde ici sait que c'est toi qui as dénoncé Jean. Tout le monde sait que t'es un salaud, tu piges ? Prends le temps de t'en imprégner, réfléchis-y deux secondes. T'es un salaud, un embusqué. Moi, je me contrefous de ce que tu penses, que tu sois pour les Anglais ou pour les Boches. Mais à ta place je ferais attention. Car si tu oses encore une seule fois…

— Gust ! crie quelqu'un.

— Derrière toi !

— Gust, dans mon bureau ! »

Il me lâche. Je m'effondre. L'adjoint ne m'accorde pas un regard, tandis qu'il pousse Gust, subitement docile, vers son bureau.

Gust est suspendu deux jours. Pas pour violence physique envers un collègue, non : il reçoit un blâme à cause d'une récente ordonnance du commissaire en chef. Il est interdit de parler politique sur le lieu de travail.

Je suis couché sur mon lit, pantalon et caleçon abaissés. Dans la salle de bains, j'ai piqué le miroir à main de ma mère et j'étudie mon sexe, faute de mieux. Mes bourses sont en piteux état : bleues, pourpres et sérieusement gonflées. Mon pénis gît mollement à côté, avec un hématome en dessous qui a pris la forme d'une tête de porc. On frappe à la porte. Je bondis sur mes pieds. Au supplice, je crie : « Occupé ! »

La voix de ma mère m'informe que j'ai de la visite. Je remonte fébrilement mon caleçon et mon pantalon et pousse le petit miroir sous mon oreiller. Je me redresse. Yvette aurait-elle osé se présenter à l'improviste ?

« Je descends ! »

Résonne alors la voix de Lode :

« Je suis devant la porte. »

Je m'assieds et tente de prendre une posture détendue, sans croiser les jambes toutefois.

Mes yeux balaient la chambre. Y a-t-il quelque chose qui me trahisse, qui révèle à Lode ma véritable identité ou celle du dénommé Angelo ? Tout ce qui me vient en tête, c'est de déchirer fissa un poème punaisé au-dessus de mon lit. Je l'avais intitulé *Vigilance* et écrit de mon sang. Ô cœur de poète, ô grotesque cœur de poète.

« Entre, l'ami », dis-je en gloussant d'un ton enjoué.

Lode a l'air gêné.

« Excuse-moi… mais je pensais à toi. J'ai appris ce qui s'est passé. »

Je lui présente ma seule chaise. Il s'assied.

De la table de nuit, je sors deux petits verres poussiéreux. Je les essuie à l'aide du couvre-lit et lui propose une liqueur récemment offerte par Barbiche Teigneuse.

« Santé ! »

Nous trinquons et goûtons. L'alcool me monte tout de suite à la tête. J'écarte davantage les jambes, espérant que ma douleur aux testicules passe un tout petit peu grâce à la boisson.

« Je me sens coupable, Wilfried. J'aurais dû te le dire plus tôt qu'ils ne peuvent pas te sacquer au boulot.

— Comme si je ne le savais pas…

— On dirait que Gust t'a shooté dans les couilles.

— Il les a loupées. C'est pas pour rien qu'on l'appelle le Bigle. »

Lode rit, moi aussi, mais avec un peu plus de mal.

Un ange passe. Je remplis les verres.

« À ta santé.

— Et à la tienne ! »

Lode tousse et regarde la carpette usée en dessous de mon lit.

« Je te fous mon billet qu'il y a quelques vrais traîtres chez nous. Tant que ça rapporte… Du coup, parfois, c'est tentant de choper quelqu'un au hasard, quelqu'un comme toi, qu'on charge de tous les péchés d'Israël.

— Quelqu'un doit faire le juif, c'est ça que tu veux dire ?

— Allez, tu sais ce que je veux dire. »

Quelqu'un comme toi : ces mots tournent dans ma tête. Car quand bien même je me considère comme un cas, j'espérais que ça ne se voie pas trop à l'extérieur. Non, je dois être honnête. Je ne voulais pas me faire remarquer, mais simplement faire partie du groupe. C'était naïf de penser que le port d'un uniforme suffirait. Mes couilles bleues rendaient la chose évidente une fois pour toutes.

« Il y a une chose que je dois te demander, Wilfried...

— Encore une lichette de ce machin écœurant, c'est ça ? »

J'attrape la bouteille en riant.

« Le Merle Blanc... c'est vrai ou pas ?

— C'est vrai, dis-je en remplissant les verres. C'est mon ancien prof de français, celui qui m'a aidé à finir mes études, qui m'a amené là-bas.

— Ce type est un parasite, Wilfried.

— Je suis d'accord. Mais il faut parfois faire l'âne pour avoir du son. »

Lode siffle entre ses dents.

« Putain de merde...

— Tu comprends ce que je dis ?

— C'est pas un jeu, l'ami. Ne te trompe pas.

— Regardez-moi qui parle ! »

Lode éclate de rire.

« Je ne vais pas tout te révéler. Chacun ses secrets. Je te dis juste une chose et puis je me tais. Les Boches et leurs petits copains, comme ton prof, vont être sacrément surpris s'ils cherchent encore à rafler des juifs. Non, tu devrais voir ta tête. Je me tais. »

La bouteille finit par se vider.

J'espère qu'un jour tu liras ceci, mon arrière-petit-fils, même si on ne se connaît pas et que tu n'as pas demandé que je te raconte mes souvenirs. La tante que tu n'as jamais vue, ma belle petite-fille qui s'est pendue au bout d'une corde, me l'avait demandé à l'époque. Elle voulait savoir, elle voulait tout savoir.

« Ressasse donc pas ces vieilleries », m'avait mouché ma femme en nous apportant dans la bibliothèque des biscuits faits maison et du thé. Avec un sourire indulgent, elle avait dit à Hilde : « Laisse ton bon-papa tranquille, ma chérie. »

Je l'avais regardée, elle avait alors dix-huit ans, une crête sur la tête, un pantalon large et une chemisette déchirée. Ses yeux étaient maquillés comme ceux d'une sorcière. Je suppose que ça devait être affreux, mais moi, ça me laissait froid. Je voyais en elle une rebelle, quelque chose de sombre aussi. Elle avait mené ses parents au bord de la crise de nerfs à force d'éclater en sanglots à tout bout de champ, de se taillader les bras, de claironner qu'elle avait parfois des visions magnifiques et entendait des voix qui l'exhortaient à rendre meilleures sa vie et celle des autres.

Je l'avais regardée et je m'étais tu. Je l'ai fait pour ne pas inquiéter ton arrière-grand-mère, car elle avait peur que mes histoires détraquent encore plus notre petite-fille. Je me suis tu et je me suis maudit pour ça jusqu'à aujourd'hui.

Je n'ai jamais vu le sieur Barbiche Teigneuse aussi teigneux. Il fait des bulles de salive. Barbiche Mousseuse.

« Toi et tes collègues, vous n'êtes qu'une bande de planqués ! Un nid de traîtres !

— De quoi tu parles ? »

Il bondit de sa chaise longue et se dresse devant mon fauteuil. Il me regarde d'en haut et commence sa tirade. « Non, ça ne prend pas, mon ami. Ne joue pas les innocents. J'ai dû calmer Gregor. Tu sais dans quelle position tu m'as mis ? Je partais du principe que tu me tenais au courant et c'est ce que j'avais dit au Sicherheitsdienst. "Gregor, je lui avais dit, ce garçon est de notre côté, tu peux tabler là-dessus. S'il sait quelque chose, on le saura aussi." Il vient de me renvoyer mes mots à la figure. Je te garantis qu'avec des gars pareils, ça ne rigole pas. En un instant, Gregor s'est changé en ouragan. Et gueuler qu'il a fait ! Et patati, et patata ! Toute l'action de ce soir est à l'eau. Et tu sais sûrement pourquoi. Ça grouille d'amis des juifs dans ton service. Non, putain. C'est encore trop gentiment formulé, *pauvre con* ! Parce que tu ne me feras pas croire qu'il n'y a pas eu de transaction, que les juifs n'ont pas été prévenus en échange de deniers sonnants et trébuchants. Bien sûr, tu n'en sais rien. Et qui me dit que tu n'as pas reçu un peu d'argent, toi aussi, hein ? La rafle s'arrête là. Tu es content maintenant ? Vous en payerez les pots cassés. Tous autant que vous êtes ! Et si ça ne va pas comme ça, on procédera autrement. Mais pour se faire, ça se fera !

— Je n'étais au courant de rien, dis-je, aussi calme que possible.

— Non, c'est évident, putain. Encore heureux que ton collègue Eduard en savait un peu plus que toi. Le Doigt a directement prévenu Gregor. Voilà quelqu'un sur qui tu peux compter. Il est temps que tu apprennes à connaître mieux tes amis. Il sait de quel côté tu es, je lui ai redit.

— Ce salaud me déteste.

— Mets-toi bien ça dans la tête : le Doigt est l'un des rares amis que tu as au travail. Mais la question reste de savoir si toi, on peut te faire confiance, si toi tu es des nôtres. Pour le Doigt, j'en suis sûr, mais toi ? Alors, tu ne dis rien ? Est-ce que tu savais oui ou non que ton service est pourri et que certains de tes collègues se font payer par ces sales youpins ? Oui ou non : tu vas me le dire ?! »

Il me toise. Son engueulade m'a constellé la face de postillons.

J'essaie de contrôler ma colère. Tout le monde pense-t-il pouvoir faire de moi ce qu'il veut, qu'il suffit de me prendre sur l'étagère, comme dit souvent mon père ? D'un coup, une haine suprême monte en moi, une haine qui engloutit l'humiliation larvée de ces derniers temps comme une assiette de soupe. Pourquoi je me contiens encore ? Pourquoi quelqu'un devrait-il avaler tout et n'importe quoi, jusqu'à ce qu'il ne subsiste de lui qu'une marionnette sans âme ? J'ai été à l'école, ça suffit. J'ai tout gobé, j'en ai tiré ce qu'il y avait à en tirer et le reste de mon éducation, ce lavage de cerveau à peine déguisé et qui n'a jamais vraiment pris, est terminé. J'essuie la salive de mon visage et me lève en homme.

« C'est une raison pour me cracher à la gueule ?

— Pardon, que dis-tu ? *N'as-tu pas honte ?* Sans vergogne que tu es ! »

Je redresse les épaules et lui montre Angelo. Je lui fais voir ce dernier qui le repousse comme un pion sur l'échiquier, qui le traîne par les cheveux jusque dans l'escalier et lui fait dévaler les marches jusqu'en bas d'un coup de pied. Je vois les poings d'Angelo s'abattre sur lui comme des marteaux et réduire consciencieusement en charpie sa sale face de barbu. Je vois le visage d'Angelo éclaboussé de sang, je le vois ouvrir sa braguette et pisser sur la bouillie qui lui servait de cerveau. Tout a lieu uniquement dans ma tête, mais je lui passe le film. Et ça marche, aussitôt.

« Du calme, l'entends-je dire. Je suis un peu sur les nerfs.

— C'est ce qui me semble.

— Je sais bien que tu es différent. Mais tu dois comprendre… ma position.

— Peut-être que tu devrais d'abord te donner la peine de comprendre qui je suis.

— Eh beh, sourit Barbiche Teigneuse, hésitant. Quels grands mots.

— Ne hausse plus le ton avec moi », dis-je, et je pars.

« Non, dit Lode. Ce sera sans moi. Je ne participerai pas. Vous pouvez vous l'accrocher. »

L'adjoint regarde son cahier.

« Je vais être obligé de le noter, mon garçon.
— Faites ce que vous voulez. »

On a le service de nuit. Il est environ trois heures, 28 août 1942. On a été mobilisés pour une nouvelle action. On est là, comme une bande de mouflets. Et voilà que l'un de nous parle comme un homme. Ou comme un fou. Ça ne fait pas grande différence.

Gaston tire sur la manche de Lode.

« Tu es tombé sur la tête ? N'en fais pas tout un fromage. Tu sais quand même les conséquences que ça peut avoir.

— Tu vas finir à Breendonk, l'ami », renchérit un autre.

Ainsi disent les rumeurs en effet. Celui qui ne participe pas finit au camp où règne l'horreur pure, à ce qu'on raconte. Donc : voici les noms, rendez-vous à la Terliststraat et embarquez-les tous.

« Si personne n'y va, il ne se passera rien.

— Tu aggraves ton cas. C'est de l'insubordination, Metdepenningen ! »

Gaston se penche vers l'adjoint.

« N'exagérez pas, chef. Laissez. On va réussir à le convaincre. »

Lode nous regarde tous, secoue la tête et s'en va, sans gaspiller un mot de plus. J'hésite. Je ne veux pas finir comme ça. Je ne me vois pas roué de coups dans un camp, entouré de victimes et de salauds, mendiant une croûte de pain, pour constater en fin de compte que j'ai moi-même immobilisé à jamais la roue de la fortune.

Il règne un silence de mort dans la Terliststraat. Cette fois, il n'y a pas d'Allemands avec nous. Cette fois, nous sommes vraiment seuls. On se répartit les noms. On est une vingtaine, peut-être plus. Deux d'entre nous surveillent la synagogue dans la rue. C'est là que tout le monde doit être enfermé.

Gaston répète qu'il ne faut pas en faire tout un fromage. Je soupire.

« On va faire ça tranquillement, Lode. Juste frapper à la porte et…

— Dire bonjour poliment ? »

Gaston soupire à son tour. Nous nous dispersons par groupes de deux, chacun devant une porte. Nous frappons tous en même temps. « Ouvrez ! Police ! » Ça résonne dans le silence de la rue. Mais ça ne dure pas. Presque tout de suite, un tumulte de cris et de pleurs s'élève des maisons. Tout de suite, on ne s'entend presque plus nous-mêmes. Notre porte s'entrouvre.

« Teitelboim, Abraham ? »

Par l'entrebâillement, nous apercevons un vieillard barbu. Il secoue la tête, des larmes dans les yeux. Il est en chemise de nuit. « *Nein, nein, nein*… chuchote-t-il.

— Que tous les membres de votre famille s'habillent et emportent quelques vivres. Dépêchez-vous s'il vous plaît. »

L'homme veut aussitôt refermer la porte, comme si nous tentions de lui vendre des choses qui ne l'intéressent pas. Mais Gaston coince son pied dans l'interstice et l'ouvre complètement. Debout dans l'escalier, des enfants nous regardent. Leur angoisse est totale, de celles qu'on n'oublie jamais. Mon collègue fait une seconde tentative. « Restez calmes, s'il vous plaît. Habillez-vous et suivez-nous. » Deux femmes se mettent à crier en même temps. L'attente est interminable. Que dois-je dire ? Ça me tape sur les nerfs, nom de Dieu. Enfin, ils sont prêts. Mais ils supplient, les uns après les autres. L'une des femmes nous agite quelques bijoux sous le nez. « *Bitte, bitte*[1]... »

Nous les poussons dehors. Dans la rue, le chaos est à son comble. Lorsque les juifs s'aperçoivent qu'il n'y a pas d'Allemands impliqués dans l'action, ils s'opposent de plus belle. On nous tire par la manche. « *Was haben wir getan ?* » « *Bitte, bitte*[2]... » Mais aussi : « *Bastarde ! Bastarde !* » et « *Schande über euch*[3] *!* » Nous traînons la famille Teitelboim à la synagogue. L'une des femmes trébuche en s'accrochant, implorante, à mon bras. Je la traîne sur les graviers. Gaston sort sa matraque et la menace. D'autres collègues ont déjà commencé à frapper, complètement à bout, complètement seuls. Tous hurlent à se casser la voix. J'en vois un qu'on doit éloigner d'un juif et qui continue, hors de lui, à lancer des coups de pied. Il me faut quelques instants avant de comprendre lequel d'entre nous se démène ainsi. Sous son casque, j'aperçois soudain le visage

1. S'il vous plaît, s'il vous plaît...
2. Qu'avons-nous fait ? S'il vous plaît, s'il vous plaît !
3. Salauds, salauds ! Honte à vous !

anguleux du Doigt. Il surprend mon regard et me fait un clin d'œil. Le moment est venu, lis-je dans ses yeux, de prouver que tu n'es pas un faux cul. Ça me fait l'effet d'une merde coulante sur le visage. Le Doigt cherche encore mon regard, hausse les épaules et se remet à distribuer des coups de pied.

Du sang dans la rue. Les gens pleurent, griffent, mordent.

« Attention, Wilfried ! Tu es en train d'en perdre un, là ! »

Je cours après un garçon d'environ dix-sept ans. La rue est barrée. Il ne peut pas s'enfuir. Comme un enfant qui joue, il se met à zigzaguer dans l'espoir de me semer. Je lui fais un croche-pied et tente de l'attraper par le col. Sa haine soudaine explose. Il me griffe au visage. Je lui donne un coup de poing. Puis un autre. Je le traîne sur les cailloux. Sa mère crie pitié. À deux mains, elle martèle ma poitrine. Je la saisis par la nuque. Nous les poussons à l'intérieur de la synagogue. Et ainsi de suite. Dans la maison suivante figurant sur notre liste, un fou me crache au visage. Une seconde plus tard, il se jette à genoux et demande grâce. « Allons, monsieur, allons... » dis-je, de nouveau aussi poliment que possible. Je le saisis à l'épaule. Il se laisse quasiment tomber de l'escalier, tel un paquet de chiffons, presque plus humain tout à coup. Puis il me suit, honteux, comme s'il s'était laissé aller à un accès de démence et s'estimait revenu à la raison.

Puis je vois Gust, le visage ensanglanté. Pleurant à chaudes larmes, la morve coulant de son nez.

J'oublie le coup de genou dans mes couilles. C'est insupportable soudain de voir un homme comme lui dans cet état. Je le prends par le coude.

« Où es-tu blessé ?

— Blessé ? Non… crache Gust. On… Je. »

Il prend une profonde inspiration, essuie le sang de son visage. Une fois encore, il dit : « On… Je. » Après quelques tentatives, ça sort, au milieu du vacarme infernal. « Le gars ouvre la porte, il avance le menton et se tranche la gorge sous mon nez avec une lame de rasoir. Il m'a complètement inondé, ce con. Et à l'intérieur… à l'intérieur… » Gust essaie de se reprendre tandis qu'il essuie son visage. « À l'intérieur, ils étaient morts… Tous morts à la table. Une femme et… cinq enfants. Raides morts. Qu'est-ce que c'est que… »

Gaston m'appelle.

« Allez, viens, on continue ! »

Gust agite la main et fait comme s'il avait de nouveau la situation sous contrôle.

« C'est bon. Va faire ton boulot… »

Gaston tambourine à une porte. « On va devoir l'enfoncer… » Après trois essais, le verrou saute. À l'étage, quelqu'un crie qu'il n'y a pas de juifs dans la maison, avant de pousser un juron retentissant. « Qu'est-ce que vous avez fait à ma porte, bande de connards ? » Nous évitons de justesse un pot de chambre rempli de pisse, qui explose par terre en mille morceaux. Nous nous ruons en haut de l'escalier, renversons une petite table dans la précipitation. Un vase tombe. Nous défonçons du pied chacune des portes du premier étage. « Je vais porter plainte ! » crie un homme maigre et presque édenté. Il est là, tremblant de rage dans son pyjama. Coiffée d'un bonnet rose, les mains cachant son visage, son épouse grelotte dans le lit. « Vous vous appelez Herschell ? » L'homme me jette ses papiers d'identité à la tête. Non, ce n'est pas Herschell. Le mot « juif » n'est tamponné nulle part sur sa carte.

« Nos excuses, monsieur Vandewalle.

— Vous allez en entendre parler, espèces d'imbéciles. »

Dehors, un cercle de gens pleure autour d'un enfant secoué de spasmes sur le pavé. De la salive s'écoule de sa bouche. Il a les yeux complètement révulsés. Comme un lapin qu'on vient d'abattre, il convulse. L'un de nous le prend brutalement dans ses bras et l'emmène.

Cela dure des heures avant qu'on parvienne à les réunir tous dans la synagogue. Une fois à l'intérieur, ils continuent de cogner à la porte et de crier. Puis on entend les camions arriver.

Gaston et moi recevons un blâme pour avoir défoncé la mauvaise porte.

« En direct de chez le bourgmestre, les gars. Il est furax. »

Nous haussons les épaules. Je n'arrive pas à chasser les images de ce qui s'est passé dans la Terliststraat. Suis-je le seul ? Mais nous oublierons ensemble, je suppose. Ensemble, nous oublierons, car tout à coup je suis de nouveau l'un des leurs, après ce qu'on a dû faire.

Lode aussi reçoit un blâme, lui aussi en direct de chez le bourgmestre.

« Tu sais pourquoi il échappe à Breendonk ? »

Gaston a le ton mauvais.

« Parce qu'on a fait ce qu'il fallait. On a fait le sale boulot sans lui. Les Boches sont contents. Tu piges ? C'est pour ça qu'il est encore chez lui. »

Il crache par terre.

« J'ai besoin d'une bière. »

Il jette sa cigarette à peine entamée sur le sol du bureau.

« On reste propre, Gaston », crie l'adjoint.

Oui, on reste propre.

HANCHE CASSÉE,
HOMME À MOITIÉ

HANCHE CASSÉE, HOMME À MOITIÉ. Oui, c'est la raison pour laquelle il m'a fallu des mois avant de pouvoir reprendre mon travail d'écriture, mon cher arrière-petit-fils. J'ai l'impression de t'avoir laissé tomber, comme si tu avais attendu tout ce temps la suite de mon histoire. C'est n'importe quoi évidemment, vu que tu n'as rien lu de tout ce que j'ai écrit jusqu'à présent. J'ai passé la fin de l'hiver et le début du printemps à l'hôpital, et c'est comme si je m'étais moi-même lancé une malédiction. Combien de fois avais-je eu peur de glisser et de me casser un os ? J'imaginais alors que ça m'arriverait dehors, dans la rue, devant tout le monde, avec pour conséquences une douleur et une humiliation profondes. Mais c'est arrivé chez moi, j'étais tout seul et l'humiliation fut plus profonde que je n'aurais pu l'imaginer.

Je cherchais quelque chose, comme d'habitude. Nicole était rentrée chez elle depuis longtemps. Je relisais les dernières pages que je venais d'écrire et j'étais coincé. Enfin non, je m'égarais. C'est ça. Je sais ce que je dois encore te raconter, là n'est pas le problème, mais tout à coup j'ai été envahi par le dégoût. Je n'avais plus envie. Je voyais ma vie comme un trait de crayon insignifiant et désirais tout à coup qu'un Être supérieur prenne une gomme et m'efface. Je voyais cet Être souffler sur le papier. Pffiout, et je disparaissais. Ça faisait longtemps que je ne m'étais plus senti comme ça. Marre. C'est le mot. Et plus un homme vieillit, plus il se sent obligé de se battre contre ce mot, qui recèle un désir. Tu sais que j'ai survécu à ton grand-père, mon fils. Il gisait décharné dans son lit, luttant contre le temps, non pas pour vivre davantage, mais plutôt le contraire. Seconde après seconde, il décomptait le temps qui lui restait à tirer, ce temps qui se traîne, entre le moment où tu en as marre de tout et celui où enfin tu clamses. Voir son fils en baver comme ça est une perversité, un châtiment conçu par un dieu ignoble. On me laissait entrer avec méfiance. Tout le monde me regardait de travers, lui aussi, mais j'ai insisté et il n'avait plus la force de me montrer la porte de sa chambre d'hôpital. « Mon garçon, disais-je, mon garçon… » Il secouait la tête, bien sûr ce n'était plus un garçon depuis longtemps, et il me regardait d'un air de défi. « J'en ai marre, ils peuvent venir me chercher. » Ça m'a touché terriblement, comme si moi seul lui avais infligé cette vie, avais semé les germes de son cancer, l'avais empoisonné dès le départ, et que son seul geste d'opposition à mon égard était cet abandon complet. J'en ai marre... Et moi alors ? pensais-je à ce moment-là. En formulant ce désir, il devançait son père. Certains géniteurs auraient dit : j'ai eu mon content, prenez-moi à sa place. Mais pas moi. Ce n'est qu'après sa mort que moi aussi j'en ai eu marre et que j'ai prononcé ce mot, comme lors d'une répétition générale, sans conséquence, l'écho d'une malédiction que mon fils avait attirée sur lui et m'avait refilée.

Je savais néanmoins ce qu'il fallait faire quand le dégoût m'a repris. Je devais me ressaisir immédiatement. Mais la mélancolie ou n'importe quelles idées noires en général ne se laissent pas déjouer si facilement. C'est à ce moment-là que je me suis souvenu d'une enveloppe pourpre remplie de photos de famille. Je pensais que ça pourrait me consoler, bien qu'on se rende toujours compte après coup que les photos attisent plutôt la nostalgie. Mais la noirceur aspire à plus de noirceur. J'ai fouillé toute ma bibliothèque, regardant jusque derrière les rangées de livres, secouant quelques bouquins dans l'espoir que le trésor soit caché entre les pages, en vain. Épuisé après plusieurs heures de recherches, je me suis laissé choir dans mon fauteuil relax, qui a basculé en position couchée. C'est alors que j'ai vu dépasser, tout en haut, le coin d'une enveloppe pourpre. Qui peut être assez con pour ranger ça dans un endroit aussi absurde, sans protection, dans la poussière et surtout aussi haut ? Parfois, souvent même, l'homme est victime de sa propre hypocrisie. Poser la question, c'était y répondre. Cette enveloppe, c'est moi qui l'avais mise là-haut, pour la simple et bonne raison que sinon je l'aurais flanquée à la poubelle et ça, je n'en aurais pas eu le cœur. Mais voilà, il y a plusieurs années, j'ai fait fabriquer une espèce d'échelle en bois pour ma bibliothèque... Tu sens venir le truc, sans doute ? En effet, l'imbécile que je suis, qui avait à ce moment-là du mou de chat à la place du cerveau, a grimpé dessus comme un jeune homme, n'a pas osé aller plus haut que l'avant-dernier échelon, a tâtonné de la main au-dessus du meuble, tenté en tremblant de monter une marche de plus, perdu l'équilibre et s'est écrasé par terre avec ses cliques et ses claques. En plein sur la hanche gauche. Crac, a dit l'os. Une douleur fulgurante m'a traversé le corps, du gros orteil jusque derrière les oreilles. C'était comme si un sumo m'avait sauté dessus de tout son poids et m'avait cassé les os comme des brindilles. Pour la première fois de ma vie d'adulte, j'ai appelé ma mère. C'est sorti tout seul et la douleur était trop forte pour que je m'étonne. Je ne vais pas t'épargner les détails, car je me suis promis de ne jamais le faire dans ces pages, et c'est pourquoi je t'informe que ton pauvre arrière-grand-père a chié partout et totalement perdu le contrôle de sa vessie. Je suis resté ainsi par terre, désemparé, loin du téléphone, toute la soirée et toute la nuit, jusqu'au petit matin où Nicole est arrivée. Elle est entrée en fronçant le nez, je ne l'oublierai jamais.

La puanteur devait être insoutenable. Ma gorge était trop sèche pour encore pleurnicher, mais je le faisais quand même.

À l'hôpital, Saint-Vincent bien sûr, ils m'ont grosso modo rafistolé et il serait de bon ton d'admettre que le personnel soignant y est tout dévoué, voire affectueux. Mais ça m'arracherait la gueule de le dire, même si d'après Nicole c'est la stricte vérité. Des gens qui vident ton vase de lit, t'introduisent une sonde dans le gland, lavent ton corps du trou de balle aux trous de nez et t'invitent continuellement à la conversation, avec la meilleure volonté du monde, je ne peux pas les définir autrement que comme des sadiques. Du premier au dernier jour, j'ai surtout clamé que je voulais m'en aller et prié pour qu'on me sorte de cet enfer. Une seule chose me soulageait. La morphine. Jamais encore je n'avais été raccordé à une pompe antidouleur et ce fut pour moi, les premiers jours en tout cas, une agréable découverte. Ta génération et celle de ton père ne crachent pas sur les drogues, je le sais bien, ne me raconte pas de salades. Mais si tu veux mon avis, tes petites cigarettes qui font rire et la poudre que certains d'entre vous s'envoient dans le nez n'arrivent pas à la cheville de cette brume magnifique qu'on appelle la morphine. Ah mon garçon, quel pied ! Il n'a pas fallu longtemps pour que je leur explique que mon seuil de tolérance à la douleur était particulièrement bas et eux m'ont exaucé sans broncher, sans doute pour ne plus m'entendre geindre. Les rêves engendrés par la morphine ne sont pas de la petite bière, et peu importe que le rêve et la soi-disant réalité s'entremêlent subrepticement, comme une légère pluie bienfaisante brouillant les couleurs d'un tableau abandonné par un peintre du dimanche, rentré chez lui sous un soleil éclatant et un ciel sans nuage pour profiter d'un bon déjeuner et d'un bon verre de vin, et qui ne constate que quelques heures plus tard qu'il ne fait plus aussi beau et que son paysage a changé d'aspect. Tout à coup, des bonnes femmes à poil paradaient autour de moi en m'invitant à les flairer de la tête aux pieds et surtout entre les cuisses. M'envahissaient des sentiments que je pensais avoir perdus. Ton arrière-grand-mère était de nouveau vivante, tranquillement allongée sous un parasol, sirotant une petite tasse de thé, tandis qu'elle me regardait avec joie et même un plaisir non dissimulé pénétrer dans une forêt de nymphes. Ma toison pubienne était parée d'un collier de marguerites, mon sexe vigoureux dressait fièrement le col, des sangliers grognaient agréablement dans le soleil et à chacun de mes mamelons tétait une bouche chaude et maternante. Je roulais des pelles comme pas un et comparais la salive des créatures féminines comme un connaisseur en vins liquoreux. L'amour ? Assurément ! Un amour écrasant, sans douleur ni tristesse, sans culpabilité ni jalousie. Tout était devenu un, comme l'ont décrit jadis ces fous d'hindous dans leur Kamasutra. J'expérimentais en même temps l'extase que Lucrèce avait dû éprouver en composant son poème épique sur les briques de la vie, un livre que j'avais assimilé, il n'y avait pas si longtemps, avec une certaine stupeur et même un peu de solitude. Tous des atomes, tous un. Après quelque temps, la noirceur aussi faisait son apparition, je l'admets volontiers, mais ça ne m'empêchait pas de presser encore un coup sur la pompe, de manière à oublier ma hanche et le vase de lit sous mes fesses. La noirceur prenait la forme d'un ouvrage d'art en chantier sur un terrain vague, une sorte de temple que des jeunes hippies construisaient tout en y tenant déjà d'étranges rituels censés accompagner la fin des temps. Une grand-mère m'a pris par la main et mené à l'intérieur de cet ouvrage en construction. La plupart des hippies semblaient parler l'allemand, mais aussi l'anglais, et l'on entendait même du néerlandais. On devinait une sacrée trempe chez la petite vieille qui m'entraînait toujours plus loin, vers des recoins obscurs sentant l'humidité. J'entendais quelqu'un creuser en chantant. « Il est là », a dit la petite mère, et j'ai vu la silhouette d'un jeune gaillard d'environ dix-sept ans, exactement comme toi, à moins que tu n'aies déjà dix-huit, voire dix-neuf ans ? « Salut, l'ami, tout va bien ? » ai-je demandé. Il a arrêté de creuser. Le garçon s'est retourné et quelque chose de glacé s'est emparé de moi. « Je m'appelle Wilfried », ai-je dit, soudain pris de tremblements. Le garçon a souri froidement, comme un masque qui tout à coup prend vie, et il a répondu : « Je sais. Et tu connais mon nom… » Derrière moi, j'entendais la vieille malveillante glouglouter comme un dindon, un peu à la manière des musulmanes dans les mariages, mais sans joie, et surtout sans merci. « Oui, ai-je dit, je connais ton nom. Tu t'appelles Angelo. » Le masque du garçon s'est figé et j'ai senti les ongles de la vieille se promener sur mon dos noueux. « Toi seul sais combien tout est sale », a-t-elle dit, et je me suis retrouvé dans mon lit à Saint-Vincent, où j'ai tout de suite pris la décision de ne plus toucher à la pompe au moins jusqu'à l'après-midi, aussi horrible cette perspective pût-elle paraître sur le moment. Les jours suivants, je n'avais plus de marguerites nouées autour de mon misérable engin et c'étaient surtout des membres de la famille qui venaient me hanter. Une personne en particulier me tourmentait sans état d'âme : ma petite-fille, à savoir ta tante décédée et donc la sœur de ton père, qui m'amenait continuellement au-delà du seuil d'une effroyable colère qui brûlait longtemps. « Je suis sur ces photos, criait-elle, les photos que tu cherchais, les photos qui t'ont fait valser sur ton cul... » Et c'est alors que j'ai vu quelque chose que j'avais oublié durant ma chute : l'enveloppe était tombée avec moi sur le sol. À partir de ce moment-là, la morphine ne m'a plus apaisé. De plus en plus fort, je suppliais pour qu'on me laisse rentrer chez moi, avec ce reste de douleur qui me rongeait mais qui semblait tout de même, après tout ce temps, gérable sans drogue. Enfin, on m'a libéré pour me livrer à Nicole et au silence de ma chère bicoque. Moyennant beaucoup de repos, ma hanche allait se rétablir, m'assurait-on, j'avais de la chance d'être un homme vaillant, au corps encore relativement souple. Mais la vérité, je la connaissais. Hanche cassée, homme à moitié, je ne tenais plus que par des agrafes.

Ta tante Hilde, que hélas tu n'as jamais pu appeler tante parce qu'elle s'est suicidée avant ta naissance, continue de s'imposer. Son histoire est liée à celle de chacun d'entre nous, à la tienne aussi. Son histoire se trouve dans cette enveloppe pourpre, on peut la voir sur les innombrables photos que j'ai d'elle, que j'ai regardées tellement de fois les larmes aux yeux, avant de les ranger à nouveau, dégoûté de moi-même et maudissant cette enveloppe sans jamais réussir à la flanquer une bonne fois pour toutes à la poubelle. Peut-être est-ce pour cette raison que je t'écris tout cela, justement parce qu'il m'a fallu des années pour accepter l'idée de ce lien. Selon moi, ce n'est que maintenant, après cette chute et toute cette douleur imbécile, que j'en prends conscience. Je t'écris pour te faire comprendre que tout est hélas lié, et que la souffrance qui a conduit Hilde au suicide vient de là. Lorsque je pense à elle (et je ne l'ai que trop fait ces dernières semaines), elle perd son humanité et cela me rend à nouveau fou furieux contre elle. J'essaie de me remémorer des détails d'elle. Son rire… toujours un peu faux, je trouvais. Si un chat pouvait rire, il aurait eu la même tête qu'elle. Quand elle riait, elle avait toujours l'air de se moquer du monde, comme si, à cet âge précoce, elle avait déjà tout compris. Elle pouvait se payer la tête des politiciens, de n'importe qui ayant un peu d'allure et de pouvoir, et son expression favorite était alors « le pauvre ». C'était meurtrier dans sa bouche. Ma femme ne supportait pas ses sarcasmes. « C'est une vieille âme », avait-elle dit lorsque notre petite-fille était repartie après avoir pris le thé chez nous, « et ce n'est jamais bon. Il vaut mieux ne pas savoir trop de choses à cet âge-là.

— Elle *croit* qu'elle sait, maman.

— Tu crois que ce n'est que ça, papa. Mais tu te voiles la face. »

Ce qu'Hilde parvenait sans difficulté à percer à jour, c'était les apparences. Elle le faisait depuis toute petite. Un jour où saint Nicolas se tenait devant sa porte et que son frère – ton père – tremblait de peur bien qu'il n'y croie déjà plus, Hilde a salué le grand saint dans son accoutrement d'un aussi bref que morte « Bonjour tonton Lode ». Ça avait tellement marqué Lode que des années plus tard il s'en servait encore pour dire qu'il avait compris le manège et qu'il ne fallait pas le prendre pour une truffe. Il disait alors : « C'est ça, oui, bonjour tonton Lode. » Et chaque fois, nous éclations de rire et revoyions cette petite Hilde devant nous, moi en tant que fier grand-père et lui en tant que tout aussi fier grand-oncle. Cet épisode fait sans aucun doute l'effet d'un souvenir amusant, mais quand j'y repense aujourd'hui, je ressens une colère monstre envers Lode. S'il était dans les parages, je le défenestrerais, nom de Dieu. Non pas que ce soit encore possible. Il est enterré depuis un bout de temps au Schoonselhof.

Maintenant, le printemps est presque fini et je me rends compte que je me suis coupé du monde pendant des mois. Je n'ai pas lu une gazette, ni pris un livre en main. Nicole et moi, point. Pendant des mois. Même à toi, mon cher garçon, j'ai à peine pensé. Mais c'est passé maintenant. Je peux de nouveau marcher sans douleur. C'est un miracle de la médecine, me dit le docteur, soulagé que son optimisme professionnel se soit au bout du compte avéré être une prédiction. Qu'est-ce qu'un type comme lui connaît aux malédictions ? Pire encore : qu'est-ce qu'un type comme lui connaît à la liberté ? Tout le monde essaie le plus longtemps possible d'échapper aux blouses blanches. C'est une sorte de course en béquilles contre le temps, avec ton propre corps comme enjeu et trophée. Jamais tu ne dois céder devant ces gars-là, jamais tu ne dois te laisser juger par eux, sauf hélas en cas de force majeure ou, comme moi, en cas de chute. Dès qu'ils ont planté leurs griffes sur toi, ton corps leur appartient. Ils diffèrent ta mort sans te demander ton avis. Avant que tu t'en rendes compte, des mois de purgatoire s'écoulent via un goutte-à-goutte dans tes veines. Avant que tu réalises, tu te transformes ici-bas, au seuil même d'une mort à laquelle tu aspires, en un vulgaire bidon chimique. Et ce qui me rend tellement furax, c'est qu'après t'être gargarisé toute ta vie de l'illusion de liberté tu finis par livrer ton corps à l'antiliberté. À la fin, même la perspective de la mort n'est plus une consolation, car l'espoir de rétablissement insufflé par les autres est lancé, telle une bille rebondissant sur les cases de la roulette. Ton corps devient l'issue d'un jeu contre la banque éternelle, avec un compte d'épargne moins éternel, et une inéluctabilité contre laquelle les produits chimiques du port tout entier ne peuvent rien. Et quel que soit le temps que ça dure, tu fais quand même banqueroute, aux frais de ta pomme et du contribuable, à l'exception de quelques blouses blanches qui s'en portent mieux, puisqu'elles partagent la caisse avec une clique d'apothicaires et de géants de la chimie. Pendant ce temps-là, on glorifie les bienfaits de la science, à coups de phrases délirantes du genre : « Voyez comme les connaissances actuelles sont avancées. » Et au nom de ça, ils te font chanceler jusqu'à la mort tel un galérien épuisé. Tandis que tu te traînes en pyjama dans les couloirs de leurs hôpitaux, complètement abruti, enchaîné à une perfusion, ils louent ton courage et ta combativité, comme si le combat venait de commencer. Du courage ? C'est ça qu'ils appellent du courage ? Ça te fait une belle jambe, nom de Dieu ! C'est la faillite, la ruine définitive, avec pour couronner le tout la perte de ta liberté. Pas question. Plutôt crever comme un chien dans la rue. Ça, c'est du courage.

Nicole veille cependant sur moi tel un berger allemand. Pas que je la soupçonne de collaborer avec ceux qui veulent mon vieux corps dans leur lit, relié à leur perfusion. Non, elle n'est pas comme ça, sa méfiance envers ces dealers de drogue légaux me semble presque aussi grande que la mienne. Mais en cas d'extrême urgence, elle prendra le téléphone, appellera l'ambulance et remettra définitivement, certes avec force soupirs et en murmurant qu'il n'y avait pas d'alternative, mon corps à ce purgatoire chimique. Pour l'instant, elle est partie faire des courses et je sens l'appel de la liberté, l'appel de quelque chose, de quelque chose qui me dit que je dois absolument sortir maintenant. Je descends la rue pour la première fois sans escorte en direction de la Quinten Matsijslei. Sur la Troonplaats, je reprends mon souffle sur l'un de ces blocs blancs et froids qui hésitent entre l'œuvre d'art et le mobilier urbain et dans lesquels je reconnais vaguement des pièges à loups. Dans l'une de mes hanches couve un feu qui s'embrase au moindre effort, une veilleuse nourrie par la peur de retomber et d'être condamné à boiter pour toujours.

N'est-ce pas d'ailleurs ici que j'écrivais que je n'avais jamais connu la peur ? Il apparaît que c'était des conneries, pas seulement maintenant, mais plus tôt dans ma vie aussi. Je promets de ne plus m'aveugler sur le sujet. C'est ce que m'a appris mon traître de corps. Mais comme toutes ces autres voix dans la tête de chacun, il faut aussi parler à la peur, et même négocier avec elle, à la seule condition de ne jamais lui faire confiance. Tiens-la à distance, ne lui confie jamais ta bourse, ne la prête pas à une femme que tu aimes et refuse poliment quand elle te propose de la suivre en voyage. Dis que tu sais qui elle est et que cela te suffit. Dis-lui que tu sais qu'elle est un maître. Mais non, entends-tu alors crier çà et là, c'est archifaux : la peur est mauvaise conseillère. Peut-être, mais elle t'apprend en tout cas ce que c'est de vivre intensément, elle t'apprend à apprécier le mensonge, à jouer le jeu, tant que tu la gardes à un bras de distance.

Je halète, pas seulement à cause de l'effort, mais surtout d'avoir recouvré d'un coup ma liberté, qui me paraît déjà moins inconsidérée. La transpiration coule dans le col de ma chemise. C'est alors que je vois deux camions militaires s'engager sur le terre-plein devant le bureau de police. Des paras armés de lourdes mitrailleuses sautent à bas des véhicules. Deux par deux, ils pénètrent dans la ville en direction de l'est. Quatre d'entre eux me saluent amicalement tandis qu'ils s'engagent dans la Brialmontlei derrière moi. À la moitié de la rue, deux se postent devant une école juive. Les deux autres s'en vont plus loin. Les militaires arrêtés près de l'école allument une cigarette tandis qu'une horde d'enfants sortent et enfourchent leurs vélos de troisième main aux couleurs vives pour rentrer chez eux. J'attends que le gros de la meute ait disparu pour me lever. Cela me demande moins d'efforts que je ne l'aurais pensé. Une fois au bahut, je demande aux soldats si la révolution a éclaté. Un para blond d'une vingtaine d'années me répond en riant qu'ils sont là à cause des mesures de sécurité. « Nous sommes là aussi pour vous », renchérit l'autre. Je hoche la tête aussi innocemment que possible et dis : « Merci. » Le monde est-il devenu fou pendant ma quarantaine ? Au bout de la Brialmontlei, j'en vois encore deux de l'autre côté de la voie ferrée, juste devant la synagogue de l'Oostenstraat. Je tourne à gauche dans la Mercatorstraat et rentre chez moi, la caboche bourrée de questions.

Hélas, Nicole est déjà rentrée. Bien sûr, elle me passe un savon. Et patati et patata. Que j'aurais pu être mort et qu'est-ce qu'elle aurait fait ? Et quelle chance que ça se soit bien terminé ! Je peux m'estimer heureux !

« J'ai vu des soldats, dis-je, dans l'espoir de la calmer un peu.

— Ils sont là depuis des mois ! » crie-t-elle d'un ton sec depuis la cuisine.

Des mois ?

« C'est de la propagande ! ajoute-t-elle. On nous prend encore pour des pigeons. »

On nous prend toujours pour des pigeons, mon cher garçon, ne l'oublie pas. Ça fait longtemps que je le sais, comme je te l'ai déjà dit il y a belle lurette. Les gens te disent qui ils sont et ce qu'ils viennent faire dans ta vie et toi, tu dois tout gober. Voici ton père. Voici ta mère. Nous sommes là pour te protéger.

« Quand partent-ils ? » crié-je en direction de la cuisine car c'est toujours un plaisir de lancer Nicole sur ses sympathies indubitablement d'extrême gauche.

« Bon sang, personne ne le sait !

— Et la police, alors ? »

Là-dessus, je ne reçois plus de réponse.

Cette ville ne dédaigne pas une main ferme de temps en temps. Quiconque lui parle sévèrement la voit se tortiller comme une pute dans un bar à bouchon, ou un caberdouche, comme on dit ici. Prononce le mot « ordre » et la ville se met à roucouler. Elle promène son doigt sur le bord de son verre à champagne, plonge ses yeux dans ceux d'un nouveau père qui veut serrer la vis et halète : « Qu'est-ce que tu me disais déjà sur la discipline dans les rues et la sécurité ? » Au début, elle mouille, que tu lui parles d'ordre ou de liberté, c'est égal. Tu peux lui offrir n'importe quoi. Le père doit juste paraître sûr de lui, ce pour quoi il plaide importe peu. Cela entraîne des malentendus, propres aux coureurs de bordels. Le père pense que l'affaire est dans le sac. Tu le penserais à moins, si une ville écartait les jambes devant toi, telle une brave Marie-couche-toi-là riant aux éclats. Mais la ville finit par s'ennuyer. Parfois, il lui faut des années, mais cet ennui si typique s'empare d'elle, tôt ou tard. Elle sort alors tout le ressentiment accumulé dans sa vésicule biliaire. Elle considère soudain tout avec méfiance, et en premier lieu celui auquel elle avait jadis offert sa confiance. Puis elle se moque du père sévère, d'abord dans son dos, avant de lui rire au nez directement. L'autorité a du bon, mais pas tout le temps, pas sans interruption, pas sérieusement. Cette ville affiche parfois son amour des uniformes. Quiconque s'attaque à des flics en prend pour son grade. Ce qui n'empêche pas qu'en chaque flic pris individuellement se cache à son avis un imbécile qui a besoin d'un uniforme pour se faire valoir. Cela concerne surtout ceux qui manquent d'humour. Car on pardonne beaucoup de choses ici, pourvu qu'elles soient amenées avec humour. Cette ville est versatile et peut devenir hypocrite par moments, mais elle est aussi avide de plaisirs. Elle aime le rire franc et cruel, joue néanmoins volontiers les torturées et se montre tout aussi souvent irresponsable lorsqu'il s'agit de dire qui a fait quoi. Quelqu'un de normal chie sur un autre, mais elle chie dans son propre lit et accuse autrui sans vergogne. Que cache son cœur ? Je me suis posé la question beaucoup trop souvent et j'ai déjà raconté beaucoup trop de bêtises sur le sujet. Mais ce que je ressens, je le sais aussi. Car voici ce que le vieillard ici présent aime à penser : qu'après toutes ces années, il n'y a plus d'obstacle entre son cœur et sa caboche, exactement comme cette ville dit ce qu'elle a sur le cœur et considère ses sentiments comme des pensées ou des idées. Au plus profond de cette ville se cache un manque d'amour d'elle-même. Elle est fendue en deux, dit-on parfois. Elle se laisserait diviser entre deux courants d'opinion parfaitement opposés, qui ne peuvent se sentir ni se voir. Mais ce serait beaucoup trop simple. Elle se laisse diviser avant tout parce qu'elle est indécise. Donne-lui un nouveau gouvernement et elle se tiendra tranquille, puis elle se laissera dresser, fendue ou pas, maugréant en silence ou hurlant de joie comme à l'apparition d'un nouveau Messie. Mais ce qui la rassemble réellement, c'est la méfiance et la répugnance à se regarder dans le miroir. Elle préfère se laisser transformer pour la énième fois plutôt que subir cette épreuve. Elle ne s'aime pas, pas vraiment, et aucun père, qu'il brandisse l'ordre ou la liberté, qu'il manie un langage rude ou ondule du bassin, qu'il ait un balai à la main ou au bras un artiste acclamé, ne pourra y faire grand-chose. Celui qui ne s'aime pas lui-même, écrivent les manuels, est incapable de donner de l'amour. C'est des foutaises, cette ville y arrive parfaitement, c'est juste que son amour est toujours un peu trop sentimental ou trop conditionnel, trop voyant pour être sincère, ou trop exubérant, c'est possible aussi.

« Qui est exubérant ici ? »

Sans transition, Nicole me glisse une assiette sous le nez.

« C'est l'heure de la bouillie. »

Et tandis qu'à mon cœur défendant j'avale sagement ces flocons d'avoine d'une autre époque, je te vois en pensée qui me regardes et sans un mot me demandes quand on pourra enfin recommencer à parler de cette guerre.

Depuis qu'on a arrêté tous ensemble les Israélites de la Terliststraat, tout le monde regarde Lode de travers au bureau. Je suis pour ainsi dire le seul qui le salue encore dans les couloirs. Pour les autres collègues, depuis qu'il a refusé de participer à la rafle, c'est un lâche, un qui crache dans la soupe. En attendant, plus personne ne doute de moi. Je fais de nouveau partie du groupe. À une exception près. Pour Eduard Vingerhoets, je ne ferai jamais, au grand jamais, partie du groupe, plutôt crever, et personne ne le fera changer d'avis.

Je suis assis dans le local qui nous sert de cantine. On dirait que la femme de ménage est *persona non grata* dans ce repaire d'hommes. Le chauffage ne fonctionne qu'à moitié, les cendriers débordent comme toujours, les tables sont maculées de cercles collants où s'accrochent la cendre et les miettes, et l'une des fenêtres donnant sur la façade arrière d'un immeuble de la Keyserlei ferme mal. Ce n'est pas grave, il y a au moins un peu d'air frais qui entre. L'odeur de cigarette de l'équipe qui vient de partir ne se dissipe toutefois qu'avec lenteur. Je viens à peine de mordre dans mon sandwich que le Doigt fait son apparition. Il s'assoit à ma table. Il est deux heures de l'après-midi. À part nous, il n'y a personne. Mon dégoût physique pour Vingerhoets s'accroît encore lorsque je vois ce qu'il sort de son sac : un hareng enveloppé dans du papier journal. Encore du hareng, partout du hareng. Cette année-là, il est au menu de tous les ménages. Une pêche miraculeuse, dit-on avec un rire narquois, c'est le Roi des pêcheurs en personne qui nous tire d'embarras en ces temps difficiles. Bien que Son corps mutilé sur la croix évoque cruellement dans beaucoup d'esprits un morceau de bifteck saignant. Prenez et mangez-en tous.

« Vendredi, jour du poisson », ricane le Doigt, s'adressant à personne en particulier. Et de se mettre à chipoter et grignoter. Ces effluves de poisson fumé masqueraient la pire odeur de tabac. Mes sandwichs ne me disent plus rien, mais je n'en laisse rien paraître. Je les mangerai jusqu'à la dernière miette et sortirai seulement après. Ou bien non : je me roulerai encore une clope et la fumerai à mon aise. En ce qui me concerne, ce connard peut venir me narguer avec un cadavre de cachalot en décomposition, jamais je ne me laisserai intimider par lui. Car si ça devait arriver, un instant de faiblesse, ce serait fini direct. Tu es dans sa cage et il jette la clé.

« Wils, à quoi tu penses ?

— Lâche-moi la grappe.

— Attention, j'ai un galon de plus que toi sur mon uniforme. »

Pour la énième fois, il pointe son index sur moi comme un pistolet. Il ricane. Ce genre de type se fout pas mal du rang ou du grade, ça n'a pas d'importance pour lui. Les Vingerhoets de ce monde sont là pour aider le bazar à partir encore plus en vrille. Sous un régime précédent, ils auraient eu un peu plus de chances d'échapper aux radars. Ces gars-là passent leur vie au bord de la légalité et il est fort probable qu'ils finissent par commettre une imprudence et se faire attraper. Avec les seigneurs actuels, le vent a tourné ; sous leur règne, ces gars-là ont toutes les chances de faire une belle carrière justement grâce à leur témérité, à ce désir trop flagrant. Désormais, beaucoup de choses autrefois impensables sont permises, ou disons qu'un changement de régime favorise à chaque fois une autre sorte de canaille.

« Tu es un ami des juifs, Wils, à moi tu ne me la feras pas. Un sbire de la ploutocratie, voilà ce que tu es.

— Tu penses ce que tu veux.

— C'est généreux, morveux, merci. Je sais que c'est toi cet été qui as prévenu les Moshés des quartiers pour qu'ils puissent se tailler. Sans doute qu'on t'a grassement payé pour ça. Il y en a d'autres qui en ont profité. Mais tu es un cas spécial, Wils. Tu t'es couvert. Tu sais ce que je pense quand je te vois boire une bière au Merle avec notre ami barbichu ? Tu sais ce que je pense ? Je pense : attends de voir. C'est tout. Attends de voir. Parce que les petits mecs dans ton genre finissent toujours par commettre des erreurs. Les petits mecs dans ton genre se croient sortis de la cuisse de Jupiter. Tu devrais voir ta gueule. Cette arrogance, Wils, profites-en… tant que ça dure. Et toi, on ne va pas te rosser au fond d'une cave et te jeter dans un dock comme une noix écrasée. Non, on va te faire un beau nœud et t'offrir en cadeau aux hommes en cuir. »

À aucun moment le Doigt ne cesse de mâcher. Ses dents de rongeur continuent de broyer, la bouche à moitié ouverte. On dirait que les mots lui ressortent amplifiés par le nez, pour ricocher contre les murs de la cantine, jaunes de nicotine.

« Va pas avaler une arête de travers, dis-je d'une voix un peu perchée à cause de la tremblote. Je ne voudrais pas que tu t'étouffes. »

Des mots que je regrette avant même qu'ils s'éteignent. Hélas, une phrase de ce genre reste longtemps suspendue. Le temps la souligne, l'allonge, la fait résonner un bon moment. Le Doigt secoue la tête et commence à rire. « Tu es vraiment un cas à part, Wils. Bordel de merde. Tu cherches les ennuis. Tu ne sais pas qui je suis. »

Aussi lentement que possible, je roule une cigarette, bien que j'aie encore deux sandwichs intacts dans ma boîte à casse-croûte. J'ai à peine allumé ma clope qu'il éternue.

« Mes excuses », dit-il aussitôt, comme s'il devait encore un peu de politesse au salaud que je suis. Mais les éternuements ne s'arrêtent pas, s'intensifient même. Atchoum. Encore une fois. Atchoum. Des bouts de poisson sont catapultés hors de sa bouche. Je me recule le plus possible sur ma chaise. Ses petits yeux rouges et plissés se retrouvent à devoir gérer une inondation. Je regarde ce corps qui ne sait plus comment se mettre, un corps de grand enfant tout à coup, livré au chatouillis qui lui ravage le pif. « M'enfin, dis donc ! » parvient-il encore à articuler. Oui, qu'est-ce que c'est que d'éternuer comme ça. Eduard Vingerhoets déboutonne en vitesse sa veste d'uniforme et, hop, éternue à nouveau. Les larmes ruissellent sur ses joues mal rasées. Encore un éternuement. Ses narines se dilatent. Les yeux fermés, dégoulinants, il tâtonne vers sa poche intérieure. Un mouchoir ligné bleu clair apparaît. Il le porte à son nez, rouge et gonflé. Dans sa fébrilité, il fait tomber son portefeuille. L'objet gît par terre, ouvert et sans défense. Dans un éclair, je vois une photo dentelée de lui en costume sombre à côté d'une femme souriante à la forte poitrine sous laquelle émergent deux têtes de mioches, un garçon et une fille, aux yeux pétillants comme ceux de leur mère. Une fleur séchée couvre le reste du portrait de famille. Quelle fierté dans son regard, sur cette photo, quelle tendresse aussi, quelle… Entre deux accès d'éternuements, il attrape son portefeuille et le fait disparaître.

« Tu sais, Wils… jappe-t-il. Tu sais que je sais où te trouver. »

Il remet son portefeuille tout contre son cœur et sort en vitesse du réfectoire, le mouchoir fermement pressé contre son nez. Dans l'escalier, je l'entends encore éternuer. Aaaaaatchoum ! Il a laissé le poisson à moitié entamé dans son papier gras. J'écrase ma cigarette dedans. Ma main tremble, pas celle d'Angelo.

Le dimanche, je dois le passer, pour autant que mes heures le permettent, dans la famille de ma bien-aimée. Le déjeuner dominical ne se refuse sous aucun prétexte. J'ai essayé une fois de me défiler et cela a causé une fameuse crise. Non, je n'étais pas si malade que ça, me suis-je entendu dire la semaine suivante, puisqu'on m'avait vu me balader au parc de l'Harmonie avec un ami qui m'avait ensuite emmené à la taverne In de Welkom dans le quartier allemand. Fadaises, je ne suis pas sorti de mon lit ce jour-là. Yvette était furieuse quand elle m'a jeté tout ça à la figure, et c'est alors que j'ai vu Lode derrière elle qui me faisait un clin d'œil. Ce fumier avait inventé n'importe quoi pour que je me sente obligé, tous les dimanches à l'avenir, de répondre présent à l'appel, lavé et rasé de frais, en chemise blanche, propre et repassée.

Le père d'Yvette m'a depuis peu assigné une place fixe : à sa gauche. Juste en face de moi, il y a son fils, à côté de lui, ma fiancée, tandis que la mère est assise à l'autre bout. C'est elle qui va chercher la soupe à la cuisine et nous la sert à table. Elle trône debout au-dessus de nous et suit un ordre strict. Le père est servi le premier, puis moi, en tant qu'invité, puis les autres. Un à un, nous passons notre assiette dans laquelle la mère verse lentement le potage. Le père goûte d'abord, soufflant sur sa cuiller, les lèvres arrondies. Quand il hoche la tête en signe d'approbation, tout le monde peut commencer. Le dimanche, on parle à peine à table et une certaine langueur prend possession de chacun. Les hommes boivent du vin. Une bouteille bien sûr, jamais plus.

Après le repas, les femmes font la vaisselle, le père disparaît derrière sa gazette, et Lode et moi bavardons, parfois dans le salon, parfois dans sa chambre en mansarde, un privilège auquel Yvette réagit toujours avec un peu de jalousie car il est évidemment hors de question que je passe une seule seconde dans sa chambre de jeune fille. Si on devait un jour m'y surprendre avec elle, je ne pourrais éviter le scandale aux yeux de son père qu'en demandant sur-le-champ la main de sa fille. L'unique chose qui me soit concédée, c'est une promenade à ses côtés après la vaisselle et le rangement, ce qui, à notre grand agacement, peut durer un certain temps.

Lode me précède dans l'escalier vers la mansarde. Yvette cherche mon regard un instant et m'envoie un baiser. Je réponds d'un clin d'œil.

« Putain, j'ai trop bouffé, j'ai un de ces coups de barre », soupire Lode une fois dans la chambre en faisant valser ses godasses sous le lit. C'est encore la fête en effet, quand on mange chez un boucher. Des familles comme la sienne ne manquent de rien. Chez nous aussi, on s'en sort plutôt bien, surtout quand mon collègue et moi allons tirer les oreilles d'un marchand au noir, mais autour de nous, les plaintes s'élèvent de manière persistante. La ville et ses habitants en ont par-dessus la tête du rationnement, ils ne peuvent plus voir un hareng en peinture, comme s'il s'agissait d'un jeu qui n'a que trop duré. La mendicité augmente. Parfois, ce sont de petits écoliers qui tendent la main. Ils reçoivent rarement quelque chose.

Je me pose sur le lit de Lode et roule une cigarette. Il me tourne le dos, devant le lavabo, prend un broc en pierre et fait couler de l'eau dedans en bâillant bruyamment. Il retire son gilet et le lance en visant la chaise la plus proche, sous la lucarne. D'un geste, il fait glisser ses bretelles le long de ses épaules, enlève sa chemise blanche et son maillot de corps, et se rafraîchit. L'eau gicle et coule de la plaque en marbre du meuble. « Ça fait du bien ! » jubile-t-il en rejetant sa mèche mouillée en arrière. Des gouttes dégoulinent dans son dos. Le soleil d'automne les fait scintiller. Il déboutonne son pantalon et l'abaisse en même temps que son slip. Sautillant sur une jambe et puis l'autre, toujours sans se retourner, il se débarrasse de tout, jusqu'aux chaussettes. L'arrière de ses cuisses est couvert d'un duvet brun foncé qui remonte vers ses fesses. Il fait couler de l'eau sur son ventre, se hisse sur la pointe des pieds, verse probablement de l'eau sur son sexe et continue de se laver. Tout son corps semble me crier de profiter de sa beauté. En même temps, il fait comme si tout était normal, un simple brin de toilette de routine, avec par hasard un ami dans la pièce. Pas un mot ne sort cependant, ni l'un ni l'autre n'émettent un seul bruit, ce qui réduit la routine à néant. Je toussote ou marmonne « oui, oui », mais ne sais pas quoi dire d'autre. Sa réponse n'est pas plus articulée tandis qu'il se passe un morceau de savon mouillé sur les fesses. Une fois encore, il se penche en avant pour rincer son visage déjà lavé, après quoi il élimine lentement au gant de toilette les traces de savon de son derrière. Les murs de la mansarde rétrécissent. J'ai la bouche sèche.

Je me sens enfermé. Quoi que je puisse dire ou faire à proximité de ce corps nu, rien ne nous satisfera, ni lui ni moi. En attendant, au fond de mon ventre, j'entends Angelo s'esclaffer. Regardez-moi ce couillon assis sur le lit, Wilfried Wils, le grand esprit, l'impitoyable, lui qui aspire à une vie palpitante et veut imposer sa volonté, voyez à quelle vitesse il sombre dans la gêne et la banalité, tristement normal et condamné comme tout le monde à mourir en poseur méconnu n'ayant jamais réussi à échapper à une existence toute tracée. Lode me jette un coup d'œil par-dessus son épaule. Il a l'air vulnérable et fier à la fois, et son regard éveille en moi autant de désir que de répulsion, me donnant le tournis.

« Tu peux me passer la serviette à côté du lit ? »

Sans me lever, je l'attrape et lui lance l'éponge rêche.

Lentement, il commence à se sécher. L'odeur de savon mêlée à celle de sa virilité emplit l'espace qui se réduit encore. Mon cerveau court comme un rat dans un labyrinthe de portes, de couloirs et de chambres sans doute fermées à clé. Il doit y avoir une sortie quelque part. L'excitation de l'un est l'instrument de l'autre, dirait Angelo.

« Tu sais quand même, dis-je, la voix rauque, de qui tu dois te méfier ? »

Sans se retourner, continuant de s'essuyer, il demande :

« De qui ?

— D'Eduard Vingerhoets.

— Le Doigt ? Je sais que c'est un salaud. T'occupe.
— Depuis la Terliststraat, il t'a dans le collimateur. D'ailleurs, c'est lui qui est allé moucharder chez les Boches pour l'alerte donnée aux juifs.
— Comment tu le sais ? »
Lode me regarde de côté. Il pose le pied sur la chaise et passe la serviette sur sa jambe. Je vois pendre ses couilles et me dis : zut, on ne voit rien, y a pas assez de lumière ici.
« Tu sais avec qui je vais au café. Le Doigt passe quelquefois au Merle blanc. »
Lode se retourne vers moi, il a rabattu la serviette sur l'une de ses épaules. Ses yeux étincellent. Je dois me concentrer sur son visage et empêcher mon regard de descendre.
« Il faut faire quelque chose de ce type, on le sait parfaitement.
— Qui ça, on ? »
Lode fait un pas vers moi.
« Pas toi, pour l'instant. »
Il fait un autre pas, s'enfonce un doigt dans l'oreille et se masse vigoureusement l'intérieur du conduit auditif pendant quelques secondes.
« T'es un peu près, là… » dis-je.
Pour ne pas dire : tu m'agites ton engin déjà sérieusement gonflé dans la face.
C'est passé. L'ambiance vire, tout se dégonfle comme un ballon. Fini la gorge nouée, fini le pouls qui s'emballe, fini les gestes au ralenti. Lode tourne le dos aussitôt, range sa queue dans son slip et se rhabille.

Peut-on regretter de ne pas avoir fait ce dont on n'avait de toute façon pas envie ? Regretter une chose qui ne peut pas être et s'en sentir quand même coupable d'une manière ou d'une autre ? Regretter d'être qui tu es et que l'autre soit qui il est ? Regretter néanmoins, à cause de ce cœur qui battait la chamade ?

Lode s'étire, sourit de manière peu convaincante. On fume des cigarettes, mais on ne trouve plus rien à se dire.

Yvette appelle. Je descends.

Sur la place De Coninck, nous marchons main dans la main.

Derrière les murs épais dignes d'une forteresse du lycée, je me presse contre elle. Nous nous embrassons. Je lèche sa langue. Elle soupire : « Enfin seuls tous les deux. »

Tante Emma a glissé une enveloppe dans notre boîte aux lettres. Elle nous invite à prendre le café dimanche chez elle dans la Van den Nestlei : « J'espère que tout le monde va bien. Vous êtes les bienvenus vers quatre heures de l'après-midi. Ça fait si longtemps et il s'est passé tellement de choses ! »

« C'est du beau, dit ma mère, elle ne peut pas sonner à la porte ? Une lettre, maintenant ! Elle devient plus chic de minute en minute. » Ma mère effleure le papier de la main. « C'est vrai qu'elle a une belle écriture, ça a toujours été le cas.

— J'espère que son amant allemand ne sera pas là », grommelle mon père.

Il n'arrive toutefois pas à masquer sa curiosité.

« Il préfère peut-être le Hulstkamp », dis-je en riant.

Car je ne peux pas omettre ce détail de l'histoire d'amour de ma tante : l'Allemand avait volé son cœur au café Hulstkamp dans la Keyserlei, un lieu où les poètes et les artistes de jadis se payaient des tournées et refaisaient le monde autour d'une partie de dominos. « Zot Polleke », Paul le Fou, était un habitué du Hulstkamp, avant de succomber à la tuberculose dans un village, loin de la ville. Paul le Fou, avec son colback sur la tête et son élégance d'artiste, est mort très jeune. Je ne l'ai pas connu, mais j'entends çà et là des histoires à son sujet. Il avait été à la même école que moi, il y avait prononcé, au début de la guerre précédente, un discours que personne n'avait compris à cause de sa voix beaucoup trop faible et trop aiguë. Étaient-ce, à l'époque déjà, ses poumons infectés qui lui jouaient des tours ? Pour beaucoup, son génie poétique était un modèle. Pour ma part, je n'appréciais guère sa folie. Enfin si, mais mon admiration pour lui était typique de cette ville, c'est-à-dire empreinte d'une profonde jalousie. Car personne ne pouvait rivaliser avec sa fantaisie, sa fuite à Berlin et les aventures qu'il a vécues là-bas, sa rébellion, son modernisme sans bornes, son – bon, je l'admets – avant-gardisme, ni même peut-être avec son mal, qui l'a fait cracher et tousser jusqu'à la fin : c'est difficile de faire plus romantique. Penser que Paul van Ostaijen, alias Zot Polleke, a bu et flirté au Hulstkamp, que son esprit y rôde peut-être encore, alors que des Boches y paient aujourd'hui des verres à des jeunes femmes du cru dans l'espoir de se glisser entre leurs cuisses… Bon sang, pourquoi justement là dans ce café ? C'est comme un crachat au visage de la Muse. Mais pour le même prix, et avec tout le respect dû, Paul le Fou aurait peut-être trouvé ça amusant, si ses poumons avaient tenu le coup et que Dieu lui avait prêté vie, de voir le Herrenvolk marcher pour la deuxième fois sur sa ville et réclamer une place dans son bistrot favori. Pour le même prix et avec tout le respect dû, il aurait été là en chemise noire, la main levée, et aurait renié ses poèmes contre la guerre, les qualifiant avec un plaisir supérieur de « pubertaires ». On ne sait jamais. Qui suis-je pour balancer des glaviots à cette Muse ? Pour le même prix et avec tout le respect dû, rien n'est sacré, tout est mouvant et rien n'est jamais vrai. La mort fige la vie d'un artiste, bien carré dans son œuvre désormais intouchable, ses penchants aussitôt légendaires et ce que ses amis disent de lui. La mort épargne la honte, les choix qu'on regrette ou pas. La mort est surtout avide de beauté lorsqu'elle s'abat sur un jeune poète. Celui qui vit trop longtemps a de fortes chances de finir aux yeux de tous comme un *has been* ou un salaud. Angelo dit : pose ton cou blanc sur le billot de l'Histoire. Hélas, pour le faire, ne fût-ce que pour ressentir le désir de se faire faucher par une mort précoce, il faut avoir les vers qui élèvent tout ton être au-delà du seuil de l'oubli. Or, ces vers, je ne les ai pas écrits et l'espoir qu'ils trouvent un jour leur chemin vers le papier est plutôt mince ces derniers temps. Mon journal intime n'est qu'une longue complainte et un poème que j'ai récemment sorti de ma plume, à moitié saoul, m'a fait honte pendant des jours. Ça parlait de « mouettes brûlant en enfer » et de « régime de l'aliénation ». D'où vient ce kitsch ? Ça n'a rien d'un glorieux coït avec la Muse, c'est une éjaculation dans un mouchoir déjà raide. D'ailleurs, entre parenthèses, comment est-ce possible ? Avec tout ce que je vis quotidiennement, les salauds que je côtoie, les menaces que je reçois, la vie sur le fil du rasoir dans une ville occupée, mes poèmes devraient être sauvages et inattendus, ils devraient rutiler sur le papier comme écrits à la sève. Un expert émérite de poésie devrait en faire un arrêt cardiaque. Alors que devant ce que je viens d'écrire, même une enseignante bigote de l'école de riches Les Dames dans la Lange Nieuwstraat pisserait de rire dans sa culotte et me dirait avec un gros clin d'œil qu'en effet je n'ai pas encore connu grand-chose de la vie. « Dieu donne-moi quelque chose qui tue car je veux vivre. » Qui a écrit ça ? Pas moi, fichtre Dieu, pas moi ! C'est Paul le Fou, bien entendu. Encore et toujours ce satané Zot Polleke.

« Viens avec ta petite amie chez tante Emma, me dit ma mère tout à coup, comme si elle venait d'avoir la meilleure idée de la journée.

— Pas question, soufflé-je.

— Tu ne veux pas nous la montrer !
— Ce que je trouve fort de café, dis-je en haussant un peu la voix, c'est qu'elle continue d'habiter là-bas… »
Ceux qui se prétendent mes parents se taisent d'un coup.
« Ses patrons juifs ont été déportés et…
— Ça va aller, oui ? dit mon père qui monte tout de suite sur ses grands chevaux. Ça ne nous regarde pas quand même !
— Mets ton uniforme, Wilfried. Ça lui fera plaisir ! »

Tante Emma rayonne dans l'entrée. Elle peut mentir de dix ans, comme on dit chez nous. À croire qu'elle se raccorde tous les soirs à une perfusion d'élixir de jeunesse. L'air de l'automne mord dans sa robe à fleurs estivale au généreux décolleté. Elle est passée chez le coiffeur et s'est mis du rouge à lèvres pétant. Les yeux de papa lui sortent presque des orbites.
« Fais quand même attention. Ça va te tomber sur les bronches ! » siffle ma mère, qui a pris quinze ans d'un coup et paraît encore plus grotesque avec sa perruque. Il y a une heure, elle s'est aspergée de sent-bon au muguet, ce qu'elle fait rarement, amenant mon père à la conclusion qu'elle devait avoir perdu la boule.
« Mais notre Wilfried a mis son uniforme ! Tu es tout beau, dis donc ! Entrez vite ! »
Nous montons le large escalier de marbre en nous tenant à une rampe en fer forgé, ornée de cœurs

noirs et de plantes grimpantes. Au premier étage, les portes – des portails en bois plutôt – sont ouvertes. Un tourne-disque résonne. Une voix masculine chante : « *Einmal wirst du wieder bei mir sein*[1]... » Les tapis persans recouvrent tout le vaste espace. Sur une table de salon, entourée d'une méridienne, d'un divan rouge bordeaux et de chaises recouvertes de tissu, trône une tarte magnifique... aux fraises, nom de Dieu !

« Ça alors, dit mon père en frottant ses mains sur son pantalon.

— Asseyez-vous donc ! Mettez-vous à l'aise. »

Chacun choisit une place et s'assied au bord de son siège, prêt à bondir au cas où une baronne apparaîtrait pour nous réprimander. L'idée n'est pas si saugrenue ; des fantômes hantent cet appartement.

« Thé ? Café ? Ou on passe tout de suite au cognac ? »

En riant, ma tante découvre des dents d'un blanc éclatant, comme si elle posait pour une marque de dentifrice d'avant la guerre.

Maman essaie de prendre son rôle de sœur aînée, celle qui sait quand ça risque de déraper, celle qui prévoit tout des années-lumière à l'avance : « Doucement, Emma chérie. Du café, c'est bien. »

Mon père hoche la tête, tel un poisson hors de l'eau.

1. Un jour, tu me reviendras.

« Chéri ! Mes invités sont là ! » crie ma tante dans un mélange d'allemand et de néerlandais. Le petit nègre de tante Emma ne me fait pas rire. On l'entend partout désormais et qui dit que je maîtriserai un jour la langue de Goethe ? D'une porte ouverte à l'arrière répond un fredonnement. Je vois mon père changer de position sur sa chaise, comme pour lâcher un pet discret. Je l'entends déglutir. Ma mère redresse le dos.

Il apparaît tout sourires, en train de fermer le dernier bouton de son uniforme.

Grand. Roux. *Mein Freund* Gregor.

Et effectivement, l'officier fait claquer ses talons l'un contre l'autre, effleure des lèvres les doigts de ma mère et réserve à mon père et moi-même une vigoureuse poignée de main. De la tête jusqu'aux pieds, un Prussien dans les règles de l'art. Mon pouls s'accélère. J'apprécierais qu'il passe sous silence notre précédente rencontre dans ce bistrot louche de la Belgiëlei. Je le vois cependant se mettre en rage dans les récits que Barbiche Teigneuse m'a rapportés. Mais à présent, nous sommes dans l'ancienne habitation d'une riche famille juive. Il est en uniforme et moi aussi.

« *Enchanté de faire fotre connaisseuse !*

— C'est presque ça, mon trésor. »

Tante Emma nous fait un clin d'œil.

« C'est quand même important qu'il apprenne notre langue, non ?

— Et comment », dit mon père avec une bonne humeur forcée.

À ce moment, je crois entendre un léger pet de son côté, mal serré, fébrile et nerveux, comme un pet d'enfant dans un pensionnat austère.

Maman toussote.

Gregor fait un clin d'œil à ma tante, visiblement amoureux et donc condamné à la condition de toutou entre les mains d'une femme du cru qui connaît son affaire. Bobonne l'attend sans doute au pays. Mais peu importe car c'est la guerre. Qu'a-t-il donc fait croire à tante Emma ? Rien qui lui ait demandé trop d'efforts probablement. Ce tricheur de SS est plutôt crédible en effet, on dirait vraiment qu'il me voit pour la première fois. Néanmoins, ses yeux le trahissent. Mes aisselles deviennent moites. La chanson est finie. Le disque grésille. Il se lève aussitôt pour le retourner, le geste fluide, comme dans un film.

« Je suis folle de lui ! » dit ma tante en riant.

Divulguer une chose aussi intime est inouï, ce n'est le genre ni de la maison, ni des gens d'ici. Ma mère en bondit presque de stupeur. Mais elle réprime illico son mouvement. C'est un autre jeu qui se joue, un jeu qui ne nous appartient pas, un jeu d'un autre monde et chacun doit s'adapter.

Tante Emma fourrage dans sa coiffure, tout à coup gênée.

Gregor se lève, apparemment traversé par une bonne idée.

« *Warte mal*[1] *!* »

1. Attends un instant.

Il soulève l'aiguille du disque et la replace au début de la chanson. Il se dirige vers ma tante et lui tend la main.

« Allons, Gregor… Pas maintenant quand même… »

Mais l'amant n'a pas l'intention de céder. Ma tante se lève, se recoiffe rapidement et commence alors à danser avec lui. Les deux oscillent l'un contre l'autre, un peu maladroitement à cause de la différence de taille.

« *Komm zurück*, s'emballe la voix d'homme. *Ich wa-a-a-arte auf dich, du bist für mich… mein Glück*[1]. »

Leur contact se fait de plus en plus intime. La main droite de Gregor repose presque sur la fesse de ma tante. Elle a fermé les yeux, abîmée dans un rêve hollywoodien. Nous les regardons comme une vache regarde un train. Mal à l'aise, mon père tapote de la main sur son pantalon, comme pour battre la mesure. Ma mère se meurt, farfouille dans son sac à main, trouve son mouchoir brodé, enfouit son visage dedans et se mouche. Enfin, la chanson s'arrête.

« *Soll ich*[2] ? demande le SS, indiquant la tarte du menton.

— Je t'en prie ! » écorche à nouveau sa belle en teuton, bienheureuse.

1. Reviens, je t'attends, tu es pour moi… mon bonheur.
2. J'y vais ?

Et hop, voilà la tarte découpée, délicatement mais sans hésitation, en parts égales. Tante Emma distribue les assiettes. Nous mangeons. Il serait plus exact de dire que nous nous régalons avec passion. Mordre avec élégance dans la crème fraîche, ce n'est pas simple. Au grand soulagement de mes parents et au mien, nous ne devons pas dire grand-chose. Ma tante tient le crachoir, perdue dans une explication sans queue ni tête, interrompue de temps en temps par un gloussement de Gregor.

« *Und jetzt Cognac*[1] ! »

Gregor remue un peu les ballons, généreusement remplis, avant de nous les faire passer.

Ma mère refuse poliment. Mon père fait semblant d'hésiter, accepte néanmoins et goûte : « *Französisch, natürlich*[2] ! »

Éclat de rire de Gregor et de ma tante. L'Allemand se frappe la cuisse, comme s'il venait d'entendre la meilleure blague depuis des années.

Puis il me regarde et dit :

« *Sie sind Polizist ?*

— Jawohl, und ich bin stolz darauf[3]. »

Est-ce Angelo ou moi qui donne cette réponse ? À moins que ce ne soit le cognac qui déferle dans mes veines ?

« Ben dites donc ! s'écrie ma tante. Écoutez-le-moi causer allemand ! »

1. Et maintenant, du cognac !
2. Français, cela va de soi !
3. Vous êtes policier ? – Oui, et j'en suis fier.

Ma mère et mon père me regardent comme s'ils avaient hébergé un monstre pendant des années à leur insu.

Gregor lève son verre et me fait un clin d'œil farceur, comme si j'étais sa marionnette de ventriloque.

« *Zu einer brillianten Karriere*[1] *!*

— *Schol !* » dit mon père à ma place.

Les ballons s'entrechoquent.

Je n'ai pas à attendre longtemps pour que Barbiche Teigneuse me fasse savoir que « *mein Freund* Gregor » s'est bien amusé lors de notre sauterie.

« Je savais qu'il avait une demoiselle quelque part, mais que c'était de ta famille… Soit, ça ouvre des possibilités, tant pour toi que pour moi.

— Tu es tombé sur la tête ou quoi ?

— *Toutes les possibilités harmoniques et architecturales s'émouvront autour de ton siège.* C'est une citation. De qui ?

— Rimbaud… » parié-je, même si je commence à en avoir marre de ce petit jeu.

Barbiche Teigneuse me regarde comme s'il voulait m'embrasser.

« Voilà ! Tu vois que toutes les forces concourent en ta faveur ? Attention, ce n'est pas donné à n'importe qui. Le monde est à la jeunesse, le chemin de chaque jeune est semé d'occasions, il n'a qu'à se baisser pour les ramasser. *Mais il faut faire attention !* Il faut en profiter ou alors c'est trahir la générosité

1. À une brillante carrière !

de l'univers, et tu seras condamné à vivre la vie de M. Tout-le-Monde. Et ça non, je le sais bien, ce n'est pas ce que tu souhaites. Tu ne me feras pas croire le contraire… Ahah, mais qui voilà ! »

Tous les clients du Merle Blanc regardent la dame qui vient d'entrer, des boucles châtaines s'échappant d'un joyeux bonnet jaune, et ses jambes surtout, qui bravent le froid avec panache sous un manteau au motif pied-de-poule et se finissent par une paire de talons qu'on n'a l'habitude de voir que sur un écran de cinéma. Revoilà Jenny, délabrement compris, bien que camouflé sous une épaisse couche de plâtre.

« Tu m'as promis quelque chose, dit-elle à Barbiche Teigneuse sans le saluer.

— Allons, trésor ! Ils ont de l'Export ici, ta bière préférée. C'est pas une bonne nouvelle ?

— Garde tes blagues pour quelqu'un d'autre ! Tu sais bien que je ne bois que du porto blanc.

— Patron ! Un porto blanc.

— Et qui est ce jeune homme ? »

Pour un peu, elle me pincerait la joue.

« Nous nous sommes déjà rencontrés, madame.

— T'entends ça ? Y a quand même encore des gens qui savent se comporter de manière un peu civilisoignée. Oui, c'est ça, rigole… C'est mon mot à moi, attention, je ne suis pas stupide, mais parfois je préfère entendre des mots que j'ai inventés moi-même. Ma mère aussi faisait ça. Quand elle a appris que notre coiffeur était gardien de but dans l'équipe du café, elle a commencé à l'appeler Pénaltif ! »

Nous rions. Jenny prend une goulée de porto et dit qu'elle pourrait continuer des heures avec les mots qu'elle a inventés.

« Elle a raison, hennit Barbiche Teigneuse, hilare. Elle peut tenir des heures !

— Mais aujourd'hui, je n'en ai pas envie. Alors, mon ami, qu'est-ce qui se passe ? Tu me fais une promesse, puis tu ne dis plus rien. Ou tu n'oses pas à cause de ton ami si bien élevé ?

— Sinon, je vous laisse seuls un instant, murmuré-je, un peu embêté.

— Mais non, se dépêche de dire Barbiche Teigneuse, ce n'est pas nécessaire. J'ai promis à notre chère Jenny une petite boutique ici tout près, dans la Charlottalei…

— Petite boutique n'est pas le mot juste, vieux marlou. Ce serait plutôt un commerce en articles de tabac, comme c'est écrit sur la façade ; ça fait chic, non ? Ou bien tu voulais en faire un magasin de vêtements ? Alors, tu peux appeler ça boutique, et ce n'est pas moi qui m'en plaindrai. Je préfère de loin les fringues à une taule enfumée où les hommes viennent chercher leur tabac à priser. »

Et hop, Jenny vide d'un trait son verre de porto. Barbiche Teigneuse claque des doigts à l'adresse du patron, mais ce n'est pas la chose à faire dans un troquet comme celui-ci, pas même si tu es copain avec le gérant. D'ailleurs, aucune suite n'est donnée à son geste. En revanche, Jenny lève son verre et aussitôt le patron accourt avec la bouteille. Il verse sans mot dire.

« Un magasin, c'est un fameux projet », dis-je.

De la bouche de Jenny s'échappe un soupir de mépris, pas très fort, mais suffisant pour que son « marlou », son jules à deux balles, se mette sur la défensive.

« C'est une question de moment, pas d'argent, enchaîne Barbiche Teigneuse. *Mein Freund* Gregor et moi devons rendre visite au proprio. Il semble qu'il cache une employée juive qui ne porte pas son étoile. Elle doit vider les lieux, bien sûr. Ce sera vite réglé, la semaine prochaine sans doute. Puis ce sera à notre Jenny, toute gentille avec ses beaux yeux et sa taille de guêpe, d'aller demander si par hasard le gérant n'a pas du travail pour elle. »

Jenny lève sa main gantée.

« Hé ho ! Le but, c'est quand même que je reprenne l'affaire, hein ! J'en ai soupé de tous ces bonshommes qui me disent ce que je dois faire. Je veux avoir mon autonomie. Ça suffit comme ça. J'en ai vu assez de toutes les couleurs.

— Minute papillon, souffle Barbiche Teigneuse, les lèvres arrondies. Une étape après l'autre. Patience. »

Je claque derrière moi la porte du Merle Blanc avec un sérieux coup dans l'aile. Au coin de la Charlottalei et de la Belgiëlei, un fort vent d'automne soulève un papier ronéotypé des pavés, lui fait frôler mon pantalon pour le faire atterrir tout à côté d'une flaque où pourrissent des feuilles d'arbre. Je pose mon pied dessus, déchiffre les majuscules, regarde autour de moi et l'empoche en vitesse, discrètement, car posséder de tels écrits est sévèrement puni, de mort même, si tu joues de malchance. Tué pour possession de mots illégaux ! Angelo grimace un sourire. Tout compte à présent, et tout est dangereux. Je l'ai déjà écrit plus haut : ici, mon garçon, on vit sur le fil du rasoir. Parfois, lors d'une promenade comme celle-là, dans des rues de plus en plus calmes où il n'y a plus un chat à la tombée du soir, je vois apparaître sur grand écran des lettres dramatiques, accompagnées d'une musique à suspense, comme dans les films d'une Allemagne depuis longtemps disparue, presque oubliée déjà, alors qu'ici aussi nous regardions ces bobines d'outre-Rhin il y a dix ans. « Panique dans la Ville ! » « À chaque Coin de Rue : le Danger ! » « Terreur dans les Rues ! » A posteriori, ces films ressemblent à des répétitions générales, qui nous criaient tels des sergents instructeurs que la fin était proche, que le monde attendait la venue d'un grand cerveau du crime, que nous nous changerions bientôt en une meute assoiffée de sang ou en une bande d'esclaves indistincts qui, la tête dans les épaules et le regard baissé, endureraient le fouet d'une dictature soutenue par nos pseudo-dirigeants. Ces films sont à présent interdits. Maintenant, des frissons nous parcourent l'échine à la lecture de feuillets dont les auteurs risquent leur vie à les écrire. Des années à l'avance, la peur a été mise en scène dans des films et des livres, comme un appel à incarner cette ville occupée, où la peur est devenue la norme et le reste aussi.

Je tire le feuillet de ma poche et l'examine à nouveau. En caractères d'imprimerie sales et pleins de traînées d'encre, le pamphlet clame : « Après les juifs, ce sera notre tour ! » Non, il valait mieux déchirer ce tract tout de suite plutôt que le garder en souvenir. Les petits morceaux de papier sont emportés par le vent. Puis je vois quelqu'un me faire signe de l'autre côté du carrefour. C'est Barbiche Teigneuse. Il crie mon nom.

« Je ne t'entends pas ! » crié-je et je commence à me bidonner parce que ma voix résonne bêtement et trahit mon état : fin saoul, plein comme une barrique. Il agite les bras et gesticule pour que je le rejoigne. Au coin de la Lange Leemstraat, il vient à ma rencontre.

« Je te voyais encore de loin, halète-t-il. Nom de Dieu, c'est... c'est...

— Quoi ?

— On vient de le trouver. Le café est sens dessus dessous. C'est incr...

— Qui ça ?

— Tu n'as pas entendu le coup de feu ? Pourtant, quelqu'un doit bien... Comment ça se fait qu'on n'a rien...

— S'il te plaît, calme-toi. »

Plus loin, des gens forment un cercle sur le trottoir du Merle Blanc. Je vois Jenny retourner à l'intérieur en courant, sa main gantée devant la bouche. Barbiche Teigneuse me prend par le bras. Le cercle s'élargit. Par terre, Eduard Vingerhoets. Quelque chose, probablement une balle, a réduit en purée l'arrière de son crâne. Son bras droit indique l'entrée du bistrot, ses doigts sont crispés comme s'ils étaient sur le point de saisir la poignée de porte. Comme si le Doigt s'était fait descendre juste avant de franchir la ligne d'arrivée, juste avant de boire sa bière fraîche contre la chaude poitrine d'une pute, juste avant et donc in extremis. À côté de lui, il y a un papier avec une phrase composée de lettres collées : « Œil pour œil. »

Barbiche Teigneuse tombe à genoux dans la boue et les feuilles en décomposition. Il penche la tête et commence à pleurer doucement comme un gosse qui a fait dans sa culotte et ne peut se cacher.

Il n'y avait pas grand monde à l'enterrement, paraît-il. Barbiche Teigneuse y est allé, bien entendu. Moi pas, je devais travailler. Tous les jours, la veuve du Doigt est devant notre porte. Elle se voit d'abord accorder un entretien avec le commissaire, qui lui aura sûrement dit que toutes ses forces vives sont sur l'affaire et que ce n'est qu'une question de temps avant qu'on attrape le coupable. D'après les rumeurs, un ami du Doigt, surveillant au camp de détention de Breendonk, aurait en guise de représailles frappé à mort trois communistes à la matraque, l'un après l'autre, au beau milieu de la cour intérieure, obligeant tous les prisonniers, hommes, femmes et enfants, à regarder. Mais chaque histoire est aussitôt démentie par une autre. Jusqu'à dire que ces trois malheureux auraient été liquidés par toute une bande, à la faveur d'une nuit d'angoisse et de terreur. Ou non, ou si, mais pas tout à fait, car on leur aurait d'abord coupé les couilles. Ce que la rumeur dit aussi, c'est que ce fameux ami, dont personne ne connaît le nom, a dû se mettre en arrêt maladie pour dépression nerveuse. En attendant, la femme du Doigt tient bon. Elle nous accoste, l'un après l'autre, les photos de ses enfants dans une main, son mouchoir en boule mouillé de deuil dans l'autre. Elle me coince également.

« Il était si honnête. Vous l'avez connu ?

— Un homme qui disait toujours les choses telles qu'elles sont, madame. Absolument.

— Le meilleur père que vous puissiez imaginer. Les enfants d'abord, c'était sa devise.

— C'est triste.

— Quand vont-ils arrêter ces salauds ? Ce sont des terroristes ! Des crapules ! Comme ça, dans la rue, pendant ses heures… Ils n'ont pas honte ? »

Personne, on dirait, n'a eu le cœur de lui dire que son défunt époux avait été retrouvé à moins d'un mètre de son bistrot favori. Tout le monde sait ce qui se passe au Merle Blanc, que les dames s'y laissent cajoler entre deux pintes. « Ah, son doigt, m'a dit quelqu'un juste après sa mort, il savait s'en servir avec les bonnes femmes ! » C'est classique que les secrets d'alcôve ne soient divulgués qu'une fois le cadavre de l'intéressé en train de refroidir sous une plaque de marbre.

Au bout de quelque temps, la veuve du Doigt abandonne.

On ne la voit plus. J'entends dire qu'elle est devenue alcoolique et qu'elle a entamé une liaison avec un facteur. Un communiste à ce qu'il paraît.

Tout le monde sait tout. Mais personne n'a la moindre putain d'idée de ce qui se passe en réalité. On penserait légitimement que le meurtre d'un agent de police mettrait tous les hommes sur les dents, qu'une traque impitoyable serait mise en branle, jusqu'à ce que le ou les coupables soient arrêtés. Mais ça ne marche pas comme ça dans une ville occupée. On vaporise de la brume en disant que « l'enquête suit son cours ». Il faut dire que le Doigt, de son vivant, ne faisait pas l'unanimité. Ses vrais amis sont au Merle Blanc et aucun bouton argenté ne pénètre dans ce bouge à part moi. Quand il est mort, c'est un soupir de soulagement qui a parcouru les couloirs de la Vestingstraat. Cet homme avait très certainement de l'ambition et à son âge il aurait dû avoir beaucoup plus de galons sur la manche que juste un de plus que moi. Pourtant, il ne s'était jamais vu offrir de vraie promotion, ce qui est révélateur. Malgré tout, les comptes doivent être soldés. Le cadavre d'un policier exige des représailles, de préférence sans juge ni tribunal. S'il en tombe un de ce côté, deux doivent tomber de l'autre côté, de préférence sans trop d'efforts ou sans qu'ils aient ne fût-ce qu'un lointain rapport avec l'affaire. Les comptes sont réglés par des ombres, pas nécessairement de la police. La Feldkommandantur informe que « par mesure de rétorsion à la suite du meurtre du policier E. Vingerhoets, dix communistes seront expulsés du pays ». C'est peut-être de là qu'elles sortent, ces histoires de surveillant de Breendonk qui massacre des cocos, même si la plupart de ces rumeurs se contredisent. Qu'elles soient vraies ou pas, elles indiquent qu'une réponse a été donnée au meurtre. Les bons comptes font les bons amis. Je n'entends plus Barbiche Teigneuse ressasser de plans de vengeance. Ça se passe de commentaire. Des gens ont sans doute été arrêtés et déportés sur désignation de Barbiche, avec la bénédiction de *mein Freund* Gregor. Lode ne me parle pas de la mort du Doigt et je ne force pas la conversation. Qui dit qu'il n'a rien à voir là-dedans ? Qui dit que moi je n'ai rien à voir là-dedans ? Une araignée ne surgit pas forcément au premier tremblement de sa toile. Il faut en général plusieurs tremblements, plusieurs personnes qui font connaître leur volonté, qui veulent voir se régler telle ou telle situation, ou exigent un sacrifice. C'est comme ça que ça marche à présent. Peut-être que ça a toujours marché comme ça. Maintenant, les actions et les réactions, les actes et leurs conséquences se déroulent sans cérémonie, sans crier gare, bruts et implacables, invisibles, dans le noir, mais au su de tous.

Une semaine plus tard, on peut lire pour une fois quelque chose de vraiment intéressant dans l'ordre du jour qu'on est censé consulter avant d'entamer sa journée de travail. Il nous est désormais strictement interdit – *en vigueur avec effet immédiat*, écrirait le *Moniteur* – d'arrêter les réfractaires. Ordre du bourgmestre ! Et du procureur général ! Seraient-ils en train de s'énerver à l'Hôtel de Ville ?

« Il était temps, nom de Dieu, dit Gaston en essuyant la mousse de ses lèvres.

— Quelle différence ça fera ? Combien de fois on n'a pas notifié qu'il n'y avait personne à la maison ? On n'embarquait que les emmerdeurs ou ceux dont la tête ne nous revenait pas.

— Mais enfin, Wilfried ! Que tu es cynique ! »

Gaston rit.

« Et ces étrangers, ce n'était pas soi-disant des réfractaires, eux aussi ? »

Gaston et moi n'utilisons plus le mot « juif » entre nous. Accord tacite.

« Fais gaffe, morveux, ou je ne te paie pas de bière.

— Patron ! La même chose ! crié-je.

— Attention, c'est parti. Monsieur sort son portefeuille. »

Lorsque les demis sont sur la table, Gaston se penche vers moi. Une lueur d'amusement brille dans ses yeux.

« De toi à moi, tu imagines ce que ça signifie ? Je ne sais pas si je te l'ai déjà dit, mais l'adjoint est un bon copain à moi…

— Ça, tu t'es bien gardé de me le dire… »

Gaston saisit mon épaule et chuchote :

« Ça reste entre nous, bien sûr, mais il est marié avec la fille de, euh… Attends. Non, ça va être trop compliqué à expliquer. Bref, quelqu'un de ma famille. C'est comme ça que les infos circulent. Apparemment, toute cette histoire comme quoi c'est interdit d'arrêter les réfractaires, ça a fait l'effet d'une bombe au bureau. Tous ceux qui ont un galon de plus sur le gilet font dans leur froc maintenant, jusqu'au commissaire en chef, il paraît. Tu piges pourquoi quand même ?

— Non, je pige pas.

— Un effort, l'ami. Réfléchis deux secondes. On a passé notre temps à arrêter des gens, nom de Dieu, des étrangers, des gens de chez nous… Et voilà que tout à coup… »

La voix de Gaston baisse encore d'un ton.

« … on dit à la maison communale que c'est contraire à la Constitution. Tu me suis ? Qu'on a enfreint la loi. Or, nous *sommes* la loi ! »

Gaston se marre copieusement :

« Si un jour quelqu'un apprend ça… qu'on a obéi à des ordres complètement illégaux… Tu me suis ?

— Comme un coureur au Tour de France. »

Gaston rit encore plus fort : « Je dois la retenir, celle-là. Bref, tu peux rouler avec nous à l'avant du peloton, rapide et malin comme tu es. Franchement, mon gars, je ne veux pas en faire tout un fromage, mais… c'est quand même savoureux ! »

Savoureux en effet. Jusqu'ici valait cette loi implicite : il n'y a pas d'alternative, et puis tout est normal. Chez certains, pourtant, la crainte d'un compte à découvert se faisait de plus en plus forte. Le bal des couvertures avait commencé, du procureur général au bourgmestre, du bourgmestre au commissaire en chef, et cætera, et cætera. Dans la partie centrale de la façade de l'Hôtel de Ville, où le bourgmestre fait semblant d'être numéro un, on peut admirer deux statues symbolisant les vertus de cette ville : à gauche, la Justice, modelée selon la chimère grecque, et à droite, tout aussi antique et donc d'un passé forcément glorieux, la Prudence. Étant donné que la Justice, en période de guerre en tout cas, se limite à un vœu pieux ou du moins à quelque chose à quoi on s'attellera éventuellement s'il reste un peu de temps après les vrais défis, la vertu de la Prudence bénéficie d'une plus grande marge de manœuvre. La Prudence est représentée avec un miroir dans la main droite et un serpent enroulé autour du poignet gauche. Le miroir symbolise probablement la connaissance de soi, plutôt que la vanité, tandis que le serpent suggère le sang-froid à garder en toutes circonstances. Prudentia nous invite à prendre les bonnes décisions au bon moment. Le peintre Brueghel œuvrait dans cette ville lorsque la maison communale fut construite. Sur son dessin illustrant la Prudence, où l'on récolte le blé et sale la viande, Prudentia, debout sur les barreaux d'une échelle couchée au sol, tient un cercueil dans son bras droit. Sous le dessin, on peut lire en latin : « Si tu veux être prudent, surveille l'avenir et garde à l'esprit tout ce qui peut arriver. » Tu comprends où je veux en venir ? Tu comprends combien cette ville, par la bouche de son bourgmestre, a prêché la prudence et combien d'ailleurs elle continuerait de le faire à travers d'autres bourgmestres jusqu'à aujourd'hui ? Ce que le peuple considérait encore comme une nouvelle ère avec d'autres maîtres, d'autres mœurs, d'autres us et coutumes, commençait tout doucement, pour ses pseudo-dirigeants, à avoir le goût de pain rassis. Sans aucun doute, ô cher arrière-petit-fils, flairaient-ils déjà à l'époque l'odeur potentielle d'un pain plus frais, d'une nouvelle normalité avec de nouveaux maîtres encore. Moi, je ne sentais rien. J'avais le nez dans le guidon. J'envisageais une chose et son contraire. Je laissais les propos de l'un se heurter aux confidences de l'autre. Angelo, au fond de moi, n'y voyait pas de normalité, mais plutôt des occasions de donner une nouvelle tournure à la vie, une tournure si différente que tout serait sorti de ses gonds, que les chevaux de bois auraient envahi les rues, l'écume à la bouche, tous lancés derrière le grand cheval noir sur lequel je me voyais assis, ma vérité derrière un masque grimaçant. C'est la vérité de la jeunesse qui ne veut jamais se plier à ce qu'une personne plus âgée trouve normal.

« J'ai besoin de toi. »

Lode est au bout de la Vestingstraat avec un grand sac de jute à ses pieds. Il est six heures du soir et mon service est terminé.

« Tu m'as attendu ?

— J'ai besoin de toi.

— Pourquoi ?

— Tu verras bien. »

Il balance le sac par-dessus son épaule et je le suis. Nous ne disons rien. Nous quittons la Vestingstraat et traversons la Keyserlei, direction Geuzenhofkes. Nous laissons mon ancien lycée sur la droite et nous nous engageons dans la large Van Maerlantstraat. Devant l'une des imposantes bâtisses de la rue, Lode sort un trousseau. Des deux côtés de l'immeuble, il y a une porte d'entrée. L'une avec une série de sonnettes et de boîtes aux lettres, l'autre sans rien. C'est cette dernière qu'il ouvre. Nous pénétrons dans un couloir. Lode tourne un bouton, l'ampoule diffuse une lumière pisseuse. Au bout du couloir, on distingue une deuxième porte dans la pénombre.

« Éclaire-moi... »

Lode me donne sa lampe de poche, je la lève au-dessus de ses épaules et dirige le faisceau lumineux vers le bas. La clé entre dans la serrure et la porte s'ouvre en grinçant. Nous sommes dans une cour surmontée d'un toit. Ça sent la merde.

« Ton père n'engraisse quand même pas une bête ici ?

— Pas trop fort, chuchote Lode en pointant le doigt vers le haut. Il y a des gens qui habitent là et on entend tout. Masque un peu la lumière. »

Sur le côté gauche de la cour, il y a un petit portail peint en vert. Lode ouvre le cadenas et pousse la porte. À tâtons, il cherche un interrupteur et nous nous trouvons soudain dans un entrepôt d'une dizaine de mètres de long, au plafond haut. Parfaitement vide, à l'exception de deux cages au fond de la pièce. J'entends quelques porcelets et un cochon.

« Je le savais... »

Lode plonge la main dans son grand sac de jute et lance des épluchures de patates et de légumes dans les cages.

« C'est pas pour ça que j'ai besoin de toi. »

Il prend une brosse et balaie la paille entre les deux cages. Une trappe apparaît. À nouveau le tintement du trousseau, le cliquetis d'un gros cadenas. Lode ouvre la trappe d'un geste brusque et éclaire la cave de sa lanterne.

« Laisse-moi y aller d'abord. »

Le sac de jute dans une main, la lampe de poche dans l'autre, il descend le long d'un escalier un peu branlant puis allume.

« Viens et referme la trappe derrière toi. »

Nous sommes à présent dans une cave sèche et assez haute, je dirais près de quatre mètres de plafond à vue de nez. De chaque côté, des boîtes en carton sont empilées presque jusqu'en haut. Un étroit chemin mène à quelques palettes.

« Tu m'aides ? »

Je déplace les palettes avec lui. Il n'y a pas beaucoup de poussière dessus. Puis Lode frappe trois coups brefs sur une porte, puis encore deux coups. D'autres coups répondent de l'autre côté.

Lode pousse la porte et nous nous retrouvons dans un salon, aménagé avec une lampe sur pied, un poêle, un fauteuil, une table et deux chaises, un lit pas trop petit et de lourds rideaux.

« *Haben Sie einen Freund mitgebracht*[1] ? »

Chaim Lizke nous accueille d'un sourire, tout en essuyant ses mains dans un torchon, une bassine d'eau de vaisselle à ses pieds.

Lode dépose le sac de jute sur la table et dit qu'il lui a apporté du pain.

Nous sommes à la taverne Betty dans la Rotterdamstraat.

Lode me regarde.

« Parce que tu es pratiquement de la famille... Voilà pourquoi. »

C'est donc juste parce que mes mains naïves ont trouvé celles de sa sœur ? N'était-ce d'ailleurs pas plutôt le contraire, n'était-ce pas elle qui m'avait pris la main la première ? Parce que leur père m'adresse désormais plus qu'un grognement pour me saluer et me propose un peu plus vite de m'asseoir ? Parce que leur mère s'inquiète pour moi de temps en temps et me rappelle maternellement à l'ordre, en me disant par exemple de faire attention à mes poumons, à sortir comme ça sans écharpe alors que les feuilles tombent ? Parce que lui et moi buvons maintenant des bières ensemble, que nous nous comprenons sans parler et semblons être amis pour la vie ? Ou parce qu'il imagine un tas d'autres choses entre nous ? Ou peut-être, voire surtout, parce qu'elle, la belle et élégante Yvette, a des droits sur moi à vie et le fait comprendre dans chacune de ses lettres ? Et

1. Vous avez amené un ami ?

si ce n'est pas à cause de ça mais de ses savoureux baisers, de sa poitrine qu'elle m'offre, de la promesse que je pourrai, qui sait beaucoup plus vite que je ne le pense, profiter encore davantage de son corps somptueux, peut-être même avant qu'elle et moi ne passions devant l'autel, avec beau-papa et belle-maman qui chialent comme des veaux parce que leur chère enfant, la plus belle de toutes, est sur le point d'être bradée à ce… allons, ça va encore, y a pire, mais comment s'appelle-t-il déjà ?

C'est pour cela, c'est pour tout cela que je suis de la famille et que je dois aider Lode à s'occuper de l'Israélite Chaim Lizke, lequel, dans ce sous-sol, a une tout autre allure que lorsque nous le poussions dans la neige avec sa famille sous les beuglements des Feldfritz il y a environ deux ans, en route vers nulle part, semblait-il alors. Lui qui n'était plus à ce moment-là qu'une épave, un mouton bêlant sur le chemin de l'abattoir, a tout l'air à présent de quelqu'un qu'on n'intimide pas facilement, un *homme du monde*, qui nous aurait reçus dans un salon d'artiste bohème, dont tous les gens à ses trousses sont comme par magie tenus éloignés et où il jouit d'une totale immunité, plongé dans un isolement artistique propice à la création d'une œuvre magistrale.

« Tu vois tout ce que ça implique. Cet homme doit recevoir à manger, il doit être soigné. Avec la boucherie, mon père ne peut y aller que le soir. Ma mère et Yvette ne sont au courant de rien. Du coup, j'alterne avec mon père, mais il devient beaucoup trop vieux pour ça. Son cœur va lâcher si ça continue. J'en ai parlé avec lui. C'est lui qui a commencé à parler de toi en disant que tu étais quelqu'un de confiance. Ça, évidemment, je le savais depuis longtemps.

— Tu veux que je te relaie quelquefois, c'est ça ? »

Lode lance un regard farouche autour de lui. La taverne Betty est pourtant particulièrement bruyante. Personne n'attire l'attention ici. Les disques se succèdent grâce à l'épouse du patron, lequel sert bière sur bière, tandis que les clients, incapables de décoller leurs pattes des femmes, les entraînent les unes après les autres sur le petit mètre carré de piste de danse où ils les montent à moitié. Ça fume et ça se chamaille, ça gueule et ça rit, et de temps en temps une demoiselle court aux toilettes, un mouchoir sur son visage en larmes, pour épancher un gros chagrin causé par une conversation qui s'est mal terminée avec un énième obsédé incapable de laisser ses fesses tranquilles. Bref, un endroit sûr.

« Pas seulement. Ça devient trop dangereux par ici. Je le sens dans mes os. Ça va mal finir. Il faut qu'il aille à Bruxelles. Paraît que là-bas il y a moins de contrôles. En plus, j'ai mon oncle qui habite là. Il pourrait le faire passer au Portugal. Je suis en train de me renseigner. J'en connais deux ou trois qui ont un plan.

— Tu as enfermé ce juif là-dedans. Et s'il y a le feu ?

— T'inquiète. Il y a une deuxième sortie. Il a la clé. Mais il sait qu'il ne peut l'utiliser qu'en cas d'extrême nécessité. S'il sort par là, il se retrouve pour ainsi dire dans la cour des voisins de derrière.

— Et sa femme et ses enfants, où sont-ils ? Quand même pas... »

Lode soupire.

« Il s'en est fallu de peu... Les enfants sont quelque part dans les Ardennes. Sa femme est maintenant soi-disant religieuse dans un couvent au Limbourg. Pour lui, les choses sont un peu plus compliquées.

— Ça ne se voit pas.

— Que veux-tu dire ?

— Que le gars a l'air plus détendu que toi.

— C'est quelqu'un de particulier. Je crois te l'avoir déjà dit d'ailleurs. Tu te souviens que tu as commencé à parler de lui et que je t'ai dit que mon père l'avait rencontré dans le milieu de la petite pierre ? Je suis désolé de ne pas avoir pu t'en dire plus à ce moment-là. Je devais d'abord en discuter avec mon père. »

Ces dernières phrases ont été prononcées un ton plus haut. Trop appuyées, comme répétées à l'avance. Quelque chose cloche dans son explication. Mais est-ce parce qu'il a du mal à me cacher ses vrais sentiments et qu'il regrette encore plus de m'avoir menti, ou y a-t-il autre chose ? Qui sait, peut-être que le père a abusé du noble idéalisme de son fils et qu'il ne s'agit pas seulement de sauver la vie d'un Israélite, mais d'en profiter aussi d'un point de vue financier ? Ne serait-il pas possible que Chaim Lizke paie royalement mon futur beau-père en échange de sa protection et que Lode ne le sache que trop bien ? Et après ? Les risques sont énormes. Le père est calculateur, mais le fils est peut-être un peu trop tête brûlée. Son tempérament est connu et comme je l'ai dit : il n'a plus un seul ami au bureau. Tout le monde le considère comme un lâcheur qui a laissé tomber ses collègues. Personne ne prendra la défense de Lode, certainement pas pour un énième juif, alors qu'on en a déjà mis je ne sais combien dans le train direction camp de travail ou pire.

« Tu sais quand même ce qui arriverait s'ils le trouvaient ? À toi, à tes parents, peut-être à Yvette ?

— À toi aussi, maintenant, tu es dedans. »

Je me raidis. Lode pose aussitôt la main sur mon épaule.

« J'ai parlé trop vite. Je suis désolé. »

Sa main ne s'en va pas. Il faut que je le regarde dans les yeux et que je hoche la tête pour qu'il l'enlève.

Un type crie à la femme derrière la pompe de repasser le dernier disque.

« Deux fois de suite, ça ne peut pas faire de mal, nom de Dieu ! »

Son amoureuse approuve avec enthousiasme.

La porte d'entrée s'ouvre si violemment que la vitre explose. Une vingtaine de gars de la SS flamande se ruent à l'intérieur de la taverne Betty en beuglant. Hurlements. Leurs matraques balaient les verres pleins et les cendriers sur les tables. Les gens se précipitent en masse vers la sortie. Un pochard qui n'a aucune idée de ce qui se passe prend un coup de poing dans l'estomac et s'affale en crachant des glaires. Le propriétaire prend dans ses bras sa femme qui sanglote. Les disques sont rompus les uns après les autres par des blancs-becs en uniforme qui ne doivent pas avoir beaucoup plus de dix-huit ans. L'un d'eux piétine avec acharnement les débris de bakélite. La plupart des clients sont maintenant sortis du troquet. Lode et moi sommes restés assis. Personne ne nous regarde. Après avoir brisé encore quelques bouteilles sur le sol jonché de disques cassés, les garçons font le salut nazi. Ensuite, l'un d'eux, probablement le meneur de la bande, farfouille dans la caisse, la vidant de tous ses billets. Puis ils quittent l'établissement dans des éclats de rire moqueurs.

Le patron regarde Lode d'un air furieux :

« C'est bien toi le fils du boucher de la place, non ? T'es de la police, non ? Et tu restes assis sur ton cul, nom de Dieu, pendant qu'ils saccagent mon café ! On nous vole notre pain, et toi et ton copain, vous ne faites rien !

— Tu n'as pas honte ! crie sa femme en larmes à Lode.

— On n'a pas la permission d'agir, répond Lode aussi tranquillement que possible.

— Bande de poules mouillées ! On vous retrouvera après la guerre, toi et les gens de ton espèce. Sortez d'ici, nom de Dieu ! Tout de suite ! »

Barbiche Teigneuse est en « excursion », comme il me l'a soufflé il y a une heure, ce qui signifie qu'il est chez Jenny ou chez une autre pute, et qu'Yvette et moi sommes donc seuls avec sa chère mère, qui ne se détend que quand fiston est sorti de la maison. Elle a cessé de me regarder depuis un bout de temps. Seule Yvette compte, Yvette à la douce voix d'infirmière, Yvette qui continue de lire « La malédiction du Comte » comme s'il s'agissait d'une histoire sans fin, composée d'un nombre illimité d'énormes tomes à la reliure de cuir, en réalité une édition magazine, le numéro cinq de la neuvième année, une malheureuse trentaine de pages, maintenues par deux agrafes.

« Continue, mon enfant. Je suis bien installée.

— Mais l'esprit s'étiole à force de réflexions. Heureux, se disait Robert de Tiège en son for intérieur, ceux qui peuvent s'éveiller dans un lit moelleux sans devoir constater qu'ils se sont trahis eux-mêmes. Le coupable n'était nul autre que lui-même ! Non, nul autre que lui ne pouvait être accusé de cette haute trahison. Pour toujours et à jamais, il se priverait de sommeil. L'oppressant sentiment de culpabilité l'empêcherait de dormir. Certes, c'était avant tout lui-même, Robert de Tiège, qui s'en empêcherait. Un éclat de bois lui permettrait de maintenir ouvertes ses paupières gonflées ! Au point du jour, on le retrouverait droit comme un cierge, comme s'il était... »

Un ronflement léger emplit la pièce. Déjà, la petite mère dort tel un vieil écureuil qui aurait consommé une trop grosse noix tombée du noyer au début de l'hiver. Sa petite tête est inclinée, un filet de salive relie sa bouche au châle qui lui enveloppe les épaules... Elle se sent en sécurité.

« Encore une fois, il n'aura pas fallu longtemps », chuchote Yvette enjouée.

Elle a un tic aujourd'hui qui me rend fou. De temps en temps, la pointe de sa langue se presse fermement contre la commissure gauche de sa bouche maquillée. L'arrière de sa langue ressemble à un petit animal rose et mouillé qui ferait à la vitesse de l'éclair quelques travaux d'entretien aux portes du désir. Elle me regarde par-dessus son épaule et devine quelque chose.

« Je veux t'embrasser », murmuré-je en essayant de ne pas trop haleter.

Elle hausse les épaules mais l'un de ses sourcils se lève en même temps d'un air espiègle. Un flot de gratitude me traverse. Pour ces épingles dans sa coiffure qui lui relèvent les cheveux en découvrant ses oreilles délicates : merci. Pour ce rouge qui lui dessine des lèvres si gourmandes : merci. Pour ces yeux que le mascara fait étinceler : merci beaucoup ! Pour cette odeur de muguet qui s'échappe de son décolleté encore relativement sage : merci mille fois, ô univers, c'est pour tout cela que mon cœur se laisse broyer avec plaisir.

« Qu'est-ce que tu racontes, Robert de Tiège, toi qui trahis ton propre cœur... » se moque-t-elle à voix basse, le sourcil toujours levé.

Je la tire doucement de sa chaise de lecture et l'entraîne hors de la pièce où se repose la petite mère. La vieille ne bronche pas, comme d'habitude. Je guide Yvette dans les quelques marches qui descendent à l'entresol, un vestibule qui ne mène nulle part, occupé par des vestes proprement accrochées à un portemanteau, des chaussures et des chapeaux rangés de chaque côté sur des étagères. Nous sommes sous l'arcade de l'entrée, au milieu des habits, dans la lumière jaune, dignes d'un arrêt sur image hollywoodien, le début d'un happy end, juste avant la musique qui éclate et le générique de fin.

J'avance la main vers la cordelette de l'interrupteur. On s'embrasse dans le noir ou pas ?

Mais ses lèvres ont déjà trouvé les miennes et nous nous embrassons en pleine lumière, dans l'odeur d'encaustique, de boules de naphtaline et de cirage. J'ai tendance à penser que je suis une bête surexcitée, mais sa bouche m'apprend à chaque fois que ce que je ressens n'est rien à côté de ce qui a l'air de se passer en elle : une tempête de désir, qu'elle laisse se déchaîner tout en y résistant. C'est ainsi qu'un doux baiser devient tout à coup dévorant et que son halètement intermittent me porte à un degré d'excitation que je n'atteindrais jamais seul, comme si tout l'univers hurlait qu'il était prêt à s'accoupler. Pourtant, tout continue de se dérouler entre mes deux oreilles et à aucun moment je n'arrive totalement à lui rendre sa ferveur. Lorsque mes baisers s'intensifient, elle m'apaise, avant de me faire, d'une subtile lèche de la langue, remonter en flèche vers des sommets. Je réfléchis trop, je suppose, tandis qu'elle suit simplement le feu dans son ventre, parfois doux, parfois ardent. Ce que nous nous faisons avec nos bouches est une histoire en soi. Ensuite, et cela se passe toujours au moment où mes lèvres deviennent rêches, elle me force à plonger mes yeux dans les siens. Si c'est moi qui essaie, elle détourne la tête la première. Mais si c'est elle qui cherche mes yeux en premier, je soutiens son regard et me sens beaucoup trop nu, beaucoup trop vulnérable, beaucoup trop seul. Souvent, il arrive alors qu'Angelo se manifeste, ce qu'elle semble deviner à chaque fois et qui lui fait d'ailleurs dire pour la première fois aujourd'hui : « Le revoilà.

— Qui ? demandé-je, moi l'imbécile, l'idiot dépourvu d'attributs, planté les yeux perdus dans les siens et pour le reste nu comme un ver.

— Le petit salaud, le sale traître », répond-elle sans sourciller.

Va-t'en faire rimer ça avec les « mon trésor » et « mon chéri » qui constellent les lettres qu'elle m'envoie si souvent. Ma bouche étanche les mots qu'elle veut encore ajouter. Elle penche la tête à gauche et sa langue se fraie un chemin le long de la mienne. Nos langues s'enroulent, parfois lentement et à tâtons, puis de nouveau plus vite et joyeusement, et chaque changement de rythme me fait tourner la tête, comme si je n'allais jamais réussir à la suivre, comme si, pour finir, je n'étais pas un parti à son goût, lequel est beaucoup plus inventif que le mien et, qui sait, plus sale que je n'aimerais le découvrir. Je lui prends la main et la pose sur ma braguette, tout de suite prêt à m'excuser jusqu'à la fin de mes jours si elle devait en être choquée. Rien ne laisse penser cependant qu'elle l'est. Au contraire, sa main me presse doucement l'entrejambe, tandis que son autre main tire sur la cordelette de l'interrupteur et nous enveloppe d'obscurité. Et oui, elle a tout à fait raison, car ce que je semble vouloir de manière si impulsive tout à coup – était-ce moi ou un autre ? – se passe de préférence dans le noir. Elle me pétrit à travers mon pantalon, comme si elle savait ce qu'elle faisait et à la fois partait ingénument à la découverte, une combinaison qui me rend encore plus fou. Je garde les yeux fermés, incapable de les ouvrir maintenant, tout doit se passer dans le noir le plus total. Je dois continuer de l'embrasser et subir avec plaisir ce qu'elle me fait sous la ceinture. Elle vient en effet de repousser une main tâtonnant vers ses seins et lui toucher autre chose, je n'ose pas. Ses doigts ont trouvé ma fermeture éclair. Elle ouvre ma braguette et sa propre excitation me trouble, me donne le vertige. Est-ce qu'elle aime ça autant que moi, peut-être davantage ? À nouveau, je n'arrive plus à la suivre. Elle palpe à travers le coton de mon caleçon et lorsqu'elle arrive à la partie mouillée au-dessus, elle presse plus fort. Pendant ce temps, sa langue trouve d'autres manières de me faire suffoquer. Puis elle défait sans hésiter les deux agrafes de ma boutonnière. Ma braguette est à présent grande ouverte. Je me demande si elle me regarde à la dérobée tandis qu'elle m'embrasse et me caresse le cou, mais je n'ose toujours pas ouvrir les yeux, comme si tout cela pouvait disparaître d'un coup pour ne plus jamais revenir. Je sens deux doigts de chaque côté de l'élastique de mon caleçon. Elle le tire d'abord un peu vers l'arrière puis baisse le textile blanc. Ma bite nue, libérée, se dresse. Tout de suite me parvient l'odeur de mon excitation, de ma bestialité masculine et j'en rougis jusqu'aux oreilles. Sa bouche trouve à nouveau la mienne et ses baisers se font apaisants. « Viens là, dit-elle, viens là. » Par quoi elle semble vouloir dire : remets-t'en à ma main, abandonne-toi. Mes genoux cèdent presque quand elle commence à me caresser et je laisse échapper des sons que je ne contrôle pas. Lorsqu'elle me saisit un peu plus vigoureusement, je me crispe à cause de la sécheresse de sa main. Comment le lui dire ? Quels mots utilise-t-on pour faire comprendre une chose aussi pratique ? Elle s'arrête immédiatement de m'embrasser, me lâche un instant. Je suis toujours en train de chercher les mots quand soudain je sens à nouveau sa main, mouillée et accueillante. Rien que ça, le fait qu'elle ait humecté sa main sans rien demander, qu'elle ait sans doute craché sans bruit dans sa paume pour mieux me donner du plaisir, m'amène au bord de l'éjaculation, c'était moins une. Je commence à avoir froid. Tout excité que je sois, quelque chose de sombre se met à chanter, une question prend forme au son d'une mélodie. « Pourquoi me fait-elle ça ? Pourquoi me fait-elle ça ? » Est-ce parce qu'elle sait que maintenant nous sommes une « famille », ainsi que Lode me l'a affirmé ? Sait-elle tout de même quelque chose à propos du juif caché par son père et son frère, sait-elle que je le sais ? Notre union doit-elle être scellée comme ça, maintenant, de cette manière, sa main autour de ma bite qui tressaille et moi qui ne peux pas partir, qui ne veux pas partir ? Parce que tu es pratiquement de la famille, c'est ça ? Et pourquoi est-ce Lode surtout que j'entends me souffler cette phrase à l'oreille ? Non, oublie ces conneries, arrête de penser, ferme les yeux et laisse-toi aller. Sa bouche m'apaise, à nouveau elle provoque une excitation plus bestiale qu'émouvante. Et je repars à l'échafaud, lui appartenant tout entier. Sa main aussi change de méthode. De douce, elle se fait plus ferme, les à-coups rapides se muent en pressions plus calmes. Je passe d'une sensation à une autre, ne sais plus où je suis, ce que je fais ni qui je suis, hormis le fait que chaque frisson de plaisir me donne à entendre que je lui appartiens, à elle et rien qu'à elle. Je vais exploser. Et ça aussi, elle le sent. Elle tire soudain sur la cordelette et me voici dans la lumière crue. Elle tire plus fort sur ma bite. Sa bouche quitte la mienne. Elle me force à la regarder et dit : « Vas-y. » Alors mon sperme gicle, atterrissant probablement entre les manteaux d'hiver de la petite mère. Puis, sans lâcher ma queue qui vibre encore, elle se remet à m'embrasser, de nouveau avec une fièvre qui dépasse de loin la mienne, même au comble de l'excitation.

Soudain, nous entendons un gémissement sonore. Nous nous regardons.

Yvette murmure : « Elle rêve. »

Les boutons argentés ne se promènent jamais seuls. On dirait une chanson, nom de Dieu. Mais c'est vrai : un agent de police tout seul, sans collègue, éveille les soupçons. Sois tranquille, j'ai réfléchi au problème. Comment vais-je m'habiller quand viendra mon tour d'aller nourrir le juif ? En uniforme ou pas ? Lode portait le sien quand il m'attendait. Je décide pour finir de faire comme lui, en espérant ne pas tomber sur des Feldfritz qui me demandent ce que j'ai dans mon sac. Si tu veux le savoir : deux saucisses, trois patates et un quignon de pain de seigle. Un homme qui se cache est bien avisé de choisir un boucher ou un fermier comme potentiel bienfaiteur. Lode a préparé le sac et le trousseau derrière la petite porte à côté de la boucherie. Ça aussi, ça me rend nerveux, vu qu'à cet endroit il y a de fortes chances pour qu'on me voie. On n'a pas trouvé d'autre solution. Tandis que nous cherchions en vain, chuchotant dans le noir en revenant de chez Lizke, je ne pouvais pas faire autrement que me sentir stupide. On pouvait mieux faire, on devait mieux faire même, mais j'ignorais comment. En attendant, me voilà en train de frapper les trois petits coups sur la porte de la cachette, tel un comploteur de pacotille, un frimeur, un branleur. Qu'est-ce qui est pire : savoir que tu es un amateur ou penser que tu peux faire mieux que ça, mais sans savoir comment ? Toc toc, la porte s'ouvre et le mystère Lizke me souhaite la bienvenue. Il regarde ce que je lui ai apporté et me demande s'il ne peut pas avoir des œufs la prochaine fois. Je hausse les épaules en grommelant. Ça sent la brillantine. Cet homme a-t-il vraiment été un ouvrier du diamant, un homme de la petite pierre ? J'ai du mal à la croire. Il renifle le pain, pince doucement les saucisses, caresse les patates, sourit et se tourne vers moi.

« *Bitte setzen Sie sich*[1]...

— *Leider keine Zeit*[2], réponds-je.

— *Aber natürlich*[3]... »

Je me souviens brusquement que c'est sans doute contre rémunération qu'il est caché ici par le père et le fils, tel un monstre issu d'un conte noir de Grimm. Mais qui tient qui en son pouvoir ? Que se passera-t-il si son budget en argent, en diamants ou en bijoux s'épuise ? Ont-ils convenu d'un montant journalier ou plutôt d'un forfait ? Le père de Lode le flanquerait-il à la porte si sa réserve devait se révéler insuffisante ? Une idée n'exclut pas l'autre. Mais non, c'est impossible, les risques sont inconsidérés. Dans ces circonstances, un homme ne peut pas se permettre d'en rudoyer un autre. Si Lizke était prié de déguerpir faute d'argent et qu'il était arrêté, on ne devrait pas s'étonner qu'il envoie tout le monde au gibet. Suis-je le premier à envisager ça ou le père et le fils y ont-ils réfléchi aussi ? Le père est-il encore capable de penser correctement sans être dévoyé par la cupidité et l'appât du gain ? Car les cartes sont à découvert sur la table. S'il ne s'agit que d'argent, c'est le passager clandestin qui tient le navire en son pouvoir.

1. Asseyez-vous, je vous en prie...
2. Pas le temps, malheureusement.
3. Mais bien sûr...

Je demande le sac, le salue, la main déjà sur la poignée.

« *Sie scheinen mir ein Intellektueller*[1]... »

Je m'arrête, ne sachant que répondre.

« *Haben Sie Bücher*[2] ? »

Je demande quel type de livres.

Il hausse les épaules, de tout, mais de préférence en allemand.

J'acquiesce et lui dis que je peux peut-être lui arranger ça. Seul un homme de ma connaissance possède un tas de livres en allemand et l'idée de les lui emprunter fait apparaître pour la première fois de la journée un sourire sur mon visage.

C'est ainsi que, peu de temps après, je reparais devant le mystère Lizke avec un sac en tissu rempli de livres, tous en allemand. Barbiche Teigneuse ne savait pas où donner de la tête face à mon soudain enthousiasme pour la littérature allemande. Déconcerté, il a rassemblé ce qu'il pouvait, un peu de Schiller, du Hesse, du Jünger. Tous les ouvrages ne sont pas en accord avec la nouvelle conscience patriote, m'a-t-il averti, néanmoins, du moment qu'ils étaient pourvus de son ex-libris, marqués de son nom et de l'une ou l'autre devise latine, je pouvais tous les emporter.

Chaim Lizke les sort du sac un à un, les étale sur la petite table à manger branlante et me fait un clin

1. Vous m'avez l'air d'un intellectuel.
2. Avez-vous des livres ?

d'œil. Sa large bouche esquisse un sourire. Hochant la tête, comme s'il reconnaissait de vieux amis, il hésite, en sélectionne un, puis va s'asseoir dans l'un des deux fauteuils usés. Sans plus m'adresser un regard, il ouvre le livre qu'il a choisi et entame sa lecture. De temps à autre, il pousse un soupir satisfait. Je peux disposer, semble-t-il. Il humecte son index avant de tourner une page, me jette encore un coup d'œil et poursuit sa lecture.

Je reste assis à la table et roule une cigarette. Tout en fumant, j'étudie Lizke. Son calme ou sa capacité à s'isoler en une fraction de seconde derrière un bouquin me trouble : comme si cette planque n'existait plus, comme si le fait qu'il soit menacé ou pas n'avait plus d'importance. Doit-on admirer un tel sang-froid, ou cette soif de normalité est-elle un tantinet affectée ? Je peux penser ce que je veux, ça le laisse parfaitement indifférent. Que je souffle des ronds de fumée, que je bâille à m'en décrocher la mâchoire ou que je pète, il ne lève même plus les yeux. Il lèche à nouveau son doigt et tourne une page. Le silence entre nous laisse le champ libre aux autres bruits. Le tic-tac d'une antique horloge ralentit le cœur et prélude à de solides ronflements dans le fauteuil, comme un vieux chat près du poêle. Les sons à peine audibles du monde extérieur résonnent à présent comme des voix étouffées en provenance d'un autre univers, trop lointaines pour signifier quelque chose, trop pathétiquement faibles pour laisser une impression. Le fauteuil craque. Chaim Lizke change de position. Il se gratte derrière l'oreille, renifle un grand coup. Il cherche un mouchoir et crache dedans. Encore une page. « Hé, hé... » fait-il tout bas. Les premières pages de *Der Steppenwolf* lui procurent-elles un réel plaisir ou est-ce plutôt un mépris amusé pour le talent d'écrivain d'Hermann Hesse ? Impossible à deviner. « Attention, édition originale ! » avait dit Barbiche Teigneuse à propos de ce livre. Mais dans les mains de ce personnage ici présent, ce n'est qu'un objet utilitaire, pas un joyau. Dois-je lui demander expressément de ne pas corner les pages, de ne pas plier la couverture, peut-être de ne pas trop imbiber le papier de salive ? J'ignore comment on dit ça en allemand.

« *Das sind nicht meine Bücher*[1]... » tenté-je.

Lizke lève les yeux et de nouveau sourit.

« *Danke schön. Sehr freundlich*[2]... »

Son menton s'avance un peu, ses yeux se plissent, et le tout forme, avec son sourire figé, un masque de gratitude et de reconnaissance.

« *Das freut mich*[3] », répète-t-il, hochant la tête, tandis que ses yeux retournent au texte imprimé.

Je soupire et, tout à coup, je me dis tant pis. Je pense que Barbiche Teigneuse ne récupérera jamais ses bouquins. Ou bien si, mais à un moment où il ne pourra que hausser les épaules, occupé qu'il sera par d'autres soucis qui n'auront rien à voir

1. Ce ne sont pas mes livres...
2. Merci beaucoup. C'est très gentil...
3. Je suis content.

avec la littérature. Je pense subitement que c'est bien vrai, que tout est provisoire. Je ne m'y étais jamais arrêté, mais devant Chaim Lizke absorbé dans sa lecture, la chose prend d'un coup un tour très concret.

Il faudra toutefois plus que cette révélation pour me donner envie d'aller m'asseoir en lotus sous un arbre, une rivière clapotant en bruit de fond et la doctrine de Bouddha en douillette écharpe de soie autour de mon cou nu. Oui, tout est temporaire, mais l'agitation que Lizke suscite en moi semble détachée du temps. C'est une agitation profonde et imprévisible. Il ne pourra plus rester longtemps ici. Il fait irruption dans mes rêves, parfois sans rien dire, mais très présent. Hier, par exemple, il m'ouvrait la porte en murmurant tel un majordome : « *Allow me, sir*[1] », après quoi il sifflait dans ses doigts et un carrosse de l'époque victorienne surgissait du brouillard londonien, au ralenti, tiré par deux étalons noirs déchaînés, les commissures écumantes. Lizke doit partir. Il se glisse sous ma peau, sans que je puisse comprendre pourquoi. Ces derniers temps, Lode compte de plus en plus sur moi pour apporter sa pitance à cet homme. C'est évident qu'il est occupé à d'autres choses, vraisemblablement des actes de résistance, de sabotage qui sait. Tout le monde sent que la tension monte, comme si un grand affrontement pointait à l'horizon. Foutaise, bien entendu. La vie dans

1. Permettez-moi, monsieur.

cette ville se traîne d'un incident à l'autre. De fil en aiguille, comme on dit. Occupation ou pas, ce n'est pas plus que ça. Parfois, alors que tout semble normal, je me mets à trembler et porte la main à mon estomac. Ça ne dure pas, une minute à peine, comme si un robot en moi recevait un message d'un être au cerveau démoniaque projetant la destruction du monde.

Devant la porte d'entrée, dans la Kruikstraat, je fouille mes poches de pantalon à la recherche de la clé. Quelqu'un pose la main sur mon épaule et m'enjoint de le suivre. Avant de réaliser ce qui se passe, je me retrouve assis sur une banquette arrière entre deux hommes en cuir. L'homme qui conduit la voiture le long de la Belgiëlei a ouvert sa fenêtre et tient sa cigarette à l'extérieur, tandis que son autre main repose avec désinvolture sur le volant. Personne ne parle. Au parc de l'Harmonie, la voiture tourne à gauche dans la Karel Oomsstraat. L'homme à ma droite tousse ostensiblement.

« Tu peux pas jeter ta saloperie de cigarette ? J'ai une bronchite, je te rappelle.

— Va te faire foutre », dit le conducteur.

Aucun ne m'adresse un mot. Je suis un paquet à transporter d'un point A à un point B. J'essaie de maîtriser ma respiration et vois devant moi le juif auquel il y a moins d'une demi-heure je serrais encore la pince pour dire au revoir. Je croise les mains sur mes cuisses. L'addition arrive. Le moment que je n'ai pas voulu me représenter dans le détail, mais que je me suis parfois imaginé lors de rares nuits d'insomnie. Nous pénétrons dans un quartier résidentiel et la voiture tourne à droite. Qu'est-ce que je me suis raconté comme histoires ? Je vois Lode qui me met en garde, Yvette qui me sourit, ma mère qui pleure dans la cuisine et moi, seul et abandonné, en train de manger mes sandwichs dans le réfectoire sale de la Vestingstraat. J'évalue les possibilités, de possibles répliques et autres formes d'explication, des choses qui à première vue pourraient concorder, des justifications plausibles à un comportement a priori suspect. La scène est là. C'est à toi de jouer, Wilfried Wils. Fais pas semblant que tu ne sais pas ça. Échauffe-toi en coulisses. Ne fais pas dans ton froc. Sois prêt à tout, surtout à la douleur des matraques qui pleuvront sur toi pour te rendre aussi tendre et saignant qu'un bifteck de première qualité, aussi tendre que ceux qu'ils servaient avant la guerre à l'hôtel Weber de la Keyserlei, saignant et baignant dans une épaisse sauce brune dans laquelle on pouvait planter sa fourchette, saignant comme le Christ sur sa croix. C'est la peur qui te fait vivre, c'est la peur qui te fait vivre. Ces phrases forment un refrain dans ma tête.

Nous nous garons dans l'avenue Della Faille, quartier général du Sicherheitsdienst.

Une grande agitation règne au rez-de-chaussée. Des gens entrent et sortent en courant. Je vois des hommes en uniforme soutenant à deux d'autres hommes dont les visages n'ont plus rien d'humain. Certains maugréent entre leurs dents tandis qu'on les emmène à l'étage inférieur. Les portes s'ouvrent et un cri d'angoisse étranglé retentit avant qu'elles se referment. C'est la peur qui te fait vivre, c'est la peur qui te fait vivre. Les hommes en cuir trouvent que je monte le grand escalier trop lentement et décident de m'aider. Mes pieds ne touchent presque plus le marbre. J'essaie de garder le contrôle de ma vessie. Dans un haut couloir, on me met sur un banc, comme un petit enfant, et l'on me crie d'attendre. Un membre de la Waffen-SS, armé d'une mitrailleuse, fait le planton devant une porte. L'un de mes accompagnateurs frappe puis entre. C'est l'heure de l'examen oral, me dis-je, concentre-toi et ne perds pas tes moyens. En moi, j'entends Angelo rire sans vergogne, quand il ne cherche plus à se retenir. C'est la peur qui te fait...

La porte s'ouvre. L'homme en cuir me fait signe d'entrer, tandis qu'il sort et referme derrière lui. Et là, qui je vois, Gregor, avec ses cheveux roux et son uniforme noir. Il m'indique une chaise. Je m'assieds.

Gregor essaie de masquer son accent allemand. Ça ne marche pas vraiment, mais sa maîtrise du néerlandais est supérieure à ce que j'aurais cru lorsque je l'entendais chez ma tante Emma.

« C'est mieux ici qu'au café, Herr Wils. »

J'acquiesce. Mon cœur se calme un peu.

« Un verre d'eau ? »

Sans attendre ma réponse, il se dirige vers une table d'appoint et prend une carafe. Je vide en trois gorgées le verre qu'il me tend. Sans faire de commentaire, il le remplit à nouveau.

« *Sie scheinen mir ein wenig nervös zu sein*[1]...

— Mes excuses, Oberscharführer. »

Gregor sourit.

« Vous connaissez mon grade.

— Bien sûr.

— Et vous safez ce que je fais dans fotre ville ? »

J'acquiesce.

« Dans ce cas, vous n'afez pas de souci à vous faire, n'est-ce pas ? À moins que vous ne soyez circoncis. Êtes-vous circoncis, Herr Wils ? »

Il me regarde un instant.

« Pardonnez-moi, c'était une maufaise plaisanterie. Pardonnez-moi aussi pour la manière dont vous avez été amené ici. J'espère que cela ne vous a pas trop impressionné. *Na gut, zum Kern der Sache*[2]. Comme vous le safez sans doute, le Sicherheitsdienst s'est résigné au fait que fos services de police ne prêteront plus assistance dans le traitement de la *Judenfrage*[3]. *Das ist kein Problem*[4]. L'été dernier, nous afons en effet remarqué que fos services étaient troués comme une... *Wie heißt das auf Niederländisch*[5] ?

— Comme une passoire.

1. Vous m'avez l'air un peu nerveux...
2. Bon, venons-en au vif du sujet.
3. Question juive.
4. Ce n'est pas un problème.
5. Comment dit-on en néerlandais ?

— *Lech wie ein Sieb ; fast die gleichen Worte*[1]... »

J'opine du chef.

« Notre ami commun m'a dit que nous poufions compter sur vous. Ça nous arrangerait, d'autant plus après que Herr Vingerhoets a trouvé la mort de si *unglücklicher Weise*[2]. Nous safons qu'il y a çà et là un peu de... *Subversion* dans la police. On vole des tickets de rationnement, on aide des juifs. Quelques-uns de fos collègues, une petite *Minderheit*[3] bien entendu, se font sûrement payer, et bien payer, en échange de ces services. *Nicht*[4] ?

— Je n'en sais rien, Oberscharführer.

— Bien sûr que non. Pas tout de suite, je vous comprends. Cela demande un peu d'adaptation. Ici. »

Il se frappe le front avec l'index.

« Mais vous y viendrez. Et il y a des compensations. Vous me comprenez ? Nous gardons strictement confidentielle l'identité de beaucoup de nos *sogenannte Vertrauensmänner*[5]. Bien sûr, il en irait de même pour vous. Certains reçoivent une indemnisation. Hélas, je ne peux rien vous offrir de tel. *Aber für alles gibt es eine Lösung*[6]. Nous arriferons bien à une solution. Fotre ami sait de quoi je veux parler. Il y a suffisamment de possibilités. Tout ce que vous afez à faire, c'est réfléchir, *reflektieren*. »

1. Troué comme une passoire, c'est presque les mêmes mots.
2. Malheureuse façon.
3. Minorité.
4. N'est-ce pas ?
5. Ceux qu'on appelle nos hommes de confiance.
6. Mais il y a une solution à tout.

Gregor allume un cigare, secoue l'allumette et souffle la fumée.

« *Gut, das wir einander so*[1]... Je veux dire : fotre tante Emma... Nous aurons également l'occasion de nous rencontrer là de temps en temps. *Verstehen Sie*[2] ?

— Certainement, Oberscharführer...

— Considérez-le comme un possible investissement que nous ferions en vous. Et sachez que fotre estimé ami se mettra toujours... *mit mir kurzschließen soll.* Vous comprenez cela *auf Deutsch* ?

— Se mettra d'accord avec vous, oui, je comprends, c'est la même chose en néerlandais. »

Gregor souffle sa fumée, satisfait :

« À nouveau : *fast die gleichen Worte*[3]. »

« Tu sais quand même ce qu'on raconte sur ce sale Boche ?

— On raconte beaucoup de choses sur ce type, Lode.

— Pactiser avec Gregor. C'est à ça que ça revient. J'ai entendu que certains soirs il refile un uniforme noir à ses potes – des gars de chez nous, hein, pas des Chleuhs – pour aller chez des juifs ou chez des gens qu'ils soupçonnent de cacher des juifs. Ils gueulent un peu, se font remettre de l'argent ou des bijoux. Puis

1. Bien, que mutuellement nous nous...
2. Vous comprenez ?
3. Presque les mêmes mots.

ils vont à ton café préféré et descendent des bouteilles de cognac, l'une après l'autre, jusqu'à la fermeture du Merle Blanc. Vrai ou faux ? Tu devrais le savoir, toi.

— J'ai pas l'impression que ce soit le genre.

— Et tu connais son péché mignon ? Les meubles. Quand de riches juifs sont mis à la porte de chez eux, personne ne peut toucher à la baraque. En principe c'est comme ça. Mais si, comme notre cher Gregor, tu t'entends bien avec un déménageur du coin, y a de bonnes affaires à faire. Qui se soucie d'une table en chêne, d'un lit d'époque ou d'un tableau au mur ? Ce qui est parti est parti, les objets peuvent disparaître. Tu sais où aller si un jour tu as besoin d'un fauteuil…

— Soit, mais il y a d'autres avantages. L'Oberscharführer pense que je suis des leurs. Ça pourrait nous protéger.

— Tu en prends des précautions quand tu parles ! Tu *es* des leurs, non ? »

Quelques secondes passent avant que Lode n'éclate de rire.

« Allez, c'est déjà assez sérieux comme ça. »

Je ris avec lui, comme d'habitude. En attendant, je pense à Chaim Lizke et me demande une fois de plus combien de bijoux ou de diamants il a promis à Lode et à son père. L'un reconnaît en l'autre sa propre petite traîtrise. Je vois les juifs traqués donner tous leurs objets de valeur. Je les vois obligés d'enlever jusqu'à leurs sous-vêtements, de se laisser fourrager les intestins à la recherche de pierres précieuses et de bijoux.

« L'argent… lâche Lode involontairement en réponse à mes pensées. Tout tourne autour de l'argent. Tu ne me feras pas gober qu'ils croient réellement à leurs conneries de Herrenvolk et de vermine, de sang et de sol, sans parler de ces simagrées qu'ils font en levant la patte, à étaler comme des forains leurs soi-disant idéaux chevaleresques et à vénérer comme la parole divine les beuglements de ce type à mèche à la radio. C'est n'importe quoi. Les choses sont très simples. C'est les juifs qui ont le fric, ça s'arrête là. C'est du vol organisé, point barre. »

Il a la parole si sûre. Moi, je doute constamment, me berçant parfois de l'illusion que je ne sais pas ce qui est en train de se passer dans cette ville. L'argent explique-t-il tout ? N'est-ce pas particulièrement naïf comme explication ? L'accusation de Lode, que l'on dirait surgie de nulle part, ressemble à la charge, longtemps mûrie intérieurement, d'un adolescent contre son père. Il y a d'autres choses en effet, qui ricanent dans l'ombre, des pensées telles des bêtes noires que je n'ai hélas toujours pas su capturer dans un poème, des énergies qui font boule de neige, comme des anges déchus, des délires, un murmure dans ma tête, des actes sans motif, des conséquences sans cause, des hasards tragiques, un obscurcissement de l'esprit et une dégueulasserie désinvolte, puis du sadisme aussi, de la mauvaise humeur, un manque de concentration. Pourquoi Lode voit-il clair, là où moi je vois flou ? Peut-être parce qu'il est lui-même un voleur ? Non, c'est exagéré. Ses paroles expriment du désenchantement, rien de plus. Il s'avère que ce n'est pas un héros, mais quelqu'un qui garde un juif en vie parce que tout tourne autour de l'argent. Ou pas ? Je me trompe ? Je ne vois plus rien, l'âme de mon camarade m'apparaît embuée comme un miroir.

« C'est de ça qu'il s'agit, Lode ?

— De quoi ?

— D'argent.

— Parfois, Wilfried, tu me fais vraiment penser à un enfant de quatre ans.

— Toi aussi alors ?

— Quoi donc ?

— C'est pour le fric ?

— Mais enfin, qu'est-ce qui te prend tout à coup ? »

Lode me regarde dans les yeux, tente d'y trouver quelque chose, finit par secouer la tête. Soudain, il fourrage dans mes cheveux.

« Arrête, dis-je.

— Oui, rétorque-t-il en colère, arrête… »

Il arrête.

Cigares pour pères de famille, cigarettes pour jeunes gens, tabac à priser pour le grand-père au coin du poêle et tabac à chiquer pour cheminots, ouvriers routiers ou jardiniers. Bienvenue chez Bruyninckx, négociant en articles de tabac, avec derrière la caisse notre sympathique Jenny qui, en témoigne son décolleté particulièrement estival par une température glaciale de moins deux degrés, ne s'est pas encore adaptée aux tendances vestimentaires en usage parmi les demoiselles de magasin.

La sonnette d'entrée du repaire de brigands tinte longtemps.

« Le beau Wilfried ! »

Ses lèvres rouges forment un O de ferveur surjouée, tandis qu'elle porte la main droite à son front, comme frisant la pâmoison.

« C'est dur pour une femme comme moi de te voir apparaître. J'en ai des papillons dans le ventre !

— Tu m'as l'air rayonnante, Jenny. »

La Jenny sans alcool est un peu plus intense que la Jenny carburant au porto. Disparus le regard lent, la lueur d'incompréhension dans les yeux, les larmes qui menacent de couler pour un oui ou un non, et elle fait sacrément moins pute qu'avant.

« Tu as déjà eu beaucoup de clients ? »

Elle plisse les yeux.

« Tu te fous de moi ?

— Serait-ce seulement possible ?

— Dites donc, quel charmeur, rit-elle, et si tu veux savoir, ce magasin est une mine d'or. Tu n'as pas idée du nombre de gens aujourd'hui qui fument leurs tickets de rationnement sitôt en poche. Ça fait longtemps qu'ils ont oublié le goût du vrai tabac. »

Ding dong. Un client.

« Ton frère d'armes est à l'arrière du magasin », chuchote Jenny en m'indiquant d'un clin d'œil le rideau mordoré derrière elle.

Au bout d'un étroit couloir rempli de caisses des deux côtés, je tombe sur Barbiche Teigneuse, assis à une table couverte de papiers, de factures et de tickets, éclairé par une lampe de bureau assez puissante, qui fait briller son crâne et lui creuse des ombres terrifiantes entre les sourcils. Occupé qu'il soit ou non à des tâches mentales, il m'accueille en tout cas avec entrain.

« Bienvenue dans mon nouveau magasin, *jeune homme* ! Un paquet de tabac ? Pour toi, c'est gratuit.

— *Ton* magasin ? C'est rapide.

— Le propriétaire est au repos, dirons-nous. Je trouve ça dommage pour lui, mais il a enfreint une loi raciale. Il aurait dû le savoir. Enfin bref, c'est moi le curateur, ou comment ça s'appelle déjà ? »

Barbiche Teigneuse écarte quelques papiers et trouve enfin ses allumettes. Satisfait, il tire sur sa pipe pour l'allumer.

« M. Bruyninckx a un de ces stocks, mon garçon… Des marchandises d'avant la guerre. Du tabac turc, du tabac anglais… Tout pour ses clients préférés. Faut que tu voies ça ! »

Il agite un petit cahier.

Je l'ouvre. Il est rempli de noms, suivis de croix, de chiffres et de marques de tabac.

« Le répertoire clientèle de M. Bruyninckx. Tu ne peux pas l'accuser de négligence. Et regarde-moi ces noms… » Barbiche Teigneuse prend d'autres papiers. « Koch, Holz, Rothman, Kubelsky, Gottlieb… Tous des juifs qui sont sur notre liste et qu'on n'a toujours pas réussi à attraper. Incroyable, non ? Et ces gens continuent de se bousculer au portillon. Au moins deux rien qu'aujourd'hui. *C'est vraiment stupéfiant !* Ne les sous-estime pas... L'inventivité des Israélites défie l'imagination. En même temps, leur arrogance stupide est tellement... Tu me crois si je te dis que les deux d'aujourd'hui se sont présentés la bouche en cœur devant Jenny en donnant leur nom, leurs tickets de rationnement volés et la marque de leur tabac favori ? Comme ça, comme si la vie continuait ni vu ni connu.

— Et maintenant ? »

Barbiche Teigneuse se frotte les tempes des deux mains et bâille.

« On va tenter un coup de filet. En prendre un ou deux, ça n'a pas de sens. Radio tam-tam fera son travail et on pourra toujours courir pour attraper le reste.

— Tu peux annoncer une réduction de prix sur les articles de tabac.

— Mais bon sang, en voilà une brillante idée ! Un juif fonctionne aux réductions ! C'est ça, c'est aussi simple que ça ! Voilà ce qu'on va faire ! »

Je regrette amèrement mes paroles, qui me font l'effet d'être plongé sous un jet d'eau glacée, claquant des dents comme si j'avais la fièvre, maudissant ma bêtise, haïssant ma langue qui parfois n'écoute pas ma raison, exécrant ma grande gueule, mon arrogance, la dégueulasserie au fond de moi, mon désir – bon Dieu de bois – quasi primaire de participer, de rigoler avec les autres, de me savoir apprécié. Parfois, la honte est comme une piqûre de moustique, parfois comme une crise cardiaque, parfois comme si tes os étaient broyés par l'étreinte mortelle d'un boa constrictor. Et rien ni personne ne me fera jamais oublier ça. Tu es le premier, mon cher arrière-petit-fils, à qui je raconte ça. Sache que ma remarque sur la réduction de prix était une boutade. Ça m'est venu à l'esprit et c'est sorti tout aussi vite. C'était tellement bête, tellement facile, une blague d'une platitude crasse. Sache aussi qu'Angelo, cette voix qui dominait si fort en moi auparavant et ne susurre plus qu'à peine aujourd'hui, m'avait soufflé ce soir-là que ma honte était un signe de faiblesse et je l'avais cru, si bien que le sommeil m'avait bien vite emporté. La même semaine, après l'annonce de rabais exceptionnels, une douzaine de juifs fumeurs de tabac avaient été arrêtés chez le négociant Bruyninckx.

« Quand m'emmènes-tu à nouveau danser, Wilfried ? »

Yvette se dirige vers le tourne-disque.

« Ce n'est plus aussi simple dernièrement…

— Je sais bien. Ça n'arrête pas. Ça fait des semaines que ces saletés de collabos saccagent une brasserie après l'autre. Même ici, sur la place, avant-hier. L'Alma, le Lympia, et deux ou trois autres. J'étais dans mon lit et j'entendais les cris. Ces SS ne supportent pas que les gens veuillent se détendre un peu. Quels imbéciles ! Ça donne encore plus envie d'aller danser. Est-ce un tel crime ?

— Comment veux-tu que je t'emmène danser s'ils foutent les boîtes en l'air les unes après les autres ?

— Mais je comptais sur ton inventivité, tiens. Tu ne vas quand même pas me dire que c'est devenu totalement interdit de danser ? Si tu es du bon côté, tu as encore accès à plein d'endroits. »

Elle me regarde comme un chat regarde une souris.

« Et je suis du bon côté ?

— Tu *connais* des gens de ce côté-là. »

Elle me tourne le dos et se penche.

L'aiguille se pose sur le disque qui grésille.

« *Plaisi-i-i-i-ir d'amour ne dure qu'u-u-u-un moment... Chagrin d'amour dure toute la vi-i-i-e...* » Le salon devient trop petit pour elle. Elle murmure une phrase de la chanson d'amour à une lampe sur pied, va se poster à la fenêtre, les mains jointes, comme si la lune allait écouter ses prières, puis saute tout à coup devant moi, la mine rieuse sous ses sourcils froncés. « *Et pourtant notre tendre roman par ta faute... aujourd'hui vient mourir bêtement...* » Sa voix module sans peine sur celle de Rina Ketty, cette cantatrice à la voix de rossignol qui, avec son orchestre de tango, tourne en cahotant sous l'aiguille du tourne-disque. Elle s'amuse à rouler encore plus le *r* déjà si peu français de la chanteuse italienne et prend la pose, les mains sur ses joues et les yeux grands ouverts, dans un cercle de lumière imaginaire. Je ne peux détacher mon regard d'elle et souris. À la fin de la chanson, Yvette fait une pirouette devant sa mère qui rit. Appuyée contre le chambranle de la porte de la cuisine, cette dernière me lance un fier clin d'œil. Ah, quel talent, n'est-ce pas ? N'a-t-elle pas un don manifeste pour donner du bonheur grâce à sa voix ? Ne pourrait-elle pas émouvoir aux larmes des milliers et des milliers de spectateurs sur les grandes scènes européennes ? Sa mère et moi applaudissons à tout rompre. Elle fait une profonde révérence.

« Voilà ce que tu devrais faire entendre à ton père, au lieu de tous ces machins d'opéra compliqués avec lesquels tu le rends maboul.

— Ah, maman, il n'aime pas m'entendre chanter tout court.

— Ça ne va jamais tout seul. Les hommes, il faut les éduquer. »

Un peu gênée, ma future belle-mère se tourne vers moi.

« Ce n'est pas vrai, Wilfried ?

— Je ne sais pas », réponds-je sans la regarder, approchant la flamme de mon briquet du bout de ma cigarette.

Yvette pousse un soupir théâtral.

« Bon, je vais continuer ce que j'étais en train de faire dans la cuisine », conclut la mère abruptement.

Yvette s'assied dans le fauteuil à côté de moi et feuillette avec humeur une revue féminine qu'elle a sûrement déjà eue en main mille fois.

« Tu sais, tu peux appeler ma mère "belle-maman". Ou même "maman".

— C'est elle qui l'a dit ? »

Je souffle la fumée sur le journal posé devant moi sur la petite table de salon : « On passe sous silence le danger des bolchevistes… Nous voulons être reconnus comme peuple… »

« Ça te mettrait mal à l'aise ?

— Je n'ai pas dit ça.

— Mais ?

— Rien.

— Regarde-moi un peu, tu fais plus attention à ta gazette qu'à moi. Je suis quoi pour toi ? Un sac de patates, une vieille chaussette ? »

Son ton est très cassant tout à coup. Je la regarde.

« Tu ne sais pas du tout qui je suis, Wilfried.

— N'importe quoi. »

Elle me pince l'avant-bras.

« Alors, qui je suis ? Dis-le ! Qu'est-ce que je veux de la vie ? Tu le sais ? »

Comme l'amant dans un vieux navet où l'action est interrompue par des cartons remplis de soupirs écrits pour remplacer le son, je tombe à genoux et prends sa main, après avoir écrasé dans le cendrier la cigarette de tabac turc fumée à moitié.

« Le bonheur ! L'amour ! Tu me veux, moi !

— Rassieds-toi. Tu te moques de moi. »

Je me rassieds, lisse les plis de mon pantalon.

« On est obligés d'être sérieux tout le temps ? »

Mon ton était un brin geignard. Je suis beaucoup trop sérieux en effet. Elle me l'avait déjà dit plusieurs fois : tu ne t'amuses pas assez avec moi. Je suis aussi trop absent et trop sombre. Sauf que cette noirceur, elle la trouve attirante de temps en temps, elle l'admet. C'est surtout le Wilfried entre les deux, ni chair ni poisson, qui lui tape sur les nerfs, qui la met en pelote, comme elle dit.

« Tu crois que je veux que tu appelles ma mère "maman" ?

— Oui. »

Elle me donne une grosse tape sur la joue.

« Mais non, évidemment.

— Aïe.

— Oui, aïe… Imbécile.

— Je ne te suis plus.

— Ce que je veux, c'est pouvoir chanter, je veux que tout le monde entende ma voix, qu'on m'appelle le rossignol de la place De Coninck, une femme d'origine modeste dont la carrière l'a menée jusqu'à Milan, Paris et New York. Je veux…

— C'est bien à ça que je pensais juste avant.

— Ce que je veux, c'est la liberté, c'est pouvoir voyager d'un endroit à un autre. Je veux que tu viennes avec moi et que tu écrives tes poèmes. Tu n'es pas obligé d'appeler ma mère "maman", qui sait, on ne se mariera peut-être pas et on vivra dans le péché, toujours sur la route, tu dois faire ce que tu veux, tout comme moi je veux faire ce que…

— Être qui tu veux être… »

De nouveau une claque sur ma joue.

« Tu m'interromps toujours… »

Je l'attrape par le poignet et dis sèchement : « Être qui tu veux être, nom de Dieu, est la chose la plus difficile qui soit.

— Le revoilà. Je le vois dans tes yeux. Le salaud est là. »

Tante Emma nous fait signe. Elle agite le bras avec tant d'impatience que je regrette de lui avoir donné rendez-vous. Elle porte une blouse blanche à manches gigot, assortie d'un double collier de perles qui lui descend amplement sur la gorge. Je réponds à son geste et mène Yvette jusqu'à elle, le long des petites tables du café Hulstkamp. Ma fiancée est habillée pour sa part en bohémienne civilisée : une longue jupe de gitane rayée noir et blanc à la taille très haute, un chemisier rouge et un boléro également rouge qu'elle a cousu elle-même.

« Mais quelle belle enfant voilà ! » s'écrie ma tante et les deux femmes échangent trois de ces fameux savoureux baisers, exécutés de chaque côté avec la bouche tirée de travers, de façon à ce qu'aucune ne dépare la joue de l'autre d'une empreinte de rouge à lèvres. Entre femmes, cette technique est une marque de profond respect, m'a expliqué Yvette il y a peu. Autrement dit, avec une femme que tu rêverais de noyer dans une bassine d'acide, tu fais juste le contraire.

Après ces embrassades, tante Emma s'installe précautionneusement, comme une oie qui veut réchauffer ses poussins nouveau-nés.

« Je viens toujours tôt pour pouvoir m'asseoir à cette table. C'est ici qu'on a la plus belle vue.

— Yvette a envie de danser. »

Tante Emma regarde Yvette avec des yeux pétillants : « Oh, mais ça va se faire, ne t'inquiète pas. Dès que mon Gregor arrive avec ses camarades, tu vas voir comme ça se déchaîne ici. »

Entre les têtes d'Yvette et tante Emma, à droite derrière, j'aperçois un étrange personnage en train de boire du genièvre à une table. Il a les yeux noir de jais, les cheveux comme plaqués sur la tête avec de la colle à tapisser, et son corps est enveloppé dans un costume de velours noir, avec, en dessous, un gilet et un nœud papillon rouges, sur une chemise blanche dont les manchettes, ourlées d'un bord en dentelle, lui arrivent presque au bout des doigts.

« Tu as déjà vu cet imbécile, juste à côté de la porte des toilettes ?

— Oh, soupire ma tante sans regarder par-dessus son épaule, tu ne le connais pas ? C'est le Sus. Il se prend pour un poète qui apparemment a usé ses fonds de culotte ici dans le temps.

— Zot Polleke, dis-je en explosant de colère intérieurement, mais sans rien en laisser paraître à mes compagnes.

— Évite-le, mon petit. Ce Sus est un casse-pieds de première catégorie et avant que tu t'en rendes compte, il s'invite à notre table et la soirée est fichue.

— Qu'est-ce que tu as ? chuchote Yvette.

— Rien, rien », dis-je en souriant.

Quelquefois, il y a de quoi devenir fou à lier avec cette ville et ses poètes. Que de simagrées, de merde infâme ! Faire semblant d'être Paul van Ostaijen : comment un pseudo-écrivain peut-il tomber si bas ? Le vrai talent ne s'obtient pas en adaptant sa garde-robe, nom de Dieu. Ça exige du travail, une vie sur le fil et surtout pas une volonté, une pose ou un accoutrement empruntés à un autre.

« Soit, dis-je, que vont boire ces dames ? »

Tante Emma s'esclaffe, résolue : « Tout à l'heure, ce sera du champagne, mais maintenant tu peux m'offrir une bière bien fraîche. »

Yvette veut du vin. Je lève la main et passe commande. « Et pour moi, ce sera un demi avec un petit genièvre.

— Dis donc, du genièvre. Attention, ou il va t'arriver des malheurs.

— Ils sont connus pour leur genièvre ici, ma chérie.

— Prends garde, toi, de ne pas devenir connu ici, mon chéri. »

Yvette et moi nous sourions. Ses yeux me disent néanmoins qu'elle est sérieuse.

Tante Emma bat des mains avec gaieté. « Quel chouette couple vous formez tous les deux ! Tu es une demoiselle de poigne, Yvette. Exactement ce qu'il faut à ce gaillard-là. Tu ne peux pas t'imaginer ce qu'il pouvait déjà nous sortir quand il était petit. Tu te souviens, Wilfried ?

— Non, dis-je.

— Évidemment, me taquine Yvette.

— Et ce qu'il pouvait crier ! Il n'était pas plus haut que cette table qu'il s'est mis à dire n'importe quoi à ses parents : "Tu n'es pas mon père !" Je l'entends encore. Et la même chose à sa mère. Qu'est-ce qu'on a ri à l'époque. C'était trop drôle.

— Oui, oui », dis-je.

« *Extase sans phrases, adieu la raison…* » chante en sourdine le tourne-disque parmi les conversations bruissant à la dizaine de tables.

Yvette lève joyeusement son doigt : « La java du clair de lune, de Suzy Solidor !

— Eh bien, ma fille. Tu t'y connais en musique.

— Elle veut devenir chanteuse, tante Emma.

— Je veux bien le croire. Elle a la silhouette pour ça.

— Suzy Solidor a une espèce de coiffure courte et blonde, avec une frange au-dessus des yeux. Je me ferais bien la même.

— Mais enfin, maltraiter de si beaux cheveux ! Quelle idée. D'ailleurs, c'est totalement démodé, ce genre de virago.

— Je croyais que tu voulais être chanteuse d'opéra, ma chérie.

— Tant que c'est sur scène, mon trésor. »

Les Boches sont là. Tout à coup, ça grouille d'uniformes, en noir et feldgrau, et ma tante Emma est tendrement enlacée par l'Oberscharführer et Judenreferent de cette ville. Ses camarades sont déjà obligés de se pendre aux dames, se trouvant de toute évidence dans un état douteux. Ils balbutient leurs noms de famille de façon à peine intelligible. Quant à Gregor, il est l'amabilité même, il nous salue, Yvette et moi, charmant, et fait promptement venir du champagne et une bouteille de genièvre. L'Obersturmführer Karl est accompagné d'une blonde aux grosses boucles à moitié relevées et à la denture éclatante. Contrairement à Gregor, Karl est un SS typique qui a choisi une fois pour toutes de nous toiser de très haut, nous les autochtones, faisant bien sûr une exception pour les belles femmes telles qu'Yvette, qu'il traite d'emblée comme si elle attendait depuis des années comme une gentille petite fille de pouvoir jouir de l'enseignement d'un M. Je-sais-tout dans son genre. Sans avoir rien demandé et avant même l'arrivée du seau à glace à notre table, elle se voit expliquer quelles sont les maisons de champagne dignes de ce nom et quelles variétés de raisin ces dernières utilisent afin d'obtenir cet excellent résultat. La copine de Karl lance à Yvette un sourire à faire chialer King Kong comme un môme. Le Hauptsturmführer Heinrich ne se soucie plus de son grade, il est beaucoup trop saoul pour ça, et le respect des formalités ne semble plus vraiment crucial entre officiers dès lors que le soleil est couché et que les serveurs en livrée papillonnent autour d'eux comme autant d'infirmières aux plateaux remplis de remèdes alcoolisés. Le Hauptsturmführer a une profonde cicatrice à la joue gauche et une paupière lourde. Il ne nous voit pas. Son attention est monopolisée par les deux femmes avec qui il est venu et qui prétendent être sœurs. En un rien de temps, cependant, d'autres dames les rejoignent, qu'il connaît visiblement toutes, bien que pas une fois je ne l'entende prononcer un prénom. Il alterne à leur adresse les « *Schatzi* » et les « *Mausi*[1] ».

1. Trésor, chérie.

Depuis que les SS, les officiers de la Wehrmacht et leurs disciples ont fait leur nid près de notre table, le pseudo-poète tente de capter mon attention. À tout bout de champ, il lève son verre de genièvre dans ma direction et me lance un clin d'œil, avant d'arrondir les lèvres pour boire. Je l'ignore et me ressers. L'enseignement dispensé par l'Obersturmführer m'a rendu Yvette inaccessible, tout comme tante Emma qui, après avoir plusieurs fois tenté de m'inclure dans la conversation, s'est résignée au fait que son Gregor exige toute son attention lorsqu'il raconte en gloussant des histoires que je suis incapable de suivre.

Le café se remplit. Yvette me jette un regard plein d'un désespoir muet, que tante Emma capte également. Aussitôt, elle chuchote à l'oreille de Gregor.

« *Eine ausgezeichnete Idee*[1] *!* » s'écrie-t-il.

Il claque des doigts, crie quelques phrases aux gens derrière le bar, lesquels poussent immédiatement les tables et les chaises et montent le son du tourne-disque, tandis que ma tante et lui se mettent à glisser joue contre joue sur un mètre carré. Avant que j'aie le temps de me lever pour danser avec Yvette, elle a déjà accepté l'invitation de ce maudit Karl. Sa copine blonde les regarde, les bras croisés.

« Tu veux danser avec moi ? » lui demandé-je.

Elle ne répond pas. Je suis contaminé par la même maladie qu'Yvette. Son amant allemand semble par

1. Excellente idée !

ailleurs doté de hanches souples et d'autres qualités de danseur, si bien qu'Yvette se détend visiblement dans ses bras. Le fait qu'il se taise enfin y contribue sans doute aussi. La bouche entrouverte, il scrute le visage de sa partenaire, comme si son habileté pouvait l'amener d'une seconde à l'autre à l'extase la plus indécente. Je bois deux verres de genièvre coup sur coup et me ressers une lichette. Le pseudo-poète a compris, il se lève en ricanant et fait semblant de jouer du violon, les yeux fermés, dans un état de total abandon. Perfide, il me fait ensuite une révérence et pousse la porte des toilettes.

« Toi aussi, tu travailles pour eux ? me demande un petit gars à lunettes.

— Toi oui ?

— *Dolmetscher*, répond-il aussitôt. Interprète.

— Je sais ce que ça veut dire, nom de Dieu.

— Pardon, l'ami.

— Espèce d'imbécile, connard de merde insignifiant, quat'z'yeux de mes deux. Je chie sur tes excuses, tu piges ça ?

— Ho, ho !

— J'ai l'air d'être un cheval ou quoi ? Tu te prends pour un cow-boy ?

— Je vais te laisser », dit calmement le binoclard.

Je n'ai aucun mal à me mettre debout ni à me rendre aux toilettes à travers la meute de danseurs. Yvette ne me voit même pas passer. Elle se laisse guider, comme hypnotisée. Dans les urinoirs des hommes, le poète est occupé à vider sa très probablement petite bite au compte-gouttes, comme un malade de la prostate. « Hé hé… » fait-il lorsqu'il me voit. Je l'attrape par la nuque et lui frappe la tête contre la porcelaine devant lui. Il est tellement surpris que ça ne m'a demandé aucun effort et il est trop assommé pour s'opposer au deuxième coup, qui laisse une trace de sang sur le blanc. « Hé, ho ! » finit-il par pleurer. Encore un, putain, qui me prend pour un cheval. Pendant quelques secondes, je ne sais pas bien quoi faire de lui. Moi-même, je vacille sur mes jambes. Puis je le traîne dans l'une des chiottes et le bourre de coups de pied jusqu'à ce qu'il soit couché en train de vomir à côté du pot. Du moins, c'est ce que je crois. Je ne peux pas en être sûr car je me retrouve tout à coup parmi les couples qui dansent.

« Ça va ? » articule Yvette en silence par-dessus l'épaule de son partenaire de danse, toujours très zélé.

Je pense avoir l'air rassurant. Ça non plus, je n'en suis pas sûr à cent pour cent. Je m'écroule sur ma chaise et me ressers un genièvre. L'Allemand pelote les fesses d'Yvette. J'agite les bras et tends mon pouce en l'air. Tout baigne, tout est sous contrôle, toi aussi on dirait ? Elle détourne le regard.

Gregor vient s'asseoir à côté de moi. Tante Emma garde un peu de distance et s'enlace elle-même tout en me regardant, comme si elle avait très froid ou assistait à un effroyable accident de voiture. Le grand chef Heinrich danse avec trois femmes en même temps, ou plutôt : elles dansent autour de lui comme autour d'un dieu païen nu sur un autel. Je ne vois plus les serveurs, seulement les plateaux remplis de boissons qui vont et viennent d'un côté à l'autre de la brasserie, apparemment sans l'intervention de quiconque. Je veux remplir mon verre, mais il est encore plein. Gregor et moi entamons une conversation, je crois. Je dis des choses. Il écoute. Puis il parle.

Tout à coup, je me tiens à un réverbère de la place De Coninck.

Yvette me regarde, furieuse.

Mon estomac joue à l'ascenseur. Je pense devoir faire un rot, mais je vomis sur ma veste.

Je crois qu'elle est en train de pleurer. Elle dit :

« Tu ne m'as pas protégée.

— C'est toi qui voulais danser, sale pute.

— Tu ne m'écoutes pas. Tu n'es pas toi-même, ivrogne. Tu ne m'as pas protégée. »

À nouveau, la nausée me soulève le cœur, mais cette fois j'ai le temps de me pencher en avant. Du vert jaillit hors de mon corps. Je sens le goût de la bile. Je dois chier d'urgence aussi.

« Tu m'entends ? Tu ne m'as pas protégée, Wilfried ! »

Elle me flanque une baffe. Mes oreilles sifflent. Je m'effondre et commence à pleurer. Elle ne me regarde pas et cherche sa clé dans son sac.

« Ne dis pas à ton frère…

— Puis quoi encore. Je dis ce que je veux, nom de Dieu. Me trahir comme ça.

— Ne dis pas à ton frère qu'on a… qu'on a… qu'on a été danser au Hulstkamp. C'est important… Faut pas qu'il sache ça… tu comprends ? Tu comprends quand même ? Trésor, mon trésor… »

Vlan. La porte d'entrée se referme.

Marcher ou ramper jusque chez moi ?

La gueule de bois est à l'avenant. Le lendemain, c'est dimanche. Ma mère refuse de m'adresser la parole, mon père garde le silence aussi. Mais elle n'a pas tourné le dos depuis une seconde qu'il commence à parler du vomi qu'ils ont trouvé de bon matin dans le couloir.

« Les toilettes étaient trop loin apparemment ?

— Je ne suis pas au courant.

— Tout ce que je peux te dire, c'est que ce n'est pas moi, sagouin. T'aurais dû t'entendre monter l'escalier. T'étais saoul comme toute la Pologne. »

Pour toutes les fois où c'était lui qui l'était et chancelait sur les marches, je paie maintenant la faute du fils qui finit quand même par suivre les traces de son père. J'ai déjà été ivre de nombreuses fois, mais jusqu'à cette nuit j'avais toujours réussi à le cacher, ce qui probablement l'irritait au plus haut point. Il savoure à présent sa vengeance. Pour ses signes de faiblesse en tant que patriarche et le mépris que je lui témoignais ouvertement, l'heure est venue de passer à la caisse. À ton tour, Wilfried Wils, de mordre la poussière de l'imbécillité masculine, de la folle audace que la boisson entraîne, de la jalousie verte sur la piste de danse et du tout petit, de l'infime qui reste caché en temps normal, mais que le diable nommé boisson fait enfler et grossir jusqu'à le transformer en tragi-comédie grivoise, de père en fils jusqu'à la fin des temps et des bistrots. Comme si ce poseur simplet que je dois appeler mon père pouvait une fois pour toutes et à son grand soulagement constater que son fils avait le même foie éploré que lui, le seul véritable héritage qu'un homme faible juge légitime. Moi, faible ? Toi aussi alors, morveux.

« Je… euh.

— Ouille, tu deviens vert. Dépêche-toi d'aller aux toilettes, idiot. »

J'atteins les cabinets juste à temps. L'odeur de Javel et de savon qui y flotte en permanence me soulève le cœur. Je vomis, sans m'arrêter de pleurer, me crispe, vomis à nouveau. Des fils de bave pendent de ma bouche. Ma tête va exploser. Je me couche à côté du pot. En moi, Angelo chante une chanson qui fait résonner mon monde souterrain de douleur et de regret. Les événements de la veille sont pleins de trous noirs qui, dès que j'essaie de les élucider, se remplissent de l'eau saumâtre d'une honte mortifiante. Je ne parviens pas à me relever ni à me hisser. Seules tournent les questions obsessionnelles dans lesquelles je me débats comme dans une eau trouble qui m'arrive jusqu'aux lèvres. Ai-je vraiment traité Yvette de sale pute ? Se pourrait-il que j'aie *désiré* casser la gueule à ce poète, mais que j'y aie finalement renoncé ? Y a-t-il un risque pour que tante Emma parle de moi à ma mère avec des yeux débordants d'effroi ? Qu'est-ce que j'ai bien pu dire à l'Oberscharführer Gregor ? C'est surtout cette dernière question qui me fait trembler comme un lapin écorché vif pendu par les pattes dans la cave pour le faire faisander. Image impossible. Elle me refait vomir. De la bile cette fois, même si on dirait que c'est ma vésicule elle-même qui remonte sous forme de croquettes pour chien, molles et puantes.

Quelqu'un tente d'actionner la poignée.

« Occupé ! crie ma voix enrouée.

— Bien fait pour toi, me lance ma mère de l'autre côté de la porte. Tu n'as que ce que tu mérites. »

Sur la Groenplaats, l'étal du fleuriste est encore là.

« Ce sont les dernières, monsieur. »

Peut-être qu'elle n'aime pas l'orange et j'ignore quelles sont ses fleurs préférées, mais les choses sont ce qu'elles sont et il reste peut-être une chance de recoller les pots cassés. Je dois me dépêcher d'aller chez Barbiche Teigneuse, car je sais que cet après-midi elle doit de nouveau faire la lecture à sa mère. Un bouquet ne suffira pas, je le sais aussi. J'ai besoin d'une explication, quelque chose qui lui permette de réparer son cœur brisé, qui la convainque vraiment que ça n'arrivera plus jamais. Je ne toucherai plus au genièvre, mon Dieu ce truc, j'ai bien retenu la leçon, si j'avais su que ça fiche une aussi mauvaise cuite, j'aurais… Quelque chose comme ça ? Ou dois-je chercher dans les replis profonds et obscurs de mon âme ? Quelque chose du style que malheureusement elle a pu voir par elle-même quelle sorte de salaud je peux être, que cette bête noire est enchaînée quatre-vingt-dix-neuf pour cent du temps, mais qu'hier hélas elle a assisté à cette occasion unique et exceptionnelle où elle mordait tout ce qui passe, l'écume aux lèvres, incontrôlable, que cette bête fait aussi partie de moi, mon trésor, pardonne-moi, j'ai honte à en crever, mais d'un autre côté c'est peut-être bien... ou non, pas bien, ce n'est peut-être pas si mal... non, ça non plus... c'est juste plus honnête, oui, c'est ça, c'est juste plus honnête que tu voies aussi cet autre versant de moi, qui fait néanmoins partie de moi, mais une toute petite partie, et surtout bien cachée, et que je me sens suffisamment en sécurité pour partager aussi ça avec toi, pas que je l'aie fait exprès, mais tu comprends ce que je veux dire, que nous devons apprendre à connaître aussi nos défauts, surtout les miens, avant d'être vraiment sûrs de notre amour l'un pour l'autre... Quelque chose comme ça ?

J'ai une demi-heure de retard. Elle n'est pas là. Barbiche Teigneuse regarde mes fleurs et me demande si c'est pour lui.

« Très drôle.

— Ton amoureuse me laisse tomber, mon ami. Ma mère est inflexible. C'est ton Yvette ou personne d'autre. Autrement dit, je suis dans le pétrin. Je devais faire un truc avec Jenny.

— Ça, c'est secondaire.

— Tu as quelque chose à te faire pardonner ? Ça ne m'étonne pas. Paraît que t'as fait la bringue hier au Hulstkamp.

— Les nouvelles vont vite. »

Plus que vite, c'est un phénomène propre à toutes les villes il faut croire. Les tentacules se faufilent partout, dans tous les recoins, ils dominent tout. Quelqu'un va à la selle dans un quartier et aussitôt il se trouve des gens d'un autre quartier pour dire qui est l'auteur de cette puanteur et de quels problèmes intestinaux il souffre. Tous ensemble dans une cour de récréation, couverte et sans fenêtres, tandis que rumeurs, cancans et demi-vérités, telles des plantes volubiles, nous coupent lentement la respiration.

« J'ai rencontré *mein Freund* Gregor au Merle, hier. C'est là qu'il aime bien prendre un dernier verre avec ses vrais amis. »

Nous nous asseyons. Attendons. Je déboutonne ma veste. De temps à autre, la petite mère pousse un gémissement dans la chambre d'à côté, comme si elle venait de se faire piquer par un vilain insecte. Son fils ne bouge pas.

« Elle ne viendra plus, finis-je par dire.

— Ce type que tu as tabassé dans les toilettes…

— Bon Dieu, tais-toi. »

C'est donc vrai, puisque ça s'est figé dans une histoire. La voilà donc, la voilà donc déjà, la confirmation de cette plaie honteuse qui m'a tourmenté toute la journée et pour laquelle je ne trouve pas de baume.

« Le Sus… un si brave gars. Assistant bibliothécaire place Conscience. Encore heureux que son poste soit fixe, parce qu'il n'est pas capable de grand-chose d'autre. Ses poèmes sont encore pires que ce qu'on pourrait attendre d'un parvenu comme lui. Mais ce n'est pas une raison pour l'envoyer à l'hosto.

— Aïe.

— Pas mal de points de suture, j'ai entendu. Gregor l'a fait emmener par son chauffeur à Sainte-Élisabeth. Oui, mon ami. Tu peux faire dans ton froc. Suskewiet est un copain de l'Oberscharführer…

— À l'aide, à l'aide ! crie soudain la petite mère dans la pénombre.

— Ne fais pas attention, c'est des caprices… »

Barbiche Teigneuse bourre sa pipe et tire pour l'allumer. La mère appelle de nouveau.

Cette fois, son fils réagit au quart de tour et pas dans la dentelle :

« Nom de Dieu, je dois venir jusque-là ou quoi ? »

Un soupir s'échappe du vieux corps, comme quittant un ballon gonflé de chagrin et d'amour maternel raté.

« Je suis dans la mouise… » dis-je.

Barbiche Teigneuse commence par se moquer de moi.

« Regardez-le-moi, le boxeur de l'îlot numéro six. Dans la mouise ? Disons que tu as su te rattraper, mais à voir ta tête, tu as oublié, avec ce que t'avais dans le buffet. »

Gregor qui me regardait, moi qui disais des choses, lui qui répondait, je n'en sais pas plus, en effet.

« C'est simple. Tu es de notre côté, et on s'aide l'un l'autre. Ça, notre Oberscharführer le sait, je le sais et tu le sais aussi. Ça va devenir intéressant. Y a de la triche et du vol autour des tickets de rationnement. Omer et moi, on a beaucoup de projets pour les prochaines semaines. On apprécierait de pouvoir compter sur ton aide. Ton aide que tu as d'ailleurs promise, bourré que tu étais, avec le sang d'un homme sur les mains, aussi solennellement qu'un enfant de chœur. Gregor t'a imité. On était morts de rire. »

Je me lève et reboutonne ma veste.

« Oh, tu pars ? N'oublie pas tes fleurs.

— Donne-les à Jenny.

— Elle va pas comprendre ce qui lui arrive. Merci, Wilfried. »

Peut-être sept ou huit lettres que je lui envoie, qui commencent toutes par : « Mon trésor adoré, toujours aucune nouvelle de toi, je n'ai que ce que je mérite, mais quand même... » Tous ses volets sont clos, les portes verrouillées. Après une ou deux lettres sans réponse, je dépose moi-même mes suppliques tard le soir dans la boîte aux lettres de la boucherie, convaincu que le facteur a cessé de coopérer, que l'univers tout entier ne veut plus se plier à ce que je voudrais tant ressentir pour elle. C'est sans effet, et plus elle se tait, plus je lui parle d'amour, plus je lui parle de souffrance, plus je deviens insipide et larmoyant à chaque phrase. Angelo garde son écœurement pour lui. Mon âme résonne comme une cathédrale vide après minuit. Je suis couché sur mon lit et commence à pleurer. Mes larmes n'émettent qu'un faible écho. « Je ne suis pas un mauvais bougre, je ne suis pas un mauvais bougre... » me répété-je tout bas, si bien que mes sanglots redoublent d'intensité et que je me retrouve le lendemain avec les yeux gonflés. Ma soi-disant mère s'est déjà adoucie. Le vomi dans le couloir est oublié. Elle me regarde comme un chat malheureux tapi sous une armoire et ne cesse de me mettre en garde, à table, disant que je vais finir par me bousiller la santé.

« C'est comme s'il avait le cerveau rongé par une tumeur, chuchote-t-elle devant moi à son mari.

— Il ne manquait plus que ça », renchérit mon soi-disant père.

À Lode, je n'ose pas parler d'Yvette. Il m'en laisse d'ailleurs à peine la possibilité. Nous nous croisons au travail, buvons même une bière ensemble de temps à autre. Mais nos conversations tournent autour de tout et n'importe quoi, sauf des femmes, de l'amour ou de la famille. Nous avons notre langage codé quand il s'agit d'aller ravitailler Chaim Lizke. « Les patates sont prêtes derrière la petite porte », dit alors Lode, et moi, comme hypnotisé, je fais comme si j'étais toujours de la famille et me rends donc à la tombée de la nuit à la petite porte à côté de la boucherie pour apporter au juif le sac qui m'attend là.

Puis je parcours à nouveau mentalement la lettre que j'ai déposée. N'étais-je pas trop direct ? La chute n'était-elle pas trop larmoyante, trop peu virile, trop puérile ? Ne serait-ce pas mieux de me séparer d'elle tout simplement, d'avoir enfin le comportement qu'on attend d'un homme ? Un poète comme je veux l'être a-t-il vraiment besoin d'une femme comme elle, de toute façon incapable de me comprendre et qui, pour un oui ou pour un non, veut bâillonner son bien-aimé jusqu'à la tombe ? En effet, ça n'a que trop duré. Je romps et chacun reprend son chemin. Mais pourquoi ai-je si froid tout à coup, pourquoi cette colère quand je l'imagine faire avec un autre les mêmes choses qu'avec moi ? Nom de Dieu, je pense alors, elle m'a transformé en enfant gâté. Et ça continue comme ça indéfiniment dans ma caboche, tout y est trituré, ma chair et mon sang de poète sont broyés par le moulin incessant de ma réflexion et de mes soupirs, transformés en vulgaire hachis petit-bourgeois. Après quoi la haine de moi-même frappe à la porte et demande à entrer. Et toujours pas d'Angelo, toujours aucun écho de sa voix fielleuse qui me rappelle à l'ordre. Bien qu'il n'existe que dans ma tête, je le vois déjà au lit avec elle, lui raconter en riant cette histoire de viande hachée à la place du cerveau, avant de lui refaire... Enfin bref, je n'en peux plus.

Chaim Lizke hoche la tête et me sourit, sort la nourriture du sac et s'installe à la table de cuisine, sans plus un regard vers moi, pour reprendre son livre ouvert. Il s'en fout complètement, que je reste ou pas. Je m'assieds dans le sofa avachi et compose dans ma tête une meilleure lettre, une ultime lettre pour elle, une lettre qui saura attendrir son cœur. Mais dès que je me mets à réfléchir, je sens que j'ai perdu la toute dernière part de moi-même, même si les phrases n'existent encore que dans ma tête.

Dans ma poche intérieure, j'ai depuis un an ou deux un petit carnet de notes à la reliure de cuir et un bout de crayon. Chaque fois que je sors mon carnet, je ne vais pas plus loin qu'un vers condamné à un oubli rapide, comme si le geste même de le sortir de ma poche était trop délibéré et donc inoffensif, trop axé sur la volonté d'être un poète plutôt que sur la création de vers qui frappent le monde de terreur. Or voilà que le carnet est devant moi, le bout de crayon à côté, sans que je me souvienne de l'avoir tiré de ma poche. Je l'ouvre et barre les mots « conte incandescent » que j'avais envisagés comme titre et supposais n'avoir volés à personne. Au-dessus, je griffonne en pattes de mouche : « Confessions d'un comédien ». Pas une fois Lizke ne lève les yeux, tandis que je noircis page après page de vers turpides, de poèmes encore entravés par rien ni personne. À chaque nouvelle strophe, j'entends Angelo retenir son souffle.

Puis enfin, une lettre d'elle sur le carrelage de l'entrée. Du haut de l'escalier déjà, je reconnais son écriture. Comme mes quatre dernières lettres, la sienne non plus n'a pas de timbre, elle doit l'avoir déposée, comme si elle non plus ne faisait plus confiance à rien ni personne qui se mette entre nous. Je déchire l'enveloppe. Sur le papier à lettres, il n'y a qu'une heure et un jour avec un point d'interrogation, suivi de : « Je serai sur le pont du Parc communal. »

Elle a beaucoup réfléchi, je le vois tandis que je m'approche d'elle, sur le pont, au jour et à l'heure dits. Elle est droite comme un i, ses jambes un peu plus écartées que ce que l'on attendrait d'une dame, presque comme un homme qui se tiendrait prêt à affronter un tas d'ennuis risquant de finir en pugilat.

« Ne dis pas que tu es désolé. Tu l'as déjà trop fait. »

Les canards cancanent en dessous de nous. L'hiver est presque passé.

« Je suis tellement fou de toi, dis-je.

— Ce sont des mots, répond-elle.

— Je vais changer.

— Ah bon, pourquoi ? Pour que je pense que ce sera mieux ? Je ne préfère pas, c'est du temps perdu et c'est se ficher de moi.

— Tu ne veux plus de moi alors ? C'est fini ? Dis-le-moi et j'accepterai ta décision.

— Tu es bien rapide, d'un coup. »

Je hausse les épaules comme un clown de vaudeville au visage triste, une larme peinte sous un œil, avec ses grands pieds plats.

« Ça fait beaucoup trop mal. Je préfère que ça finisse d'un coup, plutôt que ça. »

Je détourne mon regard d'elle, pose les mains sur la balustrade du pont et regarde en bas un couple qui se promène sur un sentier avec un landau, chacun regardant droit devant soi, sans échanger un mot.

« Tu aimes tellement jouer des petits jeux, Wilfried, que tu ne sais même plus toi-même quand tu racontes n'importe quoi ou pas.

— C'est possible, dis-je, c'est possible. Je ne sais pas.

— Viens ici. »

Elle me prend par la main et je sens mon corps se raidir.

« Arrête quand même ça… »

Nous nous enlaçons et je me mords la langue pour ne pas pleurer comme un enfant.

Juste à ce moment, y en a un qui se réveille.

Juste à ce moment, Angelo dit : « Comédien. »

Et elle dit : « Ce Boche me tripotait. Et tu n'as rien fait. Tu ne m'as pas protégée. »

Elle m'embrasse. Je l'embrasse aussi.

« Ça n'arrivera plus…

— Ah », dit-elle et elle m'embrasse encore, un baiser chaud et mouillé.

Et tout à coup, je ne comprends plus rien de ce que l'amour devrait être.

Je mets un instant mes papiers, mes notes et mes carnets de côté, mon cher arrière-petit-fils. J'en ai assez pour l'instant. D'ailleurs, j'ai un cigare qui m'attend et je veux le savourer tant que Nicole n'est pas là pour me quereller. Je viens d'entendre claquer la porte d'entrée, j'en déduis qu'elle est allée faire des courses. Peut-être devrais-je ouvrir la fenêtre, peut-être pas. Je fume sans vergogne comme une cheminée dans une ville industrielle du dix-neuvième siècle le long d'une rivière polluée.

Ce sera sans doute encore plus drôle tout à l'heure de nier mon acte de débauche pulmonaire alors que la fumée stagne encore en voiles de brume marron.

Pour toi, je suis devenu dans ces pages un héros de roman, un qui ne sait pas ce qui l'attend au sortir de chez lui et se prend claque sur claque, comme un fou sur une montagne en feu, qui ne réalise pas que l'incendie sévit parce qu'il a négligemment abandonné son cigare rougeoyant sur l'herbe sèche. N'importe quoi peut encore arriver en effet, l'essentiel demeure qu'au moment même, tu dis ou fais des choses dont – quelques secondes ou plusieurs décennies plus tard – tu devras payer le prix. Plus j'écris pour toi, plus je me surprends à ensevelir tout ce que je sais, plus je fais comme si ce vieillard n'était qu'un fantôme, une ombre tombante derrière le jeune Wilfried qui regarde bien en face le soleil de chaque nouveau jour, un garçon qui comprend si peu ce qui se passe autour de lui et se berce de l'illusion que rien ne peut l'atteindre. En repensant à cette conversation entre ton arrière-grand-mère et moi, ce rêve agréable a éclaté. Ah… Oui, ah.

Mon cigare me semble moins bon à chaque bouffée. Pour un instant, j'aimerais juste être Wilfried Wils, un bonhomme d'un âge fort avancé, qui médite sur les choses qui l'entourent. Regarde le merle dehors dans l'arbre, comme il est drôle. Et là, qu'il est mignon, ce mioche dont le visage ronchon disparaît presque sous son bonnet trop grand. Regarde-moi ci, regarde-moi ça. Si tu regardes assez longtemps, tu verras apparaître une peinture de Brueghel aux couleurs actuelles, dont toi et le peintre lui-même êtes tous les deux exclus. Parce qu'un regard reste un regard, et au final ça n'éloigne rien du tout. Je pense à cette âme damnée qu'était ma petite-fille Hilde. Regarde-nous. Nous nous promenons dans l'artère commerçante du Meir. Elle a glissé son bras sous le mien. Elle a environ seize ans. Le vingtième siècle est entré dans sa dernière décennie. Nous vivons la fin de l'Histoire, lit-on dans deux gazettes, qui pensent visiblement nous annoncer quelque chose d'extraordinaire, en provenance de l'éternel étranger. Tout se déroule dans le présent, plus rien dans le passé, plus personne ne doit porter l'ancien fardeau. Il est temps de changer de disque.

« On traverse un centre du plaisir où tu vas te faire vider les poches, bon-papa.

— Zut ! Et moi qui voulais justement t'offrir des vêtements.

— Pourquoi, je ressemble à rien ? »

Elle lâche mon bras et pivote sur elle-même. Elle porte une vieille veste à moi, que je lui ai cédée après qu'elle m'a longtemps cassé les pieds. Autour du cou, elle a une écharpe de plusieurs mètres de long aux couleurs de l'arc-en-ciel que l'une de ses amies lui a tricotée. Aux pieds, elle a des rangers qu'elle a décorées de toutes sortes de sigles à la peinture blanche. Elle arbore des collants à têtes de mort. Elle s'est mis du rouge à lèvres noir, du vernis noir sur les ongles, elle a les cheveux en crête, un nombre incalculable de boucles aux deux oreilles et un anneau dans le nez.

« Honnêtement, c'est un affront, dis-je en riant.

— Tu n'es pas gêné de marcher dans la rue avec moi ?

— Horriblement gêné. »

Nos bras s'emboîtent à nouveau. Comment est-ce possible, pensé-je à cet instant, comment est-ce possible que cette merveilleuse crapule soit ma petite-fille ? Elle a un avis sur tout.

« Ce père de famille est habillé comme un gamin de douze ans. Çui-là, là-bas, il n'a plus baisé depuis longtemps, ça se voit tout de suite, bon-papa. Regarde-moi les gosses ! Des demi-mongols ! Et là ! T'as vu comme les bonnes femmes ont serré leur sac à main quand le black cool est passé ? Merde, j'ai plus de clopes, et plus de blé. Et j'ai mon nez qui coule. On ne peut pas aller à la Groenplaats ? J'ai des potes qui traînent là-bas.

— Tu veux qu'ils te voient avec un vieux croulant ? »

Un instant elle semble soupeser ma question avec beaucoup trop de sérieux, puis finit par sourire comme si elle seule connaissait mon secret et entendait donc braver avec un grand dédain tout regard de moquerie à l'égard de l'amour qu'elle éprouve pour son grand-père. Difficile de cacher ma fierté. Je suis content qu'elle se remette à papoter comme si de rien n'était.

« Ça me gonfle, tout ce monde. Ça veut tout dire, qu'on oblige les touristes à passer par cette grande maison de fous avant de leur laisser voir le reste de la ville, en espérant qu'ils aient déjà dépensé une grosse partie de leur fric. Ce n'est pas un hasard non plus si tout au bout de la rue il y a cette tour monstrueuse avec un logo de banque dessus. Les gens sont des moutons…

— Tous ceux de ton âge pensent-ils comme toi ?

— La plupart sont des losers, donc non, pas vraiment.

— J'espère que tu ne dis pas tout ça à ta grand-mère.

— Non, dit-elle en me serrant le bras plus fort, rien qu'à toi. Toi, tu comprends. »

À nouveau, ma vue s'embue de fierté. Je toussote, me racle la gorge, ravale mes larmes.

« Je voudrais aller à Berlin.

— Qu'est-ce qui se passe là-bas ? demandé-je, la voix rauque.

— Au moins, là-bas, y a des gens cool. J'ai économisé un peu d'argent, mais ils font des histoires à la maison.

— Tu n'as que seize ans.

— Si tu pouvais leur en parler…

— Je n'interviens pas là-dedans.

— Je suis ta filleule !

— Justement. Je n'ai pas envie que tu finisses au fond d'un caniveau berlinois au milieu de toutes ces brutes.

— Tu me fais marcher.

— Oui », mens-je, très à contrecœur.

Car il y a de fortes chances pour qu'elle parvienne à me convaincre et que je plaide sa cause auprès de ses parents pour qu'ils la laissent partir. Or ce n'est pas ce que je veux. Je veux la protéger.

« Qui voulez-vous protéger, monsieur Wils ? »

Nicole me tient fermement le coude. Tout à coup, c'est avec elle que je crapahute dans la ville et pas avec ma petite-fille. Me revoilà précipité avec mes cliques et mes claques dans le présent, et j'ignore comment ça s'est passé. Nicole me parle de vêtements qu'il faut m'acheter.

« Je ne veux protéger personne. Je parlais tout seul.

— Parfois, je me dis que vous ne savez même plus si c'est à moi que vous parlez, ou seulement dans votre tête.

— J'ai perdu mon cigare…

— Si c'est tout ce que vous avez perdu, vous vous en sortez bien. Ça fait des mois que vous n'avez plus de cigares à la maison. Je les ai tous donnés. Vous ne vous souvenez plus ?

— Bien sûr que si, dis-je avec autant d'aplomb que possible, bien sûr… C'était une expression de mon cru, rien de plus.

— Je n'arrive plus à vous suivre, soupire Nicole.

— Moi non plus… »

Que dire d'autre ? Prends un vélo, t'iras plus vite ? Plus personne ne rit à ce genre de blague, et certainement pas Nicole.

Elle me guide à travers les rues encombrées de pères et mères qui pensent que l'air du printemps, beaucoup trop frais encore, fera du bien à leur progéniture. Certaines familles ont déjà rempli leur devoir et attendent, maussades, à l'arrêt de tram, comme si le monde avait une fois de plus perdu son enchantement. Elles sont entourées de grands sacs en plastique, comme autant de sacs de sable tâchant de former une digue contre la mélancolie dont personne ne dit rien. Ma mère, celle avec sa perruque éternellement de travers sur la tête, aimait partir en quête de nouveaux vêtements. Je ne pense pas qu'elle aurait pu imaginer le monde tel qu'il est devenu, un monde où la consommation, stimulée à coups de pub, a transformé tout un chacun en moutard gazouillant, tendant ses petites mains poisseuses vers l'occasion spéciale, la « super promotion ».

C'est ainsi que, moi aussi, je me laisse conduire dans les rues commerçantes : comme un grand enfant, sans mémoire, sans passé, sans personne pour me fournir quelques commentaires sur ce présent tant encensé. Des commentaires qu'avant ma petite-fille dispensait à tire-larigot et dont je me régalais en secret. Aujourd'hui, je pense qu'elle est la dernière voix chère à m'avoir donné la réplique, joyeuse et impitoyable.

Plus rien ne résonne à présent, sinon le babil animé de Nicole.

Lorsque je marche seul en ville, je m'illusionne d'être encore ingambe. Lorsqu'elle marche à côté de moi, l'angoisse de trébucher et d'être condamné à la chaise roulante refait surface. Le rêve me tarabuste alors de pouvoir être à nouveau en apesanteur, suspendu dans les bras d'un père en lequel je n'ai jamais cru. Les forces qui voulaient à tout prix faire de chacun d'entre nous un enfant docile plutôt qu'un être pensant de manière autonome étaient à l'époque, exactement comme maintenant, omniprésentes.

« Vous êtes essoufflé ?

— À cause de quoi ? À cause de toutes ces baudruches ?

— C'est reparti », dit-elle en éclatant de rire.

Nous traversons les boulevards et je vois la foule bigarrée du Meir arriver sur moi.

« Est-ce vraiment nécessaire de m'infliger ça ? »

Elle me serre la main plus fort et l'espace d'un instant je crois deviner qu'elle regrette de m'avoir emmené, qu'elle-même a peur que je ne parte en couille, pour ce qu'il m'en reste.

« Ce n'est plus très loin. Et là, vous aurez tout dans un mouchoir de poche : un magasin de chaussures, avec aussi des pantalons, et une chemiserie pour vous acheter quelques nouvelles chemises comme vous avez demandé. »

Chemiserie. C'est un mot qu'elle emploie pour me rassurer. Avant, je faisais faire mes chemises sur mesure, mais un magasin spécialisé, en ces temps de banalité consommée, s'impose comme le deuxième meilleur choix. Cela fait longtemps que je ne suis plus venu au Meir. Même quand les voitures étaient autorisées, ce paradis étincelant du shopping s'offrait déjà le cul en l'air. Je ne l'ai jamais connu autrement. J'appartiens à la catégorie d'âge aux rangs désormais fortement clairsemés qui jauge tout à l'aune de la guerre et qui ne peut faire autrement que considérer toute cette frénésie actuelle comme une croûte épaisse sur les plaies du passé. En moi comme dans la ville, il y a beaucoup trop de choses ensevelies. Dans les années soixante, les chevelus disaient que sous les pavés, il y avait la plage. Pauvres imbéciles. Sous ces pavés, il y a le mensonge. Descellez-les et les âmes des morts viendront danser. Elles dansent déjà, nom de Dieu, en voilà une. Je la vois à côté de moi, le regard accusateur. Qui n'a pas su te protéger, Hilde, ma belle, ma rebelle, ma petite-fille détraquée ? Est-ce moi ou quelqu'un d'autre ? Est-ce nous collectivement qui avons tout foiré ?

« Vous soupirez comme si vous aviez de nouveau mal dormi, monsieur Wils.

— Attendez donc d'être vieille, Nicole. »

Une gueule or et paillettes s'ouvre du côté gauche du Meir. Un tapis rouge usé par le passage mène telle une langue fourchue à une élégante bouche ouverte pleine de dents éclatantes. Par un couloir bordé de chaque côté de pourcentages fluorescents (-50 %, -70 %, Dernière chance avant travaux !), nous accédons à un espace gigantesque où des gens boivent du champagne sur une estrade entourée de petites tables, avec derrière encore plus de magasins, encore plus d'éclairages, encore plus de dorures. Les conversations bruyantes et la musique grimpent le long des murs, sont emprisonnées tout là-haut dans une bulle de verre et puis retombent.

« Je crois bien que je ne suis jamais venu ici.

— C'était la salle des fêtes communale avant ici, monsieur Wils. Vous vous en souvenez tout de même, de celle-là ?

Un serpent rampe de mes entrailles jusqu'à mon œsophage.

« C'était ici… ? »

Nicole me jette un regard inquiet.

« Attendez, on va s'asseoir un peu.

— Mes aigreurs d'estomac me reprennent, gémis-je, soudain flagada.

— Asseyez-vous. J'ai des pastilles à sucer et je vais vous commander un verre d'eau. »

Elle fouille à peine dans son sac que la pastille se trouve déjà dans ma main ridée. Je suce et regarde autour de moi. Elle hèle un serveur tout de noir vêtu. Le peu de cheveux qu'il a sur le crâne est dressé en piques et un trou noir lui perce le lobe de l'oreille. Je sirote mon verre d'eau tandis que le goût mentholé de la pastille fait reculer le serpent acide.

Nicole touille son lait russe.

« Ça va ? »

Je fixe ses yeux francs parce que j'ai besoin d'un dérivatif. Non, elle n'a pas de mari. Selon moi, elle n'en a jamais eu. Préfère-t-elle les femmes ? On ne peut pas l'exclure, mais j'en doute fortement. Quel âge peut bien avoir ce corps sec aux grands yeux bleus, cette petite tête aux cheveux ras où scintillent des fils gris ? Cinquante ans ? Cinquante-cinq ? Mais elle doit quand même avoir connu l'amour, ou alors, à défaut, une sérénité profonde. Peut-être a-t-elle vaincu ses démons, peut-être s'est-elle totalement réinventée, allant à l'encontre de tout ce que les autres avaient un jour pu penser d'elle.

« Vous avez l'œil polisson, monsieur Wils.

— Je vous regarde, c'est tout.

— On ne va quand même pas faire le sot, n'est-ce pas ?

— Je dois avouer à mon grand dam que je ne sais rien de vous, Nicole, que je ne vous ai même jamais posé de question. Je me sens un peu gêné tout à coup. »

Je reprends une gorgée de mon eau.

« Qu'avez-vous envie de savoir, monsieur Wils ?

— Racontez-moi ce que vous voulez. »

Elle vient d'une famille riche. Sa mère est morte il y a longtemps, apparemment des suites de son mariage malheureux. Son père n'est toujours pas au cimetière, hélas, c'est elle qui le dit. Elle lui rend visite de temps en temps, mais s'occuper de lui, ça elle ne le fait pas, bien qu'elle en ait eu l'intention à un moment donné. Le vieil homme n'a pas voulu et fait semblant de ne plus la reconnaître. C'était une rebelle quand elle était gamine. Je la crois sur-le-champ lorsqu'elle le dit. Elle chiait sur l'argent. Les amis de son père étaient tous aisés et décadents. Qu'est-ce qu'elle n'a pas vécu avec lui. Elle me racontera ça une autre fois, si ce genre d'histoires peut me faire plaisir. Des vacances dans les montagnes espagnoles, incroyable. La folie. Mais bon, elle a choisi sa voie et elle en est ressortie plus forte. Sa vie maintenant, c'est de s'occuper des autres, c'est sa passion, mais… Elle dérive ensuite sur toutes sortes de problèmes au travail, des coupes budgétaires, des cancans, des contrôles, des supérieurs qui ne savent pas ce que signifie l'aide aux personnes et tout ce que ça implique, et cætera. Je hoche la tête d'un air encourageant, dans l'espoir que son histoire prenne un autre tour, à la rigueur qu'elle me parle des femmes avec lesquelles elle a couché et qui au final ne valaient pas tripette, mais hocher la tête ne m'aide pas, l'autohypnose n'est plus d'aucun secours.

Ses mots se font de plus en plus lointains et ses histoires impossibles à suivre.

J'abandonne, soupire, me perds dans la salle des fêtes d'autrefois, dans tout ce dont ce monstrueux anus en or obtenu par lessivage du comportement d'achat fut jadis le décor.

Au coin de la Brialmontlei, la rue où plus personne, déjà à ce moment-là, ne peut imaginer que des enfants juifs se rendaient encore tout récemment à l'école avec une étoile jaune cousue sur la veste, Omer Verschueren nous attend. L'avocat, que j'ai pu voir à l'œuvre dans toute sa splendeur alors qu'il brisait avec une barre en fer les fenêtres de la synagogue de l'Oostenstraat, ne me reconnaît pas. Ce m'as-tu-vu doit crever. Ce serait dommage qu'il rende son dernier soupir paisiblement dans son lit.

« Appelle-moi Omer », dit-il de sa voix de basse.

Dieu merci, Barbiche Teigneuse renonce à me présenter de nouveau comme son grand ami littéraire.

À la place, il demande à son copain avec un clin d'œil s'il a « tout ».

« Affirmatif, camarade », répond l'avocat en se frappant le sein gauche.

Je remonte mon col à cause du vent cinglant, me frotte les mains pour les réchauffer et demande ce qu'on va faire.

« Jouer aux détectives ! glousse Barbiche Teigneuse.

— En effet, mon jeune ami, grogne l'ours tout aussi joyeusement. Lui, c'est Sherlock Holmes et moi je suis son docteur... comment s'appelle-t-il...

— Élémentaire, mon cher Watson ! »

Les portes sont grandes ouvertes. Une longue file commençant sur le Meir entre en serpentant à l'intérieur de l'immeuble, passe devant les lambris de bois, sous une lumière jaunâtre, s'enfonce dans la vaste salle de réception, se divise ensuite entre cinq tables, disposées l'une à côté de l'autre, derrière chacune desquelles il y a deux fonctionnaires, avec devant eux des listes de noms, des piles de cartes, une batterie de cachets et un tampon encreur ouvert. Avant, on pouvait danser ici, maintenant on y distribue les tickets de rationnement aux habitants de la ville. Nous empruntons une rue transversale et entrons par une porte dérobée à l'arrière de la salle des fêtes. Barbiche Teigneuse chuchote son nom à un concierge, un petit gars avec des touffes de poils dans les oreilles et des coupures de rasage au-dessus d'un col de chemise délavé. L'homme tressaille, se redresse et nous guide jusqu'à une pièce exiguë dans le ventre du bâtiment. Pas de fenêtres. Rien aux murs. Une ampoule nue. On a préparé deux simples chaises et une table en acier. Le type nous laisse sans un mot.

« Quelle heure est-il, maître ?

— Dix heures tout juste. »

Omer s'étire et jette son pardessus sur la table. Un objet lourd s'en échappe et tombe sur la chaise. Omer le prend et le pose à côté de sa veste.

« Tu joues dans un film de gangsters ?

— Tu as raison, dit l'avocat en remettant le pistolet au fond d'une poche intérieure.

— Il a une licence, me lance Barbiche Teigneuse avec un clin d'œil. Moi aussi d'ailleurs, ajoute-t-il en montrant sa propre poche d'où dépasse une crosse.

— Je vais y aller. »

Les deux me regardent. Barbiche Teigneuse secoue la tête d'un air paternel.

« Ce que tu vas faire est simple. Tu te mets dans la queue et tu avances. Rien de plus.

— Ma mère est déjà allée chercher nos tickets.

— Tout ce que tu dois faire, c'est regarder. Ça risque de remuer un peu tout à l'heure. Des gens vont tenter de s'éclipser. Et il y a de fortes chances pour que parmi eux il y ait des gens que tu connais, des gens de ton bureau, en civil. Ouvre l'œil, c'est tout. On s'occupe du reste.

— Et si on me reconnaît ? »

Omer rit.

« Personne ne veut rien voir ni reconnaître personne, tu comprends ? »

On frappe discrètement à la porte.
« Monsieur ?
— Entrez. »
Le concierge aux touffes de poils dans les oreilles hoche la tête dans l'embrasure de la porte. « J'ai dit aux messieurs dans la salle que vous étiez là. Ils me disent de vous dire que quelqu'un s'est présenté avec trois cartes. Dont deux avec des noms qui sont sur la liste que vous avez transmise. »
Barbiche Teigneuse se frotte les mains d'un geste théâtral.
« Dis-leur de le faire attendre à l'écart. »
Le concierge acquiesce d'un air craintif et referme la porte derrière lui.
« Quelle liste ? m'entends-je demander.
— Notre ami Wilfried a entendu sonner les cloches, mais ne sait pas dans quelle paroisse. »
Omer hausse les épaules et se gratte sous une aisselle.
« Tout le monde ne connaît pas les ficelles...
— C'est cruellement simple pourtant. Primo, nous ne sommes toujours pas débarrassés des juifs. Et ça parce que, deuzio, il y a encore des imbéciles qui pensent qu'il faut les aider. Tertio, on a appris que ces imbéciles sont bêtes au point de croire qu'il leur suffit de se présenter avec les tickets de rationnement de ces youpins pour les approvisionner en bouffe. Je n'en reviens pas de la stupidité des gens ! Et maintenant, fous le camp, Wilfried. Tu n'as rien à faire ici. Va faire la queue. »

Je longe le couloir et ressors dans la petite rue transversale où stationnent à présent un camion de déménagement, un véhicule militaire de la Feldgendarmerie et une automobile dans laquelle je reconnais l'Oberscharführer. Il est habillé en civil, assis à côté du chauffeur. Il sourit vaguement à ma vue. J'enfonce ma tête pivoine dans mon col. Je ne l'ai plus revu depuis l'affaire du Hulstkamp. Je me dis : c'est un jeu, reste calme, la situation est gérable. Mais bien sûr, ça ne donne rien.

J'entends les chuchotis de ceux qui attendent dehors, bien serrés. Personne ne me regarde. Certaines femmes ont leurs enfants en bas âge avec elles. Un petit pleurniche et dit qu'il est fatigué. Sa mère essaie de le calmer avec un ours en peluche.

« Je ne veux pas croire qu'ils ne peuvent pas mieux organiser ça, maugrée un homme.

— Typique de cette ville, dit un autre.

— Les Allemands prendraient le truc en main, tu verrais comme ça avancerait. Je t'en fiche mon billet. »

La dernière voix est un peu plus forte, mais personne ne réagit. Les chuchotements reprennent sur ce vent de merde qui continue de souffler, la chute des feuilles et la tante qui a une phlébite à la jambe et ne peut pas se payer un docteur sérieux et oui que veux-tu, bien obligé de mettre la main au portefeuille, même si la tante en question est un chameau, avec tout le respect qui lui est dû, et que ça ne doit pas toujours être ce côté-ci de la famille qui douille pour tout le monde. Une fois à l'intérieur, les conversations se taisent, comme s'ils pénétraient dans une cathédrale où dix prêtres distribuaient la communion. Beaucoup gardent la tête penchée, prêts à recevoir la bénédiction. Je vois Barbiche Teigneuse apparaître à l'une des tables tout devant. Il s'incline brièvement à l'adresse d'un homme, le priant de le suivre. Je suis loin, mais son sourire sarcastique est visible d'ici. Sans hésiter, l'homme le suit. Entre-temps, je suis dans la deuxième longue file du côté gauche. Le temps s'étire. J'essaie de distinguer les gens que je connais parmi les innombrables dos devant moi. Je repère sans difficulté l'une de mes voisines grâce au chapeau tape-à-l'œil qu'elle porte incliné sur la tête et qui a fait d'elle aux yeux de ma mère une femme aux mœurs douteuses. Puis mon attention est attirée par l'oreille d'un homme dans le rang extérieur gauche, à quatre ou cinq personnes de moi. Quelque chose me dit que je le connais, que je dois le connaître, qu'il est même important que je l'identifie. Je me lève discrètement sur la pointe des pieds, mais ne vois guère plus qu'une oreille et quelques cheveux noirs sous un chapeau. On croirait presque… Mais ce n'est pas possible. Puis la salle se fige. Un bruit retentit en provenance de la petite pièce où Barbiche Teigneuse a emmené la personne. Tout devient silencieux, seul le timbrage des cartes de rationnement continue imperturbablement. On lance un objet. Un poing s'abat sur une table. On entend maintenant un hurlement. Les fonctionnaires se regardent un instant et se remettent rapidement à contrôler les noms et à tamponner. Les cris redoublent, suivis d'un sonore « Non ». La foule s'agite. « Qu'est-ce qu'ils fabriquent… » Une voix siffle : « Gestapo, Gestapo… » Quelqu'un jure. Son juron se propage discrètement d'une file à l'autre. « Salauds. » « Ils recommencent. » « Est-ce vraiment nécessaire ? » Un fonctionnaire se lève et se rassied aussitôt. Barbiche Teigneuse revient dans la salle. Son œil se pose sur une carte qu'un autre fonctionnaire a mise de côté. Puis il regarde l'homme à qui l'on a demandé sans mot dire d'attendre à l'écart. De nouveau, une courbette sarcastique et une main l'invitant à rejoindre la petite pièce. Mais l'homme, un géant du genre ancien militaire, cheveux rasés sur les côtés et cou de taureau barré de plis épais, ne bouge pas d'un pouce. Barbiche Teigneuse lui arrive à peine à l'épaule. Cou-de-Taureau fait retentir ses cordes vocales dans cette salle même où, avant la guerre, des orchestres jouaient, où le bourgmestre donnait son bal annuel, où l'on valsait, où l'on riait et où les femmes se faisaient importuner à la fin d'une nuit de biture.

« Puis-je demander qui vous êtes ? Je ne ferai pas un pas avant de voir vos papiers ! Qu'est-ce que vous croyez ? »

L'homme croise les bras. Entre-temps, je remarque que l'homme au chapeau, que je n'arrive toujours pas à remettre, laisse les gens passer devant lui et recule en cachette, se rapprochant ainsi de plus en plus de moi. Barbiche Teigneuse sort son pistolet.

Tout le monde fait un pas en arrière. Certains, bien que loin de l'arme, plongent au sol, les mains sur la tête. La foule siffle. « Incroyable... Dites-moi que c'est pas vrai ? » « Mais qui est ce connard ? » « Gestapo, Gestapo ! » Un jeune en pantalon bouffant et veste courte en cuir laisse échapper un juron retentissant suivi de : « Ça ne se passera pas comme ça ! » Il sort aussitôt de la salle pour retrouver le Meir. Les files tanguent, comme un bateau dans la tempête. La confusion augmente encore lorsque Barbiche Teigneuse pointe le pistolet sur la poitrine de Cou-de-Taureau : « Et maintenant, tu vas venir, nom de Dieu. » Les gens allongent la nuque pour voir ce qui se passe à l'avant. Les files auparavant bien nettes sont à présent complètement mélangées. Quelqu'un crie : « Lâches ! » Un petit vieux essaie de calmer Barbiche Teigneuse. Il tient les mains devant lui. Je vois le poing tenant la crosse du pistolet se lever et s'abattre. Des cris d'épouvante parcourent la salle. Puis je reconnais enfin l'ombre à ma gauche, qui profite du chaos pour déguerpir. Une fraction de seconde, nous nous regardons dans les yeux. Chaim Lizke. J'ignore s'il me reconnaît et avant que j'aie bel et bien pu réaliser, il a disparu. Ça dépasse l'entendement. Ensuite retentissent des sifflets et deux agents font irruption, suivis du garçon en pantalon bouffant qui visiblement pense encore qu'en cas de violences il convient de faire appel à un uniforme de chez nous. Et comme si quelqu'un là-haut jouait aux cartes et abattait l'atout pique, je reconnais Lode dans l'un des deux agents, le visage rouge de colère. Ça tire et ça pousse. Les enfants hurlent. Au coup de sifflet de Lode et de son coéquipier répondent des ordres en allemand. Comme dans une mauvaise farce, *mein Freund* Gregor surgit de derrière les rideaux avec dans son sillage une horde de Feldgendarmes, armes en joue. Lode est immédiatement encerclé et emmené. Barbiche Teigneuse a disparu. Tout le monde se bouscule vers la sortie. Les enfants tombent, les gens crient tandis que je me démène, comme un charlot qui s'est retrouvé par erreur aux portes de l'enfer, pour me frayer avec les autres un chemin à l'air libre.

Le soir tombe lorsque je rassemble enfin mon courage pour aller à la boucherie. Yvette et ses parents doivent être horriblement inquiets. J'ai passé des heures à réfléchir, assis au bord de l'étang du Parc communal, à peser le pour et le contre, comme si moi, l'imbécile de service, je pouvais infléchir, par quelques magistrales manœuvres de mon intellect, le cours des événements auxquels je me retrouve mêlé.

Yvette ouvre la porte. Elle a les yeux rouges et me regarde comme un intrus.

« Ouille, qu'est-ce qui se passe ? m'entends-je bravement demander. Qu'est-ce qui ne va pas ? »

Elle essuie ses larmes et m'emmène à l'étage. Sa mère lève les yeux vers moi, mais ne dit rien. Elle aussi a pleuré. Comme d'habitude, le père est dans son fauteuil derrière son journal.

« Allons, c'est mauvais pour mon cœur, dis-je. Qu'est-ce qui s'est passé, au nom du ciel ?

— Notre héros s'est retranché dans sa chambre, lâche le père sèchement sans baisser son journal. Demande-le-lui toi-même ! Je lui avais dit pourtant. Reste à l'écart de cet uniforme. Mais monsieur n'a pas voulu écouter. Et voilà le résultat, nom de Dieu !

— Oh, papa. C'est déjà assez difficile comme ça », gémit son épouse.

Je monte encore une volée d'escalier et frappe à la porte de la chambre.

« Lode, c'est moi. Wilfried. »

Pas de réponse. J'entre.

Lode est assis sur son lit, je ne vois que son dos.

« Tout le monde chiale en bas. »

Il se retourne lentement vers moi. Il a l'œil droit fermé.

« J'ai tout vu, dis-je.

— Ah bon ?

— J'étais dans l'une des files.

— Ils nous ont emmenés. On s'en est pris plein la gueule.

— T'aurais mieux fait de rester en dehors de ça…

— Toi aussi, tu t'y mets ? Si quelqu'un vient te voir et te dit qu'un fou brandit un pistolet dans la salle des fêtes, est-ce que t'as le choix ? On est de la police, oui ou merde ? Ou tu l'as oublié ? »

Il ouvre la porte de sa table de chevet et en sort une bouteille de genièvre. Il prend une gorgée et me tend la bouteille. J'en prends une bonne goulée et me retrouve soudain au café Hulstkamp, titubant sur mes jambes. Faut plus que je touche à ce genièvre.

« Mes excuses. J'ai pas de verres. »

Je souris. Lui aussi.

« On n'a même pas pu voir qui était ce connard avec son pistolet. Si j'arrive à le savoir…

— C'est mon ex-prof de français… » m'entends-je dire.

Lode me regarde, se frotte le menton.

« Il fallait s'y attendre à ce que ton pote soit là.

— Il y avait un autre gars avec lui. Un avocat. Omer Verschueren. »

Lode sursaute.

« Quoi ? »

Il reprend une gorgée.

« Tu sais quand même ce qu'on dit de lui ?

— Qui dit quoi ?

— Qu'il joue un double jeu. Pour de l'argent, cet enculé fait tout. D'ailleurs, il ne nous connaît que trop bien, mon père et moi. Environ trois ans avant la guerre, c'était notre avocat.

— Un salaud de la plus belle eau…

— Tout à fait.

— Il peut crever en ce qui me concerne.

— Absolument d'accord. »

J'attrape la bouteille et reprends une grande lampée de genièvre. Ça tourne. J'aurais mieux fait de m'abstenir. C'est plus fort que moi.

« Lode…

— Tais-toi. Attention à ce que tu vas dire. Non, tais-toi. »

J'allume deux cigarettes, en tends une à Lode.
« J'ai vu Chaim Lizke aussi là-bas. »
Lode en laisse presque tomber sa cigarette.
« Impossible. C'est absurde. Ça ne se peut pas. »

Il se tient dans la pénombre de sa cachette, derrière la même table de cuisine sur laquelle est posé un livre ouvert. Nous le regardons.

« *Wo sind Sie gewezen*[1] *?* » crie Lode, dans son mélange d'allemand et de néerlandais.

Une ride se creuse sur le front du juif. Ses yeux passent de Lode à moi. Son expression ne change pas. Incompréhension.

« *Sie sollen nicht nach aus gehen, Herr Lizke*[2] *!* poursuit Lode dans son baragouin.

— *Zu Hause ? Das geht nicht mehr*[3]. »

Soudain, des larmes apparaissent dans ses yeux, tandis qu'il continue de sourire de bonne grâce, prêt à nous rendre service pour l'une ou l'autre bêtise.

Lode et moi soupirons de concert. Lode lance ses bras en l'air. Je continue de regarder Lizke, tel un enfant guettant la maladresse du magicien.

Lizke s'assied sans plus nous regarder.

Ses larmes tombent sur la table.

« *Alles ist zu einem Alptraum geworden*[4] », dit-il à personne en particulier.

1. Où êtes-vous allé ?
2. Vous ne devez pas déjà encore sortir, monsieur Lizke !
3. À la maison ? Ce n'est plus possible.
4. Tout est devenu un cauchemar.

Lode me jette un regard interrogateur.

« *Alptraum*, ça veut dire cauchemar », dis-je tout bas.

Lizke se mouche dans un bout de torchon sale.

Je le vois frissonner avant de reprendre son livre et sa lecture, comme si c'était nous les fantômes.

Lode et moi sommes devant une maison de la Lange Leemstraat. L'une des sonnettes porte une plaquette en cuivre sur laquelle est gravé « Assurances Flor Goetschalckx ». Le nom me fait rire intérieurement. Lode appuie sur la sonnette juste au-dessus de celle du courtier. Je ne connais pas le jeune gars qui nous ouvre la porte. Chuchotant, il appelle Lode « Vincent » tandis que je suis présenté comme « Robert ».

Il flotte dans le couloir une odeur de chien mouillé. Le plus silencieusement possible, nous montons un escalier qui craque. Derrière l'une des portes du premier étage, un tourne-disque joue une musique douce au piano. Nous sommes introduits dans l'appartement donnant sur la rue, le plus éloigné de la cage d'escalier. La pièce est enfumée. Un quadragénaire corpulent, aux sourcils hirsutes comme des antennes de scarabée, est assis à une table de cuisine recouverte d'une nappe en crochet. Une théière attend, entourée de tasses vides. L'homme aux antennes fait un signe de tête à Lode.

« Qui nous amènes-tu, Vincent ? demande-t-il d'une voix éraillée.

— Un collègue, professeur, de l'îlot six comme moi. Il s'appelle Robert. Il m'a aidé pour le juif que je... »

L'homme intime à Lode de se taire.

« C'est bon, mon ami. On n'a pas besoin d'en savoir plus. »

Je comprends pourquoi on l'appelle « professeur ». Je l'imagine parfaitement devant un amphithéâtre, les bancs bondés d'étudiants au visage frais, digérant sa sagesse avec zèle et bonne humeur. Le jeune gars qui nous a fait entrer est clairement un étudiant, de même que le petit roux qui se cure le nez de l'autre côté de la table. L'un d'eux sert le thé fumant et nous nous asseyons.

« Messieurs, entame le professeur, l'ennemi enchaîne les erreurs. L'Afrique du Nord, ils peuvent oublier, ils se sont fait battre par les Russes, et chez nous, dans notre ville, il n'y a pas un Boche, pas un traître à la nation, qui puisse encore se sentir en sécurité. Vous pouvez dire ce que vous voulez, l'évidence montre que la lumière est enfin au bout du tunnel. On ne peut pas abandonner maintenant. Tout acte de sabotage, tout bâton dans les roues des collaborateurs est un pas en avant. »

Tout doucement, les gens tapent sur la table en signe d'approbation. Celui qui se curait le nez allume une cigarette et souffle triomphalement la fumée au plafond, comme un caméo dans un film de gangsters.

Le professeur me regarde.

« Robert, nous pourrions avoir besoin de toi, comme de ton ami Vincent… »

Lode alias « Vincent » l'interrompt :

« Il n'est pas là pour ça, professeur.

— Pour quoi alors ?

— Pour savoir où on en est. Mon juif doit partir. »

Le professeur regarde le type qui nous a ouvert la porte : « Guillaume ? »

Le dénommé Guillaume tire sur le lobe de son oreille et se met à parler d'une voix aiguë presque comique : « L'adresse à Bruxelles est réglée. Les gens là-bas sont au courant. La seule chose qu'on doive encore leur dire, c'est quand il arrive. Ses papiers…

— Je suis en train de m'en occuper, dit le professeur, c'est une question de jours. Tu verras à peine la différence avec les vrais documents. Ah, mes amis, c'est inimaginable tout ce que les gens sont capables de faire quand ils agissent à l'unisson. Ce sera bientôt à nous, vous verrez. On sent que les gens sont prêts. La cruauté de l'occupant nous a fait gagner le cœur du peuple. »

Ses yeux brillent. Il frappe sur la table, mais sourit tout de suite après.

« Je vous prie de m'excuser, je sais qu'on ne doit pas donner d'inquiétudes à M. Goetschalckx ici en bas. »

Autour de lui les gens sourient un peu niaisement, Lode y compris. Je me tiens près des rideaux et entends passer un tram, lent et grinçant comme un vieux tas de ferraille sur roues. Des pas résonnent. Quelqu'un crie : « Stop ! » Et c'est comme si le tram devait d'abord soupirer avant de pouvoir freiner. Dehors, la vie ordinaire, dedans, la conspiration d'une petite bande qui pense que le grand moment arrive, une révolution au thé et aux gâteaux d'avoine, se reposant sur les discours d'un professeur convaincu d'être du bon côté et de détenir la vérité, comme un gamin jouant avec des allumettes dans un entrepôt bourré de poudre à canon, qui considère chaque flammèche qu'il fait jaillir comme une lueur d'espoir.

« Tu es rassuré maintenant ? » me demande Lode gaiement tandis que nous retournons, nos cols remontés, en direction de la Van Eycklei.

Je me tais. Nous marchons d'un bon pas.

« Dis, demandé-je enfin, le visage impassible. Le Flor Goetschalckx fait aussi partie du complot ? »

Lode fronce les sourcils.

« Il pourrait être utile pourtant. Avec une fine équipe pareille, les services d'un agent d'assurances ne seraient pas de trop. Pour tous vos éventuels accidents domestiques et vos activités extérieures. »

Lode soupire.

« T'étais le petit rigolo de la famille, toi.

— Rien n'empêche de dire la vérité en riant, mon ami. Qu'est-ce que tu fiches avec ces amateurs ?

— Ne parlons pas des endroits où toi tu traînes, mon ami.

— À savoir ?

— Toute cette racaille du Hulstkamp, où tu as entraîné notre Yvette par exemple ? Oui, oui, je suis au courant, tu ne voulais pas qu'elle me le dise. T'es tombé sur la tête ou quoi ?

— C'est plus sûr d'être en bons termes avec les salauds.

— Plus sûr pour qui ? Pour ma sœur ? Je ne pense pas. Tout le monde voit tout dans cette ville. Mais toi, tu te crois invisible, tu crois que c'est un jeu.

— Enfin, ton professeur le croit aussi. Et toi aussi. C'est l'hôpital qui se fout de la charité.

— On est tous des imbéciles, c'est ça ?

— Ça me paraît évident.

— On va prendre une bière ?

— Ah, pourquoi pas ? Le Hulstkamp est peut-être encore ouvert…

— Enfoiré, "Robert".

— Toi-même, "Vincent". »

Un quart d'heure plus tard, nous nous disons « santé » à la brasserie de l'Alma.

Mon uniforme est devenu un objet rassurant. Il ordonne mes journées de façon régulière, patrouiller est comme un rituel apaisant au milieu de cette folie dont nous sommes tous les jours les témoins, puis maintenant je connais si bien Gaston que je peux finir ses phrases machinalement. À la fin de notre quart, nous passons en revue ce qui nous est arrivé comme conneries ce jour-là et le commissaire adjoint note dans son annuaire de garde ce qui lui convient. En général, je m'attends à ce qu'il nous bénisse à la fin. C'est l'impression que ça donne, comme une rémission des péchés.

« C'est le cas, grogne Gaston. Et tant qu'aucun d'entre nous...

— ... n'en fait tout un fromage...

— ... ça se passera bien. Nom d'une pipe, Wilfried, selon moi, tu fais des progrès. C'est beau de voir son poulain qui a longtemps vacillé et chancelé sur ses quatre pattes finir quand même par arriver...

— C'est bon. »

Gaston rit de bon cœur. Nous sommes au réfectoire et mangeons nos sandwichs avant d'entamer notre ronde.

« Il faut que t'entendes ça ! rit Gaston en défroissant son journal. Une lettre pastorale de notre cardinal. "*La situation intérieure du pays s'aggrave de jour en jour. Des actes de violence se commettent sans discontinuer, un peu partout. Depuis quelque temps, les attentats contre la vie ne se comptent plus. Ce flot sanglant, à quoi mène-t-il*[1] *?*"

— Eh beh, dis-je.

— Ça devient sérieux pour que cette bande de mitrés donne de la voix. Et cette phrase est excellente aussi, écoute ça : "*Nous demandons que la série sanglante prenne fin et que renaissent le calme et la patience, dans l'espoir inconfusible d'une juste paix*[2]." Et voilà, c'est résolu. Tous les résistants auront lu la gazette, non ? On peut rentrer chez nous.

1. Lettre pastorale du cardinal Van Roey du 13 janvier 1943, dans *Au service de l'Église / In den dienst van de Kerk*, tome 5, Brepols (Turnhout), 1948, p. 442-443.

2. *Ibid.*

— Et c'est ainsi que le terrorisme fut définitivement renvoyé en enfer…

— Amen. »

Gaston veut se lever, mais se rassied en gémissant avec une infinie précaution.

« Qu'est-ce que tu as encore ?

— Des hémorroïdes, bref le cul qui saigne, camarade. Ne ris pas. C'est à cause de l'alcool et ça, je connais peu de gens qui crachent dessus. Apprends de mon expérience avant de te livrer au déshonneur et à la ruine. »

Gust le Bigle entre et dit qu'une bombe vient d'exploser dans la Potgieterstraat.

« Tu devrais déjà être en route », lui rétorque Gaston, le visage impassible.

Il me jette un clin d'œil tout en rouvrant sa boîte à casse-croûte.

« Emmerdeur, ce n'est pas notre secteur et tu le sais très bien.

— C'est pas non plus notre spécialité, pour être honnête », ajouté-je.

Notre îlot à nous, plein de cafés, d'hôtels et de bijouteries, est épargné par les bombes ou les explosifs lancés dans les vitrines. Trop de Boches qui vont aux putes dans les parages, je suppose, et une bombe n'est pas discrète, une bombe fait trop de cadavres. Ici, il arrive à l'occasion que quelqu'un soit abattu à la nuit tombée, chez lui ou sur le seuil de sa maison, après un avertissement du genre : « Valet des nazis, tu seras condamné par le tribunal populaire. » Parfois, celui qui reçoit ces menaces porte plainte contre X, parfois non. Pour ce que ça change. Hier, on en a transporté un à la clinique, où il est décédé peu après. « Pourtant, j'étais venu signaler qu'ils m'avaient dans le collimateur, a-t-il murmuré avant l'arrivée de l'ambulance. Mais ils n'ont pas bougé le petit doigt. »

Nous acquiesçons, constatons, prenons acte, notons, demandons des détails. Quand avez-vous trouvé cette lettre, madame ? Pouvez-vous nous dire à quel moment cela a eu lieu, monsieur ? Qui parmi les voisins présente d'après vous un comportement suspect ? Tous ces actes distillent du calme et visent à apporter la paix. Nous veillons sur vous. Mais c'est surtout nous, en vérité, que cette pensée apaise.

« C'est aussi nécessaire, estime Gaston. Les gens n'ont que faire d'un représentant de la loi nerveux qui leur explique que plus rien n'est respecté et qu'il n'y a donc plus aucun contrôle.

— Ça fait longtemps qu'il n'y en a plus ?

— Absolument. Mais l'un n'empêche pas l'autre. Ton calme et ta dignité sont des armes en ces temps de folie. Dis merci à ton uniforme, jeune homme, il maintient ton âme en paix. »

Quelqu'un en bas crie nos noms à pleins poumons. Le commissaire adjoint nous ordonne de nous rendre au Golding dans l'Anneessensstraat.

« Des Boches sont en train de foutre le souk.

— Oublie. Confie ça à deux autres idiots.

— Je le confie à vous deux, Gaston. Tu devrais déjà être en route.

— Je ne veux pas en f…
— Gaston, hurle l'adjoint, si tu ne veux pas en faire tout un fromage, eh bien n'en fais pas tout un fromage ! Fais ton boulot, nom de Dieu ! »
Quelques collègues ne peuvent pas se retenir de rire, soulagés de ne pas devoir aller au Golding. Nous sortons sous les applaudissements.
« Mettez-leur la pâtée, les mecs ! » nous crie-t-on.

La brasserie Golding se trouve deux immeubles plus loin que le cinéma Metro. Il y a du monde dans cette rue étroite regorgeant de lieux de divertissement. Il est à peine huit heures, la soirée ne fait que commencer. Un SS a déjà son compte. Il est adossé à un arbre à hauteur du Golding et vocifère comme un possédé en direction de la pleine lune. Les passants font comme s'il n'existait pas. À notre arrivée, une table vole par la fenêtre du Golding. Le soldat ivre a encore le réflexe de se pencher, mais il se retrouve couvert d'éclats de verre. Il regarde à l'intérieur, hausse les épaules en ricanant tandis que les débris tombent de son uniforme, puis il fait signe à ses amis et s'esclaffe à la vue de plusieurs clients qui quittent l'établissement comme des rats terrifiés par la mort. L'un d'eux, éméché, arborant une moustache à la Hitler et un imperméable trop grand, nous arrête : « Ils sont fous là-dedans. C'est bien que vous soyez là, ça commençait sérieusement à dégénérer… » Puis il fait une pause, nous regarde l'un après l'autre, et soupire. « Je crains qu'à deux vous ne fassiez pas le poids, les gars. »

L'intérieur de la brasserie ressemble à un champ de bataille. Les chaises et les tables sont sens dessus dessous. Un SS, l'écume aux lèvres, est en train de fracasser un tabouret contre le bar. Des éclats de bois volent dans toutes les directions. Je vois une tête émerger puis s'abriter de nouveau derrière les pompes. Cinq ou six SS debout en cercle sont en train de porter un toast, sans prêter attention aux dégâts autour d'eux. Quelques autres sont assis plus loin, entourés de seaux à champagne et de femmes riant bruyamment. Un Boche pleure tout seul à une table, ignoré de ses camarades. De ses mains ensanglantées, Lèvres Écumantes s'apprête à attraper un autre tabouret. C'est à ce moment-là qu'il nous voit. Avec un large sourire, il crie alors à ses camarades : « *Hurra, Jungs ! Die Feuerwehr ist da*[1] *!*

— Qu'est-ce qu'il crie, ce con ? demande Gaston, les mâchoires serrées.

— Il dit qu'on est les pompiers. »

Gaston sort sa matraque et frappe l'Aryen blond ivre, qui l'accueille à bras ouverts avec un large sourire, en plein sur la glotte. Toussant et portant les mains à la gorge, ce dernier tombe à genoux. Tout le café nous regarde. En dehors du râle du SS qui suffoque, c'est le silence. D'un coup, tout le monde a dessaoulé, tout le monde s'est ressaisi. À l'arrière, les soldats se dégagent lentement de l'étreinte des prostituées pendues à leur cou. Un verre de champagne

1. Hourra les gars ! Les pompiers sont là !

tombe. Même celui qui était en train de pleurer l'instant d'avant fait craquer ses jointures, prêt pour la bagarre.

« Ce n'était pas ta meilleure idée, Gaston. »

Il m'ignore et gueule plus fort que je ne l'ai jamais entendu faire : « Tout le monde *zu Hause*[1], bordel de merde ! Débarrassez-moi le plancher et plus vite que ça, ou vous allez passer un sale quart d'heure. Capiche, bande de Chleuhs ? »

Gaston voit son casque valser par terre. Il se retourne en jurant et donne un coup de poing dans l'estomac du soldat allemand. Les autres se rapprochent d'un pas, tranquilles et maîtres d'eux-mêmes, une machine meurtrière prête à ne faire qu'une bouchée de nous, pauvres proies clownesques. L'un d'eux ramasse le casque blanc au sol, ouvre sa braguette et pisse dedans. Il faut quelques secondes avant que les soldats se mettent à rire comme des bossus.

« Barrons-nous », dis-je aussi calmement que possible.

Gaston est hors de lui.

« Mon casque, nom de Dieu ! »

Ses rares cheveux noirs forment des nœuds poisseux de sueur dressés sur sa tête. Le SS secoue sa bite et lance son casque à Gaston. La pisse nous dégouline sur le visage.

Des sirènes hurlent.

Un grondement de tonnerre au loin.

1. À la maison.

Les Anglais. Une attaque aérienne.

La DCA se met tout de suite en place.

Derrière le zinc, nous entendons retomber la porte d'une trappe. Le propriétaire s'est retranché dans sa cave à bière.

Puis l'on entend une sourde détonation qui fait trembler les murs, tout le monde court à l'extérieur pour sauver sa peau et Gaston et moi ne sommes même plus des pompiers d'opérette.

« Sauvés par les Anglais, crié-je.

— Habitue-toi ! » répond Gaston.

Il fait beau et elle veut faire un tour à vélo. Je peux emprunter la bicyclette de sa mère.

« Où veux-tu aller ? » demande-t-elle.

Ses mots, sa façon de me regarder, tout laisse à penser que je végète encore dans les limbes de son cœur. Cette sensation me fait rapetisser, comme sur ce vélo maternel qui se traîne et sur lequel je suis plus petit qu'elle d'une tête. Nous nous engageons dans la Van Maerlantstraat, passons devant la maison où Chaim Lizke est toujours caché, ce qui me donne envie tout à coup de retourner travailler à mes poèmes, mes « confessions d'un comédien », qui sont nés là, à la table où le juif lit ses livres, et qui ne continuent de se développer que là, lorsque revient mon tour de le ravitailler. Il suffit que j'y pense pour que les vers s'enroulent autour de moi. Mais Yvette me surveille de si près que je ne peux pas me permettre de me laisser entortiller. Ma place est auprès d'elle à cet instant, nulle part ailleurs. Nous tournons à gauche, traversons l'Italiëlei et roulons un bon moment sur le Paardenmarkt. Elle me suit sans rien dire, sans demander où nous allons. Tout près du quartier des putes, je tourne à droite et nous croisons le large canal couvert de l'Ankerrui. Les bateaux y flottent sur l'eau verte presque noire du dock Willem et les mouettes crient plus fort que n'importe où ailleurs dans la ville. Nous franchissons à grand fracas le pont de l'écluse.

« Où m'emmènes-tu ?

— Loin de la ville », dis-je, et ça sonne comme « loin de toute cette saleté ».

Nous longeons des cafés de marins où des ivrognes chancelants sont déjà appuyés contre les façades, la tête penchée, bien que ce ne soit même pas l'heure du déjeuner. Les poissonneries ont sorti leur marchandise dans des caisses en bois, mais il n'y a pas une âme sobre alentour. La ville dort encore.

Après le Londenbrug où les plus grands bateaux sont amarrés, la rive verdoyante nous invite à la suivre en direction du nord.

« Ahah, rit-elle, c'est là qu'on va ? Mais ce n'est pas la saison. »

Bien que les températures remontent sensiblement, ce n'est pas encore l'été. C'est pour ça justement que je veux aller dans les bois, à la plage et aux étangs de baignade du Noordkasteel. Il n'y aura pas un chat, je présume. Et j'ai envie d'être seul avec elle.

C'est calme.

Elle regarde l'eau qui vient lécher la plage déserte. Un peu plus loin, sur la rive opposée, bordée de peupliers, trois pêcheurs sont assis sur leur bourriche. Je prends sa main et l'entraîne vers les buissons et les arbres.

« Qu'as-tu l'intention de faire ? »

Je pense pouvoir lire dans ses yeux qu'elle connaît la réponse à cette question et qu'elle est curieuse de voir comment je vais m'y prendre. C'est un test, me fait-elle comprendre : fais ça bien et on continue, échoue et c'est définitivement terminé.

J'étends mon imperméable sur un carré de pelouse discret, derrière des buissons bien épais. Elle s'assied avec élégance, comme pour un pique-nique avec du thé et des petits sandwichs servis par des majordomes gantés.

« Tu as une cigarette pour moi ? »

J'ignore sa question et l'embrasse dans le cou. Je sens qu'elle sourit. Le bout de ma langue suit un chemin qui va de sa clavicule jusque derrière son oreille. Son sourire s'élargit. Mes mains effleurent ses seins. Mes pouces trouvent ses mamelons à travers son soutien-gorge et le tissu crème de son chemisier. Je défais deux boutons. Au troisième, sa main saisit mon poignet gauche. Mon autre main s'élance vers son cou et je la renverse ainsi contre le sol. Elle lâche mon poignet. Son chemisier est à présent défait, je relève sa chemisette de satin sans la laisser s'échapper. Elle détourne les yeux. Tandis que je lui lèche encore le cou, tout en la maintenant fermement, un gémissement lui échappe. Je remonte sa jupe fourreau, son porte-jarretelles apparaît. Je mords brièvement dans l'une de ses cuisses. Puis je mords partout où je sens de la chair. Surprise, elle tente de se redresser, mais je la repousse à nouveau. « Une bête... » dit-elle, mais ça sonne comme une question. Et cette question me provoque. Je réponds : « Non, c'est moi. » Moi, le salaud, juste moi. Et je tire sa jupe jusqu'en dessous de ses fesses et mords et lèche à nouveau. « Je veux... » murmure-t-elle plusieurs fois d'affilée, « je veux... » À quoi je réponds qu'elle n'a rien à vouloir, qu'elle ferait mieux de se taire. Et comme par miracle, elle ne sourit pas. Je soulève ses fesses et abaisse sa culotte en dentelles par-dessus ses bas nylon. Ses deux mains vont tout de suite à son pubis. J'attrape ses poignets, plaque ses mains au sol, regarde sa toison, m'en goinfre les yeux.

« Qu'est-ce que tu fais ? demande-t-elle en gloussant nerveusement.

— Je vais te dévorer toute crue », dis-je.

Je la regarde dans les yeux. Elle acquiesce.

« Espèce de sagouin ! Laissez la demoiselle en paix ! »

Je me retourne. Un pêcheur aux moustaches tombantes me regarde, rouge de colère.

« Fous-le camp, dis-je tranquillement. Fous le camp tout de suite ou je te donne à bouffer aux poissons.

— Grande gueule. »

Je me lève.

« Au revoir, dis-je. Je suis sérieux. Rentre chez toi. Bobonne va frire tes goujons. »

Le pêcheur lorgne Yvette par-dessus mon épaule, hoche la tête d'un air soumis et reprend le sentier de la rivière. J'ai encore le dos tourné qu'enfin elle chuchote :

« Viens là.

— Tu vas d'abord devoir faire quelque chose », dis-je.

J'ouvre ma braguette. Yvette se redresse à moitié.

Pour la première fois, je n'ai aucune hésitation. Pour la première fois, je me sens avide. Je baisse mon caleçon et me poste juste devant elle. Elle regarde.

« Ouvre la bouche », dis-je.

Nous faisons l'amour jusqu'au crépuscule. De temps à autre, une voix s'approche puis s'éloigne. Nous y faisons à peine attention. Je la mords. Elle me griffe. De vierge à fauve, sans transition.

Après coup, elle me dit : « Qu'est-ce qui t'a pris, tu étais à moitié fou... »

À nouveau, elle ne sourit pas. Elle le pense cette fois.

Elle veut rentrer à pied à la maison, même s'il commence à faire très sombre.

Nous marchons côte à côte en silence jusqu'à ce qu'elle dise enfin : « Ce pêcheur... Tu lui as vraiment fait peur. »

« Regarde ça... »

Barbiche Teigneuse fait glisser vers moi deux cartes d'identité. Sur la première, il y a un homme que je ne connais pas, commerçant de profession, et cætera. La seconde fait battre mon cœur plus fort. Je garde mes mains tremblantes en dessous de la table. Sur la photo d'identité, il y a Chaim Lizke. C'est une photo assez récente. Fier et méfiant, il me fixe du regard. Nom : Goetschalckx. Prénoms : Florimond, Jozef. Métier : assureur. Sous la photo est mentionnée sa taille : 1,60 m. Dans la case « Domiciles successifs », il est écrit Lange Leemstraat, 22. Signé par « Le fonctionnaire de l'état civil (ou son représentant) ». Dans le coin supérieur droit, une éclaboussure brune, pas tout à fait sèche.

« Des faux, bien sûr, lâche Barbiche Teigneuse.

— Ah bon ?

— Ma tête à couper que ce sont des youpins. Qu'est-ce que t'en penses ? Regarde-moi ces yeux, cette lippe... »

Nous sommes assis dans un petit bureau au rez-de-chaussée d'une maison chic de l'Elisabethlaan, le nouveau quartier général du Sicherheitsdienst. Les hautes fenêtres donnent sur un jardin quelque peu laissé à l'abandon. Des merles chantent. L'un d'eux se pose sur la balustrade en fer forgé de la terrasse, tourne la tête, lorgne l'intérieur, tourne à nouveau la tête, volette vers un châtaignier sur le côté. À droite, une petite tonnelle, tout en arcs et en colonnes, est prête à retourner dans le temps, à savourer le goûter d'une journée caniculaire au dix-neuvième siècle, tandis que le personnel apporte des tartes et sert le thé dans un service en argent.

« Tu es encore là, Wilfried ?

— Faux, mais bien imités, dis-je d'un ton trop fébrile. À moins que ce ne soient des cartes vierges qu'ils ont volées et remplies eux-mêmes. C'est possible aussi.

— *C'est possible aussi*, on en a d'ailleurs la certitude depuis quelque temps. Ce qui est possible, surtout, c'est que ça se passe dans ton service à la Vestingstraat. Tu vois où je veux en venir ?

— Comment les as-tu obtenues ?

— Comme on obtient tout, *jeune homme*. Une ville malade, une ville qui a toléré pendant des années trop de bacilles étrangers, pour le dire ainsi, parce que la ploutocratie qui était autrefois au pouvoir a constamment couvert ces éléments venus de l'extérieur… La ville se venge, c'est inévitable, c'est la loi de la nature. Dès que les habitants voient une possibilité d'avoir voix au chapitre, c'est le début de la fin. C'est comme ça qu'une ville s'autonettoie.

— Par délation, donc.

— Mais enfin, quel mot. Tu me déçois. Sur le plan du développement intellectuel, je te croyais au moins sorti de la cour de récré.

— On reçoit aussi des lettres comme ça. La moitié semblent écrites par des gens échappés de l'asile ou qui veulent se venger d'un voisin qui saute leur femme.

— Et l'autre moitié sont des gens qui apportent leur précieuse contribution à la guérison de la ville et nous aident à nous débarrasser des juifs et autres terroristes qui n'ont pas encore compris que leur *Ancien régime* était terminé. L'un d'eux nous a donné une adresse dans la Lange Leemstraat. "Fréquentes réunions suspectes entre hommes à une heure tardive"... On a tenu ça à l'œil pendant quelque temps. Et ce qui est apparu... »

Continuer de respirer. Mes mains s'agrippent à mes jambes de pantalon. Nous y voilà. Je sens venir l'accusation, je sens venir le crachat en pleine face, la main sur l'épaule, le cachot, la fin. Comme un bolide, mon esprit fonce sur ce nouveau circuit. Donner du gaz tout de suite, nier et évacuer l'affaire en riant ? Ou négocier le virage, freiner, avouer tout à moitié et déformer l'autre moitié ?

« Il s'agissait surtout d'un bonhomme en particulier. On a fini par l'arrêter dans un immeuble aux alentours de la Belgiëlei. C'est là qu'on a trouvé ces papiers, avec les tracts habituels et des munitions, pas beaucoup, mais suffisamment. C'était un pari de nous concentrer sur lui, mais ça a payé. Ou pour être exact : c'est en train de payer, car l'enquête est loin d'être terminée.

— Qu'est-ce que j'ai à voir là-dedans ? »

Barbiche Teigneuse regarde par la fenêtre. Une bruine s'est mise à tomber.

« Tu sais que les Allemands sont tellement disciplinés qu'il n'y a pas que les *Ehrenamtlich*, autrement dit les volontaires comme moi, qui doivent introduire une requête officielle pour pouvoir mener un interrogatoire spécial ? N'importe quel collaborateur doit le faire, quel que soit son rang ou son statut…

— Non, je ne savais pas.

— Gregor n'est pas friand de cette bureaucratie. Et j'admets que c'est embêtant, voire risible, mais d'un autre côté, une telle rigueur force l'admiration en temps de guerre. Nous ne sommes pas des bêtes. Mais parfois la bête est nécessaire. Et pourtant : cette rigueur, cette requête… C'est presque miraculeux. Enfin bref, notre requête a été assez vite honorée. Les nouvelles sont bonnes. Notre suspect a avoué que quelqu'un de la police était impliqué dans son groupuscule. Quelqu'un de ton bureau.

— Qui ? »

Barbiche Teigneuse se frotte les mains.

« C'est pour ça que je t'ai fait venir, Wilfried. Tu ne voudras pas rater un tel moment. Omer est en train de s'occuper de lui. Selon moi, on le saura d'ici une grosse heure au plus tard. »

La porte de la cave s'ouvre et nous entendons un homme crier tandis que nous descendons l'escalier. L'espace est divisé en cellules, des ombres sont assises derrière les barreaux, immobiles et silencieuses. Je n'entends qu'une femme marmotter le Notre Père. Barbiche Teigneuse pousse une porte en métal. Des effluves de peur et de saleté me sautent au visage. Le professeur est là, suspendu à une barre en fer par des chaînes aux poignets, nu et ensanglanté. Un type à lunettes est appuyé contre une table. Il roule une cigarette. Peut-être bien le petit con du

Hulstkamp qui était venu me claironner qu'il faisait l'interprète pour le SD. Le voilà maintenant qui me toise avec dédain, léchouille le papier à rouler et allume sa clope.

« Tu connais peut-être Joris...

— Nous nous sommes rencontrés », confirmé-je.

Omer se tourne vers moi. Il a retroussé ses manches de chemise et essuie ses mains pleines de sang. Par-dessus ses vêtements, il porte un tablier de boucher. Il y a des bâtons et des barres en métal sur la table à côté de lui, ainsi qu'une bouteille de cognac et des verres.

« Alors ? demande Barbiche Teigneuse, tout en enlevant sa veste et en retroussant ses manches, lui aussi.

— Ça dure trop longtemps à mon goût », chuchote Omer.

Le professeur commence à pleurer et à les maudire à voix basse. « Connards, connards... » Des bulles se forment à chacun de ses mots. La morve lui coule du nez. Il a le visage complètement tuméfié. L'un de ses bras m'a l'air cassé. Ses mains ressemblent à des griffes, certains doigts n'ont plus d'ongle. Le reste de son corps est un patchwork d'ecchymoses, de plaies béantes, de giclures brunes et de sang caillé.

Omer se ressert un verre et nous interroge du regard. Non, je n'ai pas envie de cognac. Barbiche Teigneuse non plus. Omer hausse les épaules et vide son ballon d'un trait. Joris, derrière ses petites lunettes, boit une gorgée du sien.

Les pleurs du prof s'intensifient.

« Ça suffit ! crie-t-il soudain. Ça suffit, bande de connards !

— Le voilà qui ouvre sa grande gueule, ricane Omer. Écoutez-le-moi chialer… »

Barbiche Teigneuse s'approche tout près du professeur.

« Faut m'excuser, crapule, j'ai pas fait de grandes études, moi. Du coup, je suis un peu lent à la comprenure quand un intellectuel comme toi m'explique qu'il commence à en avoir plein les couilles. Je pige pas tout de suite. J'essaie de deviner ce que ça peut bien vouloir dire, "ça suffit". »

Omer va se poster à côté de Barbiche Teigneuse, non sans nous avoir d'abord lancé un clin d'œil, à Joris et à moi, comme pour dire vous allez voir ce que vous allez voir, c'est parti pour la franche rigolade.

« D'ailleurs, c'est nous qui déterminons *ce qui* suffit et *quand* ça suffit. Je sais que c'est difficile pour une élite comme toi, quelqu'un qui a passé sa vie à mépriser des types comme nous. Oui, vas-y, tu peux le dire. On n'est pas des traîtres à la patrie à tes yeux, toi, l'ami des youpins ? Des gars que l'on peut viser par-derrière et laisser se vider de leur sang sur le seuil de leur maison ? C'est pas vrai, peut-être ? Mais maintenant, hélas, avec tout ton mépris de pseudo-intello, tu n'es plus rien du tout. »

Omer décoche au professeur un violent coup de poing à l'estomac. Un instant, les pleurs s'arrêtent. Un instant, tout s'arrête. Un instant, je pense :

à quand son tour ? À quel moment cet avocat crèvera-t-il enfin ?

« Joris ! De l'eau ! »

Binoclard prend un seau.

« Bougez-vous… » marmonne-t-il.

Barbiche Teigneuse et Omer font tous deux un pas de côté. Joris jette l'eau de toutes ses forces sur le professeur. Aussitôt, l'homme a un sursaut, redresse la tête et me regarde ; je suis un peu en arrière, mais bien visible. Le professeur me dévisage, ouvre la bouche, crache du sang et semble tout à coup sourire. C'est une vision démentielle qui fait battre mon cœur si fort que je crains que tout le monde l'entende.

« Robert ! crie le professeur. Robert et Vincent, ils étaient ensemble, les deux de la pol… de la poli… de la police… »

Il secoue la tête et crache à nouveau du sang.

J'essaie de rester debout, mais au son de ces deux noms de code imbéciles que Lode nous a donnés, à lui et moi, je manque de m'évanouir. Le professeur laisse ensuite retomber sa tête.

« Quel Robert ? Quel Vincent ? » crient Barbiche Teigneuse et Omer en même temps, tout en le rouant à nouveau de coups de poing.

Le professeur ne gémit plus, ne pleure plus, c'est un punching-ball inanimé.

« Joris ! »

Binoclard remet le seau sous le robinet, le remplit d'eau et répète, aussi calme que la fois d'avant : « Bougez-vous. »

Le second seau se déverse sur le professeur, qui se réveille et me cherche du regard, moi qui suis cloué au sol.

Il fait d'abord des bulles de sang puis hoche le menton, à moitié dans ma direction : « C'est lui, là-bas... »

En pleine panique, je me vois le charger, poussant au passage Omer et Barbiche Teigneuse.

« Qui est Robert ? Qui est Vincent ? » m'entends-je crier en lui assenant un coup de genou dans les parties.

Le professeur perd connaissance, se dégonflant comme un ballon.

« Dis, sot... » lance Barbiche Teigneuse.

— Joris ! »

Et vlan un nouveau seau d'eau dans le visage esquinté du professeur.

Rien.

Un pantin sans vie.

Omer souffle.

« Je crois qu'il faut aller chercher le docteur. Joris ?

— J'y cours... » soupire Joris en me traitant d'amateur.

Il est à présent deux heures de l'après-midi et il pleut des cordes.

« Bon Dieu... dit Lode pour la troisième fois. Comment tu sais ça, toi ?

— Tu sais comment je le sais.

— Ce salopard avec sa barbiche est de la partie ? »

J'acquiesce.

« Nous sommes donc dans la merde jusqu'au cou.

— Cette andouille que tu appelles professeur ne connaît pas nos vrais noms, ou je me trompe ? »

Lode hoche la tête d'un air absent. Je le vois occupé à réfléchir à une douzaine d'autres choses.

« Il ne connaît aucun nom, mais… on s'est réunis de temps en temps dans la planque où on cache Chaim Lizke. Nom de Dieu, que j'ai été con. C'est là qu'on a pris la photo pour sa carte d'identité.

— Et maintenant ?

— Ce juif doit partir. Aujourd'hui. »

Lizke sursaute et recule, se protégeant le visage des deux bras. La chaise sur laquelle il était assis se renverse, la lampe au-dessus de la table oscille. Il attrape un marteau qu'il a probablement vu traîner là et garde depuis près de lui comme seule arme. Nous ne pouvons plus l'aider et il le sent tout de suite. Le marteau dans sa main montre clairement qu'à ses yeux nous sommes devenus comme les autres.

« *Keine* panique ! » dit Lode, aussi calme que possible.

Lizke se rassied, hésitant, et s'excuse tout en essuyant la sueur de son visage. Il repose le marteau et écoute ce qu'on attend de lui.

« *Nein, nein !* »

Je regarde Lode et soupire. Que demande-t-on en fin de compte à ce type ? Nous lui proposons de partir sans papiers, pour une adresse dans une ville qu'il connaît à peine, bref nous tentons de lui refourguer un billet de loterie à la place d'une échappatoire valable. Et il le sait.

« *Ich gehe nicht. In keinem Fall*[1].

— *Hier bleiben*, alors *kaput*[2]. Nous aussi *kaput*. On est dans la merde, Herr Lizke ! *Keine* chance de s'en sortir. »

Je suis obligé de détourner les yeux de Lode ou je risque le fou rire nerveux.

« Dis-lui quelque chose, Wilfried !

— *Alles oder nichts, Herr Lizke. Es gibt keine andere Möglichkeit. Verstehen Sie ? Wir sind verraten*[3]. »

Lizke n'a pas regardé Lode de toute son explication. En revanche, il me fixe, comme si mes yeux renfermaient une énigme. Puis il prend docilement sa veste au portemanteau.

Lode hausse les sourcils.

« Eh beh, ce gars a peur de toi, on dirait.

— Tant mieux », dis-je.

C'était l'idée de Lode d'accompagner le juif en uniforme à la gare centrale. Nous longeons les parcelles du Geuzenhofkes en direction de la Keyserlei, Lizke est entre nous, et je me sens de plus en plus mal à l'aise, comme si nous étions à un bal costumé, sur le point d'être démasqués. C'est samedi et le soleil brille. Il y a un sacré monde dans la rue. Les trams

1. Je ne pars pas. En aucun cas.

2. Rester ici, c'est la mort.

3. C'est tout ou rien, monsieur Lizke. Il n'y a pas d'autre possibilité. Vous comprenez ? Nous avons été trahis.

passent en brinquebalant, les gens sont massés dans les cafés à regarder passer les gens dehors, et donc nous autres. Dans la Van Maerlantstraat, la foule est plus raisonnable, mais maintenant qu'on approche de la gare, Lizke commence à marmonner de peur entre ses dents et pile devant le passage piéton à la vue de deux officiers allemands qui s'apprêtent à traverser juste en face.

« *Nicht stehen* comme un poireau... » lui ordonne Lode d'un ton sec.

Mais il reste cloué au sol. Sans échanger un mot, quasi synchrones, Lode et moi l'attrapons chacun par un coude et traversons la rue. Les officiers se contentent d'un hochement de tête et d'un vague salut de notre part.

« Nom de Dieu, soufflé-je. Qu'est-ce qu'on va faire à la gare ?

— Tout simplement acheter un billet et le mettre dans le train pour Bruxelles, répond Lode en chuchotant, comme s'il parlait d'un enfant récalcitrant.

— *Entschuldigung*[1] ? glapit Lizke.

— Tout ira bien », dit Lode avec un clin d'œil forcé.

Mais nous sommes des amateurs, nous sommes des charlots, nous sommes des clowns, notre poitrail de grenouille est orné d'une rangée de boutons argentés et notre tête est coiffée d'un pot de chambre blanc, nous sommes le début d'une blague : « Deux guignols de carnaval marchent avec un juif sur la Keyserlei, quand soudain... » Il ne reste rien

1. Pardon ?

de nous, notre uniforme menace de devenir transparent et le juif semble marqué d'une étoile cousue sur le devant de sa veste, et d'une cible dans le dos.

Au coin de la Van Ertbornstraat et de la Keyserlei, tout près du cinéma Rex, nous nous arrêtons. Un défilé nous empêche de traverser. Des dizaines d'hommes en uniforme de la Brigade Noire marchent au pas en direction de la gare centrale. Partout des drapeaux, partout des calicots. « Un Chef, un Mouvement, un Peuple », lit-on sur une banderole, et sur une autre : « Victoire au national-socialisme ». Ça joue du tambour, ça fait du tintamarre, ça chante et ça marche en cadence. Mais le monde dans la rue n'acclame plus les troupes noires comme il y a deux ou trois ans. Plus personne ou presque ne lève son chapeau en criant « Vive notre peuple ». Plus personne ou presque ne s'arrête, hormis çà et là un fermier sorti pour la première fois de sa campagne et perdu dans la grande ville, qui retire sa casquette en fixant ses pieds, comme pour marquer son respect devant un corbillard qui passe. Quelques SS font le salut militaire, c'est tout. Lode et moi sentons frémir Lizke entre nous. Nous le tenons fermement mais discrètement par les poignets. Enfin, le défilé passe et nous pouvons y aller.

« *Wir folgen die Toten*[1] », ne cesse de murmurer le juif.

Comme si des fantômes pouvaient danser dans la lumière du jour.

1. Nous suivons les morts.

Nous sommes presque à la gare.

Ça grouille d'uniformes à présent. Des SS, des soldats allemands, des Feldgendarmes, çà et là un de chez nous. Nous saluons à tout bout de champ et poursuivons crânement notre route. Le défilé de la Brigade Noire tourne à gauche vers le zoo, sans doute pour un discours de ralliement en grande pompe avec tout le tralala, à la fin duquel ils lèveront tous la patte vers le drapeau. Tandis que les derniers tournent le coin, j'aperçois soudain dans la fourmilière, entre les gens qui courent pour attraper leur train, les voyageurs chargés de bagages à l'entrée des hôtels, les femmes qui s'embrassent et les hommes qui se frappent sur l'épaule, Barbiche Teigneuse et Omer assis à une terrasse. Comme deux personnages de vaudeville, ils profitent du soleil. Omer lève la main pour en commander un autre. J'accélère le pas, je manœuvre pour nous éloigner de la chaussée et nous rapprocher des façades, tandis que le doute surgit. Ai-je vraiment vu les deux hommes ou pas ? Mais je n'ose pas me retourner pour m'en assurer. Je me sens contaminé, pris sur le fait, observé.

« Qu'est-ce que tu as ?

— Prenons l'entrée de la Pelikaanstraat.

— *Was ist los*[1] ?

— *Kein Problem*, réponds-je sèchement à Lizke. *Kalm bleiben*[2]. »

1. Que se passe-t-il ?
2. Pas de problème. Restez calme.

Nous traversons. Lizke tente de se dégager.

« Pas de ça », lui dit Lode.

C'est affreux d'essayer de maîtriser quelqu'un comme ça, de le traîner contre son gré vers cette entrée latérale. Mais ça ne fait sourciller personne. Les gens sont habitués, ils ne veulent plus rien savoir, ils enregistrent à peine, tout est normal et le sera à jamais. Je regarde par-dessus mon épaule en direction de la Keyserlei, m'attendant à voir Barbiche Teigneuse ou Omer lancés à notre poursuite, prêts à nous tomber dessus au tout dernier moment.

« Nom de Dieu ! » crie Lode.

Cet infime geste de ma part, ce court moment d'inattention, Lizke en profite. Il se dégage brutalement et s'enfuit comme un dératé, zigzaguant entre les voyageurs, son chapeau dans une main et sa modeste valise dans l'autre. Frappés de stupeur, Lode et moi mettons un moment à réagir. Nous nous précipitons à l'intérieur de la gare et le voyons courir en direction du hall central. Nous poussons les gens, je veux prendre mon sifflet, mais Lode heureusement me fait non de la tête avant que je prenne conscience à mon tour que cela pourrait mal finir. Impossible de faire intervenir des curieux ou un collègue sans une sérieuse explication. Nous courons vers le hall, bousculons des gens qui pestent et nous couvrent de noms d'oiseaux. Nous balayons l'énorme salle du regard. Rien. Beaucoup de gens, beaucoup d'agitation, pas de Lizke. Lode me fait un signe, puis pique un sprint vers la sortie donnant sur la place Astrid. Je monte quatre à quatre le large escalier pour avoir une vue d'ensemble. La sueur me coule sur le front. Rien. Pas de Lizke. Et je vois Lode revenir seul.

Nous l'avons perdu.

« Dis-moi ce qui se passe, enfin… »

Ma mère ne peut plus supporter de voir sa sœur se tordre les mains.

Mon père s'est caché derrière une gazette. Je suis anesthésié, assis à la table de la cuisine, plombé par une profonde tristesse, incapable de me lever et d'aller dans ma chambre, je n'ai même plus la force de m'isoler comme un chat malade sous une armoire. Combien de temps devrai-je encore être le fils de ces deux-là ?

Tante Emma soupire.

« Je ne veux pas vous ennuyer avec ça.

— Sors d'ici alors, répond ma mère d'un ton ferme. Tu as débarqué les larmes aux yeux, tu ne dois pas venir nous raconter de salades maintenant. J'ai interrompu la cuisson du dîner exprès pour toi, parce que je voyais bien que quelque chose n'allait pas.

— Autrement dit, tu nous as déjà ennuyés », fait la voix derrière le journal.

Mon père a faim. Il me fait un clin d'œil. Je réponds par un soupir.

« Non, papa, dit ma mère. Ce n'est pas vrai. Et tu peux rester dîner si tu veux. Même s'il n'y a pas grand-chose.

— Pas comme chez toi, Emma », glisse encore mon père.

Ces derniers mois, il a développé une véritable obsession pour l'assiette des autres, toujours bien plus copieuse dans son imagination que ce qui bout dans sa marmite. Il considère les effets de la pénurie croissante, de moins en moins compensés par mes combines, en grande partie comme la faute de son épouse. C'est elle qui l'affame.

« Oh, ferme ton clapet, imbécile. J'en ai ras le cul de ta rengaine ! »

Silence. L'éclat subit de ma mère méduse tout le monde. Mon père laisse tomber son journal, soudain pâle comme un linge. Tante Emma est bouche bée. Ma mère baisse les yeux, mais elle pense ce qu'elle a dit, c'est évident, elle n'en retire pas un mot. Mon père se lève, toussote et dit qu'il va prendre l'air. La porte claque.

« Bon débarras, toujours en train de se plaindre, celui-là », dit ma mère sur le même ton décidé, la voix pas tremblante ou brisée pour un sou.

Elle me désigne du menton et demande à ma tante s'il faut me flanquer à la porte, moi aussi. Les deux femmes éclatent de rire. Je me lève.

« Mais non, dit tante Emma, reste.

— C'est fini avec ton Allemand ? » demande ma mère.

Tante Emma secoue la tête.

« Non, c'est à cause de ce qu'il est venu me raconter tout à l'heure. Il était chamboulé. J'ai dû le calmer. Je ne l'avais jamais vu dans un état pareil.

— Ne tourne pas autour du pot, Emma. »

Un je ne sais quoi s'est glissé dans le ton de ma mère que je ne peux pas nommer, comme si son coup de sang de l'instant d'avant avait libéré quelque chose qu'elle nous avait toujours caché. Tante Emma ne remarque rien, mais remarquer quelque chose chez les gens n'a jamais été son fort de toute façon.

« Il y a un mois est arrivé un type du front de l'Est, un certain Hauptsturmführer Schmidt, ou un nom comme ça. Gregor et les autres ne s'entendaient pas avec lui. Je l'ai rencontré une fois. Un taciturne, qui ne boit pas. Il avait toujours l'air fâché. Gregor me disait qu'il ne voulait pas comprendre leur façon de travailler ici, que ce type avait craqué en Russie, qu'il en avait trop vu, bref qu'il était devenu à moitié fou et que c'est pour ça qu'on lui avait offert un poste plus tranquille. Aujourd'hui… et j'en ai la tremblote si j'y pense… ce type a commencé à se disputer avec tout le monde, surtout avec Heinrich… »

Tante Emma me regarde.

« Tu le connais, il était au Hulstkamp le jour où tu étais là avec ta copine… Tu te souviens ? »

Ma tante me voit pâlir et me fait comprendre d'un regard perçant qu'elle ne s'étendra pas sur ma biture ni sur ce qui s'est passé dans les toilettes.

« Le Hauptsturmführer, avec sa cicatrice au visage, un type plutôt avenant. Heinrich…

— Je me le rappelle vaguement.

— Eh bien, il a été tué par ce type du front de l'Est. T'imagines ? Les Allemands qui se tirent dessus entre eux ? Ce Schmidt a sorti son pistolet et l'a descendu comme de rien. Il criait que c'étaient tous des profiteurs. Incroyable. Mon Gregor qui travaille jour et nuit.

— Et ils ont enfermé ce fou ?

— Non, dit ma tante tout bas. Gregor a eu de la chance, car ce type s'est mis à tirer sur tout ce qui bougeait. Pour finir, c'est Gregor qui a réussi à l'abattre. Il aurait pu être mort à cette heure-ci... »

Tante Emma se met à pleurer.

« Allons, ma chérie... »

Ma mère presse les épaules de sa sœur.

« Parfois... »

Ma tante sanglote franchement à présent, peinant à trouver ses mots.

« Parfois... je pense... que c'est fichu d'avance... T'es amoureuse, lui aussi, vous faites des projets... mais y a tellement de choses qui peuvent mal tourner... Parfois je me dis : si c'est fini, si ça se termine... qu'est-ce que je fais, moi ? Tu comprends ? »

Elle porte sa main à l'estomac. Ses problèmes gastriques sont revenus. Retour à la case départ.

« Allons, voyons, y a pas de raison que ça tourne mal », dit ma mère en me regardant, d'un œil plus acéré que jamais, peut-être pour la première fois d'ailleurs.

Tante Emma prend congé. Je l'entends encore verser quelques larmes à la porte, puis elle part.

« Ton père a certainement trouvé une herbe plus verte ailleurs. »

Je hausse les épaules.

« Qu'est-ce que tu veux… »

Après avoir remis la casserole sur le feu, elle se rassied dans la cuisine.

« Les voilà donc qui commencent à s'entre-tuer. Quelle foire ça devient, hein ? Ça arrive ici, c'est voleur comme des pies, tout ce qu'ils trouvent ils le fourrent dans leurs poches, ça boit comme des trous, ça court après les femmes comme notre Emma, qui malgré tout l'amour que je lui porte n'est qu'une dinde sans cervelle, et qu'est-ce qui se passe à la fin ? Ils se massacrent entre eux… Tout ça à cause de l'argent de ces étrangers qui sont venus s'installer ici. Tu vois où ça nous mène. Ces juifs ont rendu ce peuple fou de cupidité. Ils ne valent pas mieux l'un que l'autre.

— Oui, dis-je, c'est toujours la faute de quelqu'un d'autre.

— Tu n'en as jamais marre de dire des bêtises, Wilfried ? »

Les ombres peuvent parler. Pas de sang coagulé sur le sol de cette pièce, ni de reliefs séchés de la viande, des légumes ou des patates que j'ai apportés. Les livres en allemand de Barbiche Teigneuse sont là, avec une veste, du linge de corps oublié et une chaussette usée. Le reste a disparu avec Chaim Lizke. Quant à moi, je suis cuit. Ou pas ? C'est difficile à dire. La planque de Lizke est devenue mon terrier. Ici, je noircis des pages de vers, de mes « confessions d'un comédien », comme s'il n'y avait pas de fin, comme si la fin elle-même avait été supprimée, que tout continuait inexorablement, direction bouche de l'enfer, un but qu'on n'atteint jamais. Tout ce qu'on sait, d'après ce que Lode a pu glaner comme bribes d'informations, c'est que le professeur a été enfermé brièvement à la Begijnenstraat avant d'être déporté dans un camp. Personne n'en sait davantage. Tout se traîne et personne ne débarque dans la planque. Personne ne vient m'arrêter pour me forcer à descendre des planches tel un comédien congédié. Je reste donc à écouter les ombres et continue d'écrire ce qui doit devenir mon premier recueil de poèmes. Le monde extérieur est devenu un entracte, un prétexte aux heures que je passe ici. Je sens encore l'odeur de Lizke, je saisis le marteau qu'il a trouvé ici. De temps en temps, j'ai l'impression de le voir, avec une grimace d'excuse, dans un coin de pénombre, ou bien je le sens lire à table à côté de moi tandis que l'encre coule de mon stylo et forme des lettres. J'écris sur les salauds et l'ambiguïté, sur le sang par terre et les baffes dans la gueule, sur les enfants qui naîtront casqués, sur la fausse lenteur et l'amitié équivoque. Quelque part dans la lumière crue, je mets face à face deux ennemis jurés, sourire aux lèvres, verre à la main, couteau sous la table. Je fais marcher au pas, derrière des mères qui manifestent, des soldats à la braguette ouverte. Je dote les journaux de bouches enjôleuses. Je fais avancer des files de gens, la faim au fond des yeux, devant de hauts tas de poupées démembrées. J'enduis de miel des corps mutilés et les décore de branches de thym. Une cacophonie de tourne-disques retentit : « Un nouveau héros est né ! » En réponse à quoi tout le monde chante en chœur depuis le salon dominical : « Ta-ra-ra Boom-de-ay, tu ne dis rien, José ! » Je dédie un poème à Lode, mais le déchire aussitôt. Puis je vois Lode et Yvette dans un rêve incestueux et les vers se bousculent comme des putes sur un coin de rue, faisant claquer leur langue, vulgaires et tapageuses. Je suis le roi Midas à l'envers. Mes mots transforment tout, non pas en or, mais en merde et en obscénité. Parfois, je dépose mon stylo et relis quelques poèmes. Ne se ressemblent-ils pas trop ? Mais la rage d'écrire qui souffle en moi ne se laisse pas entamer plus de quelques secondes. Et au moment de retourner à la maison, j'entends Angelo soupirer d'aise au fond de moi. Enfin, oh enfin. Ici se lève un fils qui couvrira d'opprobres le père de la poésie, désormais usé et sentimental, et anéantira de ses vers désinvoltes son entêtement présomptueux.

C'est à cause de ces mots, ô cher arrière-petit-fils, que je me retrouve tout à coup dans mon bureau, et dans ce siècle, provisoirement coupé de l'histoire qu'il me reste à raconter. Ces mots me semblent justes et en même temps cette âme de poète naissante m'est devenue si étrangère, si détachée de tout ce qui s'est déroulé ensuite dans ma vie, que j'ai envie de lui rire au nez. Pauvre imbécile ! Arrogant vaurien ! Ignare ! J'ai toutes les peines du monde à me souvenir de l'état d'esprit qui a pu générer ces mots. Ce que j'arrive à me rappeler, c'est que ce recueil de poèmes a été publié après la guerre. A-t-il été salué ? Pas beaucoup, à mon avis. Tourné en dérision ? Peut-être, mais ça s'oublie aussi vite. Était-ce cela, la révolte du fils dans la maison de la poésie ? Un homme a besoin d'absurdités ; elles ont beau être sous-tendues par la volonté, l'ambition et les visions d'avenir, ça ne les rend pas moins risibles. La plupart de ces absurdités, tu les gardes pour toi. Parfois tu importunes quelqu'un qui t'est proche. C'est rarement édifiant. Si je pouvais te voir lire tout ça, je détournerais le regard et te laisserais avec un sourire bienveillant dans une pièce. Mais dès que j'aurais refermé la porte, l'impatience déréglerait mon cœur. Si tu me disais ensuite que tu as fini de lire, je te jetterais un regard plein d'attente, comme un chien qui a testé un nouveau tour pour faire plaisir à son maître, même si cette nouveauté consiste en une crotte faite pour la première fois sur le tapis de bain. Tu partages par vanité. Et cette vanité est ridicule et le ridicule rend vulnérable. Je n'ai jamais rien fait lire à Yvette. Je l'ai tenue à l'écart de ma poésie. En dehors des poèmes régnait la normalité, à l'intérieur, tout le reste, c'est ainsi que ce jeune Wilfried aurait aussi posé les choses.

À ma petite-fille, rétrospectivement, j'aurais volontiers fait lire tout et n'importe quoi parce que je sentais qu'elle me comprenait, qu'elle savait de quoi je parlais, bien qu'elle n'ait elle-même pas encore vécu grand-chose. Mais Hilde a pris ses distances avec moi quand elle a eu dix-neuf ans. Du jour au lendemain, j'ai bien été obligé de constater que mon alliée, la prunelle de mes yeux, ce membre rebelle de la famille dont je pensais qu'elle faisait partie de ma petite conspiration contre tout et tout le monde, ne voulait plus rien avoir à faire avec moi. Elle a disparu de ma vue, a fait savoir par l'intermédiaire de ses parents que même les rares fêtes de famille ne l'intéressaient plus et lorsque j'ai rangé mon orgueil, que j'ai enfin osé l'appeler pour savoir « comment elle allait », on m'a informé qu'elle était trop accaparée par ses études pour répondre au téléphone. J'ai entendu qu'elle prenait des médicaments censés extirper ses rêves sombres de son cerveau. Dans mon imagination, ces pilules lui vidaient lentement la tête, dévorant en premier lieu tout ce qui me liait à elle... Puis lorsque le reste aurait été réduit en purée, en banalité sans creux ni pics, alors quoi... alors quoi ? Je versais des larmes amères pour elle. Mais pleurer ne me libérait pas, pas plus que la colère ou le ressentiment, qui me taraudaient. Rien ne démolit autant que la rage, quand tu n'as pas de prise sur la cause. Elle ne te lâche pas, continue de brûler, sans rime ni raison, jusqu'à carboniser chaque souvenir, jusqu'à me persuader que c'étaient ces pilules qui l'avaient éloignée de moi et, plus grave encore, que c'était même pour ça qu'elle les prenait, pour fuir la bête noire qu'elle reconnaissait en moi comme sienne. Quelle présomption, quelle bouffissure. Mais nom de Dieu… c'est encore ce que je pense parfois.

Nicole frappe à la porte.

« Allez-vous-en, dis-je.

— Je vous ai fait couler un bain, répond-elle en ouvrant la porte. Ben ça alors, vous avez les yeux tout rouges.

— C'est les cigares, dis-je.

— Vous n'en avez plus depuis des mois, monsieur Wils. Ils ont tous été donnés. Vous ne vous souvenez plus ? »

Elle me prend fermement par le bras et m'entraîne à la salle de bains.

Je me laisse déshabiller, suis invité à lever un bras, puis l'autre, à lever mon pied et à m'appuyer en même temps sur son épaule, à ne pas lui compliquer les choses autrement dit. Elle ponctue chaque manœuvre d'un « Bien… comme ça » ou « Voilà… parfait ». Ses menus encouragements sont une consolation, je l'admets honnêtement. Je lève les bras, m'accroche à son épaule, hume sur sa peau l'odeur typique de cette lotion qui soi-disant ne sent rien et dont raffolent les infirmières, et murmure d'une voix fébrile « attention, attention » lorsqu'elle me fait entrer dans la baignoire un peu trop vite à mon goût.

« Laissez-moi faire… dis-je, la voyant attraper le savon.

— Le dos au moins, soupire-t-elle.

— Quelles nouvelles, Nicole ? Qu'est-ce qu'on lit dans la gazette ? »

Tout en me savonnant le dos, elle débite sa revue de presse :

« Les soldats sont toujours dans les rues, les réfugiés continuent d'affluer, les Bourses comme toujours en chute libre et l'Union européenne est un mensonge.

— Épargnez-moi votre cynisme, Nicole.

— Je n'oserais pas, monsieur Wils. Et attendez… Vous n'arriverez pas à sortir tout seul de cette baignoire.

— Comme si je ne le savais pas », dis-je, presque détendu dans cette eau dont elle a mesuré la température, presque revenu à l'illusion du début, avec moi en nourrisson et elle dans le rôle de la mère.

« Fini le salaire d'appoint ! » dit Yvette, laconique. Elle me tend la lettre au bord noir tandis que je suis en pleine crise d'angoisse. Je me vois à poil sur une place d'armes, des bourreaux arrivant des quatre coins, trique au poing. « Tu t'es déshonoré devant tout le monde ! » tonne un SS tandis que la merde me coule entre les jambes et que je tremble et pleure devant ceux qui se font appeler mes parents et qui me dévisagent en fronçant le nez : « On ne t'a donc rien appris ? » Ce pourrait être la chute du poème que je suis en train de…

« Mon trésor… la lettre… tu ne la regardes même pas. »

Apparemment, la mère de Barbiche Teigneuse a passé l'arme à gauche. Verschaffel Amandine, Leyers de son nom de jeune fille. Née au temps où l'on roulait en carrosse et où les rues sentaient le fumier de cheval, morte survolée par des avions au ventre rempli de bombes, comme des dragonnes sur le point de mettre bas. En a-t-elle bavé ? Ah non, il est marqué qu'elle a été rappelée à Dieu durant son sommeil, sans aucun doute avec son petit bonnet en lin sur la tête, emmaillotée dans plusieurs couches de vêtements de nuit, rêvant probablement d'un comte adultère, d'un artiste au cœur qui saigne et d'une fille de cuisine docile, un monde rempli de fripouilles et de putains, mais sans le moindre fiston à l'horizon.

« Il a enfin eu sa peau.

— Tu exagères, ma chérie... »

Je parle comme un poète avec un abcès dans la bouche.

Yvette hausse les sourcils tout en approchant de sa cigarette la flamme de l'allumette. Ses parents ont deviné où elle a pris cette nouvelle habitude. « Au lit avec lui, bien sûr », ai-je entendu son père chuchoter derrière la porte de la cuisine entrouverte, « ça se voit comme le nez au milieu de la figure. » Sur quoi sa mère en colère a soufflé « chuuuuut », comme elle aurait versé une bassine d'eau sur le feu de sa paternité possessive. Évidemment, le père n'est pas dupe. Il regarde sa fille et il a compris. Parfois, nous fonçons fiévreux sur nos vélos en direction du Noordkasteel pour nous déshabiller derrière un buisson. Mais le fond de l'air se réchauffe et il y a de plus en plus de promeneurs ou de pêcheurs et même quelqu'un de temps à autre qui se risque à tremper ses pieds nus dans l'eau. Parfois, ce ne sont que de très courts moments chez elle, pour lesquels je dois me faufiler devant la boucherie sans me faire remarquer. Chez moi, c'est pratiquement impossible et le faire là où j'écris mes poèmes et où nous cachions Lizke, c'est pour moi impensable. Elle dit toujours qu'on doit se dépêcher, qu'on n'a pas beaucoup de temps. Parfois, c'est comme si elle me laissait entrer en elle parce que sinon je ne me maîtriserais plus, je perdrais la boule de désir. Mais d'autres fois, c'est elle, et notre jeu est une réponse à son propre tumulte noir de jais, qu'on apaise pour un moment, comme un bout de viande tendre jeté à un chien enragé. C'est sans doute ce tumulte que son père reconnaît et me reproche d'avoir attisé. Mais il se garde bien de sermonner sa fille. Au contraire, il se croit engagé dans un ultime combat pour son cœur, car c'est du sérieux maintenant, ce prétendant du nom de Wilfried Wils ne s'en va plus. Le boucher devient mielleux, mais ses yeux restent durs. À aucun moment il ne me parle plus de sa si belle fille, ni même du fait que son fils et moi ayons laissé filer sa poule aux œufs d'or. « J'ai dû lui inventer un truc », m'avait dit Lode à ce sujet lorsque je le lui avais demandé. Fadaises, bien entendu. Un boucher comme ça est impossible à mener en bateau. Mais entre-temps…

« Mon trésor ! Où es-tu… ?

— Mais enfin. Je disais simplement que tu ne devais pas exagérer.

— Et moi, je te dis que ton copain a réussi à faire mourir sa mère. Combien de fois ne lui a-t-il pas aboyé dessus, c'était incroyable. Parfois, il ne lui donnait pas à manger de toute la journée. Ou il la faisait sursauter tellement fort que la pauvre vieille se tenait le cœur à deux mains et se mettait à pleurer. Tu trouves ça normal ? Et il n'en avait rien à cirer que je le sache ou pas… Je suis bien contente d'être débarrassée de ce boulot. À la fin, je ne pouvais plus le voir ni le sentir.

— Oui, oui, dis-je.

— Il la frappait… »

J'acquiesce. Pourquoi Yvette reçoit-elle un avis de décès et pas moi ?

La petite mère est enterrée à l'église Saint-André, dans son ancienne paroisse. Gothique tardif à l'extérieur, baroque à l'intérieur, une église pour pécheurs de goût, offrant un contraste saisissant avec les crève-misère qui campent sur les marches de l'entrée latérale. Des enfants, des vieux aux mains tremblantes et une femme avec un nourrisson. Je me dépêche de passer devant eux, je suis en retard. Yvette a refusé de venir. « Je ne veux plus jamais voir la tête de cet assassin de sa mère ! » Mais moi si, je veux voir Barbiche Teigneuse. Je veux qu'il me voie, et lire sur son visage où j'en suis exactement.

L'église est beaucoup trop grande pour la modeste assistance. Je me place à l'arrière, reconnais le patron du Merle Blanc, flanqué probablement de deux piliers de comptoir.

Des gens en habit de deuil, répartis sur vingt chaises tout au plus. Il n'y a pas un Boche, personne de la SS flamande. Aucun ami intime du genre d'Omer. Deux ou trois personnes âgées et quelques copains de picole sentimentaux, pas plus. Deux couronnes de fleurs ont été disposées près du cercueil. Je suis trop loin pour lire qui les a fait livrer. Je me glisse un peu plus vers la droite et dispose à présent d'une vue oblique sur les endeuillés du premier rang. Jenny est assise à côté de Barbiche Teigneuse, comme si cette cérémonie funèbre faisait tout à coup office de mariage macabre entre eux. Chaque fois qu'il se frotte les yeux ou laisse tomber sa tête, elle pose de façon machinale sa main gantée sur son dos, comme une personne tenant calmement compagnie à une autre en train de vomir. Elle est tirée à quatre épingles, une mariée en noir. Dommage qu'elle n'ait pas réussi à se passer de ce rouge à lèvres criard, mais Jenny reste Jenny. Barbiche Teigneuse, toujours penché en avant, sanglote bruyamment et à grand renfort d'échos, à chaque mot susurré par le prêtre à l'avant. L'effet est si grotesque qu'on s'imagine sans mal ce fils accablé, cet orphelin tout frais d'une grosse quarantaine d'années, ricaner comme un enfant de Satan derrière le col relevé de sa veste. J'attends le moment d'aller saluer le cercueil et me mets dans la queue. Nous avançons. C'est Jenny qui me voit en premier. Elle presse le bras de Barbiche Teigneuse. Je fais le signe de croix devant le cercueil, m'incline et reçois une image pieuse du fossoyeur. Avant de contourner un pilier, je capte son regard. Y vois-je de la colère ou bien de la peur ?

Quelques jours plus tard, il marmonne « Nom de Dieu… » lorsqu'il me trouve à sa porte avec sous le bras les différents bouquins en allemand que je lui ai empruntés pour le délassement d'un certain Chaim Lizke. Il scrute la rue dans les deux sens, agité et honteux, avant de me laisser entrer, de me tirer à l'intérieur serait-il plus juste de dire.

« Trésor, qui est là ? crie Jenny, un peu ennuyée, depuis la chambre à coucher.

— Tu étais déjà au lit ? Mes excuses… »

Barbiche Teigneuse me regarde et secoue la tête.

« Viens dans mon bureau. »

Il crie à sa Jenny que ce n'est rien, que ce n'est que moi.

Nous montons l'escalier en silence, il ferme soigneusement la porte derrière nous et me lance sèchement : « Tu es gonflé ! »

Je dépose les livres sur l'une des tables d'appoint.

« Je sais. J'aurais dû te rapporter tes livres beaucoup plus tôt. »

Il me regarde ahuri, bouche bée.

« Pour qui tu te prends ? D'où tires-tu cette putain d'arrogance ?

— Mon innocence me ferait pleurer…

— Pardon ?

— *Mon innocence me ferait pleurer. La vie est la farce à mener…*

— … *par tous*, c'est bon, je connais aussi, frimeur. Tu cites Rimbaud maintenant ? Tout n'est pas une farce. D'où tu sors ça ? Tu n'es pas lui, tu n'as rien d'un Rimbaud ! Tu n'es qu'un putain de faux cul ou un imbécile qui ne sait pas quel jeu il joue. Tu ne le comprends pas, ça ? Tu devrais voir ta tête ! Regardez-moi ce masque… Qu'est-ce que tu as ? Comment j'ai pu me laisser embobiner… Moi, moi ! »

Il essaie de parler aussi bas que possible, mais au mot « moi », sa colère explose.

« Mamour ? entend-on aussitôt deux pièces plus loin.

— Tout va bien, ma chérie, j'ai avalé de travers ! »

Tremblant, il se sert de la liqueur et vide son verre d'un trait. Il se ressert, ne m'offre rien. Je m'assieds en soupirant dans l'un de ses confortables fauteuils de lecture.

« Mais enfin, je n'ai absolument aucune idée de…

— Non ! »

Barbiche Teigneuse tend le bras dans ma direction. Ses yeux lancent des flammes. Il me fait penser à une représentation du duc d'Albe, le bourreau espagnol des Pays-Bas, qui envoie chez nous les rebelles au bûcher, illustré dans ces couleurs vives qui me bouleversaient lorsque j'étais enfant sur les bancs de l'école, sans que je sache au juste pourquoi. Membres estropiés de corps inanimés, becquetés par les corbeaux, noires silhouettes de potences, bannières flottant au vent, le cheval du duc levant l'une de ses pattes avant comme si l'animal hésitait élégamment au bord d'un précipice à l'insu de son cavalier, les cercles fiévreux autour des yeux écarquillés du duc, tandis qu'il regarde cette canaille paysanne qui se risque à le braver en brandissant les fourches.

« Qu'on écrase cette fureur ! Qu'on les mène au gibet !

— Tu as vraiment l'air de t'amuser. Tu es débile ou quoi ?

— Non, dis-je, mais si tu me disais enfin ce qui...

— Quoi, tu continues ! Tu me prends pour une cruche ! Arrête tout de suite cette comédie ! Je sais tout, c'est clair ? Je sais tout à ton sujet. C'est toi le salaud, c'est toi le traître ! Cet imbécile, cette pauvre andouille de professeur de mes deux l'a dit mot pour mot. Tu pensais vraiment que ton coup de pied dans les couilles allait le forcer au silence ? Déjà à ce moment-là je sentais que quelque chose clochait. On a réussi à lui tirer les vers du nez avant la fin de la journée, Omer et moi... As-tu la moindre idée... »

Barbiche Teigneuse se tourne à nouveau vers l'armoire à liqueurs et se ressert un verre qu'il vide aussitôt.

« As-tu la moindre idée de la position dans laquelle tu m'as mis ? »

Il me regarde en secouant la tête.

« Apparemment pas, sinon t'aurais montré ta tête ici beaucoup plus tôt. Une poule mouillée ou un idiot, je n'arrive pas à comprendre ce que tu es, peut-être les deux à la fois. »

Un jour au lycée, j'ai été accusé de vol. J'avais dérobé un plumier, m'étais senti sérieusement coupable puis avais refoulé l'incident. Quand le directeur m'a mis face à mes actes, j'ai senti monter en moi l'injustice d'une fausse accusation, mais ce sentiment luttait avec la conscience d'un mensonge enfoui si profondément en moi qu'il s'était animé d'une vie propre et prenait le relais, dans des moments de confrontation, dans les chambres de ma mémoire.

À l'époque, des larmes m'étaient venues. Pas maintenant. Maintenant, je souris. Même moi, je ne sais pas pourquoi.

« Non ! crie Barbiche Teigneuse en me voyant sourire.

— Enfin, chéri, que se passe-t-il ? »

Barbiche Teigneuse ouvre la porte et lance des mots rassurants en direction de la chambre.

« Laisse-nous. J'arrive tout de suite. Promis ! »

Il referme la porte et lève la main vers moi. Je bondis sur mes pieds. Il me repousse dans le fauteuil.

« Je me suis porté garant pour toi, chuchote-t-il. Garant… Si à l'Elisabethlaan ils apprennent ce que tu as fabriqué… ils viendront me chercher aussi. Tu piges, ça ? Les vestes en cuir seront chez nous deux et ils nous colleront au mur sans état d'âme, que ta tante se tape le Gregor ou pas. »

Il me prend par le revers, me tire à moitié debout.

« As-tu la moindre idée de ce que j'ai dû faire pour qu'Omer ferme sa gueule ?

— Lâche-moi. »

Barbiche Teigneuse se fige. Soudain, il a l'air vieux et miteux, un ermite en robe de chambre usée, entouré de vermine.

« Omer a reçu les clés de toutes les maisons de juifs meublées que j'avais encore. C'était ma poire pour la soif. Les années grasses sont révolues… »

Il me lâche.

« Pour toi, c'est un jeu, salaud. Mais ce sont des gens comme moi qui paient l'addition. On a réussi à exterminer les juifs de cette ville, ces parasites qui ont infesté notre ville pendant tant d'années sont presque tous partis. C'était une promesse et nous l'avons réalisée. Le mérite m'en revenait en partie, malgré l'hypocrisie de gens comme toi, malgré l'opposition constante à laquelle tu t'attends de la part d'à peu près tout le monde, mais pas de ceux que tu considères comme tes alliés. Quand quelqu'un se croit cynique à propos de tout ou presque, c'est alors qu'il tombe dans le piège et se fait abuser. Tes jours sont comptés, connard, mais t'as mis le compte à rebours à mon nom. Tu piges ça ? Non, tu ne piges pas. Je le vois à ta tête… »

Un autre verre. Il balbutie tandis que des larmes d'ivresse roulent sur ses joues : « Mais même ça, ça ne m'empêchera pas… Sois tranquille… Même ça, ça ne viendra pas gâcher le plaisir… Tout ce que je veux, c'est… un tabac avec Jenny… à notre aise… sans un youpin à l'horizon, dans une ville qui peut enfin recommencer à respirer, une ville pleine de gratitude à l'égard de gens comme moi pour tous les sacrifices consentis, les couleuvres avalées, la trahison de salopards, ta trahison. Maintenant, casse-t... »

La porte s'ouvre d'un coup. Apparaît Jenny en négligé vert bonbon.

« C'est pas bientôt fini de picoler, ici ?! »

Ses seins dansent sous sa lingerie légère.

La grande salle des fêtes du zoo est bondée. Lode a réussi à avoir des entrées. Le grand orchestre de danse de Stan Brenders va bientôt « casser la baraque », ainsi que Lode le prédit.

« C'est plein de zazous ici ! chuchote Yvette excitée.

— Une belle bande de gominés, ouais », ironise Lode, qui s'est mis de la gomina dans les cheveux.

Mais en matière de coiffure, ces blancs-becs de zazous vont beaucoup plus loin que Lode ou moi. La graisse coule littéralement de leurs mèches qui pendouillent sur leurs cols de chemise relevés. Ils sont tous tirés à quatre épingles, leurs corps de gringalets derrière une double rangée de boutons, vêtus d'un pantalon un peu trop court et d'une énorme veste cousue de poches multiples, que beaucoup d'entre eux refusent d'enlever dans la salle. Car en période de rationnement, il faut mener grand train, faire comme si les coupons textiles étaient faciles à obtenir, quand bien même tu vois aux yeux caves de la plupart d'entre eux qu'ils ont à peine de quoi manger. Tous sont munis d'un parapluie, car c'est leur truc désormais : utiliser le parapluie en guise de canne et refuser de l'ouvrir même si c'est le déluge. Ils sont disséminés partout dans la salle. Les femmes posent la tête sur leurs épaules étroites ou ont leur bras dominant en travers de leur dos osseux et maigrelet, comme si cette engeance de swingueurs menaçait à tout moment de s'effondrer. Nombre de ces filles zazou portent des jupes plissées qui s'arrêtent juste au-dessus du genou et les cheveux longs et bouclés de préférence. Toutes sont fardées avec çà et là une touche de mauve sous les pommettes. Yvette est folle de leurs épaules carrées et des lunettes de soleil rondes et noires qu'ils gardent sur le nez même à l'intérieur, comme sous le soleil radieux de la Côte d'Azur.

« Regarde-moi ça, quelle frime.

— Oui », fais-je à Lode en hochant la tête.

Je le vois tel un prédateur fixer tous ces paons, ces sacs d'os aux couleurs vives. À côté de toute cette nouvelle sève, à peine cinq ans plus jeune que nous, je sens le Temps me pousser dans le dos vers nulle part. Aucun de ces dandys ne peut rivaliser de sang-froid avec Lode ou moi. Qu'on n'ait pas encore fait de crise de nerfs est à peine croyable. Nous n'avons pas échangé un mot à propos de l'épée de Damoclès qui pend au-dessus de nos têtes. Lode n'a d'ailleurs pas besoin de me dire qu'il continue de traficoter avec ses amis résistants. Un regard suffit. Il a l'air de rire sournoisement de tout, comme quelqu'un qui à n'importe quel moment peut faire exploser une bombe cachée. Il défie le monde entier avec sa gueule, toujours plus effrontée, plus hardie. Mais le monde reste peu intéressé. Quant à moi, j'ai mes cauchemars, ma braverie suivie de crises d'angoisse, mes je ne sais quoi encore. La couillonnade, c'est que ces zazous semblent parfaitement indifférents. Ils n'en ont rien à secouer, la musique, y a que ça qui compte pour eux. Ils veulent danser et faire ce qui leur plaît. Ça se vautre dans des fauteuils comme des nourrissons aux yeux mi-clos, les lèvres arrondies dans l'attente du téton maternel de leur petite amie. Non, je le sens. Ça y est. Je suis déjà trop vieux. Et tout doit encore commencer.

« Au moins, il n'y a quasi pas de Boches dans la salle… » rit Yvette, et ses dents blanches étincellent comme des perles.

« C'est vrai, réponds-je. Ça fait du bien enfin de ne plus entendre de bochicain.

— De bochiquoi ? rit Yvette.

— Ils se baladent en ville depuis des années et tu n'as jamais entendu ça ? Un Boche ne parle pas allemand, mais bochicain. »

C'est une blague de mon père. Il en a marre. De ne pas manger à sa faim, des files interminables pour les coupons, de ne pas trouver de nouvelles chaussures ou de veste d'été convenable en ville et avec ce qui lui reste dans sa garde-robe, il ne peut plus sortir d'après lui.

On entend quelques bruissements à l'avant, des musiciens qui prennent place derrière le rideau, et le brouhaha s'arrête presque instantanément. Le rideau se lève.

Stan Brenders est là qui salue le public, avec sa quinzaine de musiciens. On applaudit à tout rompre, on siffle dans ses doigts. Stan Brenders est Dieu. Il s'incline à nouveau, puis nous fait un signe de la main. Les musiciens s'assoient, Stan se tourne vers eux et c'est comme si la fanfare du ciel descendait sur nos têtes. La baguette du chef d'orchestre transforme une personne après l'autre en bête de danse pleine de feu. Dès la première mélodie, on voit les femmes gigoter dans leurs fauteuils et les hommes claquer des doigts.

« Vas-y, Stan ! » crient quelques-uns après le énième morceau, lorsque le vacarme des applaudissements faiblit un peu. Brenders regarde par-dessus son épaule et lance un clin d'œil timide.

« Comme il est sympa ! laisse échapper Yvette.

— Paf ! elle est déjà partie », rit Lode.

Il me regarde. Je ne vois pas de gaieté dans ses yeux, seulement de l'obscurité.

Pendant ce temps, les instruments à vent se lèvent à l'unisson et c'est comme si nous décollions avec eux. Beaucoup se mettent debout en même temps et les encouragent. « Allez ! Allez ! » Les gardiens ont du mal à leur faire regagner leurs places. Certains zazous ne se laissent pas dompter si facilement. Un saxophoniste ténor se lance dans un solo ultrarapide tandis que les autres musiciens se rassoient. Ses notes volent à mille à l'heure, de virage en virage. Lorsqu'il reprend le refrain avec les autres, il nous fait signe à son tour et nous nous écorchons presque les paumes à force d'applaudir. Lode siffle dans ses doigts à nous vriller les tympans, il est comme possédé, crie toutes sortes de choses à peine compréhensibles. Puis le tromboniste se lève pour nous souffler, à l'aide de sa sourdine, des notes de plus en plus longues.

« Tu veux un coup ? » me demande Lode en brandissant une flasque sous mon nez.

J'acquiesce et bois. Le genièvre brûle. Yvette ne peut détourner les yeux de la scène et n'a donc rien remarqué de notre aparté.

Juste quand j'ai rendu la flasque, elle tourne la tête et nous crie tout excitée de regarder le batteur. Le batteur, le batteur !

« Le Jos, précise Lode. Un gars de chez nous. »

Le reste de l'orchestre se retire tandis que le batteur entame un solo. Derrière ses lunettes rondes, il nous encourage en hochant le menton et tout le monde frappe en cadence, de plus en plus fort. Les gardiens maintiennent avec peine les gens en place. Ils bondissent de leurs sièges. Drummer Jos tambourine sur sa caisse claire, fait chanter ses cymbales, fait trembler la salle de sa pédale contre la grosse caisse. Tout à coup, il se lève et se met à danser autour de sa batterie, sans perdre le rythme. La salle exulte. À nouveau, il nous regarde et hoche du menton au rythme des battements de mains. Puis il quitte tout à fait sa batterie et tambourine sur les planches de la scène, puis sur la rampe de l'escalier, qu'il descend à la rencontre du public. Nous frappons toujours dans nos mains, mais moins fort, pour continuer à entendre ses baguettes qu'il tapote à présent contre la monture en corne de ses lunettes. Toujours battant, il s'enfonce dans la salle, suivant les dossiers des sièges, jusqu'à une jeune femme qui se dresse devant lui tel un ressort. Ses baguettes passent des sièges à l'énorme ceinturon de la demoiselle. Tout le monde retient son souffle, ne marquant plus la mesure qu'imperceptiblement. Les pointes des baguettes continuent néanmoins de battre impeccablement la cadence contre le métal de la ceinture comme si, en dessous, dans le ventre de la jeune femme, un temps accéléré devait naître bientôt, tandis qu'elle met fièrement les poings à sa taille, laissant faire le batteur.

« Mon Dieu, mon Dieu, mon Dieu », souffle Lode en se cachant les yeux comme si une seconde de plus de ce spectacle le mènerait à de grands malheurs ou à des actes insensés. Ensuite, les baguettes quittent la ceinture et Drummer Jos se fraie un chemin à reculons, des dossiers au sol, de l'escalier aux planches de la scène, pour se refaufiler derrière sa batterie, comme le personnage d'un film rembobiné sous nos yeux. Le reste de l'orchestre se réunit pour jouer le finale, plus fort que jamais. Puis un court silence tombe avant que la salle déchaînée se dresse et applaudisse, hurle et siffle. Le batteur nous regarde un peu ahuri, comme s'il ne se rappelait déjà plus quel dieu il était, il y a une minute à peine. Quant à Stan Brenders, il est et reste Dieu, malgré son air timide.

« La guerre est presque finie ! Je le sens ! Nous serons bientôt sortis de toute cette misère ! » crie Yvette, des larmes dans les yeux, un poing tendu en l'air.

Toute la salle le sent. Qu'ils aillent tous se faire foutre ! Dégagez, c'est terminé !

Lode et moi, nous nous regardons, mais aucun de nous deux ne ressent cette liesse.

Les gens continuent de crier et de frapper dans leurs mains. Puis les lumières se rallument. Je dois d'urgence aller pisser. Yvette acquiesce. Je descends les marches en marbre. Ma vessie n'est qu'une excuse. J'ai besoin d'être seul un instant. Il y a déjà un paquet d'hommes exaltés aux urinoirs, une main contre le mur, les pieds légèrement en arrière pour donner le champ libre à leur bite, sans éclabousser leur pantalon ou leurs chaussures. Je m'isole dans l'un des cabinets et ouvre ma braguette. J'entends Lode appeler mon nom.

« Ici ! réponds-je.

— Ouvre ! »

Il martèle la porte plusieurs fois.

« Allez !

— Je suis occupé, andouille !

— Allez, ouvre ! »

Je pousse la languette du verrou et Lode s'introduit aussitôt. Sa main me serre à la gorge et pousse ma tête contre le mur tandis qu'il referme d'un coup de pied la porte derrière lui.

« Comment ça se fait… » murmure-t-il encore et encore.

Son haleine sent l'aigre. Je n'arrive plus à sortir un mot. Il a obturé mes cordes vocales.

« Comment ça se fait… qu'on n'ait toujours pas été arrêtés ? lâche-t-il enfin, furibond. Espèce de faux cul. C'est toi. C'est toi, le salaud. »

Puis il essaie de m'embrasser.

TÂTONNANT DANS LA POUSSIÈRE, HAPPANT L'AIR GLACÉ DE L'HIVER

Tâtonnant dans la poussière, happant l'air glacé de l'hiver, c'est ainsi que ton arrière-grand-père voit les premières personnes sortir de sous les gravats du cinéma Rex, tels des morts vivants, les yeux hagards et du sang coulant de leurs oreilles, ne sachant quel enfer ils viennent de quitter pour arriver dans quels limbes. Le missile V2 a éventré un cinéma comble, tel un éclair lancé par un dieu aryen, un dieu qui se fiche désormais complètement de toucher ou pas sa cible, pourvu qu'il sème la terreur. La terreur ? Affirmatif. La ville est libérée, mais ses habitants tremblent de faim et de désespoir dans des caves. Ma mère et mon père y vivent depuis environ trois mois et bien que celle qui se dit ma mère m'y ait installé un lit de fortune, avec un misérable drap comme rideau entre leur couche et celle dans laquelle elle espère me voir dormir, je persiste, malgré ses insupportables supplications, à dire que je ne descendrai jamais dans cette cave, que je préfère encore crever s'il le faut. Parce que si ces lanceurs de bombes et d'éclairs meurtriers ont écrit mon nom sur leurs engins, en Übermenschen impitoyables et surtout rancuniers qu'ils sont aujourd'hui, il n'y a rien à faire, et tu auras beau schlinguer dans une cave, terré entre tes pseudo-parents, ton sort est scellé, sans compter que crever, c'est déjà ce que tu fais : tu crèves chaque jour que le bon Dieu fait.

Deux jours à peine après le dénombrement de plus de deux cent cinquante corps et encore plus de blessés qui par un froid après-midi voulaient regarder Buffalo Bill sur grand écran – des corps si nombreux que les Américains ont même décidé de stocker provisoirement les lambeaux de cadavres écrabouillés au zoo, toutes les morgues de la ville débordant au point de ne plus pouvoir fermer les portes –, ma belle Yvette m'annonce qu'elle est enceinte, que ma semence nous a tous les deux pris de vitesse et qu'une nouvelle vie arrivera bientôt dans une ville où la mort titube tel un coureur de bordels inconscient, au ventre plein mais insatiable, et saoul comme une barrique.

« *Hello, this is Joe*[1]. »

C'est ma tante Emma et son « *hello* » sonne plus vrai que nature désormais.

Dans la plus belle pièce de notre maison se dresse un colosse, un Indien du Canada, un de nos libérateurs, sergent quand même, pas le premier soldat venu sans galons ni médailles. Ma mère a enfin accepté de le recevoir. Si elle rechignait, ce n'était

1. Bonjour, voici Joe.

pas tant à cause de sa nature ou de sa race, mais plutôt parce que ça supposait de quitter la cave et de ranger le salon. Autrement dit, de laisser un instant sa peur au vestiaire pour s'en remettre à l'arbitraire. Mais elle n'est pas la seule. Toute la ville a fini par se résigner au fait que la mort, ces jours-ci, peut égorger un homme entre un pet et un rot, entre la poire et le fromage, locution purement proverbiale désormais, vu qu'il n'y a plus rien à bouffer, et ça non plus, ça ne plaît pas à ma mère, de recevoir un hôte d'un autre continent sans l'incontournable festin sur la table. « Quand commence la guerre ? » dit une blague grinçante. Réponse : « Quand les sirènes cessent de hurler… » C'est vrai. Il y a tellement de bombes, tellement de V1 qui tombent chaque jour pour le moment, et tellement de missiles, tellement de V2, que ça n'a plus de sens de faire marcher les sirènes. Ces dernières semaines, elles hurlaient en permanence. Depuis quelques jours, on n'entend donc plus rien et ce qui tombe du ciel tombe du ciel. « Ressers-toi, José ! » « Avec plaisir, André, sauf qu'on n'a de nouveau plus rien à boire. Y avait encore une bouteille, mais ta bonne femme vient de la laisser tomber ! » Je n'ai jamais entendu les gens plaisanter autant que ces dernières semaines. Plus la situation est effroyable, plus on rit. Mais ce n'est pas un rire franc, plutôt quelque chose entre la toux et le haut-le-cœur.

« Hello, hello », dit mon père à l'Indien, comme un radionavigant gêné par la friture sur la ligne.

Joe ne parle pas beaucoup. Il se tient parmi nous tel un mât totémique, seuls ses yeux brillent. Ma main disparaît dans la sienne, mais il ne la broie pas.

« *Emma says you are a policeman*[1], dit-il.

— *Oh yes…* » réponds-je et je réalise que je parle comme un acteur français vaniteux qui feint de maîtriser la langue de Shakespeare et de John Wayne.

Que dire d'autre ? Il ne reste presque plus rien de mon uniforme dont Yvette a si souvent rapiécé le plus gros avec du fil et une aiguille. Les Anglais, les Américains ou les Canadiens, comme ce demi-dieu dans notre salon, n'attachent pas grande valeur à la dignité de notre uniforme, sans parler de ce qu'il peut bien représenter maintenant que l'occupant a quitté la ville et qu'il en prend plein la gueule dans son propre pays. On se moque de nous, gentiment mais quand même. À leurs yeux, nous ne sommes pas très crédibles, avec nos casques blancs, nos pèlerines noires élimées et les trous dans nos bottines. Lorsqu'une bombe a de nouveau frappé, on nous chasse. On nous traite comme des enfants en travers du chemin. Ils ne se gênent pas pour rigoler quand je souffle dans mon petit sifflet à la vue du énième cadavre. Ils nous tolèrent et encore, pas longtemps. L'idéal, pour eux, ce serait qu'on reste à la maison. Ils ne le diront jamais ouvertement, ces libérateurs de notre peuple, joviaux et détendus, mais ils n'en pensent pas moins, c'est écrit sur leurs visages. Nous sommes les clowns, eux les héros.

1. Emma dit que vous êtes policier.

Sans compter qu'ils ne sont jamais sûrs à cent pour cent de nos convictions. Beaucoup d'entre nous ne lèvent-ils pas encore secrètement la patte devant un portrait du Führer quand personne ne les regarde ?

Sergent Joe s'assied et boit un thé léger.

Tante Emma rayonne. Pendant le chaos de la libération, elle a déménagé en catastrophe à l'autre bout de la ville : un petit appartement du côté de la Schilderstraat, derrière le musée des Beaux-Arts. Ensuite, nous n'avons plus eu de ses nouvelles, pas même lorsque la toute première arme de représailles, le tout premier V1, a provoqué la mort d'un tas de gens dans son quartier, éteignant pour de bon la joie délirante de la libération. Ma mère devenait folle, bien que ma tante ne figure nulle part sur les listes des victimes. Deux semaines plus tard, nous avons quand même reçu de ses nouvelles. Mais il a fallu attendre l'hiver et laisser passer Noël et nouvel an pour la revoir en chair et en os, et d'emblée avec le sergent Joe.

« Nous nous sommes rencontrés au Hulstkamp.

— Tu ne devrais pas parler anglais ? demande ma mère à sa sœur.

— Mais tu ne le parles pas, si ? Même Wilfried, qui est le génie de la famille, connaît trois mots d'anglais. Ou je me trompe ?

— J'apprends vite… dis-je en prenant une gorgée de thé.

— *Hey Joe, everything wonderful*[1] ?, dit mon père en riant dans sa barbe.

1. Hé, Joe, tout est merveilleux ?

— *The best is yet to come*[1] », acquiesce l'Indien.

Mon prétendu géniteur a eu chaud, mais à présent la vie est *wonderful* en effet. Malgré son adhésion à la « ligue », il continue comme si de rien n'était à travailler à la maison communale. « Ils sauront me retrouver », disait-il pétri d'angoisse lorsque les tanks des alliés ont déboulé dans les rues. Mais ils n'ont rien retrouvé du tout. C'est mon père tout craché : heureux comme un gosse de n'avoir jamais eu aucun poids, d'être resté insignifiant au point que personne n'ait jamais pris la peine de le contrôler. Mon père lève le pouce en l'air. Joe fait de même et découvre pour la première fois des dents d'un blanc éclatant, comme une noix de coco qui s'ouvre et révèle son intérieur.

Ma mère a un mouvement de recul.

« Leurs origines de sauvages finissent toujours par ressortir.

— Non mais !

— Oh, je rigole », dit ma mère à sa sœur, et en plus c'est vrai.

Sergent Joe est différent de la plupart des Canadiens qui séduisent les femmes de cette ville en leur parlant des énormes ranchs qu'ils possèdent chez eux ou qui leur tournent la tête avec de voluptueux murmures évocateurs de richesses. Tous ces soi-disant grands propriétaires terriens retournent en effet au pays, parfois avec une femme qu'ils ont

1. Le meilleur est à venir.

engrossée, mais le plus souvent comme des voleurs. Joe reste et ouvre un café avec son Emma. Après quelque temps, ils rebaptisent l'établissement Café Cheyenne, parce que Joe a compris que les gens du cru aiment être servis par un « vrai Indien ». Au-dessus du comptoir, il a suspendu une parure en plumes d'aigle et, au-dessus des verres, une hache, authentique d'après Joe, qui a servi à scalper les Blancs. Le café marche bien, le mariage entre Emma et Joe beaucoup moins. Mais « c'est fait, c'est fait », répète ma mère à chaque crise de larmes de sa sœur. Vingt ans plus tard, ma tante Emma perd la boule, elle voit des fantômes et crie comme une possédée. Démence, dit-on. À la fin, juste avant d'être placée dans une institution, elle hurle que ce « nègre » dans son lit n'est pas son vrai mari, murmurant dans la foulée le nom de son amant allemand (« *Ach Gregor, mein Liebchen !* »), qu'elle n'a plus vu depuis l'été 44 et qui cet automne-là décharge des mitrailleuses quelque part aux Pays-Bas sur une cinquantaine d'hommes, à la suite de quoi il finit lui-même au fond d'un fossé avec une balle dans la tête, à moins qu'il ne coule depuis des jours paisibles au bord d'une piscine en Amérique du Sud, mais qui, à ses yeux affectés de glaucome, est resté son seul grand amour. Elle meurt et Joe contemple son cercueil sans une larme. Un an après, il meurt à son tour, en silence et rattrapé par la guerre, battu sur le fil, loin de ses congénères.

« Je t'ai sauvé la vie, dit Omer. La tienne et celle de ton copain Lode Metdepenningen. »

Il souffle et grogne, comme un ours de cirque sans griffes.

« Je savais même où tu cachais le juif. Je savais tout, nom de Dieu. Pourquoi crois-tu que je suis là ? Parce que je t'ai surveillé. Qu'est-ce que tu viens faire ici ? Je sais quel genre d'entrepôt se trouve derrière cette porte. Ton copain ne t'a jamais dit que j'ai été l'avocat de son père ? Je suis un patriote et malgré ça ils veulent ma peau. Ils me traitent de collabo ! Tu te rends compte ? Payé d'ingratitude. Traqué comme une bête. »

Nous sommes dans la Van Maerlantstraat. Je m'apprête à ouvrir la porte d'entrée. Omer sort de l'ombre. Il m'attrape par le revers de mon manteau d'hiver. Il plante ses yeux dans les miens. Il ne s'est plus rasé depuis des jours. Son haleine sent le désespoir à plein nez.

« Je savais qu'il cachait des juifs. C'était pas possible autrement. Le père de Lode le faisait pour l'argent. Les hommes de la petite pierre étaient ses meilleurs amis. Il voyait en eux des "opportunités", c'est ce qu'il disait déjà avant la guerre. Je savais tout, mais je l'ai fermée. Mieux, et je le répète : sans moi, toi et ton pote, le si beau fils du boucher, vous seriez tous les deux en train de crever dans un camp, plus morts que vifs, ou même six pieds sous terre. Tu comprends ce que je te dis ?

— Lâche ma veste, Omer.

— Laisse-moi entrer. C'est tout ce que je demande. Ou tu as honte ? Le boucher aurait-il encore un youpin caché là-dedans qu'il veut dépouiller de ses diamants, un à qui t'aurais pas dit que tout est terminé ?

— C'est pour toi que tout est terminé. Tu es recherché.

— Et toi ? Qu'est-ce que t'as fait ? T'as rien à te reprocher ? T'es qu'un faux cul, nom de Dieu, et tu le sais ! »

Je pousse la porte et le guide vers l'ancienne planque de Chaim Lizke, le juif qui s'est échappé. Il regarde autour de lui et demande ce que sont tous ces papiers.

« Des poèmes, dis-je, je viens ici pour écrire. »

Omer en oublie sa peur et son désespoir, et hurle de rire.

« Tu écris des poèmes ? Pour qui tu te prends ? Tout est fichu, il n'y a plus un mur qui tienne debout, il pleut des bombes, tout le monde vit entassé comme des rats et monsieur écrit des poèmes. Monsieur vient s'asseoir ici, avec une plume de paon et un encrier, pour adorer sa Muse comme un vrai scribouillard. C'est ça que tu dois faire pour ne pas devenir fou peut-être ?

— Assieds-toi », dis-je calmement, mais déjà je le vois mort, les pieds pendus à un crochet, la tête en bas, se vidant de son sang dans une casserole en dessous de lui, comme un porc, comme Mussolini et sa compagne, comme de la viande gaspillée.

Omer s'assied et s'affaisse. Il a déjà oublié qu'il riait, il n'est plus que tristesse et apitoiement.

« La maison de ma mère, où je suis caché depuis des mois, en a pris pour son grade cette semaine. Ma mère y est restée. Sa tête a été coupée, chlak, d'un coup… Tu sais ce que ça fait de voir un truc pareil ? Ta propre mère ? »

La morve coule de son nez, ce n'est même plus un ours en cage, c'est un saint-bernard à la patte cassée, dans la neige, qui ne sait plus rien faire d'autre que pleurnicher.

« J'ai de l'or… Il est à toi si tu m'aides, il faut que je parte d'ici. Je dois aller en Espagne. J'ai des amis là-bas. Toi et ton copain, vous pouvez me procurer des papiers. C'est quand même corruption et compagnie à votre bureau, non ? Ce que t'as fait pour les youpins, tu peux bien le faire pour moi, non ? Je suis né ici, j'ai grandi ici et je t'ai protégé, je t'ai protégé… Sans moi, t'étais…

— Y a une couverture là-bas, dis-je, ça caille ici le soir. »

Lode rit : « T'es malade. »

Je sors la clé.

« Tu dis que tu viens ici pour écrire des poèmes ? »

Quand nous arrivons à la cachette, Omer est invisible. Je regarde partout et entends alors un vague ronflement dans l'obscurité.

« Nom de Dieu, chuchote Lode, qui c'est ? »

Complètement épuisé, l'avocat gît sous une couverture et un tas de vieilles gazettes comme un clochard dans le froid du dehors.

« Maître Verschueren ? »

Omer s'éveille en sursaut comme sortant d'un cauchemar.

« Laissez-moi en paix ! Bande de salauds ! » hurle-t-il dans un réflexe.

Lode me regarde.

« Je ne comprends pas.

— Tiens-le contre le sol, dis-je.

— Mais pourquoi… »

Omer se débat, mais dès qu'il menace de se lever, Lode le repousse avec force. Je regarde la table où reposent mes poèmes. Dans le tiroir à couverts, je trouve ce que je cherche.

« Plaque-le par terre ! »

Omer hurle, essaie de griffer Lode au visage.

Armé du marteau que Chaim Lizke a utilisé la dernière fois pour se défendre contre nous, je frappe sur le crâne de l'avocat, trois ou quatre fois d'affilée. Une fois en frôlant l'oreille de Lode, mais évitant toujours sans peine les bras d'Omer qui se démène. Il a encore quelques soubresauts, et je continue d'abattre le marteau sur le côté de sa tête chauve, qui ressemble maintenant davantage à une assiette de bouillie rouge qu'à un crâne.

« Arrête… » dit Lode.

Son visage est couvert de sang. Le mien aussi sans doute.

Le marteau repose tout collant dans ma main.

« Tu sais qu'il devait crever, haleté-je. Il ne pouvait pas mourir tranquillement dans son lit, pas lui. T'étais d'accord avec moi, l'autre fois. »

Lode regarde fixement devant lui.

Je fouille les poches d'Omer Verschueren.

J'y trouve une montre de femme en or.

« On ne t'a quand même pas craché au visage, *jeune homme* ?

— Non.

— Ils le font parfois, quand tu fais la queue à la porte de la prison. J'ai entendu qu'une femme s'était fait renverser un seau de merde sur la tête, en pleine rue, d'un étage plus haut. La bonne femme a dû rentrer chez elle. Elle ne pouvait pas se présenter ainsi devant son mari.

— Allons bon, dis-je, ça ne s'arrête pas.

— Mais toi aussi, tu as dû en voir de belles au début.

— C'est sûr. »

Au début signifie à la fin, lorsque les Allemands venaient de se retirer, et que les Anglais et les Canadiens faisaient la fête tous ensemble. Au début, ça signifiait ne plus pouvoir être flic parce que tout le monde semblait se balader avec un fusil. Au début signifiait faire comme tous les autres dans l'espoir qu'ainsi tout le monde se calme. Au début, la colère était si grande qu'enfermer des gens dans des cages pour animaux était devenu une fête, à laquelle nous

nous contentions d'assister en disant: restez quand même un peu corrects. Au début, c'était le chaos, sombre et dangereux. Au début, il n'y avait plus rien, en tout cas plus de bourgmestre, parce qu'il avait utilisé un conflit avec la SS flamande pour retourner sa veste à temps. Un bref moment, il n'y eut rien et seul l'arbitraire de la rue dominait, le bras d'un héros ivre mort s'accrochant à celui d'un meurtrier resté sobre. Au début régnait la vengeance et tout le monde disait: c'est légitime, c'est normal, après tant d'années de misère. Tout le monde? Non, pas ceux qui désormais se retrouvaient de l'autre côté du fouet, car eux ont immédiatement crié à l'injustice, disant que jamais ils ne pourraient oublier, encore moins pardonner. Et les autres hurlaient: « Vos gueules, collabos! » Le nouveau début a commencé par un couteau tiré suivi d'un cortège, avançant d'abord en zigzag et sans cadence, mais renouant petit à petit avec la discipline, la normalité en filet de camouflage, sous lequel la dégueulasserie perdure: l'éternelle division avec, au-dessus, une poignée de puissants qui gagnent toujours, dont les pantalons ne sont jamais salis, dont les chaussures restent propres en toutes circonstances, qui savent ce que la « prudence » veut dire et qui ont donc cette capacité à évaluer les choses à l'avance et à les tourner à leur avantage. Pour eux, il n'y a ni début ni fin. Pour eux, tout continue simplement.

Barbiche Teigneuse tousse derrière les barreaux de l'espace de rencontre.

Ça sent le phénol, le désinfectant qu'on utilise dans les cliniques et dans les morgues, mais ça sent aussi la pisse et la merde, le désespoir et l'éternel bon droit comme un bout de viande pourri grouillant de vers comme de malentendus.

« Personne ne vient me rendre visite, dit-il.

— Merci », réponds-je.

Il lève les yeux, rit jaune.

« Oui, toi...

— C'est mieux que rien.

— Tu as entendu pour Omer ? Des salauds lui ont défoncé le crâne. On l'a retrouvé sur les boulevards. Paraît qu'ils ont mis du temps à l'identifier. On n'entend presque rien ici, mais ce genre de nouvelles oui. Tu peux être sûr que ces chacals viennent te les susurrer dans la seconde. Je pensais qu'il s'en était tiré. L'Espagne, j'espérais... Mais non, massacré de coups, simplement. Un gars si bien, avec des manières, et la classe qu'il avait. Il parlait le grec ancien. Il pouvait réciter par cœur des passages entiers de *L'Iliade*. Et puis comme ça... comme un... »

Barbiche Teigneuse se met à pleurer. De ses yeux globuleux jaillissent de grosses larmes. Il détourne le regard, s'essuie les joues, se mouche dans un carré de tissu qu'il range aussitôt.

« Mais moi, ils ne m'auront pas. *Non ! Non, à présent je me révolte contre la mort ! Le travail paraît trop léger à mon orgueil : ma trahison au monde serait un supplice trop court.* Tu comprends ? Ils ne m'enlèveront pas ma fierté. Je n'ai pas trahi mes principes. Je m'opposerai à la mort. Comme...

— Comme Rimbaud.

— *C'est ça*... Même si cette grande gueule de poète génial me mépriserait probablement parce que je vis encore, parce que je n'ai pas été mis contre le mur pour être exécuté. Parce que ça, ç'aurait été plus honorable, ç'aurait été...

— Allez. »

Barbiche Teigneuse renifle : « Pourquoi es-tu ici ?

— Pour te voir, tiens.

— Qui sait si ce n'est pas pour te foutre de moi. Regarde bien, rince-toi l'œil. Tu n'étais pas déjà là lors de ma condamnation ?

— Non, dis-je.

— Je les ai tous regardés fièrement dans les yeux. Je n'ai rien renié de ce que j'ai fait. Je l'ai fait pour vous tous, j'ai dit. Ils ont presque éclaté d'indignation ! Comment j'osais ! Je devais avoir honte ! Mes camarades assis à côté de moi dans le box des accusés ont détourné les yeux, quelques-uns se cachaient le visage. Ils avaient honte pour moi, pour les choses qu'eux tous avaient faites aussi. L'un d'eux a soufflé que j'étais devenu fou et que je devais la boucler. Alors, j'ai crié plus fort : "Je ne suis pas un valet de la ploutocratie, moi, et je ne le serai jamais ! J'ai toujours servi mon pays, mon peuple et mon roi en combattant le peuple juif !" Alors, tout le monde s'est tu. Le procureur a porté la main à son cœur, mais la colère le faisait bafouiller. Le juge m'a regardé et a dit presque avec respect : "Je vous crois, monsieur Verschaffel, mais les faits restent les faits. Vous avez enfreint la loi." Alors j'ai crié : "Quelle loi !" J'ai pris la perpétuité.

— Deux ou trois ans et puis, qui sait, tu seras libéré. »

Barbiche Teigneuse balaie ma phrase comme sans fondement. Soudain, il devient presque joyeux, comme s'il avait trouvé un sujet susceptible de lui rendre sa bonne humeur : « Comment ça se passe avec le magasin de tabac ? Comment va notre Jenny ? »

Je ne sais pas quoi répondre. Quand la ville a été libérée, Barbiche Teigneuse a été parmi les premiers arrêtés. « Notre Jenny » a été traînée hors du magasin de tabac par une foule en colère, elle a été tondue et on lui a tracé une croix gammée sur le front pour ensuite la photographier avec d'autres femmes, entourée d'hommes et de femmes en liesse. Ce n'est pas possible que Barbiche Teigneuse ne le sache pas, qu'il n'en ait pas au moins entendu parler. Ma foi, que fait une Jenny après ça ? Où veux-tu qu'elle aille ? Retour derrière une vitrine, j'imagine.

« Elle ne m'écrit même pas. Bon, je comprends, elle a du mal à aligner deux mots.

— Je l'ai perdue de vue. »

Il me regarde et je vois qu'il ne me croit pas.

« Et le magasin ?

— Il y a quelqu'un d'autre dedans…

— Mais enfin, ce magasin est à moi. Signé et tout ! J'ai les papiers !

— Laisse tomber. »

Barbiche Teigneuse meurt cinq ans plus tard d'une crise cardiaque. On dit qu'ils l'ont laissé crever, qu'il a fallu une heure avant qu'un docteur vienne. C'est du moins ce que quelqu'un m'a dit. Ça fait longtemps que j'ai oublié qui.

J'ai à nouveau entre les mains le fameux recueil de poèmes, mon cher arrière-petit-fils. Je l'ai cherché et j'ai fini par le retrouver. Ce qui fut un jour une promesse sur papier, frais comme le pain sortant du four, semble aujourd'hui aussi vieux et oublié que le type qui l'a écrit, enfermé dans un temps révolu. Le papier de rationnement, rugueux, bruni, est presque devenu du carton au toucher. La triste petite illustration d'une gravure sur bois en dessous du nom « Angelo » sur la couverture et les caractères gras qui forment mes poèmes à l'intérieur ne peuvent même plus être qualifiés de désuets, ils semblent droit sortis d'un autre monde, englouti comme l'Atlantide. *Confessions d'un comédien* : ce titre qui se voulait ironique courbait déjà l'échine sous l'effroyable mise en page, communément admise comme la norme sous les séquelles d'une époque effroyable. MCMXLVI, est-il écrit, à savoir imprimé en 1946, aux éditions Het Voorschot, publié par un responsable de revue qui avait toujours eu un peu peur de moi depuis que je lui avais rendu une petite visite en uniforme à son adresse, sur le Paardenmarkt, pour lui dire qu'il aurait tort de croire, avec son air suffisant, qu'un agent de police ne pouvait pas être poète.

L'éditeur est là, l'air timoré, à la taverne Betty dans la Rotterdamstraat. Nous sommes au mois de novembre 1946. Il n'y a pas si longtemps, on y cassait des disques par terre. En guise de bière, on boit toujours de la pisse de chat, car les jours de pénurie n'appartiennent pas encore au passé. Avec une maigre poignée de personnes, je fête enfin la sortie de mon recueil. Je rayonne parce que j'imagine à ce moment-là que je serai bientôt un homme de lettres à plein temps, qui n'aura plus jamais besoin de revêtir l'uniforme. Mon épouse Yvette n'est pas à mes côtés. Elle préfère rester auprès de notre fils, qui va sur ses deux ans, ton grand-père donc, et qui pour l'instant passe ses nuits à tousser dans son petit lit. Je sais que, pour sa part, Yvette ne s'imagine plus rien. Elle sait qu'elle ne sera jamais chanteuse, qu'elle ne sera jamais cette cantatrice à la voix de rossignol arpentant les scènes internationales, mais juste une mère au foyer comme tant d'autres, à cela près qu'elle au moins coud ses propres vêtements et que sa classe et son élégance suscitent l'admiration et la jalousie de tout le quartier. C'est une maigre consolation lorsqu'elle marche derrière la poussette et fait bouillir les langes, je le sais aussi, mais c'est déjà ça. Nous n'abordons jamais le sujet. Elle m'est reconnaissante et me regarde même amoureusement quand je me retire à temps pour ne pas risquer de la mettre enceinte une seconde fois. C'est notre accord tacite. Un enfant est plus qu'assez, mais ni elle ni moi ne le dirons à personne, pas même l'un à l'autre. Ça ferait scandale.

À la taverne Betty toutefois, en attendant que d'autres amis nous rejoignent, je ne pense pas à tout ça. Au contraire, je choie mon ivresse. J'entends « Bing ! Bing ! Bing ! » dans ma tête : le bruit d'un marteau frappant l'enclume sans relâche pour contraindre le métal rougeoyant de ma volonté à prendre la forme d'objets aussi concrets que quatre fers à cheval, apposés fumants sous les sabots et cloués dans la corne, afin de pouvoir enfourcher la Muse. Oui, c'est ce que je me raconte à ce moment-là. Je suis très loin d'imaginer que cette Muse sortira à peine de l'écurie dans les années à venir, qu'elle broutera tout au plus quelques brins d'herbe dans un pré, mais que jamais plus je ne la monterai comme il se doit, que je resterai donc policier pour le restant de mes jours, et ne deviendrai jamais le poète que je m'étais figuré. Oui, j'écrirai encore et serai encore publié, par des éditeurs de plus en plus prestigieux comparés à ce pauvre clown des éditions Het Voorschot. Je finirai même par être repris dans le *Paysage des lettres néerlandaises* où je serai décrit comme « entêté et indocile », comme je l'ai raconté au début de cette histoire, mais ça n'ira pas plus loin.

La porte s'ouvre et je pense : ce n'est quand même pas lui ? Non, ce n'est pas Chaim Lizke. C'est un connard qui lui ressemble vaguement. Chaim Lizke a disparu. Dévoré tout cru par l'Histoire puis vomi discrètement dans un coin à l'état de fantôme. Tantôt c'est dans ce café qu'il resurgit, tantôt ailleurs. Tantôt vindicatif, tantôt mélancolique. Parfois il a sa place, mais la plupart du temps pas du tout. Ce n'est pas ainsi qu'il trouvera la paix, tout le monde le sait. Mais mieux vaut un fantôme embêtant qui flanque de temps en temps la frousse à tout le monde, plutôt que reconnaître qu'il a un jour existé.

Autour de moi, ça ne discute pas de fantômes. Mon collègue Gaston cause politique, puisque ça y est, ou presque, de nouvelles élections arrivent.

« Sans vouloir en faire tout un fromage, c'est reparti comme avant », crache Gaston.

De sa poche intérieure, il tire une gazette pliée et montre une caricature du bourgmestre d'avant la guerre, qui se représente à ces élections d'après-guerre. On l'y voit alangui comme une pute sur une chaise longue, avec pour légende « La maîtresse de qui ? », entouré de juifs maladroitement dessinés avec des nez crochus, en train de fumer des cigares et d'agiter des billets.

« Qu'est-ce que tu veux dire par "comme avant" ? demande quelqu'un.

— Que ce seront de nouveau les juifs qui décident, tiens.

— Que veux-tu ? dit un autre. Nous sommes la ville du diamant.

— Je plaisantais, dit Gaston. Cherche un peu sarcasme dans le dictionnaire.

— Gaston, le copain des youpins… on aura vécu assez longtemps pour voir ça.

— Oh, c'est bon…

— On ne va pas en faire tout un fromage, dis-je. Qui veut encore une bière ? »

Le patron du café a entendu et secoue la tête.

« J'ai beaucoup mieux pour vous autres ! Dans ma cave, j'ai encore deux casiers de stout d'avant la guerre. Et si je vous offrais ça ? Gratis, évidemment !

Pour les flics de cette ville qui ont toujours été à nos côtés dans des circonstances difficiles ! »

Sous un tonnerre d'acclamations, il descend à la cave.

« Si Lode entendait ça... » fais-je presque à voix haute.

Le voilà qui entre, accompagné d'un homme plus âgé au cou trop maigre pour n'importe quelle taille de col.

« Tu ne pouvais pas mieux tomber ! » crié-je.

Lode hoche la tête mais ne sourit pas. Çà et là, il tape sur des épaules. J'ai droit à un chiche « bravo pour ton petit livre ».

Le professeur me serre la main et me regarde dans les yeux. Je me souviens alors que j'ai naguère donné à cet homme un violent coup de genou dans les couilles dans la salle de torture du Sicherheitsdienst.

« Ah... dit-il quand il me voit pâlir. On doit tous aller de l'avant. La vie continue. »

Je déglutis, jure tout bas et pense : comment faire, comment expliquer ça, par où commencer ? Ou simplement dire : pardon, c'était un accident, ou pas tout à fait, mais bon, tu vois ce que je veux dire ?

Le professeur accepte le verre de stout que je lui tends et feuillette calmement mes *Confessions d'un comédien*, levant de temps à autre vers moi un regard amical, tout en éclusant sa bière.

« Au début d'une grande carrière littéraire ! dit-il enfin avec résolution, tendant son verre vide devant lui.

— Patron, encore un stout pour le professeur ! » crié-je, soulagé.

Lode me regarde. D'un regard mûrement pesé. Il veut que je voie tout le dégoût qu'il réussit à m'exprimer sans bouger le petit doigt, sans me couvrir de vomi de la tête aux pieds. Je commande un deuxième stout pour lui aussi. Il n'y a pas d'autre moyen quand c'est la famille. Celui qui te méprise, tu lui paies à boire.

Quand tu considères quelqu'un comme ton âme sœur et que tu lui offres par conséquent tout ton amour, tu penses comprendre chez elle des comportements qui frappent les autres de stupeur, les affolent ou les inquiètent. Ma petite-fille se taillade les bras et mon erreur est de penser savoir pourquoi. Secrètement, je comprends ce qu'elle fait ou se fait. Je pense savoir quel poids elle doit porter dans sa vie, pire : je suis persuadé qu'elle porte une partie de mes valises, qu'elle est la destinataire d'une lettre de sommation que j'ai transmise avec mes gènes.

« Qu'est-ce qu'on doit faire avec elle ? » se lamente Yvette après un énième coup de téléphone de notre fils nous disant que Hilde a été retrouvée dans un repaire de camés, stone et déraillant complètement.

« Rien du tout, réponds-je alors. Laisse cette gamine tranquille. Ce sont des caprices de morveuse. »

Mais pour moi, Hilde n'a rien d'une morveuse et ce ne sont pas des caprices. À mes yeux, ce sont des actes de révolte, d'une grande souffrance intérieure.

Je suis certain que c'est dicté par ces voix qui te font agir pour te révéler à toi-même, pour te faire devenir qui tu dois devenir, être qui tu es vraiment, et c'est, comme je l'ai déjà dit, la chose la plus difficile qui soit, parce que la vie ne t'apporte pas ce privilège sur un plateau et que les gens veulent surtout que tu sois comme tout le monde.

Tu comprends tout, tu relativises tout, tu endors ta conscience.

Après une énième thérapie ou hospitalisation d'urgence, la revoilà rayonnante à la porte. Elle a apporté un ballon rose marqué « Hello, I Love You » et joue à la petite fille modèle avec sa grand-mère, tandis qu'elle me lance un clin d'œil qui la trahit. Je lui rends son clin d'œil et chuchote qu'elle ne doit pas se laisser manipuler comme ça. Elle ne laisse pas transparaître si elle a entendu. Elle porte un T-shirt noir à longues manches, orné de squelettes armés de faux, et du rouge à lèvres noir. Une coccinelle déambule sur son épaule, puis tout à coup plus rien. Ce n'est plus ma petite-fille. Elle est bourrée de médicaments qui la lobotomisent, la rendent normale, ce qu'en fin de compte elle ne supportera pas et qui la conduira au fond du précipice.

Elle dit : « Mon père m'a demandé de venir pour vous dire de ne pas vous inquiéter, que je vais me remettre aux études, que je serai sage et que je vais m'inscrire à l'université. C'est bien, hein ? Et qui de vous deux est le plus content maintenant ?

— L'important, c'est que toi ça te rende heureuse, dit ma femme avec autant d'entrain que possible.
— Qu'est-ce que tu vas étudier ? demandé-je.
— L'histoire ! » s'exclame Hilde.

Tu sais pourquoi, tu penses qu'il doit en être ainsi, tu te persuades que tu dois en être fier. Mais elle n'appelle plus, elle ne donne plus aucune nouvelle.
« Elle a mieux à faire, dit Yvette. Elle a sans doute un amoureux. Elle s'occupe de ses études. Elle est en train de trouver sa voie.
— Oui », dis-je.
Mais la colère me ronge de l'intérieur. Parce qu'entre-temps j'apprends que Lode la voit. Régulièrement. C'est lui-même qui me le dit durant notre partie d'échecs hebdomadaire.
« Elle veut tout savoir sur tout.
— À propos de quoi ?
— D'avant. Elle fait pareil avec toi ?
— Parfois », dis-je sèchement et je place mon fou comme appât à portée de la reine de Lode.
L'enculé ne tombe pas dans le piège, bien entendu.

Tu espères, tu serres les dents, tu prends ton mal en patience.
Elle a disparu.
Personne ne l'a plus vue depuis trois jours.
Yvette va dans notre chambre, ferme la porte à clé, se met à pleurer sur le couvre-lit.
Je dis à la porte : « Ça va s'arranger. »

Elle continue de pleurer. Je ne peux pas entrer dans la chambre. Je donne un coup de pied au chat.

Une main glacée en acier me serre l'aorte et ne lâche plus prise.

Tu ne penses plus à rien, tu écoutes ta respiration, tu écoutes ton cœur.

Puis le téléphone sonne.

Ils l'ont retrouvée, pendue au bout d'une corde, pendue dans un vieux bunker de la guerre où normalement personne ne peut entrer, pendue là dans une intention précise, je le devine.

Sanglotant, je gratte à la porte de la chambre.

« Ouvre, nom de Dieu… Les nouvelles sont mauvaises. Ouvre la porte, ma chérie. S'il te plaît. »

Mais la porte ne s'ouvre pas. Ses pleurs à elle se contentent de redoubler. Se transforment en cris, jusqu'à ce que, plusieurs heures après, elle n'en puisse vraiment plus et apparaisse enfin, si vieille tout à coup qu'il ne reste presque plus rien d'elle.

« Tu ne m'as pas protégée », souffle-t-elle, et c'est tout.

Et même ça, ce n'est peut-être pas tout à fait vrai. Peut-être qu'elle ne dit rien du tout.

Tu ne le sais pas, ou au contraire tu le savais, tu te racontes toutes sortes d'histoires.

Mais ça, tout le monde le fait tous les jours, bon Dieu, bon sang de bon Dieu, tout le monde le fait, en général sans conséquence. Tout le monde le fait, sans perdre une petite-fille pour la cause. La plupart se traînent en paix jusqu'à la tombe. Mais pas toi.

Elle a laissé un mot.

Bon-papa est un salaud.

Il n'est rien écrit d'autre.

Mais ces quatre mots suffisent.

Yvette boit tous les jours deux bouteilles de porto et ne m'adresse plus la parole.

Tous les matins, elle sort pour se ravitailler en alcool puis s'enferme.

Je dors dans mon bureau. Parfois, je l'entends pleurer, c'est tout.

Bon-papa est un salaud.

Mon fils, ma belle-fille et mon petit-fils me regardent.

Ils me demandent pourquoi.

C'est les pilules, dis-je, les antidépresseurs que vous l'avez forcée à avaler qui l'ont rendue folle.

Ils ne veulent plus jamais me voir.

Mon fils dit : « Je souhaite que tu crèves. »

C'est la dernière phrase que j'entends de sa bouche.

Je le vois six mois plus tard à l'enterrement de ma femme.

« Elle s'est saoulée à mort », entends-je Lode dire derrière moi à l'église, comme ça, comme s'il se fichait éperdument que j'entende ou pas.

« Ce que tu t'acharnes à ne pas comprendre, c'est que je suis le seul de ton entourage qui n'ait pas peur de toi. Tu entends ce que je te dis ? Notre Yvette, ton fils, tes soi-disant amis… tout le monde. Avant, est-ce que quelqu'un du boulot répondait présent quand tu disais que tu payais à boire ? Personne. Toi et moi, oui, c'est tout. Toi et moi, et nous savons tous les deux pourquoi. Parce que tu m'as poussé dans ta saleté. Tu es un assassin… Et non, bon sang, ce n'était pas une vengeance, ce que j'ai raconté à ta petite-fille. Je lui ai simplement dit la vérité parce que je ne pouvais pas faire autrement. Ce qui s'est passé ensuite… Nom de Dieu, ça me ronge, je n'en dors plus. Mais si c'est ma faute, alors c'est aussi la tienne. Si je paie, toi aussi… Pourquoi crois-tu que ma sœur s'est mise à boire ? Par peur. Tout le monde a peur de toi, comme tu ne pourras jamais faire confiance à un chien méchant, comme tu ne peux pas te fier à quelqu'un qui s'aveugle sur lui-même, qui ne voit pas ce qu'il a dans les tripes, et qui fait toujours comme si les autres sauvaient les apparences, comme si les autres ne savaient pas ce qu'ils faisaient, comme si les autres ne savaient pas manier la saleté, tandis que toi, tu n'imagines même pas toute la dégueulasserie que tu dégages, toi le grand poète, ton cœur n'est que taches noires, que trahison…

— Si, c'était une vengeance, Lode. Tu ne me feras pas croire le contraire.

— Oh, bon Dieu. »

Lode meurt et est enterré au Rivierenhof. Sa femme lui survit. Oui, il s'est marié, juste après la guerre, comme moi. Avec un gars pareil, cette pauvre femme n'aura pas goûté grand-chose des joies conjugales. Quoique, on ne sait jamais. À l'église, elle pleure comme une madeleine. Elle ne m'embrasse pas, ne me serre même pas la main. Elle ne mérite guère plus que ces quelques lignes.

J'ai souvent voulu aller pisser sur la tombe du dénommé Metdepenningen Lode. Je ne l'ai jamais fait. Il me hante assez comme ça.

Mon sort sera bientôt réglé.

C'est la fin.

Nicole m'humecte les lèvres.

Nicole dit que tu n'existes pas.

Elle le dit moins crûment. « C'est comme les cigares que vous ne fumez plus, monsieur Wils. Vous avez arrêté il y a tellement longtemps. »

Elle me regarde encore et, selon moi, elle le fait avec amour. Ou pitié, c'est possible aussi, un vieillard comme moi n'a plus besoin de sauver les apparences en faisant une distinction entre les deux. « Votre petit-fils n'a pas d'enfant... » souffle-t-elle.

Je ris et ne peux plus m'arrêter.

Nicole rit un peu aussi, mal à l'aise, mais finit par s'inquiéter.

« Faites quand même attention, monsieur Wils, n'allez pas y rester. »

Elle a raison, mon garçon.

Parce que, nom de Dieu, quelle dégueulasserie c'est que rire ainsi.

Et pourtant c'est une plaisanterie, imaginée par Angelo ou quelque autre monstre qui ronge ce qui se passe entre deux oreilles.

Parce que si toi qui m'écoutes, tu n'existes pas…

Qui dit qu'un gars comme moi existe ?

Qui dit que nous existons ?

Pas toi.

Je remercie

Herman van Goethem pour sa lumière dans mon obscurité

Koen Aerts pour ses encouragements et ses commentaires

Stef Franck pour son amitié fraternelle, son hospitalité et les bons livres qu'il m'a donnés au bon moment

Luc Coorevits pour son centre d'art *Behoud de Begeerte*

Katrijn van Hauwermeiren et Charles Derre pour chaque e-mail et chaque conversation.

Je remercie aussi ma mère, mon frère, ma famille, mes amis

ainsi que la Nymphe

qui a tout entendu, jour après jour,

qui m'a donné tant d'amour et continue de m'en donner.

Ceux qui souhaitent savoir à quoi je travaille pour l'instant peuvent se perdre avec moi dans le labyrinthe de sources que Stef Franck est occupé à rassembler et dont sortira prochainement un nouveau livre : http://wildevrouw.blogspot.be.

la cosmopolite

Collection créée par André Bay
(Extrait du catalogue)

Kôbô Abé	*La femme des sables*
	La face d'un autre
	L'homme-boîte
Vassilis Alexakis	*Talgo*
Jorge Amado	*Tieta d'Agreste*
	La bataille du Petit Trianon
	Le vieux marin
	Dona Flor et ses deux maris
	Cacao
	Les deux morts de Quinquin-La-Flotte
	Tereza Batista
	Gabriela, girofle et cannelle
	La découverte de l'Amérique par les Turcs
	La boutique aux miracles
Maria Àngels Anglada	*Le violon d'Auschwitz*
	Le cahier d'Aram
Reinaldo Arenas	*L'assaut*
Elisabeth Åsbrink	*1947*
Jo Baker	*Une saison à Longbourn*
James Baldwin	*Si Beale Street pouvait parler*
	Harlem Quartet
Elena Balzamo (sous la dir. de)	*Masterclass et autres nouvelles suédoises*
Herman Bang	*Tine*
	Maison blanche. Maison grise
Julian Barnes	*Le perroquet de Flaubert*
	Le soleil en face
Jon Bauer	*Des cailloux dans le ventre*
Mario Bellatin	*Salon de beauté*
Karen Blixen	*Sept contes gothiques*

Britta BÖHLER	*La décision*
Ivan BOUNINE	*Le monsieur de San Francisco*
André BRINK	*Un turbulent silence*
	Une saison blanche et sèche
	Les droits du désir
Louis BROMFIELD	*La mousson*
Ron BUTLIN	*Appartenance*
Karel ČAPEK	*La vie et l'œuvre du compositeur Foltyn*
Dulce Maria CARDOSO	*Le retour*
Raymond CARVER	*Les vitamines du bonheur* suivi de *Tais-toi, je t'en prie* et *Parlez-moi d'amour*
Paolo COGNETTI	*Les huit montagnes*
Cristina COMENCINI	*Être en vie*
Gabriele D'ANNUNZIO	*Terre vierge*
Robyn DAVIDSON	*Tracks*
Kathryn DAVIS	*À la lisière du monde*
	Aux enfers
Federico DE ROBERTO	*Les princes de Francalanza*
Lyubko DERESH	*Culte*
Anita DESAI	*Un héritage exorbitant*
Karim DIMECHKIE	*Comme un Américain*
Tove DITLEVSEN	*Printemps précoce*
Carmen DOMINGO	*Secrets d'alcôve*
Emma DONOGHUE	*Room*
	Égarés
	Frog Music
Jennifer EGAN	*Qu'avons-nous fait de nos rêves ?*
	Le donjon
Monika FAGERHOLM	*La fille américaine*
	La scène à paillettes
Lygia FAGUNDES TELLES	*Les pensionnaires*
Nona FERNANDEZ	*La quatrième dimension*
Kjartan FLØGSTAD	*Grand Manila*
	Des hommes ordinaires
Tomomi FUJIWARA	*Le conducteur de métro*
Claire FULLER	*Les jours infinis*
	Un mariage anglais
Horst Wolframm GEISZLER	*Cher Augustin*
Alberto GERCHUNOFF	*Les gauchos juifs*
Margherita GIACOBINO	*Toutes nos mères*

Witold GOMBROWICZ	*Kronos*
	Les envoûtés
Robert GRAVES	*King Jesus*
Wendy GUERRA	*Tout le monde s'en va*
	Mère Cuba
	Poser nue à La Havane
	Negra
Farjallah HAÏK	*L'envers de Caïn*
	Joumana
Samantha HARVEY	*La mémoire égarée*
	La vérité sur William
Alfred HAYES	*In Love*
Mark HELPRIN	*Conte d'hiver*
Hermann HESSE	*Demian*
E.T.A. HOFFMANN	*Les élixirs du diable*
Nick HORNBY	*Funny Girl*
Yasushi INOUÉ	*Le fusil de chasse et autres récits*, édition intégrale des nouvelles de l'auteur publiées dans La Cosmopolite
	Histoire de ma mère
	Les dimanches de Monsieur Ushioda
	Paroi de glace
	Au bord du lac
	Le faussaire
	Combat de taureaux
	Le Maître de thé
	Pluie d'orage
	Histoire de ma mère
J.W. IRONMONGER	*Le génie des coïncidences*
	Sans oublier la baleine
Jens Peter JACOBSEN	*Niels Lyhne*
Henry JAMES	*L'autel des morts* suivi de *Dans la cage*
	Le regard aux aguets
Tania JAMES	*L'atlas des inconnus*
Eyvind JOHNSON	*Le roman d'Olof*
Ismaïl KADARÉ	*La ville sans enseignes*
Yoram KANIUK	*Adam ressuscité*
	Confessions d'un bon Arabe
Jack KEROUAC	*Maggie Cassidy*
Ken KESEY	*Vol au-dessus d'un nid de coucou*

Katie KITAMURA	*Les pleureuses*
Rachel KUSHNER	*Le Mars Club*
	Les lance-flammes
Pär LAGERKVIST	*Le nain*
	Le bourreau
	Barabbas
Selma LAGERLÖF	*L'anneau du pêcheur*
	Jérusalem en Terre sainte
	L'empereur du Portugal
Eduardo LAGO	*Appelle-moi Brooklyn*
	Voleur de cartes
Timothy S. LANE	*Devenir une légende*
D.H. LAWRENCE	*Île, mon île*
Sinclair LEWIS	*Babbitt*
Davide LONGO	*L'homme vertical*
Amy Grace LOYD	*Le bruit des autres*
LUXUN	*Le journal d'un fou*
Thomas MANN	*Tonio Kröger*
	La mort à Venise
Katherine MANSFIELD	*Nouvelles*
	Lettres
	Cahier de notes
Trude MARSTEIN	*Faire le bien*
Ronit MATALON	*Le bruit de nos pas*
Predrag MATVEJEVITCH	*Entre asile et exil*
Carson McCULLERS	*Le cœur est un chasseur solitaire* suivi de *Écrivains, écriture et autres propos*
	Le cœur hypothéqué
	Frankie Addams
	La ballade du café triste
	L'horloge sans aiguilles
	Reflets dans un œil d'or
Gustav MEYRINK	*Le Golem*
Henry MILLER	*Tropique du Capricorne*
	Un dimanche après la guerre
	Entretiens de Paris
	Virage à 80
	Tropique du Cancer suivi de *Tropique du Capricorne*
Henry MILLER / Anaïs NIN	*Correspondance passionnée*
Wu MING-YI	*L'homme aux yeux à facettes*

Natsu Miyashita	*Une forêt de laine et d'acier*
Antonio Monda	*Le goût amer de la justice*
Vladimir Nabokov	*Don Quichotte*
	Austen, Dickens, Flaubert, Stevenson
	Proust, Kafka, Joyce
	Gogol, Tourgueniev, Dostoïevski
	Tolstoï, Tchekhov, Gorki
Ramita Navai	*Vivre et mentir à Tehéran*
William Navarrete	*La danse des millions*
	En fugue
Nigel Nicolson	*Portrait d'un mariage*
Anaïs Nin	*Les miroirs dans le jardin*
	Les chambres du cœur
	Une espionne dans la maison de l'amour
	Henry et June
	Journaux de jeunesse (1914-1931)
Joyce Carol Oates	*Eux*
	Bellefleur
	Blonde
	Confessions d'un gang de filles
	Nous étions les Mulvaney
	La Fille tatouée
	La légende de Bloodsmoor
	Zombi
	Les mystères de Winterthurn
	Marya, une vie
	Corky
Kenzaburo Oé	*Une affaire personnelle*
Sofi Oksanen	*Purge*
	Les vaches de Staline
	Quand les colombes disparurent
	Baby Jane
	Norma
O. Henry	*New York tic-tac*
Robert Penn Warren	*La grande forêt*
Julia Pierpont	*Parmi les dix milliers de choses*
Jia Pingwa	*La capitale déchue*
	Portée-la-Lumière
Kevin Powers	*Yellow birds*
	Lettre écrite pendant une accalmie dans les combats
Ruth Prawer Jhabvala	*La vie comme à Delhi*

Lucia PUENZO	*L'enfant poisson*
	La malédiction de Jacinta
	La fureur de la langouste
	Wakolda
Midge RAYMOND	*Mon dernier continent*
Virginia REEVES	*Un travail comme un autre*
Erich Maria REMARQUE	*À l'ouest rien de nouveau*
	Cette terre promise
Thomas ROSENBOOM	*Le danseur de tango*
Vita SACKVILLE-WEST / Virginia WOOLF	*Correspondance*
Moshe SAKAL	*Yolanda*
Rebecca SCHERM	*Le passé aux trousses*
Arthur SCHNITZLER	*Madame Béate et son fils*
	La ronde
	Mademoiselle Else
	La pénombre des âmes
	Vienne au crépuscule
	Mourir
	L'étrangère
James SCUDAMORE	*La clinique de l'amnésie*
	Le dédale du passé
Mihail SEBASTIAN	*Journal (1935-1944)*
Kamila SHAMSIE	*Là où commencent et s'achèvent les voyages*
Isaac Bashevis SINGER	*Ennemies*
	Keila la Rouge
	La couronne de plumes et autres nouvelles
	La famille Moskat
	La mort de Mathusalem
	Les aventures d'un idéaliste et autres nouvelles inédites
	Le blasphémateur
	Le domaine
	L'esclave
	Le fantôme
	Le magicien de Lublin
	Le manoir
	Satan à Goray
	Shosha
Ersi SOTIROPOULOS	*Eva*
	Ce qui reste de la nuit

Muriel SPARK	*Le pisseur de copie*
Elena STANCANELLI	*La femme nue*
Saša STANIŠIČ	*Avant la fête*
	Le soldat et le gramophone
	Le soldat et le gramophone (théâtre)
	Pièges et embûches
Sara STRIDSBERG	*La faculté des rêves*
	Valerie Jean Solanas va devenir Présidente de l'Amérique (théâtre)
	Darling River
Junichiro TANIZAKI	*Deux amours cruelles*
Bilal TANWEER	*Le monde n'a pas de fin*
Rupert THOMSON	*L'église de Monsieur Eiffel*
Carl Frode TILLER	*Encerclement*
Léon TOLSTOÏ	*La mort d'Ivan Ilitch* suivi de *Maître et serviteur*
Ivan TOURGUENIEV	*L'abandonnée*
	Dimitri Roudine
	L'exécution de Troppmann et autres récits
	Le Roi Lear des steppes
B. TRAVEN	*Le visiteur du soir*
Magdalena TULLI	*Le défaut*
Anne TYLER	*Toujours partir*
	Le voyageur malgré lui
	Le déjeuner de la nostalgie
	Le compas de Noé
	À la recherche de Caleb
	Leçons de conduite
	Une autre femme
	En suivant les étoiles
	Les adieux pour Débutant
Fred UHLMAN	*La lettre de Conrad*
	Il fait beau à Paris aujourd'hui
Sigrid UNDSET	*Olav Audunssøn*
	Kristin Lavransdatter
	Vigdis la farouche
	Printemps
Birgit VANDERBEKE	*Le dîner de moules*
Mariapia VELADIANO	*La vie à côté*
Ernst Emil WIECHERT	*La servante du passeur*
Oscar WILDE	*Intentions*
	De profundis

	Nouvelles fantastiques
	Le procès d'Oscar Wilde
Christa WOLF	*Scènes d'été*
	Incident
	Trois histoires invraisemblables
	Cassandre
	Médée
	Aucun lieu. Nulle part
	Trame d'enfance
	Le ciel divisé
Jacqueline WOODSON	*Un autre Brooklyn*
Virginia WOOLF	*La chambre de Jacob*
	Au phare
	Journal d'adolescence
	Journal intégral (1915-1941)
	Instants de vie
	Orlando
Kikou YAMATA	*Masako*
	La dame de beauté
Samar YAZBEK	*La marcheuse*
	Les portes du néant
A YI	*Le jeu du chat et de la souris*
Stefan ZWEIG	*Nietzsche*
	Vingt-quatre heures de la vie d'une femme
	Le joueur d'échecs
	La confusion des sentiments
	Amok
	Lettre d'une inconnue

Cet ouvrage a été composé
par Belle Page
et achevé d'imprimer
par Grafica Veneta
pour le compte des Éditions Stock
21, rue du Montparnasse, 75006 Paris
en décembre 2018

PAPIER À BASE DE FIBRES CERTIFIÉES

Stock s'engage pour l'environnement en réduisant l'empreinte carbone de ses livres. Celle de cet exemplaire est de : 550 g éq. CO_2
Rendez-vous sur www.editions-stock-durable.fr

Imprimé en Italie

Dépôt légal : janvier 2019
N° d'édition 02
81-08-1311/5